W0210484

Neff

PHILIPPA CARR

Die venezianische Tochter

ROMAN

PAUL NEFF VERLAG
WIEN

Nach der bei G. P. Putnam's Sons, New York, erschienenen Ausgabe
THE LOVE CHILD
aus dem Englischen übertragen von
HILDE LINNERT

Gemeinde Modautal
Bücherei Asbach
Nr.:

873/1984

ISBN 3-7014-0201-9

Alle Rechte vorbehalten
Copyright © 1978 by Philippa Carr
Copyright © der deutschen Ausgabe 1984 by Paul Neff Verlag, Wien,
und Wilhelm Heyne Verlag, München
Umschlagentwurf von Werner Sramek
mit einem Ausschnitt aus dem Gemälde »Het voorhuis«
von Pieter de Hooch
Gesetzt aus der Garmond Garamond-Antiqua
Gedruckt und gebunden beim Wiener Verlag
Hergestellt im Auftrag des Paul Neff Verlages, Wien

I

Das Komplott

Als mein Vater, der bis dahin von meiner Existenz keine Notiz genommen hatte, plötzlich fand, daß Mistress Philpots, die bis zu diesem Zeitpunkt meine Gouvernante gewesen war, nicht mehr über die für diese Aufgabe erforderlichen Fähigkeiten verfüge und ersetzt werden müsse, war ich verblüfft. Ich hatte nie angenommen, daß er sich über meine Erziehung Gedanken machen würde. Wenn es sich um meinen Bruder Carl gehandelt hätte, der um vier Jahre jünger war als ich, dann wäre es etwas anderes gewesen. Carl war der Mittelpunkt der Familie; er trug den gleichen Namen wie mein Vater – Carl als Abkürzung von Carleton – und wurde zum genauen Ebenbild meines Vaters erzogen. Mein Vater nannte es »einen Mann aus ihm machen«. Carl mußte ein perfekter Reiter sein; er mußte die Jagd anführen; er mußte mit Pfeil und Bogen genauso gut umgehen können wie mit einer Büchse, und er mußte auch ein guter Pall-Mall-Spieler sein. Es war unwichtig, daß er in Latein und Griechisch eher schwach war und daß Reverend George Helling, der ihn unterrichtete, die Hoffnung aufgegeben hatte, aus ihm einen Gelehrten zu machen. Carl mußte vor allem ein Mann werden, das heißt, unserem Vater gleichen. Als Vater seinen Entschluß bekanntgab, war meine erste Reaktion daher nicht »Was wird Mistress Philpots dazu sagen?« oder »Wie wird die neue Gouvernante aussehen?«, sondern Verwunderung darüber, daß er mich überhaupt bemerkt hatte.

Für meine Mutter war es typisch, daß sie daraufhin fragte: »Und was soll aus Emily Philpots werden?«

»Meine liebe Arabella«, antwortete mein Vater, »dir sollte die Erziehung deiner Tochter am Herzen liegen und nicht das Wohlergehen einer dummen alten Frau.«

»Emily Philpots ist keineswegs dumm, und ich lasse meine Diener nicht auf die Straße setzen, nur weil es dir gerade so beliebt.«

So sprachen sie immer miteinander. Manchmal schien es, als haßten sie einander, aber das stimmte nicht. Wenn er abwesend war, wartete sie besorgt auf seine Rückkehr, und wenn er heimkam, suchte er zuerst sie auf – sogar vor Carl; war sie nicht anwesend, blieb er unruhig und besorgt, bis sie wieder eintraf.

»Ich habe nicht gesagt, daß sie hinausgeworfen werden soll«, betonte er.

»Soll sie auf die Weide geschickt werden wie ein altes Pferd?« wollte meine Mutter wissen.

»Ich hänge an meinen Pferden, und meine Zuneigung endet nicht zugleich mit ihrer Nützlichkeit. Die alte Philpots soll sich zur Ruhe setzen und zusammen mit Sally Nullens vor dem Kamin dösen. Sally ist ja glücklich, nicht wahr, soweit ihr das möglich ist, wenn sie nicht ein Baby zu betreuen hat.«

»Sally macht sich nützlich, und die Kinder lieben sie.«

»Ich nehme an, daß die Philpots sich ebenso nützlich machen kann, obwohl ich das mit der Liebe bezweifle. Jedenfalls habe ich beschlossen, Priscillas Erziehung nicht länger zu vernachlässigen. Sie braucht jemanden, der ihr höhere Bildung beibringt und ihr eine Gesellschafterin ist, eine gebildete, selbstsichere, erfahrene Frau.«

»Und wo willst du diesen Ausbund finden?«

»Ich habe sie schon gefunden. Christabel Connalt wird Ende der Woche eintreffen. Somit hast du genügend Zeit, Emily Philpots die Neuigkeit beizubringen.«

Er sprach sehr entschieden, und meine Mutter, die auf ihre unschuldige Art sehr klug und vernünftig war, begriff, daß es keinen Sinn hatte zu protestieren. Sie war offensichtlich ebenfalls der Meinung, daß Emily Philpots mir alles beigebracht hatte, was sie mir beibringen konnte, und daß ich auf eine höhere Bildungsebene vorrücken mußte. Außerdem hatte mein Vater sie vor ein *Fait accompli* gestellt, das sie akzeptierte.

Sie fragte ihn über diese Christabel Connalt aus. Dabei betonte sie, daß Christabel ihr zusagen müsse, sonst würde sie sie nicht behalten. Sie hoffte, sich klar ausgedrückt zu haben.

»Sie weiß natürlich, daß sie sich nach der Herrin des Hauses zu richten hat«, erklärte mein Vater. »Sie ist eine sympathische junge Frau; Lady Westering hat sie mir empfohlen. Sie ist wohlerzogen und kommt aus einem Pfarrhaus. Jetzt muß sie sich ihren Lebensunterhalt selbst verdienen. Ich fand, daß das eine Gelegenheit ist, ihr und gleichzeitig uns etwas Gutes zu tun.«

Sie debattierten noch eine Weile, und schließlich erklärte sich meine Mutter bereit, sich Christabel Connalt anzusehen. Dann unterzog sie sich der unangenehmen Aufgabe, Mistress Philpots taktvoll beizubringen, daß eine neue Gouvernante ins Haus kam.

Emily Philpots reagierte genauso, wie Mutter und ich es erwartet hatten. Sie fiel, wie Sally Nullens sich audrückte, »aus allen Wolken«. Sie war also nicht mehr gut genug, um die Miss zu unterrichten. Die Miss mußte von jemand Gelehrtem unterrichtet werden, so, so. Wir würden schon sehen, was dabei herauskam. Sie beriet sich mit Sally Nullens, der es vor einiger Zeit ähnlich ergangen war. Man hatte ihr Master Carl weggenommen, weil mein Vater auf dem Standpunkt stand, daß es einem Jungen nicht guttat, von einer Schar Frauen verzärtelt zu werden. Außerdem war sie darüber empört gewesen, daß meine Eltern nicht mehr Kinder in die Welt gesetzt hatten — beide waren ja noch in dem Alter, in dem man leicht eine Kinderstube bevölkern konnte.

Emily erklärte, sie würde sofort ihre Sachen packen und das Haus verlassen, und dann würden wir schon sehen. Aber nach dem ersten Schock begann sie darüber nachzudenken, wie schwer es für sie in ihrem Alter sein würde, eine neue Stellung zu finden; gleichzeitig wies meine Mutter darauf hin, daß sie ohne Emily verraten und verkauft war, denn niemand konnte so wunderbare Kreuzstichstickereien anfertigen wie sie oder Flicken aufsetzen, die beinahe nicht zu sehen waren. Schließlich ließ sie sich zum Bleiben überreden, schniefte selbstgerecht, gab in Sally Nullens Zimmer vor dem Feuer mit dem Teekessel düstere Prophezeiungen von sich und bereitete sich auf ihr neues Leben und Christabels Eintreffen vor.

»Sei freundlich zu der armen Emily«, mahnte meine Mutter. »Für sie ist es ein harter Schlag.«

Meine Mutter stand mir viel näher als mein Vater. Wahrscheinlich bemerkte sie seine Gleichgültigkeit mir gegenüber und versuchte mich dafür zu entschädigen. Ich liebte sie innig, hatte aber zu meinem Vater eine viel stärkere Bindung, was unter diesen Umständen beinahe pervers war. Ich bewunderte ihn so sehr. Er war eine starke, dominierende Persönlichkeit, die so gut wie jedermann Ehrfurcht einflößte – sogar Leigh Main, der vom gleichen Schlag war wie er. Ich kannte Leigh, seit ich auf der Welt war, und er hatte immer erklärt, er habe vor nichts auf Erden oder in der Hölle Angst. Das war einer seiner Lieblingssprüche. Aber selbst er hütete sich vor meinem Vater.

Vater herrschte über die Familie – und sogar über meine Mutter, die sicherlich keine willensschwache Frau war. Sie stellte sich ihm auf eine Art, die ihm insgeheim Spaß machte. Anscheinend hatten sie Freude daran, einander in die Haare zu geraten. Das ergab einen nicht gerade sehr friedlichen Haushalt, aber es war nicht zu übersehen, daß sie einander gern hatten.

Wir waren überhaupt ein komplizierter Haushalt – wegen Edwin und Leigh. Als ich vierzehn war, waren sie einundzwanzig; ihre Geburtstage lagen nur wenige Wochen auseinander. Edwin war Lord Eversleigh und der Sohn meiner Mutter aus ihrer ersten Ehe. Sein Vater – der Cousin *meines* Vaters – war vor Edwins Geburt getötet, auf unserem Besitz ermordet worden, was mir sehr geheimnisvoll und romantisch vorkam. Edwin hatte jedoch nichts Geheimnisvolles oder Romantisches an sich. Er war nur mein Halbbruder, nicht ganz so groß oder so kräftig wie Leigh, in dessen Schatten er stand.

Leigh war eigentlich nicht mit uns verwandt, obwohl er von

Geburt an in unserem Haus gelebt hatte. Er war der Sohn einer alten Freundin meiner Mutter, Lady Stevens, die unter dem Namen Harriet Main als Schauspielerin aufgetreten war. Leighs Geburt schien irgendwie anstößig zu sein. Meine Mutter sprach nicht darüber, doch Harriet selbst klärte mich auf.

»Leigh ist ein uneheliches Kind«, erzählte sie mir, »und ich bin jetzt sehr froh, daß ich ihn habe. Damals mußte ich ihn allerdings deiner Mutter anvertrauen, die ihn großzog – natürlich tat sie es viel besser, als ich es gekonnt hätte.«

Ich war nicht davon überzeugt, daß sie damit recht hatte. Ihrem zweiten Sohn, Benjie, ging es sehr gut, und ich stellte mir oft vor, was für eine aufregende Mutter Harriet sein mußte. Ich fand sie sehr anziehend, und sie lud mich oft zu sich ein, denn sie liebte Bewunderung, ganz gleich, von wem sie kam. Ich konnte mit ihr besser reden als mit allen anderen Erwachsenen.

Edwin und Leigh waren Offiziere, das war Familientradition. Edwins Großväter waren beide berühmte Offiziere im Dienst der royalistischen Sache gewesen. Seine Eltern hatten einander in der Zeit kennengelernt, da sich der König im Exil befand. Meine Mutter erzählte mir oft von den Tagen vor der Restauration und dem Leben im baufälligen alten Schloß von Congrève, wo sie darauf gewartet hatte, daß der König auf den Thron zurückkehrte.

An meinem sechzehnten Geburtstag sollte ich die Familien-Tagebücher zu lesen bekommen, dann würde ich alles verstehen, kündigte meine Mutter an. Inzwischen sollte ich damit beginnen, selbst ein Tagebuch zu führen. Zuerst war ich erschrocken, dann machte ich mich an die Arbeit und gewöhnte mich bald daran, alles, was mir widerfuhr, schriftlich festzuhalten.

Das war also unser Haushalt – Edwin, Leigh, ich – um sieben Jahre jünger als die beiden – und Carl, der um vier Jahre jünger war als ich.

Wir hatten eine zahlreiche Dienerschaft, darunter unsere alte Nurse Sally Nullens und Jasper, den Obergärtner, mit seiner Frau Ellen, unserer Wirtschafterin. Jasper war ein eingefleischter Puritaner und darüber unglücklich, daß sich das Commonwealth aufgelöst hatte; sein Vorbild war Oliver Cromwell. Ellen wäre eine hübsche Frau gewesen, wenn sie den Mut dazu gehabt hätte. Sie hatten eine Tochter, Chastity, die einen der Gärtner geheiratet hatte und immer noch für uns arbeitete, wenn sie nicht gerade schwanger war, was alljährlich mit schöner Regelmäßigkeit eintrat.

Menschen unserer Gesinnung führten nach der Restauration ein angenehmes Leben. Ich war zu jung, um zu begreifen, welch ungeheure Erleichterung sich der Bevölkerung anläßlich der Wiedereinführung der Monarchie bemächtigt hatte. Mistress Philpots erzählte mir einmal, daß die Menschen beinahe verrückt vor Freude geworden waren, als endlich alle Einschränkungen der persönlichen Freiheit fielen. Nach dem Übermaß an Religion waren sie beinahe religionslos geworden, und daher herrschte jetzt allgemein Leichtfertigkeit. Es war ja gut und schön, daß man die Theater wieder geöffnet hatte, aber nach Ansicht von Philpots waren einige Stücke ausgesprochen unzüchtig. Auch mit dem Benehmen der Damen war sie nicht einverstanden, die sich nach dem Vorbild des Hofes richteten.

Emily Philpots war Royalistin und wollte die Lebensführung des Königs nicht kritisieren, aber seine zahlreichen Mätressen fand sie skandalös.

Mein Vater hielt sich oft bei Hofe auf, denn er war ein Freund des Königs. Beide interessierten sich für Architektur, und nach dem großen Brand erforderte der Wiederaufbau Londons viel Arbeit. Die Geschichten, die mein Vater erzählte, wenn er vom Hof zurückkam, waren sehr aufregend. Er war mit dem unehelichen Sohn des Königs, dem Herzog von Monmouth, befreundet und meinte einmal, es sei ein Jammer, daß Old Rowley (der Spitzname des Königs) diesen Sohn nicht für ehelich erklärte, denn er wäre ein viel besserer Thronfolger als sein humorloser, griesgrämiger Bruder, der noch dazu Katholik war.

Mein Vater war merkwürdigerweise überzeugter Protestant. Er pflegte zu sagen, daß die Church of England der Religion den ihr zustehenden Platz angewiesen habe. »Laßt die Katholiken herein, und wir haben die Inquisition im Land, und die Menschen leben wieder in Angst und Schrecken, wie zur Zeit Cromwells. Beide sind Extremfälle. Wir ziehen einen Kurs der Mitte vor.«

Wenn er darüber sprach, daß Karl sterben und Jakob seinen Platz einnehmen könnte, wurde er sehr ernst. Die Heftigkeit, mit der er dieses Thema behandelte, überraschte mich.

Wenn mein Vater an den Hof reiste, begleitete ihn meine Mutter. Sally Nullens behauptete, mein Vater habe die Aufsicht seiner Frau nötig, und ich entnahm daraus, daß es vor seiner Heirat in seinem Leben etliche Damen gegeben hatte.

So sah es also bei uns zu jener Zeit aus, als Christabel Connalt kam.

Sie traf an einem nebligen Tag Ende Oktober ein. Mit der neuen Postkutsche war sie bis Dover gereist, von wo sie mein Vater abholte. Ich fand, daß er meiner Erziehung zuliebe sehr viel auf sich nahm. Die Diener hatten das Zimmer für die Erzieherin hergerichtet und erwarteten neugierig ihre Ankunft – eine Abwechslung im sonst einförmigen Dasein der Dienerschaft. Außerdem hatte Emily Philpots viel Aufhebens von der Sache gemacht und war sich in düsteren Prophezeiungen über das Unheil ergangen, das die neue Gouvernante über uns bringen würde. Wahrscheinlich wurde die Ankommende von der Hälfte der Bediensteten daraufhin für eine Hexe gehalten.

Carl übte in seinem Zimmer auf dem Flageolett, und die traurigen Klänge von »Barbary Allen« drangen bis in den letzten Winkel. Um dem Grabgesang zu entgehen, schlenderte ich durch den Garten bis dorthin, wo sich einmal eine Laube befunden hatte und wo der erste Mann meiner Mutter ermordet worden war. An der Stelle wuchsen jetzt rote Blumen. Meine Mutter wollte andere Farben haben, aber ganz gleich, was sie anpflanzen ließ, die Blüten waren immer rot. Ich war überzeugt, daß der alte Jasper dabei seine Hand im Spiel hatte, denn er fand, daß die Menschen bestraft werden müßten und Vergangenes nicht vergessen dürften. Seine Frau behauptete von ihm, er sei so gut, daß er überall

Böses sähe. Ich war von seiner Güte nicht so ganz überzeugt, denn ich mißtraute seiner übertriebenen Tugendhaftigkeit; aber es stimmte, daß er in allem das Böse sah. Obwohl meine Mutter sich einredete, daß diese Ereignisse in Vergessenheit geraten waren, hafteten sie im Gedächtnis der Diener, die behaupteten, daß es an dem Ort spuke.

Während ich diesen Gedanken nachging, hörte ich die Kutsche vorfahren. Ich wartete und lauschte. Mein Vater rief nach den Stallknechten, dann herrschte Stille. Wahrscheinlich waren sie ins Haus gegangen.

Ich überlegte, wie sich die Veränderung auswirken würde. Christabel Connalt würde zweifellos sehr streng und sehr gelehrt sein und versuchen, mir Bildung einzutrichtern, was Emily Philpots nie gelungen war. Rückblickend wurde mir bewußt, daß sie nicht sehr tüchtig war und daß Carl und ich diese Tatsache ausgenützt hatten, denn Kinder sind in solchen Dingen durchtrieben. Carl war Emilys Schüler gewesen, bis er der Erziehung des Vikars anvertraut wurde. Die arme Emily hatte sehr unter uns gelitten. Carl hatte ihr einmal eine Spinne auf den Rock gesetzt und dann kreischend auf das Tier gezeigt. Danach hatte er sie heldenhaft von dem Insekt befreit, und ich tadelte ihn später, weil er sich gemein benommen hatte. Carl faltete die Hände, blickte zum Himmel und sagte im Ton Jaspers, daß er das alles nur zu Emilys Besten getan hätte.

Im Geist hatte ich mir ein Bild von Cristabel Connalt gemacht. Da sie in einem Pfarrhaus aufgewachsen war, war sie sicherlich sehr religiös und stand wahrscheinlich den herrschenden Sitten noch kritischer gegenüber als Mistress Philpots. Ich stellte sie mir ältlich vor, mit ergrauenden Haaren und harten Augen, denen nichts entging.

Ein Schauder überlief mich, weil ich überzeugt war, daß ich mich noch nach Emilys sanftem Regiment zurücksehnen würde.

Sie und Sally Nullens sprachen über nichts anderes als über meine Gouvernante. Wenn ich in Sallys Wohnzimmer trat, das Carl »Nullens Salon« nannte, spürte ich sofort die gespannte, geheimnisvolle Atmosphäre. Die beiden Frauen pflegten am Kamin zu sitzen, die Köpfe zusammenzustecken und zu tuscheln. Sally Nullens glaubte felsenfest an Hexerei, und wenn jemand starb oder an einer geheimnisvollen Krankheit litt, suchte sie immer nach der Person, die für das Unheil verantwortlich war. Carl behauptete, sie sehne sich nach den Tagen der Hexenjagd zurück.

»Kannst du dir denn nicht vorstellen, wie die alte Sal herumgeht und die hübschen Mädchen untersucht... überall, um Spuren zu finden, die ihre Liebhaber hinterlassen haben? Heißen sie bei Mädchen eigentlich *Sukkubus* oder *Inkubus*?«

Carl brachte zwar Reverend George Helling beim Latein- und Griechischunterricht zur Verzweiflung, aber bei den Tatsachen des Lebens kannte er sich sehr gut aus. Obwohl er nicht einmal zehn war, begutachtete er die jungen Mädchen, die das Essen auftrugen, sachkundig und versuchte herauszubekommen, wer was mit wem trieb.

Sally Nullens sagte: »Genau wie sein Vater. Steckt noch in den Windeln und denkt schon an Dummheiten.«

Das war natürlich übertrieben, aber es stimmte, daß Carl auf dem besten Weg war, ein Mann zu werden – was meinen Vater natürlich freute.

Meine Gedanken kreisten weiterhin um die Veränderungen, die sich durch Christabel Connalt ergeben würden.

»Der Herr war anscheinend froh darüber, daß er sie hier unterbringen konnte«, hatte Emily zu Sally gesagt, als ich an Sallys Tür stand – Sally flickte, und Emily verzierte ein Unterkleid meiner Mutter mit Kreuzstichen.

Auf die Bemerkung folgte ein Schnüffeln, das andeutete, daß mehr dahintersteckte; daraufhin lauschte ich schamlos. Es ging ja um meinen Vater.

»Es würde mich interessieren, wer sie überhaupt ist«, fuhr Emily fort.

»Ach, er hat es längst aufgegeben, Weiberröcken nachzulaufen. Die Mistress duldet es nicht.«

»Manche geben es nie auf. Ich wäre wirklich nicht überrascht . . . «

»Die Wände haben Ohren«, sagte Sally betont. »Auch die Türen. Ist da jemand?«

Ich trat ins Zimmer und sagte, daß ich meinen Reitrock gebracht hätte; ich hatte ihn am Vortag zerrissen — konnte Sally ihn, bitte, flicken?

Sie warf Emily einen vielsagenden Blick zu und griff nach dem Rock.

»Ganz schön schmutzig ist er obendrein. Ich werde ihn auch reinigen. Sie machen uns schon sehr viel Arbeit, Mistress Priscilla.«

Irgendwie stimmte mich diese Bemerkung traurig. Sie betonte immer, wie nützlich sie war, und wollte hören, daß wir ohne sie verloren wären. Emily Philpots würde von nun an in das gleiche Horn stoßen, und die beiden waren jetzt schon davon überzeugt, daß ihnen die Neue nicht sympathisch sein würde.

Ich sah zum Haus hinüber und betrachtete es, als sehe ich es zum erstenmal. Eversleigh Court, der Wohnsitz der Familie. Eigentlich gehörte es Edwin, obwohl mein Vater den Besitz verwaltete und in Gang hielt. Ich fragte mich, ob er etwas gegen Edwin hatte. Edwin gehörte alles — der Titel und der Besitz, und dabei wäre es gerechter gewesen, wenn sie meinem Vater gehört hätten. Mein Vater hatte sich während des Bürgerkriegs als Anhänger Cromwells ausgegeben und dadurch den Besitz gerettet. Edwin war damals noch nicht auf der Welt gewesen. Meine Mutter nannte ihn das Restaurationsbaby, denn er wurde im Januar 1660 geboren, nur wenige Monate, ehe der König zurückkehrte.

Es war ein schönes altes Haus, das, wie alle diese Häuser, im Laufe der Jahre noch gewonnen hatte. So viele Generationen von Eversleighs hatten an ihm gebaut; hier hatten sich Tragödien und Komödien abgespielt; und Sally behauptete, daß alle, die keine Ruhe finden konnten, zurückkamen und unsichtbar durch das Haus geisterten.

Es gab viele solche Häuser auf dem Land. Unseres war in der

Zeit der Königin Elisabeth erbaut worden, und zwar zu Ehren Glorianas mit dem typischen E-Grundriß. Ostflügel, Westflügel, Mitte; die Halle war so hoch wie das ganze Haus und hatte eine gewölbte Decke mit breiten Eichenbalken. Einige Räume waren elegant getäfelt, aber die Halle hatte Steinmauern, an denen Waffen hingen, um die künftigen Generationen an die Rolle zu erinnern, die Eversleigh in der Geschichte des Landes gespielt hatte. Oberhalb des großen Kamins hing der gemalte Familienstammbaum, der sich immer weiter verästelte und sich zweifellos im Lauf der Zeit über die ganze Halle ausbreiten würde. Auch ich schien darin auf — natürlich nicht im Hauptzweig. Der gehörte Edwin, und wenn er heiratete, würden sich seine Kinder genau im Mittelpunkt befinden. Leigh ärgerte sich darüber, daß man ihn nicht auch aufgenommen hatte. Er konnte damals noch nicht verstehen, warum man ihn ausgeschlossen hatte. Wahrscheinlich versuchte er deshalb, Edwin in jeder Beziehung zu übertreffen.

Doch ich befaßte mich nicht wirklich mit diesen Dingen, während ich neben dem von Gespenstern heimgesuchten Blumenbeet stand; ich schob nur den Augenblick hinaus, in dem ich die Frau kennenlernen sollte, die mein bisheriges Leben verändern würde.

Chastity kam in den Garten; sie watschelte leicht, denn sie war schon wieder schwanger.

»Wo stecken Sie denn, Mistress Priscilla? Sie wollen, daß Sie die neue Gouvernante kennenlernen. Ihre Mutter sagt, Sie sollen sofort in den Salon kommen.«

»Schön, Chastity, ich komme. Du solltest nicht laufen, weißt du, sondern an deinen Zustand denken.«

»Ach, es ist alles ganz natürlich, Mistress.«

Es war ihr sechstes Kind, und dabei war sie noch jung. Meiner Berechnung nach war sie für mindestens weitere zehn Kinder gut.

»Du bist wie eine Bienenkönigin, Chastity«, meinte ich vorwurfsvoll.

»Was ist das, Mistress?«

Ich erklärte ihr es nicht. Ich dachte darüber nach, wie ungerecht das Schicksal war: es schenkte Chastity jedes Jahr ein Kind, während meine Eltern nur Carl und mich hatten (Edwin zählte nicht, er gehörte nur meiner Mutter). Wenn sie mehr Kinder gehabt hätten, würde Sally Nullens jetzt nicht überall Hexen sehen, und Emily Philpots wäre für die Kleineren gut genug. Außerdem hätten mich ein paar jüngere Brüder und Schwestern gefreut.

»Hast du sie gesehen, Chastity?«

»Eigentlich nicht, Mistress. Man hat sie in den Salon geführt. Meine Mutter sagte, ich solle Sie suchen, weil Ihre Mutter nach Ihnen gefragt hat.«

Ich ging direkt in den Salon, und meine Mutter sagte: »Ach, da ist Priscilla. Komm, Priscilla, ich will dich Mistress Connalt vorstellen.«

Christabel Connalt stand auf und kam auf mich zu. Sie war groß, schlank und sehr einfach gekleidet; aber sie verfügte über eine gewisse angeborene Eleganz. Sie trug einen Umhang aus blauem Wollstoff, der am Hals von einer Brosche zusammengehalten wurde, die vielleicht aus Silber war. Das Mieder des Kleides war aus dem gleichen blauen Stoff; es war tief ausgeschnitten, aber sie trug ein Leinentuch um den Hals, so daß das Mieder sittsam wirkte; es war mit einer silbernen Kordel verschnürt. Der in Falten gelegte Rock war ebenfalls aus dem gleichen Stoff. Am Umhang war eine Kapuze befestigt, die sie abgestreift hatte, so daß man das dunkle, nicht modisch gekräuselte Haar sah; sie trug es in offenen, aus dem Gesicht gekämmten Locken.

Es war jedoch nicht ihre Kleidung, die mir sofort auffiel – sie war mehr oder weniger so gekleidet, wie man es von der Tochter eines Pfarrers erwartete, dessen Gehalt so bescheiden ist, daß seine Tochter sich ihren Lebensunterhalt selbst verdienen muß. Es war ihr Gesicht. Sie war nicht schön, aber sie besaß Würde. Sie war keineswegs so alt, wie ich angenommen hatte. Ich schätzte sie auf Mitte zwanzig – im Vergleich zu mir natürlich alt, aber eigentlich in der Blüte ihres Lebens. Ihr Gesicht war oval, die Haut glatt und samtig wie ein Blütenblatt, die Augenbrauen dunkel und schön geschwungen, die Nase etwas zu lang, die Augen groß, mit kurzen, dichten, dunklen Wimpern, der Mund immer in Bewegung. Ich fand später heraus, daß man an ihrem Mund ihre Gefühle viel besser erkennen konnte als an ihren Augen. Die Augen blickten vollkommen ruhig, die Lider zuckten nicht, aber um den Mund lag eine Spannung, die sie nicht unterdrücken konnte.

Ich war so erstaunt, daß ich nicht sprechen konnte, denn ich hatte sie mir ganz anders vorgestellt.

»Ihre Schülerin, Mistress Connalt«, sagte mein Vater. Während er uns beobachtete, zuckten seine Mundwinkel leicht; das hieß, daß er sich innerlich amüsierte und es nicht zeigen wollte.

»Ich hoffe, daß wir uns gut verstehen werden«, sagte ich.

»Das hoffe ich ebenfalls.«

Ihr Blick ruhte auf mir, und ihre Lippen bewegten sich leicht. Sie preßte den Mund zusammen, als ob ihr etwas an mir nicht ganz gefiele.

»Mistress Connalt hat uns ihren Lehrplan auseinandergesetzt«, sagte meine Mutter. »Er klingt sehr vielversprechend. Du solltest ihr jetzt ihr Zimmer zeigen, Priscilla, und dann anschließend das Schulzimmer. Mistress Connalt möchte so bald wie möglich mit dir zu arbeiten beginnen.«

»Möchten Sie Ihr Zimmer sehen?« fragte ich.

»Ja, gern«, antwortete sie, und ich führte sie hinauf.

Während wir die Treppe hinaufstiegen, meinte sie: »Ein schönes Haus. Ein Glück, daß es während des Krieges nicht zerstört wurde.«

»Mein Vater hat sich sehr bemüht, es zu erhalten.«

»Ach!« Sie holte überrascht Luft.

»Wie ich gehört habe, sind Sie in einem Pfarrhaus aufgewachsen«, bemerkte ich beiläufig.

»Ja, in Westering. Kennst du den Ort?«

»Leider nicht.«

»Er liegt in Sussex.«

»Hoffentlich ist es Ihnen hier nicht zu öde, wie man vielfach meint. Wir sind nahe der Küste, und deshalb bekommen wir auch den Ostwind mit voller Wucht zu spüren.«

»Das klingt wie eine Geographiestunde«, stellte sie fest; in ihrer Stimme schwang Lachen mit.

Das gefiel mir, und ich fühlte mich daraufhin wohler. Ich zeigte ihr ihr Zimmer, das neben dem Schulzimmer lag und nicht sehr groß war. Emily Philpots hatte darin gewohnt, aber sie war jetzt in das nächste Stockwerk, neben Sally Nullens, übersiedelt. Meine Mutter hatte es so haben wollen und die arme Emily damit schwer getroffen.

»Ich hoffe, daß es Ihnen zusagt«, meinte ich.

Sie wandte sich mir zu und antwortete: »Im Vergleich zum Pfarrhaus ist es luxuriös.« Ihr Blick wanderte zum Kamin, in dem auf Anordnung meiner Mutter ein Feuer brannte. »Im Pfarrhaus war es so kalt, daß ich vor dem Winter richtiggehend Angst hatte.«

Ich ließ sie allein, damit sie auspacken und sich waschen konnte. In einer Stunde wollte ich sie abholen, ihr das Schulzimmer und meine Bücher zeigen und ihr erklären, was ich bis jetzt gelernt hatte. Wenn sie wollte, konnte ich sie auch durch Haus und Garten führen.

Sie dankte mir mit einem beinahe scheuen Lächeln. »Ich glaube, daß ich hier sehr glücklich sein werde.«

Danach ging ich zu meinen Eltern hinunter, die, wie nicht anders zu erwarten, von der neuen Gouvernante sprachen.

»Eine Frau mit Selbstbeherrschung«, sagte meine Mutter.

»Sie verfügt zweifellos über Haltung«, antwortete mein Vater.

Meine Mutter lächelte mir zu. »Da ist Priscilla. Nun, meine Liebe, was hältst du von ihr?«

»Es ist noch zu früh, etwas zu sagen.«

»Seit wann bist du so vorsichtig mit deinem Urteil? Ich halte sie für sehr tüchtig.«

»Sie ist offensichtlich gut erzogen«, fügte mein Vater hinzu. »Meiner Meinung nach, Bella, sollte sie die Mahlzeiten mit uns einnehmen.«

»Die Mahlzeiten mit uns einnehmen! Die Gouvernante!«

»Aber du siehst ja, daß sie ganz anders ist als die alte Philpots.«

»Zweifellos. Doch mit uns essen! Und was ist, wenn wir Gäste haben?«

»Sie wird sich anpassen. Sie kann sich sehr klar ausdrücken.«

»Und wenn die Jungen nach Hause kommen?«

»Wieso?«

»Glaubst du nicht ... «

»Ich glaube, daß man eine junge Frau mit ihrer Erziehung nicht dazu verurteilen kann, das Essen allein in ihrem Zimmer einzunehmen. Mit der Dienerschaft kann sie natürlich auch nicht essen.«

»So ist es mit den Gouvernanten immer. Wie ich das hasse!«

»Was meinst du, Priscilla?« wandte sich mein Vater an mich und überraschte mich dadurch sehr, da er mich zum erstenmal in meinem Leben um meine Meinung fragte, so daß ich zu stottern begann und nicht wußte, was ich antworten sollte. »Versuchen wir es«, fuhr er fort, »wir werden ja sehen, was dabei herauskommt.«

Die Diener würden es sicherlich für sehr merkwürdig halten, daß jemand, der auf der sozialen Stufenleiter nur knapp über ihnen stand, die Mahlzeiten am Familientisch einnahm, und es würde Nullens und Philpots wieder neuen Stoff für Klatsch liefern.

Es war ja wirklich sehr merkwürdig, daß mein Vater sich zuerst um meine Erziehung und dann auch noch um das Wohlergehen meiner Gouvernante kümmerte. Natürlich fragte ich mich, was eigentlich dahintersteckte. Christabel Connalt würde Veränderungen mit sich bringen, das lag in der Luft.

In den nächsten Tagen stand sie im Mittelpunkt des allgemeinen Interesses. Sally Nullens und Emily Philpots sprachen endlos über sie, und die übrige Dienerschaft stand den beiden in nichts nach. Ich war natürlich mehr mit ihr zusammen als die anderen und versuchte sie kennenzulernen, was gar nicht einfach war. Zeitweise hielt ich sie für vollkommen selbstsicher. Dann wieder glaubte ich eine gewisse Verletzlichkeit an ihr zu entdecken. Es war der verräterische Mund, der alle möglichen Gefühle ausdrückte. Gelegentlich bildete ich mir ein, daß sie einen geheimen Groll hegte.

Ihr Allgemeinwissen und ihre pädagogischen Fähigkeiten standen außer Zweifel. Reverend William Connalt hatte, bevor er sie in die Welt hinausschickte, dafür gesorgt, daß sie sich ihren Lebensunterhalt verdienen konnte. Sie war gemeinsam mit den Söhnen des dortigen Gutsherrn unterrichtet worden, und ich nahm an, daß sie sich bemüht hatte, nicht nur mit ihnen Schritt zu halten, sondern sie sogar zu übertreffen. Sie wollte nämlich nicht bloß ebenso gut sein wie alle anderen, sondern besser.

Zuerst herrschte zwischen uns eine gewisse Zurückhaltung, aber ich war entschlossen, die Schranken zu überwinden, und es gelang mir auch – vor allem deshalb, weil sie bald herausfand, wie gering mein Wissen war. Mein Vater hatte anscheinend wirklich recht gehabt, denn wenn ich noch lange Emily Philpots überantwortet gewesen wäre, hätte es schlecht mit meiner Bildung ausgesehen.

Das sollte alles anders werden.

Wir nahmen Latein, Griechisch und Mathematik vor, und ich glänzte in keinem dieser Fächer. In englischer Literatur war ich nicht so schlecht. Infolge meiner Besuche bei Tante Harriet (ich nannte sie so, obwohl sie nicht meine richtige Tante war) interessierte ich mich für Theaterstücke und konnte ganze Shakespeareszenen auswendig. Obwohl Tante Harriet vor langer Zeit von der Bühne Abschied genommen hatte, arrangierte sie immer noch kleine Unterhaltungen und setzte uns dabei als Schauspieler ein. Das machte mir Spaß und steigerte mein Interesse für die Literatur.

Während der Literaturstunden wirkte Christabel nicht so zufrieden wie sonst. Ich begriff, daß sie nur dann glücklich war, wenn sie mir zeigen konnte, um wieviel gescheiter sie war als ich. Dabei hatte sie das gar nicht nötig. Sie war ja zu uns gekommen, um mich zu unterrichten. Außerdem war sie um zehn Jahre älter als ich, also verfügte sie zwangsläufig über ein größeres Wissen.

Es war sehr merkwürdig. Wenn ich dumme Fehler machte, sprach sie zwar sehr ernst zu mir, aber ihre Mundwinkel verrieten mir, daß sie sich eigentlich darüber freute; und wenn ich brillierte – zum Beispiel in Literatur –, sagte sie regelmäßig »Das war ausgezeichnet, Priscilla«, preßte aber die Lippen zusammen, und ich wußte, daß sie sich ärgerte.

Ich hatte mich immer schon für Menschen interessiert und mir Aussprüche gemerkt, die Aufschluß über ihren Charakter gaben. Meine Mutter pflegte mich deshalb auszulachen, und Emily Philpots meinte: »Wenn du dir wichtige Dinge genauso gut merken könntest, würde ich mit dir mehr Ehre einlegen.« Aber mich interessierten die längsten Flüsse oder die höchsten Berge nicht, mich interessierte nur, was die Menschen dachten.

Deshalb fand ich bald heraus, daß Christabel einen geheimen Groll hegte; und wenn es nicht so absurd gewesen wäre, hätte ich angenommen, daß er sich gegen mich richtete.

Mein Vater hatte Christabel vorgeschlagen, sich im Stall ein Pferd auszusuchen und mit mir auszureiten. Das machte ihr Freude. Sie erzählte mir, daß sie zu Hause die Pferde der Westerings hatte reiten dürfen, um sie zu bewegen.

Wenn wir ausritten, legten wir oft bei einem Gasthof eine Rast ein, tranken Apfelwein und aßen Käse mit Haferbrot oder mit frisch gebackenem Roggenbrot.

Manchmal ritten wir zum Meer hinunter und galoppierten den Strand entlang. Wenn ich bei solchen Gelegenheiten einen Wettritt vorschlug und sie gewinnen ließ, strahlte sie vor Freude.

Ich nahm an, daß dieses Verhalten die Folge ihrer unglücklichen Kindheit war; wahrscheinlich beneidete sie mich, weil ich stets ein so behütetes, angenehmes Leben geführt hatte.

Carl hatte sie in sein Herz geschlossen. Gelegentlich kam er sogar während der Unterrichtsstunden ins Schulzimmer und lernte mit uns, was mich sehr wunderte, denn in das Pfarrhaus schlich er immer wie eine Schnecke. Er erkundigte sich nach ihrem Lieblingslied und versuchte es zu spielen; allerdings war die Wirkung auf alle in Hörweite Befindlichen verheerend.

Zuerst weigerte sich Christabel, von sich zu erzählen, aber allmählich gewann ich ihr Vertrauen, und als sie erst einmal zu sprechen begonnen hatte, war es, als ob ein Damm geborsten wäre.

Bald sah ich den liebeleeren Haushalt vor mir: das Pfarrhaus war immer kalt und feucht, außerdem lag es direkt neben dem Friedhof, so daß sie nur Grabsteine sah, wenn sie aus dem Fenster blickte. Als sie noch ein Kind war, hatte ihr die Wäscherin erzählt, daß die Toten bei Nacht aus den Gräbern hervorkämen und tanzten, und wenn jemand ihnen dabei zusah, mußte er noch im gleichen Jahr sterben.

»Ich lag schaudernd im Bett«, erinnerte sie sich, »und kämpfte gegen die Versuchung an, aus dem Bett zu steigen und nachzusehen, ob sie wirklich tanzten. Ein paarmal tat ich es, und ich weiß heute noch, wie kalt die Dielen waren und wie der Wind am Fenster rüttelte. Ich fror, aber ich war nicht imstande, wieder ins Bett zurückzugehen.

Du kannst dir überhaupt nicht vorstellen, was für eine Kindheit ich gehabt habe. Sie hielten sich für gute Menschen und waren davon überzeugt, daß man nur dann ein guter Mensch ist, wenn man sich elend fühlt. Sie hielten es für tugendhaft zu leiden.«

»Wir haben hier auch jemanden, der so ist, Jasper, den alten Gärtner. Er ist nämlich Puritaner. Er war schon während des Krieges hier, als mein Vater so tat, als wäre er ein Anhänger Cromwells.«

»Erzähl mir davon«, rief sie, und ich erzählte ihr alles, was ich wußte. Sie hörte mir gebannt zu, und um ihre Lippen lag dabei ein leichtes Lächeln, das sie verschönte.

Manchmal hatte ich das Gefühl, daß sie ihre Eltern haßte.

Einmal sagte ich zu ihr: »Ich glaube beinahe, Sie sind froh, daß Sie von zu Hause fortgekommen sind.«

Sie preßte die Lippen zusammen. »Es war nie ein Zuhause ... wie dieses hier. Wie glücklich bist du doch, Priscilla, weil dich deine Mutter hier geboren hat.«

Mir kam diese Feststellung merkwürdig vor.

Ich ließ mir gern vom Pfarrhaus und dem Leben dort erzählen.

Wie das Kaninchen-Stew mit Wasser verlängert wurde, bis es nach nichts mehr schmeckte; wie sie Gott für diese Mahlzeit danken mußten; wie sie ihre Leibwäsche stopften und flickten, bis man kaum mehr erkennen konnte, wie sie ursprünglich ausgesehen hatte; wie sie stundenlang bei endlosen Morgengebeten im kalten Wohnzimmer knieten; wie sie Kleider für die Armen nähte, denen es ganz bestimmt besser ging als ihr. Und der Unterricht im Wohnzimmer, das im Winter eiskalt und im Sommer unerträglich heiß war. Sie lernte ohne Unterlaß, denn nur so konnte sie Gott dafür danken, daß er so gut zu ihr war.

Wieviel Bitterkeit ihr Mund ausdrückte! Die arme Christabel! Denn am Leben im Pfarrhaus hatten sie nicht so sehr die Entbehrungen und Strapazen gestört, sondern vielmehr die Lieblosigkeit – das wurde mir sehr bald klar. Die arme Christabel sehnte sich so sehr danach, geliebt zu werden.

Ich konnte sie sehr gut verstehen, denn ich befand mich meinem Vater gegenüber in einer ähnlichen Lage. Meine Mutter umhegte mich liebevoll, und Tante Harriet machte kein Geheimnis daraus, daß sie mich allen anderen vorzog; ich konnte also nicht behaupten, daß ich nicht genug Liebe bekam. Auch mein Vater war nicht unfreundlich zu mir; er war nur gleichgültig und kümmerte sich kaum um mich, weil ich nicht der Sohn war, den Männer seines Schlages sich immer so sehr wünschen. Deshalb war es bei mir zu einer fixen Idee geworden, daß ich irgendwie seine Anerkennung erringen und seine Aufmerksamkeit erregen mußte.

Christabels Verbitterung schwand, wenn sie von Westering erzählte. Ich sah das Dorf in Sussex vor mir – es gibt überall in England solche Orte, und unsere Gemeinde war sehr ähnlich. Die Kirche, das zugige, düstere Pfarrhaus, der Friedhof mit den schiefen Grabsteinen, die kleinen Hütten, das Herrenhaus, das über dem Dorf thronte – das Heim von Sir Edward Westering und Lady Letty, Tochter eines Grafen. Lady Letty tauchte in Christabels Erzählungen häufig auf; sie war offensichtlich eine markante Persönlichkeit. Ich konnte mir vorstellen, wie sie an der Spitze der

Familie Westering Einzug in die Kirche hielt – Sir Edward ein paar Schritte hinter ihr und dann die Jungen, die gemeinsam mit Christabel im Pfarrhaus unterrichtet wurden, bevor sie auf die Schule kamen. Ich sah auch Christabel in ihrem blauen Sergekleid vor mir, das an den Ellbogen schon fadenscheinig war, wie sie die Familie scheinbar gleichgültig beobachtete, während ihre Mundwinkel zuckten. Wahrscheinlich wünschte sie sich nichts sehnlicher, als ein Mitglied dieser Familie zu sein und in ihrem Kirchenstuhl zu sitzen.

Gelegentlich sah Lady Letty sie im Vorbeigehen an, und dann pflegte Christabel einen Knicks zu machen. Darauf Lady Letty: »Ach, die Tochter des Pfarrers. Christabel, nicht wahr?« Man konnte von ihr doch nicht erwarten, daß sie sich den Namen einer so unbedeutenden Person merkte. Also nickte Christabel, Lady Letty musterte sie genau und ging dann weiter.

Lady Letty hatte vorgeschlagen, daß die Tochter des Pfarrers reiten lernen sollte, um die Pferde der Westerings zu bewegen. »Wird den Pferden guttun«, hatte sie hinzugefügt. »Damit ich nicht auf die Idee käme«, meinte Christabel, »daß es zu meinem Besten geschah.«

Die Westerings waren überhaupt die Wohltäter des Dorfs. Zu Weihnachten schickten sie Decken und Gänse ins Pfarrhaus, die Mrs. Connalt mit Christabels Hilfe verteilte. Lady Letty gab zu verstehen, daß das Pfarrhaus auch Anspruch auf eine Decke und eine Gans habe – aber natürlich kein Aufhebens davon machen sollte. »Wir nahmen uns die fetteste Gans und die wärmste Dekke«, erzählte Christabel mit gequältem Lächeln.

Zu Ostern und zum Erntedankfest suchte Christabel im Küchengarten der Westerings Blumen und Gemüse aus, die die Gärtner dann in die Kirche brachten. Bei dieser Gelegenheit verwickelte Lady Letty sie oft in ein Gespräch und erkundigte sich dabei nach ihren Fortschritten. Christabel wurde jedesmal verlegen und fragte sich, warum Lady Letty sie immer wieder ins Herrenhaus kommen ließ; denn kaum war sie dort, hatte Lady Letty nichts Eiligeres zu tun, als sie wieder fortzuschicken.

Lady Lettys Verhalten gab tatsächlich Rätsel auf. Es war merkwürdig, daß sie sich für das Leben und Treiben im Dorf interessierte, denn sie war sehr häufig bei Hof. Gelegentlich fanden in Westering Manor Feste statt, wenn Adelige aus London zu Besuch kamen. Einmal war sogar der König bei ihnen zu Gast gewesen.

»Ich hatte das Gefühl, daß mein Leben immer in den gleichen Bahnen weitergehen und sich nie ändern würde«, erwähnte Christabel einmal. »Ich sah vor mir, wie ich immer älter und Mrs. Connalt immer ähnlicher wurde ... vertrocknet, verschrumpelt, wie ein lebender Leichnam, freudlos und in jedem unschuldigen Vergnügen schon eine Sünde witternd.«

Ich fand es merkwürdig, daß sie von ihrer Mutter als von Mrs. Connalt sprach – als distanziere sie sich von der Verwandtschaft.

Ich konnte sie verstehen. Ihr Äußeres war ungewöhnlich anziehend, und sie war überdurchschnittlich intelligent; sie sehnte sich nach einem abwechslungsreicheren Leben und fühlte sich benachteiligt. Sie haßte die gönnerhafte Haltung der Westerings, und sie war einsam, weil niemand sie liebte, weil sie mit niemandem über ihre Probleme sprechen konnte.

Zwei Wochen nach Christabels Ankunft begaben sich meine Eltern in unser Haus in London, weil sie bei Hofe anwesend sein mußten.

»Das muß wirklich aufregend sein«, meinte Christabel. »Ich würde so gern einmal bei Hofe vorgestellt werden.«

»Meine Mutter macht sich eigentlich nichts daraus«, antwortete ich. »Sie kommt nur mit, weil mein Vater es gern sieht.«

»Wahrscheinlich hält sie es für besser, wenn sie bei ihm ist.« Christabel preßte die Lippen zusammen. »Ein Mann wie er ... «

Ich war verblüfft. Das klang wie eine Kritik an meinem Vater, und ich hatte seit einiger Zeit beobachtet, daß sie in seiner Gegenwart befangen war. Das wunderte mich, denn schließlich hatte er sie in unser Haus gebracht, und wenn sie sich bei uns wohler fühlte als im Pfarrhaus, so verdankte sie es ausschließlich ihm.

Mein Tagesablauf war nun genau geregelt. Am Vormittag

unterrichtete mich Christabel, nach dem Mittagessen ritten wir aus oder gingen spazieren, und gegen fünf Uhr nachmittags kehrten wir wieder ins Schulzimmer zurück. Um diese Zeit war es schon finster, so daß wir bei Kerzenlicht weiterarbeiteten; für gewöhnlich stellte sie Fragen zum Stoff des Vormittags.

Einmal fragte ich sie, ob sie sich bei uns wohl fühle, und sie antwortete zornig: »Wie kommst du nur auf die Idee, daß ich mich nicht wohl fühle? Es ist das angenehmste Haus, das ich kenne.«

»Das freut mich.«

»*Du* gehörst zu den Glücklichen.« Ihr Ton klang vorwurfsvoll, und ich wußte, daß sie die Lippen wieder einmal zusammenpreßte.

Als wir eines Nachmittags von unserem Ausritt zurückkehrten, wußte ich in dem Augenblick, in dem wir zum Stall kamen, daß etwas vorgefallen war, denn überall herrschte geschäftiges Treiben. Zuerst glaubte ich, daß meine Eltern zurückgekehrt waren. Dann begriff ich, daß es sich nicht um meine Eltern handelte, und geriet in Erregung. Ich konnte es kaum erwarten, aus dem Sattel und ins Haus zu kommen.

Ich hörte ihre Stimmen und rief: »Leigh! Edwin! Wo seid ihr?«

Leigh stand oben auf der Treppe. In Uniform sah er wundervoll aus. Er war groß, hatte ein hageres Gesicht und strahlend blaue Augen, die einen faszinierenden Gegensatz zum schwarzen Haar bildeten, genau wie bei seiner Muttter. Als er mich sah, leuchteten seine Augen auf, und ich empfand wieder die Erregung, die mich bei jedem Wiedersehen mit ihm überkam.

Er lief die Stufen herunter, hob mich hoch und drehte sich mit mir im Kreis. »Hör sofort auf!« befahl ich ihm. Er gehorchte, umschloß mein Gesicht mit beiden Händen und drückte mir einen schallenden Kuß auf die Stirn.

»Du bist doch tatsächlich gewachsen, schöne Base«, stellte er fest.

Er nannte mich immer »schöne Base«. Wenn ich darauf hinwies, daß wir überhaupt nicht verwandt wären, erklärte er: »Aber wir sollten es sein. Ich habe zugesehen, wie sich das häßliche kleine Entlein zu einem schönen Schwan entwickelt hat. Als du auf die Welt kamst, sahst du aus wie ein kleiner Affe, und jetzt bist du eine Gazelle, meine schöne Base.«

Leigh neigte zu Übertreibungen. Bei ihm war alles entweder wunderbar oder entsetzlich. Meinem Vater ging er damit auf die Nerven, aber mir gefiel seine Art, wie mir überhaupt alles an ihm gefiel; er war der vollkommene ältere Bruder, und ich wünschte mir oft, daß er es wirklich wäre. Natürlich liebte ich Edwin. Er war sanft und immer bestrebt, niemanden zu verletzen. Er war den Dienern gegenüber sehr höflich, und sie waren ihm ergeben; aber die Frauen zogen Leigh vor.

Inzwischen hatte Leigh Christabel bemerkt, die mit leicht geröteten Wangen und ein wenig zerzausten Locken hinter mir hereingekommen war.

Ich stellte sie einander vor, und er verneigte sich galant. Christabel musterte ihn, und ich erwähnte nicht, daß sie meine Gouvernante war; ich wollte es ihm zu gegebener Zeit erzählen. Ich hatte nämlich das Gefühl, daß es ihr Spaß machte, für einen Gast des Hauses gehalten zu werden, wenn auch nur für kurze Zeit.

»Wir sind ausgeritten«, erklärte ich. »Wann bist du angekommen? Ist Edwin auch hier?«

»Wir sind zusammen gereist. Edwin!« rief er. »Wo bist du? Priscilla fragt nach dir.«

Edwin tauchte auf der Treppe auf. Auch er sah sehr gut aus, sogar besser als Leigh, obwohl er kleiner und nicht so kräftig gebaut war.

»Priscilla!« Er kam die Treppe herunter. »Es tut gut, dich zu sehen. Wo ist Mutter?« Er hatte sich Christabel zugewandt.

»Mistress Connalt«, stellte ich vor. Und dann zu Christabel: »Mein Bruder, Lord Eversleigh.«

Edwin verbeugte sich.

»Sie sind bei Hof«, beantwortete ich seine Frage.

Edwin zuckte enttäuscht die Schultern.

»Vielleicht kommen sie zurück, während ihr noch da seid. Könnt ihr lange bleiben?«

»Eine Woche, vielleicht auch etwas länger.«

»Drei, vier Wochen«, schlug Leigh vor.

»Ich freue mich so sehr. Ich lasse eure Zimmer herrichten ... «

»Ist nicht notwendig«, unterbrach mich Leigh. »Sally Nullens hat uns schon gesehen und flattert aufgeregt herum. Sie freut sich so sehr, ihre kleinen Lieblinge wieder bei sich zu haben.«

»Sie wissen ja, wie Kinderfrauen sind, Mistress Connalt«, sagte Edwin, »wenn sie ihre Schutzbefohlenen wieder um sich haben.«

Er hatte erkannt, daß Christabel unsicher und zurückhaltend war, und wollte ihr die Befangenheit nehmen.

»Ich hatte nie eine, also kann ich nicht mitreden«, antwortete sie.

»Dann sind Sie dieser Unterdrückung entgangen«, warf Leigh leichthin ein.

»Wir waren zu arm«, fuhr Christabel beinahe herausfordernd fort.

Ich fühlte mich unbehaglich; jetzt war die Erklärung fällig. »Christabel ist hier, um mich zu unterrichten. Sie hat vorher in einem Pfarrhaus in Sussex gelebt.«

»Wie geht es Carl im Pfarrhaus?« erkundigte sich Edwin. »Und wo steckt er überhaupt?«

»Wahrscheinlich im Sommerhaus, um Flageolett zu spielen.«

»Der arme Junge! Er muß ja ganz erfroren sein.«

»Wenigstens verschont er uns mit dem entsetzlichen Lärm, den er produziert«, bemerkte Leigh.

»Was wolltest du eigentlich jetzt tun?« fragte Edwin.

»Waschen, umziehen und dann ist es Zeit fürs Abendessen.«

»Wir werden unsere Uniformen ablegen«, sagte Leigh. Er grinste Christabel und mich an. »Ich weiß, daß wir in ihnen verführerisch aussehen, und Sie werden über die Verwandlung entsetzt sein, Mistress Connalt. Priscilla ist daran gewöhnt, deshalb muß ich sie nicht erst warnen.«

Ich freute mich darüber, daß er versuchte, Christabel in die Unterhaltung einzubeziehen. Sie erinnerte mich an ein Kind, das die Zehen ins Wasser taucht – es möchte hinein, getraut sich aber nicht.

Ich musterte die beiden: ihre breitkrempigen Hüte mit den prächtigen Federn, die prunkvollen Mäntel, die Kniehosen, die glänzenden Stiefel, die Degen.

»Ihr seht recht gut aus, aber keineswegs verführerisch«, dämpfte ich Leighs Übermut, »und wir wissen ohnehin, daß ihr das gute Aussehen nur der Uniform verdankt, nicht wahr, Christabel?«

Sie lächelte. Die beiden hatten es tatsächlich geschafft, ihren Unmut zu vertreiben.

»Kommt jetzt«, forderte ich sie auf. »Wir müssen uns waschen und umziehen ... wir alle. Das Essen wird sonst kalt, und ihr wißt, daß das die Köchin kränkt.«

»Befehle«, rief Leigh. »Mein Gott, du bist ärger als unser Kommandant. Nicht zu übersehen, daß wir wieder zu Hause sind, was, Edwin?«

»Es tut gut, wieder hier zu sein«, konstatierte Edwin freundlich.

An diesem Abend sah Christabel sehr hübsch aus. Vielleicht war es das Kerzenlicht, vielleicht eine andere Ursache. Meine Mutter behauptete immer, daß Kerzenlicht einer Frau mehr schmeichle als alle Schönheitsmittel. Außerdem trug sie eine wundervolle Robe. Das lange, spitz zulaufende Mieder war tief ausgeschnittten und ließ ihre makellosen Schultern frei. Eine Lokke hatte sich aus dem Knoten in ihrem Nacken gelöst und hing auf eine Schulter herab. Das Kleid war aus lavendelfarbiger Seide und das Unterkleid aus grauem Satin. Ich fragte mich, wie sie in dem knickrigen Pfarrhaus zu so einem Kleid gekommen war, und erfuhr später, es sei eines der abgelegten Kleider von Lady Letty.

Edwin und Leigh waren aus ihren prächtigen Uniformen geschlüpft, sahen aber auch in den knielangen Hosen und den kurzen Jacken gut aus. Der Mode entsprechend waren ihre Jacken mit Schleifen besetzt, wobei Edwin eher des Guten zuviel getan hatte, denn er richtete sich sklavischer nach der Mode als Leigh. Letzterer hielt nicht viel von den Spitzen und Bändern, die als

Reaktion auf die früheren puritanischen Kleidervorschriften en vogue waren.

Carl war vor Freude ganz aus dem Häuschen, so daß wir eine fröhliche Tischrunde bildeten. Ich mußte daran denken, wie enttäuscht meine Mutter darüber sein würde, daß sie die beiden versäumt hatte.

Sie erzählten von ihren Abenteuern, denn sie waren geradewegs aus Frankreich gekommen. Von den Gesprächen an diesem Abend prägten sich mir jedoch am nachhaltigsten die Bemerkungen über Titus Oates und die papistische Verschwörung ein, dem Vorspiel zu den Ereignissen, die kurz darauf folgten.

»Die Stimmung in England ist heute anders als zu der Zeit, da wir uns nach Frankreich einschifften«, bemerkte Leigh.

»Veränderungen ergeben sich oft sehr rasch«, stimmte Edwin zu, »und wenn man aus dem Ausland zurückkehrt, merkt man sie deutlicher als die Daheimgebliebenen, die sich allmählich daran gewöhnt haben.«

»Veränderungen?« fragte ich. »Was für Veränderungen?«

»Der König ist nicht alt«, meinte Edwin. »Er ist erst fünfzig.«

»Fünfzig!« rief Carl. »Das ist ja uralt.«

Alle lachten.

»Nur für ein Kind, mein Junge«, meinte Leigh. »Nein, Old Rowley wird noch eine gute Weile am Leben bleiben. Er *muß* am Leben bleiben. Ein Jammer, daß er keinen Sohn hat.«

»Ich war der Meinung, daß er mehrere Söhne hat«, warf Christabel ein.

»Leider sind sie alle unehelich.«

»Mir tut die Königin leid«, sagte Edwin. »Die arme, sanfte Frau.«

»Es ist einfach idiotisch zu behaupten, daß sie an einer Verschwörung beteiligt ist, die sich den Tod des Königs zum Ziel gesetzt hat«, fügte Leigh hinzu.

Carl beugte sich vor. Er war so aufgeregt, daß er sogar seine Lieblingsspeise, die Lammpastete, vergaß. Er war frühreif, denn mein Vater hatte immer darauf bestanden, ihn als Erwachsenen zu behandeln. Er wußte über den König, seine Mätressen und seine unehelichen Kinder genau Bescheid.

»War sie denn nicht daran beteiligt?« fragte er. »Wollte sie den König denn nicht töten? Hat sie keinen Liebhaber?«

»Was bist du doch für ein blasierter alter Knabe«, rief Leigh. »Die Königin ist die tugendhafteste Frau von England – Anwesende ausgenommen. Wenn sich dieser Titus Oates nicht vorsieht, wird er sich noch selbst an den Galgen bringen.«

»Vorerst hat er es geschafft, etliche andere an den Galgen zu bringen«, bemerkte Christabel.

»Wenn man nur beweisen könnte, daß der König Lucy Walter geheiratet hat. Dann wäre nämlich Jimmy Monmouth der nächste in der Thronfolge.«

»Eignet er sich denn zum König?« wollte Christabel wissen.

»Ich habe gehört, daß er ziemlich wild ist«, bemerkte ich.

»Er liebt weibliche Gesellschaft, das ist richtig«, gab Leigh zu. »Aber wer tut das nicht? Der König selbst ist ein großer Damenfreund. Aber Karl ist verschlagen, klug, listig und geistreich. Er hat erklärt, daß er nie mehr ein flatterhaftes Leben führen wird, wenn er nach dem langen Exil nach England zurückkehrt, und damit war es ihm sicherlich ernst.«

»Das Volk liebt ihn«, sagte Edwin. »Er besitzt den unverkennbaren Charme der Stuarts, und solchen Menschen wird leicht vergeben.«

Leigh ergriff meine Hand und küßte sie. »Vergibst du eigentlich mir meines Charmes wegen, schöne Base?«

Wir lachten alle; es war schwierig, in dieser Stimmung ein Thema ernsthaft zu erörtern, und wie hätten wir damals wissen können, daß die Politik unseres Landes noch eine so große Rolle in unserem Leben spielen würde?

Christabel strahlte an diesem Abend. Lady Lettys Kleid stand ihr ausgezeichnet, und Leigh und Edwin halfen ihr, ihre innere Unsicherheit zu überwinden. Sie wollte unbedingt beweisen, daß sie in der Geschichte des Landes besser bewandert war als ich, und lenkte das Gespräch wieder auf aktuelle Ereignisse.

»Vielleicht läßt sich der König scheiden, heiratet wieder und zeugt einen Sohn«, meinte sie.

»Das würde er nie tun«, widersprach Leigh.

»Zu bequem?« fragte Christabel.

»Zu sanftmütig«, wies Edwin sie zurecht. »Sind Sie je bei Hof eingeführt worden, Mistress Connalt?«

Das bittere Lächeln erschien wieder für einen Augenblick. »In meiner Stellung, Lord Eversleigh?«

»Denn wenn Sie vorgestellt worden wären«, fuhr Edwin fort, »hätten Sie sofort erkannt, was für ein toleranter Mann er ist. Wir sprechen hier freimütig über ihn – unter einem anderen Herrscher wäre das lebensgefährlich. Wenn er uns jetzt zuhören könnte, würde er sich an der Diskussion über seinen Charakter beteiligen und sogar selbst auf seine Fehler aufmerksam machen. Unsere Behauptungen würden ihn amüsieren, nicht ärgern. Er ist zu klug, um ein falsches Bild von sich selbst zu haben. Nicht wahr, Leigh?«

Leigh stimmte ihm zu. »Ich bin ganz deiner Meinung. Eines Tages wird allen bewußt werden, wie klug er ist. Wir haben in Frankreich gesehen, wie geschickt er ist. Der französische König glaubt, daß er Karl völlig beherrscht, aber eigentlich ist es genau umgekehrt. Nein, solange Karl unser König ist, ist alles in Ordnung. Das Problem ist die Thronfolge. Deshalb beklagen wir, daß er so viele Söhne hat, die eigentlich nicht hätten zur Welt kommen dürfen – und die obendrein die Staatskasse ganz schön belasten – und nicht fähig ist, den einen zu zeugen, der die Antwort auf die brennende Frage ›Wer ist der nächste?‹ wäre.«

»Hoffen wir, daß er ewig lebt«, sagte ich. »Trinken wir!«

»Ein Hoch auf Seine Majestät!« rief Leigh, und wir hoben unsere Gläser.

Carl wurde allmählich schläfrig und bemühte sich verzweifelt, wach zu bleiben. Meine Mutter hatte dagegen protestiert, daß er so viel Wein trinken durfte, wie er wollte, aber mein Vater war der Meinung gewesen, Carl müsse dazu erzogen werden, Alkohol zu vertragen. Diese Erziehung war in vollem Gang.

Christabel trank genauso mäßig wie ich, und die leichte Röte ihrer Wangen sowie ihre leuchtenden Augen waren nicht auf den Wein zurückzuführen. Sie war vollkommen verändert, und sie genoß den Abend beinahe wie in einer Art Fieber. Sie tat mir leid, denn solche Abende gab es in unserem Haus oft. Wie eintönig mußte ihr Leben in dem düsteren Pfarrhaus verlaufen sein.

Sie kannte sich in der Politik weit besser aus als ich und war bestrebt, es den beiden Männern zu beweisen.

»Eigentlich handelt es sich um einen religiösen Konflikt«, sagte sie, »wie bei fast allen politischen Konflikten. Es geht nicht so sehr um Monmouths Legitimierung als um die Frage, ob wir einen Katholiken auf dem Thron haben wollen.«

»Richtig«, Edwin lächelte ihr zu. »Daß Jakob katholisch ist, steht zweifelsfrei fest.«

Leigh beugte sich vor und flüsterte: »Ich habe gehört, daß Seine Majestät mit dem Gedanken an diesen Glauben spielt — aber behaltet es für euch.«

Ich warf Carl, der vor seinem Teller eingenickt war, einen Blick zu. Leigh neigte dazu, leichtsinnig zu sein.

Edwin sagte rasch: »Es handelt sich nur um eine Vermutung. Der König hat es bestimmt nicht darauf angelegt, das Mißfallen seiner Untertanen zu erregen.«

»Was wird er also tun?« wollte ich wissen. »Monmouth legitimieren oder seinen katholischen Bruder als Thronfolger akzeptieren?«

»Ich hoffe inbrünstig, daß es Monmouth sein wird«, antwortete Leigh, »denn wenn ein katholischer König den Thron besteigt, kommt es zu einer Revolution. Seine Untertanen sind dagegen. Erinnern wir uns doch nur an die Scheiterhaufen von Smithfield.«

»Auf beiden Seiten gab es religiöse Verfolgungen«, warf Christabel ein.

»Aber die Menschen werden Smithfield, den Einfluß Spaniens und die drohende Gefahr der Inquisition nie vergessen. Sie werden sich an Bloody Mary erinnern, solange England ein Königreich ist. Deshalb bleibt Old Rowley nichts anderes übrig, als weitere zwanzig Jahre zu leben.« Leigh erhob sein Glas. »Noch einmal, auf das Wohl Seiner Majestät.«

Danach sprachen wir über Titus Oates, der dadurch Aufsehen erregt hatte, daß er angeblich die papistische Verschwörung aufgedeckt hatte.

Edwin erzählte uns, daß Titus die geistlichen Weihen empfangen und vom Herzog von Norfolk eine kleine Pfründe erhalten hatte, bis er in einen Prozeß verwickelt wurde, im Anschluß daran sein Amt aufgab und schließlich Kaplan in der Flotte wurde.

»Ich bin davon überzeugt, daß er sich auf mehr oder weniger ehrliche Weise durchs Leben schlägt«, griff Leigh ein, »und die Aufdeckung der papistischen Verschwörung sollte ihm sicherlich zum Vorteil gereichen.«

»Das Volk war bereit, ihm zu glauben«, erklärte Christabel, »weil die Menschen immer schon Angst vor einer Bedrohung des Protestantismus hatten. Nun ist der Herzog von York Thronerbe, man weiß allgemein, welcher Seite er zuneigt, und da ist es natürlich leicht, den Unmut der breiten Masse zu wecken.«

»Genau«, bestätigte Edwin und lächelte ihr bewundernd zu. »Angeblich wollten die Verschwörer, lauter Katholiken, die Protestanten umbringen – so wie in der Bartholomäusnacht in Frankreich die Hugenotten umgebracht wurden –, den König ermorden und seinen Bruder Jakob auf den Thron setzen. Es ist Oates gelungen, die Massen aufzuwiegeln, und die Situation spitzt sich zu.«

»Ich könnte schwören, daß kein Wort davon wahr ist«, fügte Leigh hinzu.

»Ja, es ist blanker Unsinn«, pflichtete ihm Edwin bei.

»Aber ein gefährlicher Unsinn«, meinte Leigh. »Wenn man bedenkt, was er Oates eingetragen hat – eine Pension von neunhundert Pfund jährlich und eine Wohnung in Whitehall, von der aus er die Untersuchung führt.«

»Wie konnte das geschehen?« rief ich.

»Das Volk verlangte es«, antwortete Leigh, »so geschickt hat er die Protestanten gegen die Katholiken aufgebracht. Man hinterbrachte mir eine schreckliche Neuigkeit, die sich leider als richtig herausstellte. Sir Jocelyn Frinton, ein Freund unserer Familie und katholischer Familienvater, wurde in seinem Haus verhaftet, der Beteiligung an der Verschwörung beschuldigt und hingerichtet.«

»Entsetzlich«, rief Edwin. »Man begreift erst, worum es geht, wenn jemand betroffen ist, den man kennt.«

»War er an der Verschwörung beteiligt?« fragte Christabel.

»Ach, Mistress Connalt«, antwortete Leigh, »hat es überhaupt eine Verschwörung gegeben?«

»Ihr Freund muß aber doch etwas Unrechtes getan haben.«

»O ja, er dachte anders als Titus Oates.«

»Ich habe nie verstanden und verstehe heute noch nicht«, warf Edwin ein, »warum Menschen, die den christlichen Glauben auf ihre Weise auslegen, so erbittert jene bekämpfen, die die gleiche Religion auf etwas andere Art ausüben.«

Eine Zeitlang schwiegen wir, dann sagte Leigh: »Schluß mit diesem düsteren Gespräch. Erzählt uns, was ihr getan habt.«

Es gab nicht viel zu erzählen, und Leigh schlug vor, am nächsten Tag ans Meer zu reiten. Wir konnten im Old Boar's Head einkehren, wo es den besten Apfelwein der Welt gab.

Christabel erinnerte mich daran, daß wir am Vormittag Unterricht hatten.

»Unterricht!« widersprach Leigh. »Ich versichere Ihnen, daß wir den Tag für Ihre Schülerin äußerst lehrreich gestalten werden.«

Wir lachten. An diesem Abend waren wir alle in bester Stimmung.

Am nächsten Tag ritten wir zum Old Boar's Head. Wir tranken Apfelwein, der uns zu Kopf stieg, so daß wir über jede Kleinigkeit übermäßig lachten. Wir galoppierten die Küste entlang, und Edwin blieb stets in Christabels Nähe, weil er bemerkt hatte, daß sie nicht so sicher im Sattel saß wie die anderen.

Am nächsten Tag schlug Leigh einen Ausflug in eine andere Richtung vor, und obwohl Christabel Einwände erhob, wurde sie überstimmt – worüber sie offensichtlich sehr glücklich war.

Im Lauf dieser Tage wurde sie immer hübscher, denn Edwin und Leigh hatten anscheinend vergessen, daß sie »nur die Gouvernante« war, wie sie sich selbst leicht verbittert bezeichnete, und benahmen sich ihr gegenüber, als wäre sie ein Gast und zugleich eine vertraute Freundin der Familie. Beide schenkten ihr sehr viel Beachtung. Zu mir waren sie freundlich wie immer, aber Christabel wollten sie gefallen. Christabels Augen funkelten unter den dichten Wimpern, ihre Wangen hatten sich gerötet, und ihr Mund zitterte und zuckte nicht mehr, sondern war voller und weicher geworden.

Beunruhigt fragte ich mich: Ist sie im Begriff, sich zu verlieben? In Edwin? In Leigh? Ich war besorgt, denn Leigh ver- und entliebte sich leicht, und ich fragte mich, ob Christabel ihn durchschaute. Edwin war anders, ernster. Aber er war auch Lord Eversleigh, Erbe eines bedeutenden Namens und eines großen Besitztums. Meine Eltern erwarteten von ihm, daß er eine passende Partie machen würde, das heißt, ein Mädchen seines adeligen Ranges und seines Reichtums heiraten würde. Es gab bereits zwei Anwärterinnen auf den Platz an Edwins Seite. Die eine war Jane Merridew, die Tochter des Grafen von Milchester, und die zweite Caroline Egham, die Tochter von Sir Charles Egham. Beide Familien hatten schon Kontakte aufgenommen, und eine Verlobung lag im Bereich der Möglichkeit. Edwin kannte beide Mädchen und mochte sie gut leiden. Meine Mutter hatte angenommen, daß der immer so fügsame Edwin tun würde, was man von ihm erwartete. Er hatte es ja immer getan.

Christabel sah gut aus und war auch klug. Sie war eine genauso repräsentative Erscheinung wie Jane oder Caroline, aber sie stammte aus einem mittellosen Pfarrhaus und war deshalb als Lady Eversleigh nicht akzeptabel.

Diese unbestimmte Sorge überschattete das Glück jener Tage;

doch dann geschah plötzlich etwas so Unerwartetes, daß ich alles andere vergaß.

Es war gegen fünf Uhr nachmittags, eine Woche nach der Rückkehr von Leigh und Edwin. Der Mond stand am Himmel, und sein Licht fiel immer wieder durch die dunklen Wolken, die der heftige Südwestwind vor sich hertrieb.

Es war ein schöner Tag gewesen. Wir waren durch den Wald geritten, in dem ein paar Eichen und Weißbuchen immer noch Blätter trugen. Bald würden sie ganz kahl sein, und ihre Zweige würden vor dem hellen Himmel kunstvolle Muster bilden. Wir ritten über braune Felder, in denen ein zarter Hauch von Grün anzeigte, daß der Weizen aufgegangen war. Bald würde der Winter und damit das Weihnachtsfest kommen. Die meisten Blumen waren verschwunden, nur gelegentlich blühte noch ein Ginsterstrauch. Leigh zeigte ihn uns vergnügt und erinnerte an das alte Sprichwort, daß man die Mädchen küssen soll, wenn der Ginster blüht – also das ganze Jahr hindurch. Ab und zu sang ein Vogel, aber es klang traurig. Eine Amsel flötete ein paar Töne und schwieg dann, als wäre sie über das Ergebnis enttäuscht. Im Wald hörte ich einen Specht, der uns beinahe auszulachen schien.

Ja, dachte ich, in der Luft liegt eine Warnung. Der Winter kommt – vielleicht wird es ein strenger Winter, weil es so viele Beeren gibt; es heißt ja, daß die Natur dadurch Vorsorge für ihre Kinder trifft.

Als wir bei einem Wirtshaus haltmachten, half Edwin Christabel beim Absitzen, und ich fand, daß er ihre Hand länger als notwendig hielt, Edwin war anscheinend in Hochstimmung, aber ernst; Christabel strahlte.

O ja, ich sah Schwierigkeiten voraus.

Als wir durch den Wald zurückkehrten, ritt ich ihnen absichtlich davon. Es war eine Art Spiel, und bis jetzt hatten sie mich noch jedesmal eingeholt. Diesmal taten sie es nicht, so daß ich allein zu Hause ankam. Ich hatte keine Lust, hineinzugehen, sondern wollte über alles nachdenken. So kam es, daß ich mich um diese Zeit im Garten aufhielt.

Meine Eltern würden bald zurückkommen, denn sie blieben nie lang bei Hof. Meine Mutter haßte es, lange von zu Hause abwesend zu sein. Überdies war bald Weihnachten, und sie mußte ihre Vorbereitungen treffen. Für gewöhnlich hatten wir während dieser zwölf Tage das Haus voller Gäste. Ich fragte mich, wer es diesmal sein würde. Da Edwin und Leigh zu Hause waren, würden sicherlich die Merridews und die Eghams kommen.

Auf Weihnachten freute ich mich. Da gingen wir in den Wald und brachten Stechpalmenzweige und Efeu nach Hause. Damit schmückten wir die Halle; die Weihnachtssinger und die Masken kamen; es gab heißen Punsch und üppigen Braten. Jeder schenkte jedem etwas – wunderbare Überraschungen und auch ein paar Enttäuschungen; wir tanzten, veranstalteten Gesellschaftsspiele, vor allem spielten wir im ganzen Haus Verstecken. Diesmal würden Christabel, Edwin und Leigh das alles mitmachen.

Einerseits sehnte ich mich danach, daß meine Mutter bald nach Hause käme, andererseits war ich froh darüber, daß sie noch in London blieb. Wenn sie wieder da war, würde die ganze Affäre bald ein Ende haben. Vielleicht würde sie Christabel fortschikken. Wohin? Zurück in das düstere Pfarrhaus? Christabel hatte es mir so anschaulich beschrieben; mich hatte ein Schauder überlaufen, wenn sie von der Kälte sprach; ich hatte das geschmacklose Stew auf meiner Zunge gespürt; meine Knie hatten infolge der langen Gebete geschmerzt. Ich hatte Christabel ins Herz geschlossen und bekam Angst, daß man sie wieder dem Elend aussetzen würde.

Ohne es zu bemerken, war ich zu dem Blumenbeet gekommen, bei dem es spukte. Ein düsterer Ort – aber nur wegen der Assoziationen, die er weckte. In Wirklichkeit war er schön. Ein paar späte Rosen blühten noch, die die Winterkälte und der Wind entblättern würden. Jenseits des Rosenbeetes standen Büsche, und mir fiel auf, daß sie wahrscheinlich am Entstehen der Spukgeschichten schuld waren. Sie wirkten im wechselhaften Mondlicht unwirklich, und man konnte sich leicht einreden, daß in ihrem Schatten Gespenster lauerten.

Plötzlich hörte ich zwischen den Büschen ein Geräusch, das Rascheln von Blättern, das Knacken eines Zweiges. Es hätte ein Kaninchen sein können, aber irgendwie wußte ich, daß es etwas anderes war. Mein Herz klopfte wild; zwischen den Büschen befand sich etwas.

Mein erster Impuls war, kehrtzumachen und zum Haus zurückzulaufen, aber meine Neugierde war größer als meine Angst, und ich blieb stehen, starrte die Büsche an und lauschte den Geräuschen.

Stille. Die dunklen Bäume verbargen . . . was? Der Mond war jetzt beinahe zur Gänze hinter Wolken verschwunden. Plötzlich befürchtete ich, daß hier übernatürliche Kräfte am Werk waren. Es würde sofort stockfinster sein, und dann würden mich geheimnisvolle Hände ins Gebüsch ziehen.

Da war sie wieder – die vorsichtige Bewegung. Jemand beobachtete mich.

Ich rief: »Wer ist da?«

Keine Antwort.

»Ich weiß, daß Sie da sind«, rief ich. »Kommen Sie heraus, sonst hole ich die Hunde.«

Unsere Hunde waren zwei rote Setter – Castor und Pollux –, die alle Menschen liebten und nur dann bellten, wenn sie um Knochen rauften.

Da sagte eine Stimme: »Ich *muß* mit Lord Eversleigh sprechen.«

Ich war sehr erleichtert, denn es handelte sich um einen Menschen, keinen Geist.

»Wer sind Sie?« fragte ich.

»Bitte holen Sie Lord Eversleigh. Ich weiß, daß er sich jetzt im Haus befindet.«

»Warum kommen Sie nicht ins Haus, wenn Sie mit ihm sprechen wollen?«

»Sind Sie seine Schwester Priscilla?«

Offensichtlich kannte der Betreffende, dessen Stimme angenehm klang, meine Familie.

»Ich bin Priscilla Eversleigh«, antwortete ich. »Und wer sind Sie? Kommen Sie heraus, und zeigen Sie sich.«

»Das ist zu gefährlich. Bitte sprechen Sie leise, und bitte, *bitte* bringen Sie Lord Eversleigh hierher.«

Ich machte ein paar Schritte auf das Gebüsch zu. Vielleicht war er ein Räuber, ein Mörder oder ein Geist; aber ich war immer schon leichtsinnig gewesen und neigte dazu, voreilig zu handeln.

Wieder hörte ich seine eindringliche Stimme. »Ja, bitte, kommen Sie unter die Bäume, es ist sicherer.«

Ich folgte dem Pfad ein Stück, und dann sah ich ihn, denn der Mond war inzwischen wieder hinter den Wolken hervorgekommen. Er trug einen Mantel, einen dunklen Filzhut und eine kurze Perücke – eine Mode, die der Bruder des Königs eingeführt hatte.

»Ich bin Jocelyn Frinton«, sagte er.

Ich hatte immer geglaubt, daß man in einem solchen Augenblick eine Vorahnung haben müsse. Ich zitterte wohl vor Aufregung, aber nur, weil ich mich an das Gespräch beim Abendessen erinnerte, bei dem ich den Namen gehört hatte, und weil ich das Gefühl hatte, hier in unserer Abgeschiedenheit in eine Intrige verwickelt zu werden.

»Ich habe von Ihnen gehört«, antwortete ich.

»Sie haben meinen Vater ermordet und sind jetzt hinter mir her. Bitte … Ich weiß, daß Eversleigh hier ist. Er wird mir ganz bestimmt helfen. Bitte, sagen Sie ihm Bescheid. Denken Sie daran … sprechen Sie nur mit Eversleigh … oder mit Leigh Main, falls er sich auch hier befindet … sprechen Sie mit niemand anderem. Es ist gefährlich … es geht um Leben und Tod. Wenn sie mich fangen …«

»Ich habe verstanden. Bis zum Morgen sind Sie hier in Sicherheit. Die Leute glauben, daß es an diesem Ort spukt, deshalb kommt nachts niemand hierher. Und jetzt verständige ich meinen Bruder.«

Er lächelte, und mir fiel jetzt erst auf, wie gut er aussah. Ich hatte noch nie einen so gutaussehenden Mann kennengelernt, und plötzlich wollte ich ihm um jeden Preis helfen.

Als ich ins Haus kam, sah ich, daß die anderen inzwischen eingetroffen waren.

»Wo warst du denn?« fragte Leigh. »Und was ist mit dir los? Du siehst aus, als hättest du ein Gespenst gesehen.«

»Komm herein, ich muß mit dir sprechen. Es ist sehr wichtig. Ich habe wirklich etwas gesehen.«

Leigh legte mir liebevoll den Arm um die Schultern. »Ich habe ja gewußt, daß es ein Gespenst war.«

»Gefährlicher.«

Edwin, Leigh, Christabel und ich gingen ins Schulzimmer. Kaum hatten wir die Tür hinter uns geschlossen, platzte ich heraus: »Jocelyn Frinton hält sich im Gebüsch versteckt.«

»Was!« rief Leigh.

»Er ist doch tot«, sagte Edwin.

»Nein, es ist der Sohn des Toten. Sie machen Jagd auf ihn. Als ich nach Hause kam, ging ich noch in den Garten und bemerkte, daß sich jemand zwischen den Sträuchern bewegte. Ich brachte ihn dazu, mit mir zu sprechen; er will Edwin oder Leigh sehen ... er bittet euch, ihm zu helfen. Sie haben seinen Vater umgebracht, sagt er, und ihm würde es nicht besser ergehen, wenn sie ihn fassen.«

»Gott steh uns bei!« rief Leigh. »Daran ist dieses Ungeheuer Titus Oates schuld.«

»Was sollen wir jetzt tun?« fragte Christabel.

»Wir müssen ihm natürlich helfen«, antwortete Leigh.

»Aber wie?« wollte Edwin wissen.

»Zuerst einmal müssen wir ihm etwas zu essen bringen, und dann ein Versteck für ihn finden.«

»Im Gebüsch kann er jedenfalls nicht bleiben«, warf ich ein.

»Nein«, stimmte mir Edwin zu, »aber dieser Wahnsinn wird früher oder später aufhören. Oates fängt an, sein wahres Gesicht zu zeigen. Im Lauf der Zeit wird sich das Volk gegen ihn wenden.«

»Es kann aber noch ein oder zwei Jahre dauern, bis es soweit ist«, gab Christabel zu bedenken.

»Trotzdem müssen wir Jocelyn zunächst an einen sicheren Ort

bringen«, erklärte Leigh, der immer schon ein Mann der Tat gewesen war.

»Neben der Bibliothek befindet sich die Geheimkammer, in der mein Vater während des Krieges unsere Familienschätze versteckt und sie so gerettet hat«, sagte ich.

Edwin überlegte. »Wenn man ihn entdeckt, würde die Familie in diese Angelegenheit mit hineingezogen.«

»Vater haßt die Papisten ohnehin«, erklärte ich.

»Da hast du es«, meinte Edwin. »Das Land ist gespalten. Daran ist Oates mit seinen Lügen schuld. Die Menschen machen sich Sorgen wegen der Thronfolge, es gehen Gerüchte über den Bruder des Königs und seine Religionszugehörigkeit um ...«

»Ich weiß, ich weiß«, unterbrach ihn Leigh ungeduldig, »aber inzwischen müssen wir etwas wegen Jocelyn unternehmen. Wenn sie ihn erwischen, ist es aus mit ihm. Wo können wir ihn unterbringen?«

»Wir müssen sehr vorsichtig sein«, mahnte ich. »Jasper ist ein Fanatiker. Er würde Frinton sofort entdecken, wenn er weiterhin im Gebüsch bleibt, und es ist ganz klar, wie er reagieren würde. Er hält die Katholiken für Werkzeuge des Teufels und spricht immer wieder von der großen Hure Babylon.«

»Dann kommen weder das Haus noch der Garten in Frage«, stellte Leigh fest.

»Ich weiß einen Ort!« rief ich. »Mutter zeigte ihn mir. Eine Zeitlang geht es sicherlich, denn dein Vater versteckte sich dort, Edwin, als er während des Commonwealths hierher flüchtete.«

»Gut, gut«, unterbrach mich Leigh. »Woran denkst du?«

»An die White-Cliff-Höhle am Strand. Dorthin verirrt sich kaum jemand. Sie wäre ein gutes Versteck.«

»Das ist bis jetzt der vernünftigste Vorschlag«, stellte Leigh anerkennend fest. »Nur müssen wir uns beeilen.«

Plötzlich verstummte er, legte einen Finger an die Lippen und lauschte. Dann schlich er zur Tür und riß sie auf. Carl fiel beinahe ins Zimmer herein.

Er grinste uns an. »In der Speisekammer habe ich eine Fleischpastete gesehen. Ich werde ein großes Stück für ihn abschneiden. Und Ale werde ich ihm auch bringen.«

Wir waren alle sprachlos, als uns klar wurde, wie unvorsichtig wir gewesen waren. Der Lauscher hätte ebensogut einer der Diener, unter Umständen sogar Jasper sein können.

Leigh schubste Carl liebevoll.

»Weißt du, was mit Leuten geschieht, die an Türen lauschen?« fragte er.

»Ja«, antwortete Carl, »sie treten ein und machen mit.«

Es war nicht weiter schwierig, Jocelyn Frinton in die Höhle zu bringen. Sobald im Haus alles schlief, ritten Leigh und Edwin mit ihm hinunter. Falls jemand entdeckte, daß sie fort gewesen waren, würden die Diener die Schultern zucken und annehmen, sie seien hinter irgendwelchen Mädchen hergewesen. Jasper würde den Kopf schütteln und mit dem Höllenfeuer drohen, aber das wäre auch schon alles.

Carl hatte die Speisekammer geplündert; es war allgemein bekannt, wie gefräßig er war, und niemand, der ihn dabei erwischte, hätte sich gewundert. Christabel und ich hatten Jocelyn ein paar Decken mitgegeben.

Es war Mitternacht, als Edwin und Leigh zurückkehrten, denn bis zur White-Cliff-Höhle waren es etwa drei Meilen. Christabel und ich hatten am Fenster gesessen und auf sie gewartet. Wir hatten Carl dazu gebracht, zu Bett zu gehen, indem wir ihm versprachen, ihn zu holen, sobald Edwin und Leigh wiederkamen – falls er dann noch wach war.

»Natürlich werde ich noch wach sein«, hatte er erklärt, aber als ich um elf Uhr nach ihm sah, schlief er schon tief und fest.

»Mein Vater ist zwar im allgemeinen sehr tolerant, aber nicht den Katholiken gegenüber«, erklärte ich Christabel. »Er mag den Herzog von York nicht, denn er ist davon überzeugt, daß es zu einer Katastrophe kommt, wenn er den Thron besteigt, zu einer Revolution. Er ist unbedingt dafür, daß Monmouth als Thronerbe eingesetzt wird.«

»Was wäre passiert, wenn er Jocelyn Frinton entdeckt hätte?«

»Ich weiß es nicht. Er kannte Jocelyns Vater und wußte sicherlich, daß es sich um eine katholische Familie handelt. Aber bis vor kurzem kümmerte sich ja niemand darum. Erst als Titus Oates die Sache mit der papistischen Verschwörung aufbrachte, begannen die Leute, sich Gedanken zu machen. Wenn es zu einem Konflikt käme, würde mein Vater wahrscheinlich zu Monmouth halten, aber aus politischen Gründen. Mein Vater ist kein sonderlich religiöser Mann.«

»Das ist nicht zu übersehen«, stimmte mir Christabel zu.

»Ich weiß nicht, ob er Jocelyn ausliefern würde, aber er würde ihm bestimmt nicht helfen und auch uns daran hindern. Was Edwin tut, ist seine Sache, denn er ist erwachsen und außerdem nicht der Sohn meines Vaters. Ich weiß auch nicht, was meine Mutter tun würde. Sie hätte Angst um uns, weil wir uns in Gefahr begeben. Aber es geht vor allem um Carl. Mein Vater liebt ihn zärtlich, und Carl ist jetzt in die Sache verstrickt.«

»Es macht ihm Spaß, denn er betrachtet es als herrliches Abenteuer.«

»Wahrscheinlich war mein Vater in seiner Jugend genauso.«

»Da kannst du sicher sein.« Ihre Stimme klang wieder hart und erinnerte mich daran, wie Christabel gewesen war, ehe Edwin und Leigh heimgekommen waren.

Doch wir wurden unterbrochen, denn Edwin und Leigh ritten in den Hof. Wir lauerten ihnen auf und führten sie in mein Schlafzimmer.

»Alles in Ordnung«, berichtete Leigh. »Das war eine ausgezeichnete Idee von dir, Priscilla.«

Ich strahlte vor Freude.

»Er hat Essen für einen Tag und befindet sich in Sicherheit, vorausgesetzt, daß niemand dort ein Picknick abhalten will.«

»Ein Picknick im November, an diesem öden Ort!«

»Wie lang kann er dort bleiben?« fragte Christabel.

»Natürlich nicht allzu lange«, antwortete Edwin. »Wir müssen ein anderes Versteck finden, bevor der Winter ernstlich einsetzt.«

»Priscilla macht sich Sorgen, weil Carl in die Sache verwickelt ist«, sagte Christabel.

»Ja, das bereitet auch mir Kopfschmerzen«, meinte Edwin.

»Er ist ein braver Junge«, sagte Leigh, »aber sein Überschwang könnte ihn verraten.«

»Ich werde morgen früh mit ihm reden«, versprach Edwin. »Wir müssen aber Frinton auf jeden Fall fortbringen, bevor dein Vater zurückkehrt, Priscilla.«

Ich war seiner Meinung.

Leigh mahnte: »Es ist spät, wir müssen auf unsere Zimmer gehen. Vielleicht beobachtet uns jemand. Ich glaube zwar nicht, daß man uns gesehen hat, aber es handelt sich um kein Spiel, sondern um blutigen Ernst. Es geht um das Leben des jungen Mannes, und auch wir könnten in ernsthafte Schwierigkeiten kommen. Deshalb müssen wir vorsichtig sein und uns möglichst unauffällig benehmen. Für heute haben wir genug getan. Er ist in Sicherheit, und wenn wir morgen ausreiten, werden wir ihm weitere Lebensmittel bringen.«

Sie schlichen auf Zehenspitzen aus meinem Zimmer. Ich konnte nicht einschlafen; wahrscheinlich ging es den anderen nicht besser. Leigh hatte recht, wir hatten uns auf etwas sehr Schwerwiegendes eingelassen. Ich mußte immerzu an den jungen Mann denken. Er hatte so edel gewirkt, daß ich nicht anders konnte, ich mußte ihm helfen.

Am nächsten Morgen ritten wir aus. Ich hatte dem Küchenpersonal erklärt, daß wir Proviant mitnehmen würden, weil wir nicht einkehren wollten. Das klang zwar einleuchtend, aber wir konnten diese Ausrede nicht jeden Tag gebrauchen. Ich war dabei, als der Picknickkorb zurechtgemacht wurde, und erschrak ein bißchen, als Ellen sagte: »Damit können Sie ein ganzes Regiment satt kriegen.«

»Wir müssen drei hungrige Männer füttern«, widersprach ich, »denn Carl steht in dieser Beziehung niemandem nach. Außerdem macht Reiten Appetit.«

Sally Nullens, die danebenstand, weil Carl mit uns kam und sie in ihm immer noch ihren Schutzbefohlenen sah, musterte die Vorräte genau, und ich wurde unruhig. Ich hatte Angst vor Sally Nullens und Emily Philpots. Emily grollte, weil Christabel als Familienmitglied behandelt wurde – ein Status, den Emily nie erreicht hatte. »Nach allem, was ich für die Kinder getan habe«, jammerte sie ständig und spionierte Christabel nach, um sie bei einer Unkorrektheit zu ertappen. Normalerweise lachten wir über sie, aber nun konnte sie uns gefährlich werden.

Endlich waren wir unterwegs, und ich fragte mich, ob wir Carl zur Vorsicht mahnen oder lieber nichts sagen sollten. Er war Feuer und Flamme für das Abenteuer, und gerade dieser Eifer konnte uns verraten.

Ich werde diesen Novembertag nie vergessen; leichter Dunst lag über der Landschaft, die Möven schrien über unseren Köpfen, und der Wind trug den Geruch von Seetang vom Meer herein. Wir stiegen ab, banden die Pferde fest und stiegen zur Höhle hinunter.

Leigh trat an den Höhleneingang. »Alles in Ordnung«, rief er.

Daraufhin kam Jocelyn heraus, und ich sah ihn deutlicher als in der vergangenen Nacht. Er war groß und schlank, hatte eine sehr helle Haut, Sommersprossen, hellblaue Augen und strahlend weiße Zähne. Er sah wirklich gut aus. Seine Kniehosen waren aus hellbraunem Samt, in spanischem Schnitt, dazu trug er lederne Halbstiefel in der gleichen Farbe. Sein Samtmantel reichte ihm bis zu den Knien. Er war nach der in der Höhle verbrachten Nacht zerknittert. Jocelyn war offensichtlich ein modischer junger Herr, der in aller Eile aufgebrochen war und keine Zeit mehr gehabt hatte, Reisekleidung anzulegen.

Leigh sagte: »Kommen Sie ins Freie, wir werden tun, als hielten wir ein Picknick. So können wir hören, ob sich jemand nähert, und haben auch freien Ausblick. Notfalls verstecken Sie sich wieder in der Höhle, aber es wird nicht notwendig sein.«

Wir ließen uns nieder, und ich öffnete den Korb.

»Ich weiß nicht, wie ich Ihnen allen danken soll«, sagte Jocelyn.

»Zum Glück fiel mir Ihr Besitz ein, Eversleigh, und ich hoffte, daß Sie mir helfen würden.«

»Das ist doch selbstverständlich«, antwortete Edwin. »Es war ein Glück, daß Priscilla noch in den Garten ging.«

Jocelyn wandte sich lächelnd mir zu. »Ich fürchte, ich habe Sie erschreckt.«

»Ich hielt Sie für ein Gespenst«, gestand ich. »Aber ich hatte mir immer schon gewünscht, einmal ein Gespenst zu sehen. Jedenfalls bin ich froh, daß ich Sie entdeckt habe und nicht unser alter Gärtner.«

»Sind Sie von zu Hause bis hierher durchgeritten?« erkundigte sich Leigh.

»Nicht von unserem Gut, ich komme aus London. Sie suchten mich in der Stadt. Oates und seine Männer haben etwas beinahe Obszönes an sich.«

»Das stimmt«, pflichtete ihm Edwin bei.

»Wohin soll das führen?« fragte Jocelyn. »Ich verstehe nicht, daß niemand erkennt, was für ein Schurke er ist.«

»Es ist schrecklich, wie leicht die Menschen zu Gewalttaten aufgestachelt werden können«, meinte Edwin traurig. »Als Einzelpersonen wären sie nie jener Handlungen fähig, die sie in der Masse begehen.«

»Philosophieren ist sicher eine nützliche Beschäftigung«, unterbrach ihn Leigh, »aber jetzt müssen wir ans Praktische denken. Die Höhle eignet sich für kurze Zeit recht gut als Zufluchtsort, aber auf die Dauer müssen wir uns etwas Besseres einfallen lassen. Sie können nicht hierbleiben, denn man würde Sie entdekken.«

»Ich komme hierher und bewache Sie«, rief Carl. »Ich werde die Hunde mitnehmen und sie darauf dressieren, jeden zu vertreiben, der die Höhle betreten will.«

»Ich erwarte in erster Linie etwas ganz Bestimmtes von dir, Carl«, sagte Leigh.

»Was ist es? Du mußt es nur sagen.«

»Sehr einfach. Du mußt alle meine Befehle genau befolgen.«

»Aye, aye, Sir. Du bist unser Hauptmann, Leigh, und wir müssen tun, was du sagst.«

»Wir sind hier, um Jocelyn zur Flucht zu verhelfen«, mischte sich Edwin ein. »Das ist im Augenblick das einzige, woran wir denken müssen.«

»Es ist das einzige, woran ich denke«, stellte Carl fest.

»Carl«, ermahnte ich ihn, »du darfst niemandem etwas erzählen, denk daran, *niemandem.*«

»Natürlich werde ich daran denken. Es ist ein großes Geheimnis, das niemand erfahren darf.«

Ich sah Leigh an. »Wir müssen uns rasch etwas einfallen lassen. Ich fragte mich, ob Jocelyn nicht als verirrter Wanderer ins Haus kommen könnte.«

»Dann würde man von uns erwarten, daß wir ihm sofort den richtigen Weg zeigen«, warf Christabel ein.

»Oder vielleicht könnte er eine Arbeit im Haus annehmen.«

»Als was?« fragte Leigh. »Als Gärtner? Verstehen Sie etwas von Gartenarbeit, Frinton?«

»Als mein Erzieher«, rief Carl. »Es heißt immer, daß ich bei Reverend Helling nichts lerne.«

»Das ist aber deine Schuld, lieber Bruder, nicht die von Reverend Helling«, mischte ich mich ein. »Wenn wir einen Gelehrten in der Familie haben wollen, müssen wir uns einen neuen Bruder zulegen, nicht einen neuen Erzieher. Bei näherer Überlegung halte ich es für gefährlich, wenn Jocelyn ins Haus kommt. Meine Eltern haben ihn sicherlich irgendwo kennengelernt.«

»Das stimmt«, bestätigte Jocelyn.

Leigh lächelte nachdenklich vor sich hin. Offensichtlich brütete er etwas aus. Aber wie ich ihn kannte, würde er es uns erst erzählen, wenn er alles reiflich überdacht hatte.

Wir schmiedeten an diesem Tag am Strand noch viele Pläne, aber Leigh verriet noch immer nicht, was ihn beschäftigte.

Wir wollten Jocelyn Kleider zum Wechseln bringen – er brauchte Reisekleidung, falls er überstürzt aufbrechen mußte. Jeden Tag würde ihm einer von uns Essen bringen, bis wir einen

Plan gefaßt hatten. Wir konnten keine Picknicks mehr abhalten, denn die würden Verdacht erregen. Wahrscheinlich hielt uns Emily Philpots ohnehin für verrückt, weil wir zu dieser Jahreszeit auf eine solche Idee kamen, und Sally war sogar imstande, jemanden hinter uns herzuschicken, um sicher zu sein, daß Carl sein Lederwams anbehielt.

Wir verließen uns alle auf Leigh, der ein geborener Führer war. Er war kühner und bedenkenloser als der oft übervorsichtige Edwin. Leigh hatte im Scherz betont, daß er der Ältere sei; tatsächlich war er einige Wochen vor Edwin geboren.

Gegen fünf Uhr nachmittags kehrten wir nach Hause zurück. Es war schon dunkel, und wir schlichen uns möglichst leise ins Haus, wie Verschwörer.

Ellen musterte den leeren Korb.

»Ihr habt also alles aufgegessen«, stellte sie fest.

»Es war die beste Lammpastete, die du je gemacht hast, Ellen«, sagte Carl.

»An dich war sie aber verschwendet«, antwortete Ellen, »denn es war eine Taubenpastete.«

Eine Kleinigkeit nur, aber ein Hinweis darauf, wie vorsichtig wir sein mußten.

Sally Nullens machte viel Aufhebens um Carl.

»Ich hoffe nur, du hast dich nicht am Strand herumgetrieben, Master Carl. Bei diesem Wind ...«

»Ach, wir waren gar nicht am Strand.«

»Ihr wolltet doch dorthin reiten?«

»Na ja, wir sind ihn nur entlanggeritten.«

»Und du hast dich nicht auf den Kies gesetzt? Woher hast du dann den Seetangfleck auf deiner Jacke?«

Carl war verlegen. »Na ja, vielleicht haben wir uns kurz hingesetzt.«

Er sah mich verzweifelt an.

Ich kam ihm zu Hilfe. »Du träumst immer, Carl. Natürlich haben wir eine Zeitlang am Strand gerastet.«

Dann kam Jasper. »Jemand hat die Bäumchen niedergetrampelt, die ich eingesetzt habe; beinahe hätte er sie abgebrochen. Gesindel.«

Ich war froh, daß sich Jocelyn nicht in der Nähe des Hauses befand und ging in mein Zimmer hinauf. Kurz darauf klopfte es. Auf mein »Herein« trat Leigh ein.

Er grinste. »Eigentlich dürfte ich das Schlafzimmer einer jungen Dame nicht betreten. Aber du bist meine kleine Schwester, folglich ist nichts dabei. Sogar die alte Philpots hätte kaum etwas einzuwenden.«

»Sei nicht kindisch! Was willst du?«

Er wurde sofort ernst. »Ich wollte es zuerst mit dir besprechen.«

Der unerklärliche Zorn, der in mir hochgestiegen war, als er mich als seine kleine Schwester bezeichnete, verflog, weil er mich zur Vertrauten erwählt hatte.

»Du kennst sie nämlich besser als wir alle, sogar als ich«, sagte er.

»Wen denn?«

»Harriet. Meine Mutter.«

»Harriet! Was hat sie damit zu tun?«

»Ich habe mir gedacht, daß sie uns helfen könnte. Sie ist die einzige, der das Risiko nichts ausmachen würde. Denn wir gehen ein großes Risiko ein, Priscilla.«

»Was hätten wir denn sonst tun sollen?« Ich dachte an den gutaussehenden Jocelyn und hätte noch viel mehr für ihn riskiert. Aber Leigh hatte recht, wir mußten an die Familie denken.

»Ich habe es mir genau überlegt. Ich müßte Harriet zuerst fragen, ob sie bereit ist, uns zu helfen. Dann kommt Jocelyn in ihr Haus. Er ist ein Schauspieler, mit dem sie in London verkehrt hat, und heißt John ... Fellows ... oder so ähnlich. Es ist nämlich immer gut, wenn man die Anfangsbuchstaben des Namens beibehält. Sie bekommt oft Besuch, und niemandem würde ein neues Gesicht auffallen. Sie könnte ihn eine Weile bei sich behalten, ihn in den kleinen Stücken einsetzen, die sie aufführen läßt. Das wäre ein sichereres Versteck als die Höhle, die überdies nicht mehr in

Frage kommt, sobald es erst richtig kalt wird. Also, was sagst du dazu?«

»O Leigh, eine großartige Idee.«

»Glaubst du, daß sie einverstanden sein wird?«

»Ganz bestimmt. Sie liebt Intrigen und haßt Intoleranz. Leute wie Titus Oates kann sie überhaupt nicht ausstehen.«

»Ich bin froh, daß du meiner Meinung bist und werde also meine Mutter besuchen. Ich werde nicht länger als eine Woche fortbleiben. Inzwischen müßt ihr Frinton irgendwie Nahrungsmittel zukommen lassen. Seid vorsichtig. Mir wäre es am liebsten, wenn er schon fort wäre, sobald deine Eltern zurückkommen. Dein Vater würde sehr rasch Verdacht schöpfen.«

»Ich bin davon überzeugt, daß Harriet uns helfen wird. Wann willst du reiten?«

»Sofort, wir dürfen keine Zeit verlieren. Ich möchte ihn so rasch wie möglich aus der Höhle fortschaffen. Du kannst es den anderen erklären.«

»Carl werde ich besser nichts erzählen. Er meint es gut, könnte uns aber unabsichtlich verraten.«

»Eine gute Idee.« Er legte mir die Hände auf die Schultern und küßte mich. »Ich habe ja gewußt, daß ich mich auf meine kleine Schwester verlassen kann.«

»Allerdings, aber da ist noch etwas, Leigh.«

»Und zwar?«

»Ich bin weder besonders klein, noch deine Schwester.«

Er grinste. »Ich werde es mir merken.«

Eine Stunde später war er unterwegs nach Eyot Abbas, dem Landhaus seiner Mutter in Sussex, und wir beteten alle, daß Harriet zu Hause sein möge und nicht zu Besuch in London. Harriet schätzte das Landleben nicht übermäßig; sie hielt sich gern bei Hof auf, liebte schöne Kleider, die Bewunderung der Kavaliere und vor allem das Theater. Da ihr ergebener Mann, Sir Gregory Stevens, immer genau das tat, was sie wollte, war es sehr leicht möglich, daß sie nicht zu Hause war. Dann mußte Leigh nach

London weiterreiten, was eine weitere Woche Verzögerung bedeutete.

Die Zeit verging. Jeden Tag brachte einer von uns Jocelyn etwas zu essen, und wir bemühten uns, ihn bei guter Laune zu halten. Er war unglaublich dankbar – vor allem mir gegenüber, denn er bezeichnete mich als seine Retterin. Ich erklärte ihm zwar, daß Leigh der Kopf des Unternehmens war, aber das nützte nichts.

In diesen Tagen gab es immer wieder Aufregungen. Ellen erwischte Carl, als er gerade mit einem großen Stück Speck aus der Küche schlich. Sie nannte ihn einen Dieb und fragte ihn, ob er am Verhungern wäre. Dann nahm sie ihm den Speck weg, und ich war überzeugt, daß sie von nun an besonders scharf über ihre Vorräte wachen würde.

Leigh war nun eine Woche fort. Es war Dezember, und Sally Nullens behauptete, sie könne in ihren Knochen fühlen, daß es ein harter Winter werden würde. Es schneite noch nicht, regnete aber ununterbrochen. Jasper versicherte jedem, der es hören wollte, daß es nicht so bald aufhören würde – er würde sich nicht wundern, wenn uns wieder eine Sintflut bevorstünde. Die Welt sei so verderbt, daß Gott sie bestimmt ertränken wolle.

»Er würde dich warnen«, meinte ich ironisch, »und zwar rechtzeitig, so daß du eine Arche bauen und die Rechtschaffenen retten könntest. Wahrscheinlich wärst du ohnehin der einzige, der in Frage käme.«

Er sah mich böse an, denn seiner Meinung nach würde ich ganz bestimmt einmal im Höllenfeuer schmoren. Der Herr verabscheue Frauen mit spitzer Zunge, erklärte er mir; Ellen war immer beunruhigt, wenn ich Jasper schlagfertig entgegnete. Aber im Augenblick zerbrach sie sich den Kopf darüber, wohin die Reste eines Puddings geraten waren.

»Die Rache des Herrn wird über sie kommen«, prophezeite Jasper. »Sie werden alle im Höllenfeuer braten! Master Titus Oates sorgt dafür, daß wenigstens einige von ihnen das bekommen, was sie verdienen.«

Normalerweise hätte ich ihm widersprochen. Aber ich begriff, daß wir uns auf gefährliches Terrain begaben.

Während ich zur White Cliff-Höhle ritt, dachte ich an die Szene in der Küche. Der Regen, den Sally Nullens' Knochen vorausgesagt hatten, hatte eingesetzt. Emily Philpots hatte auch noch Donner prophezeit, denn immer, wenn sie niedergeschlagen war, gab es Donner, und Jasper murmelte: »Der Weltuntergang kommt ... die Zeit ist reif.«

»Reiten Sie schon wieder aus, Mistress Priscilla?« Das war Sally, meine frühere Nurse.

»Bewegung ist gesund, Sally.«

»Meiner Meinung nach sollten Sie heute lieber zu Hause bleiben.«

Bildete ich es mir nur ein, oder beobachteten sie in letzter Zeit schärfer, was ich tat? Hatte Ellen die geplünderte Speisekammer Jasper gegenüber erwähnt? Wenn *er* mißtrauisch wurde, waren wir verloren.

Ich ritt also mit meinem Korb zur Höhle und fragte mich, wann Leigh endlich zurückkommen würde. Wir hatten ihn bitter nötig.

Als ich den Strand erreichte, war zu meiner Erleichterung niemand in Sicht. Ich band das Pferd an einen Felsen und ging in die Höhle. Die Laterne, die wir Jocelyn gebracht hatten, brannte, und er lag daneben und schlief. Er sah aus wie ein junger, griechischer Held; seine Perücke lag neben ihm, und sein kurzgeschnittenes, gelocktes, blondes Haar verlieh ihm ein merkwürdig wehrloses Aussehen. Ich zitterte um ihn. Wenn jetzt jemand in die Höhle gekommen wäre und ihn gefunden hätte!

Um ihn nicht zu erschrecken, trat ich ein paar Schritte zurück und rief leise seinen Namen. Er setzte sich auf, lächelte und sprang dann auf die Füße.

»Ich habe von dir geträumt, Priscilla. Ich träumte, daß du hereinkommst und mich ansiehst.«

»Das tat ich wirklich. Ich hatte Angst um dich, weil deine Laterne noch brannte, während du schliefst, und dich verraten konnte.«

»Seit ich hier bin, habe ich noch keine Menschenseele gesehen.«

»Im Sommer kommen öfter Leute hierher. Aber bis dahin bist du längst fort. Ich habe dir ein Rebhuhn und ein Stück Spanferkel gebracht.«

»Das klingt köstlich.«

»Ich glaube, wir können ins Freie gehen; als ich kam, war der Strand vollkommen verlassen. Es hat aufgehört zu regnen, und du solltest ein bißchen frische Luft schnappen. Das wird dir gut tun.«

Wir verließen die Höhle, und er machte sich über die Speisen her. Ich hatte auch Ale mitgebracht, das er gierig trank.

Dann meinte er lächelnd: »Vergangene Nacht war ich beinahe froh darüber, daß es so gekommen ist. Dadurch habe ich dich kennengelernt.«

»Du hast diese Bekanntschaft ziemlich teuer bezahlt.«

Er griff nach meiner Hand und küßte sie. »Sie ist das Wichtigste in meinem Leben.«

»Du bist zu viel allein, deshalb denkst du dir solche Sachen aus. Ich hoffe, daß Leigh bei seiner Rückkehr eine Lösung vorschlagen kann.«

»Wenn das alles vorbei ist, werden wir beide einander wiedersehen, davon bin ich überzeugt.«

»Das glaube ich auch. Edwin behauptet, daß sich die Stimmung allmählich gegen Titus Oates wendet, und das bedeutet das Ende dieser Verfolgungen. Die Zeiten werden sich wieder normalisieren, und unsere Familien werden gelegentlich zusammenkommen.«

»Ich werde mich sehr bemühen, solche Begegnungen herbeizuführen. Ich habe dich unter außergewöhnlichen Umständen kennengelernt und würde die Bekanntschaft gerne fortsetzen ... zum Beispiel in einem Ballsaal. Bist du oft bei Hof?«

»Noch nicht, ich bin noch zu jung.«

»Den Eindruck habe ich nicht.«

»Wirklich? Für wie alt hältst du mich?«

»Siebzehn. Es ist das schönste Alter – ich war vor zwei Jahren siebzehn.«

Ich war selig, weil er mich für älter hielt, als ich war. Alle jungen Menschen sind so – man kann es nicht erwarten, seine Jugendzeit hinter sich zu lassen, und nachher sehnt man sich nach ihr zurück.

»Warum interessiert dich eigentlich mein Alter?«

»Weil ich mehr über dich wissen möchte.«

»Horch«, unterbrach ich ihn, »ich höre etwas.«

Wir schwiegen und lauschten. Ja, der Wind trug uns Stimmen zu.

»Gehen wir zurück in die Höhle«, schlug ich vor, »und nehmen wir alles mit.«

Wir sammelten rasch die Reste des Picknicks ein, kehrten in die Höhle zurück und lauschten. Jocelyn wirkte gespannt, genau wie ich. Ich sah Jasper vor mir und hörte seine Stimme: »Sie führen etwas im Schild. Aus der Speisekammer verschwindet Essen ... sie verstecken jemanden. Sicherlich jemanden, der gesündigt hat.«

Die Stimmen kamen zweifellos näher; ich sah Jocelyn an und zitterte vor Angst. Wenn nur Leigh da gewesen wäre ...

Wir hörten, wie der Kies unter Schritten knirschte. Dann bellten Hunde.

Wir hatten uns nebeneinander auf den felsigen Boden gesetzt, und plötzlich griff Jocelyn nach meiner Hand, küßte sie und hielt sie fest.

»Jocelyn, glaubst du ...«

Er nickte. »Man hat uns verraten, Priscilla. Das ist das Ende ... für mich ... für uns.«

»Vielleicht sind es bloß Spaziergänger.«

Spaziergänger! dachte ich. An einem wolkenverhangenen Wintertag! Ein Spaziergang mit Hunden, den Strand entlang! Das nächste Haus lag eine Meile entfernt.

Ich flüsterte: »Komm weiter in die Höhle hinein.« Wir griffen nach unseren Habseligkeiten und schlichen in die Tiefe der Höhle. Dann ließen wir uns auf alle viere nieder und krochen so weit unter den überhängenden Felsen wie möglich. Dabei legte Jocelyn die Arme um mich, und wir warteten.

Ich hörte unsere Herzen pochen. Die Schritte kamen näher, die Hunde bellten.

Jocelyns Gesicht war dem meinen sehr nahe, seine Lippen streiften meine Wange.

»Du solltest nicht hier sein«, flüsterte er. »Du solltest nicht...«

»Still«, warnte ich ihn.

»Bruno! Bruno!« Er war eine Männerstimme. »Was hast du denn?« Die Hunde bellten.

Mir war schlecht vor Angst um Jocelyn. Sie würden ihn mit sich schleppen und ihn töten, wie sie seinen Vater getötet hatten. Sie kamen immer näher.

Jocelyn flüsterte: »Ich muß es dir jetzt sagen, es ist meine letzte Chance. Ich liebe dich.«

Ich legte ihm die Hand auf den Mund.

Im Höhleneingang tauchte ein Schatten auf. Es war einer der Hunde, der sofort zu uns lief.

Jemand rief: »Bruno!«

Der Hund stand vor uns. Ich dachte an unsere Hunde zu Hause und sagte sehr leise: »Guter Bruno, braver Bruno.«

Der Hund bellte einmal kurz, drehte sich um und lief hinaus.

Jemand lachte. »Hierher, Bosun, Bruno!«

Keiner von uns wagte sich zu bewegen, bis uns klar wurde, daß niemand dem Hund in die Höhle folgte. Die Stimmen verklangen allmählich.

»Sie sind fort«, flüsterte ich. »Sie haben uns gar nicht gesucht, sondern wirklich nur einen Spaziergang unternommen.«

Ich begann zu lachen, verstummte aber abrupt. »Vielleicht ist es nur ein Trick – aber nein, das ist nicht möglich. Sie hätten uns gefangennehmen können, wenn sie uns wirklich gesucht hätten.«

Ich kroch unter dem Überhang hervor und stand auf. Jocelyn folgte mir.

»Ich sehe nach«, sagte ich.

»Ich werde hinausgehen.«

»Nein. Mich werden sie nicht beachten, denn falls sie auf der Suche sind, so halten sie nach einem Mann Ausschau.«

Ich trat ins Freie. Zwei Männer mit Hunden gingen den Strand entlang. Einer von ihnen hob einen Stein auf und warf ihn mit kräftigem Schwung von sich. Die Hunde jagten dem Stein nach.

Die Angst war vorbei, aber etwas Neues war da.

Jocelyn griff nach meiner Hand und küßte sie. »Jetzt verstehst du, nicht wahr?«

Ich hatte mich abgewandt und sah aufs Meer hinaus. Die Wellen trugen weiße Schaumkronen, und der Wind schleuderte den Gischt weit auf den Strand. »Ich sehe ein, daß es hier zu gefährlich ist. Leigh wird bald zurück sein.«

»Dann muß ich fort.«

»Vielleicht nimmt dich Tante Harriet auf.«

»Besuchst du sie oft?«

»O ja, sehr oft.«

Plötzlich küßte er mich. »Es war ein aufregendes Abenteuer.«

»Es ist noch nicht ausgestanden.«

»Setzen wir uns, damit wir in Ruhe miteinander sprechen können. Mir wäre es lieber, wenn du älter wärst.«

»Warum?«

»Weil wir dann heiraten könnten.«

»Meine Familie würde sagen, daß ich zu jung dazu bin.«

»Die meisten Menschen heiraten jung. Wenn das alles vorbei ist, werde ich deine Eltern um deine Hand bitten. Darf ich?«

»Kann ich dich daran hindern?«

»Wahrscheinlich nicht. Aber ich brauche deine Zustimmung, nicht wahr?«

»Ich kenne Leute, die gegen ihren Willen verheiratet wurden.«

»Das würde dir nie widerfahren. Ich bin überzeugt, daß du nie eine Bindung eingehen würdest, die du nicht wünschst. Priscilla, du fühlst doch auch etwas für mich?«

»Ja.«

»Und du hast nichts dagegen, daß ich so zu dir spreche? Du hörst mir gerne zu.«

»Im Augenblick kann ich nur daran denken, wie wir deine Flucht bewerkstelligen wollen.«

»Diese Männer mit den Hunden ...« Er schauderte.

»Ich hatte schreckliche Angst, Jocelyn; du nicht?«

Er schwieg eine Weile, dann sagte er: »Ich habe angenommen, daß sie hinter mir her waren, daß mein Ende gekommen sei. Als sie meinen Vater gefangennahmen und ermordeten — sie nannten es Hinrichtung, ich nenne es Mord —, geschah etwas mit mir. Es war mir, als hätte es keinen Sinn, gegen das Schicksal anzukämpfen. Als ich dich vorhin in den Armen hielt, dachte ich: Das ist mein Ende. Aber ich habe vor meinem Tod noch Priscilla kennengelernt, und ohne diese Ereignisse wäre ich nie mit ihr zusammengekommen. Man ergibt sich irgendwie in sein Schicksal.«

»Du bist ja ein Philosoph.«

»Vielleicht. Wenn ich sterben soll, dann muß ich mich eben damit abfinden, aber wenn es das Schicksal gut mit mir meint und mich verschont, dann muß ich an meine weitere Zukunft denken. Ich möchte, daß du sie mit mir teilst, Priscilla.«

»Du kennst mich doch kaum.«

»Unter solchen Umständen entwickelt sich aus einer Bekanntschaft rasch Freundschaft und daraus Liebe. Du bist für mich ein großes Risiko eingegangen.«

»Genau wie die anderen.«

»Aber ich schätze deinen Einsatz am höchsten. Was immer geschieht — die Augenblicke, in denen ich mit dir in der Höhle lag und dein Herz aus Angst um mich so heftig klopfte, sind auf immer mein. Ich werde sie nie vergessen; und ich hätte sie ohne die damit verbundene Angst nie erlebt. Für alles im Leben muß man bezahlen.«

»Du bist wirklich ein Philosoph.«

»Die Ereignisse formen uns. Ich weiß, daß ich dich bis zu meinem Tod lieben werde. Wenn das alles vorbei ist, Priscilla ... «

Ich war in Hochstimmung; in letzter Zeit war zu viel auf mich eingestürmt. Dieses schreckliche Erlebnis und dann ein Heiratsantrag. Dabei war ich erst vierzehn! Zu Hause hielten sie mich für ein Kind, Edwins kleine Schwester. Auch Leigh sah mich so. Kleine Schwester! Diese Bemerkung hatte mich geärgert.

»Priscilla«, sagte Jocelyn gerade, »wirst du immer daran denken? Wollen wir einander jetzt und hier ewige Treue schwören?«

Ich lächelte ihm zu. Er sah so gut aus und wirkte gleichzeitig so melancholisch – ein junger Mann, mit dem das Schicksal grausam verfahren war und der sein Los auf sich genommen hatte, statt sich dagegen aufzulehnen. Ich bewunderte ihn, und als er mich küßte, empfand ich eine bis dahin unbekannte Erregung.

Es war so ermutigend, geliebt zu werden. Außerdem hielt *er* mich nicht für ein Kind – am liebsten hätte ich Leigh davon erzählt.

»Ich glaube, ich liebe dich ebenfalls, Jocelyn«, antwortete ich daher. »Wenn die beiden Männer wirklich hinter dir her gewesen wären und dich gefangengenommen hätten, wäre ich so unglücklich gewesen wie nie zuvor.«

»Natürlich liebst du mich, Priscilla, und unsere Liebe wird noch wachsen und uns für den Rest unseres Lebens einhüllen.«

Wir küßten einander und gelobten einander ewige Treue. Er gab mir den goldenen Ring mit dem Lapislazulistein, den er am kleinen Finger trug. Der Ring war weit und paßte nur auf meinen Mittelfinger, und selbst dort saß er locker.

Es fiel mir schwer, Jocelyn zu verlassen, aber ich mußte fort, wenn ich noch vor Einbruch der Dunkelheit zu Hause sein wollte.

»Laß deine Laterne nicht wieder brennen, wenn du dich schlafen legst«, ermahnte ich ihn. »Der Schein könnte Menschen anlocken. Ach bitte, sei vorsichtig, Jocelyn.«

»Das werde ich«, versprach er. »Ich muß jetzt an unsere gemeinsame Zukunft denken.«

An diesem Abend kehrte Leigh zurück.

Während des Essens erstattete er uns Bericht. Obwohl die Diener den Raum verlassen hatten, sprach er nur flüsternd, forderte uns auf, das gleiche zu tun, und ging immer wieder zur Tür, um sich zu vergewissern, daß niemand lauschte.

»Harriet nimmt ihn auf. Er soll sich John Frisby nennen und als Sohn einer Schauspielerin ausgeben, mit der sie zusammen in

London aufgetreten ist. Er kann so lange bleiben, wie er will. Bei seinem Eintreffen wird er genaue Anweisungen von ihr erhalten, und wenn Londoner Schauspieler zu Besuch kommen, wird sie ihn verstecken. Sie war sofort Feuer und Flamme für den Plan, denn sie behauptete, sie hätte sich auf dem Land schon gelangweilt, hätte jetzt aber wieder das Gefühl, in einem Stück mitzuwirken. Ich werde sofort zu ihm reiten, aber auf dem Weg ein Pferd für ihn kaufen. Er muß so rasch wie möglich fort.«

»Brauchen wir Proviant für ihn?« erkundigte sich Christabel. »Das Küchenpersonal wird allmählich mißtrauisch.«

»Nein«, erklärte Leigh, »ich gebe ihm Geld, und er kann unterwegs einkehren. Der Ritt nach Eyot Abbas ist nicht lang, und damit ist unser Anteil an diesem Drama so gut wie erledigt.«

Ich erzählte von den beiden Männern mit den Hunden, von unserer Angst – aber nicht von der Wendung, die das Gespräch dann genommen hatte.

»Ja«, bestätigte Edwin, »die Höhle eignet sich nicht für einen längeren Aufenthalt. Ich werde erleichtert sein, wenn er erst einmal bei Harriet ist.«

Sobald wir gegessen hatten, machte sich Leigh auf den Weg. Ich hörte, wie einer der Diener sagte: »Kaum ist Master Leigh zu Hause, reitet er schon wieder fort.«

»Er muß sich um sein Mädchen kümmern. Sie war ganz allein, während er seine Mutter besucht hat.«

»Wenn es die ist, an die ich denke, dann war sie nicht ganz allein ... nur war nicht Master Leigh bei ihr.«

Das darauf folgende Gelächter ärgerte mich, aber ich mußte mich beherrschen. Leighs Ruf als Casanova hatte uns in dieser Angelegenheit gute Dienste geleistet, gleichzeitig war ich aber wegen dieses Rufs gereizt – umso mehr, als ich wußte, daß er ihn verdiente.

Ich wartete am Fenster auf seine Rückkehr. Ungefähr eine Stunde nach Mitternacht ritt er in den Hof. Ich mußte wissen, was geschehen war, also nahm ich einen Umhang, schlüpfte in meine Pantoffeln und lief in die Halle hinunter. Er trat durch die Tür; der abnehmende Mond erhellte die Halle schwach.

»Leigh!«

»Ach, du bist es.«

»Ich konnte es nicht erwarten.«

»Alles in Ordnung. Ich habe das Pferd bekommen, und er ist schon unterwegs. Wenn er vorsichtig ist, kann ihm eigentlich nichts zustoßen. Jetzt ist er John Frisby, der seine alte Freundin Lady Stevens besucht, die mit seiner Mutter zusammen aufgetreten ist. Sobald er bei Harriet eintrifft, ist alles in Ordnung.«

»Gott sei Dank.«

Ich hielt meinen Umhang mit einer Hand zusammen, und Leigh sagte: »Du trägst ja einen neuen Ring. Den habe ich noch gar nicht gesehen. Sieht wie ein Siegelring aus und ist für dich viel zu groß.«

Ich zögerte nur kurz. »Jocelyn gab ihn mir. Nach dem Schrekken in der Höhle.«

»Jocelyn! Darf ich ihn sehen?«

Ich reichte ihm den Ring.

»Natürlich, ein Siegelring mit dem Wappen der Frintons. Den kannst du nicht tragen.«

»Warum denn nicht?« Ich entriß ihm den Ring. »Er hat ihn mir geschenkt.«

»Der Kerl muß wahnsinnig sein! Und wenn man den Ring bei dir entdeckt? Verstehst du denn nicht? Man würde wissen wollen, woher du ihn hast. Und was würdest du darauf antworten?«

»Daß man ihn mir geschenkt hat.«

»Wer? Wann? Wieso? Das würde man dich fragen, und was würdest du dann sagen? Jocelyn Frinton, als wir ihm zur Flucht verhalfen! Gib mir den Ring.«

»Nein. Er gehört mir.«

»Ich muß euch nur einen Augenblick den Rücken kehren, und schon macht ihr nichts als Dummheiten. Er hatte nicht das Recht, ihn dir zu schenken.«

»Er kann mit seinem Eigentum tun, was er will.«

»Nicht, wenn er dich dadurch als Dank für deine Hilfe in

Gefahr bringt. Gib mir den Ring! Ich werde ihn Jocelyn zurückgeben und ihm dabei sagen, was ich von ihm halte.«

»Ich behalte den Ring. Hab keine Angst, ich habe schon begriffen und werde ihn nicht tragen.«

»Er sieht an deiner Hand ohnehin lächerlich aus und würde jedermann auffallen.«

»Ich werde ihn aufheben.«

»Versteck ihn, bitte. Wie idiotisch von ihm! Warum mußte er dir überhaupt etwas schenken? Noch dazu etwas so Kompromittierendes! Er muß verrückt gewesen sein. Du übrigens auch.«

Ich schwieg. Wahrscheinlich konnte man es wirklich Wahnsinn nennen. Wir waren beide erregt gewesen. Ich war davon überzeugt, daß es nicht zu Jocelyns Liebeserklärung gekommen wäre, hätten uns nicht die beiden Männer mit den Hunden solche Angst eingejagt.

»Na schön, sei vorsichtig«, meinte Leigh. »In einem Haus mit soviel Dienerschaft wird immer spioniert und getratscht.«

»Ich werde vorsichtig sein, Leigh, wirklich. Und ich bin froh, daß du mich darauf aufmerksam gemacht hast. Du weißt, daß ich alles für seine Sicherheit tun würde.«

»Ich gebe ja zu, daß er ein netter junger Mann ist. Ich bin neugierig, wie er Harriet gefallen wird.« Er lächelte, als er an seine Mutter dachte. »Aber jetzt ist es Zeit für dich, zu Bett zu gehen. Du kannst aufatmen – unser gefährliches Abenteuer ist zu Ende.«

Natürlich war das nicht der Fall. Es hatte erst begonnen.

II

Die Liebenden auf der Insel

Wir waren alle ungeheuer erleichtert, als Jocelyn fort war, denn meine Mutter schrieb, daß sie und Vater demnächst heimkommen würden, und einer von ihnen hätte sicherlich entdeckt, daß etwas Ungewöhnliches vor sich ging.

Wir hatten Carl immer wieder ermahnt, seine Zunge im Zaum zu halten, aber für ihn war das Abenteuer jetzt ohnehin vorbei und er konzentrierte sich ganz auf einen neuen Falken, den er bekommen hatte und den er mit Hilfe eines Falkners abrichtete. Carl sprach von nichts anderem als von diesem Vogel.

Leigh zeigte uns den Brief, den Harriet ihm geschrieben hatte. In Eyot Abbas war alles in Ordnung. Sie hatte die Reise nach London, die sie und Gregory unternehmen wollten, verschieben müssen. Benjie ging es gut. Er hatte sich an einen Besucher angeschlossen, der bei ihnen wohnte – den Sohn einer Schauspielerin, mit der sie befreundet war. Er hatte sich auch als Schauspieler betätigt, doch ohne besonderen Erfolg. Er war aber sehr amüsant und unterhaltsam, fügte sich gut in den Haushalt ein, und sie hoffte, daß er recht lang bleiben konnte. Leigh wußte ja, wie gern sie auf dem Land Besuche empfing. Gregory war ein wenig verkühlt und wollte wissen, wann wir zu ihnen hinüberkommen würden.

Leigh war mit dem Brief sehr zufrieden. »Man kann sich darauf verlassen, daß sie ihre Sache richtig macht.«

An diesem Abend kam Christabel in mein Zimmer; sie wirkte aufgeregt und sah sehr schön aus.

»Ich möchte mit dir sprechen, Priscilla. Es tut mir leid, daß ich dich um diese Zeit noch stören muß, aber ich wollte mit dir allein sein. Macht es dir etwas aus?«

»Natürlich nicht. Komm nur herein!« Seit der Sache mit Jocelyn duzte ich sie ebenfalls.

Sie setzte sich. »Ich habe den Ring bemerkt, den du neuerdings trägst. Wo ist er geblieben?«

»Leigh wollte, daß ich ihn verstecke.« Ich sagte ihr nicht, daß ich ihn an einer Kette um den Hals trug.

Sie zog die Augenbrauen hoch und lächelte. »Jocelyn hat ihn dir geschenkt, nicht wahr?«

Ich nickte.

»Er scheint dich zu lieben.«

»Wie kommst du darauf?«

»Man konnte es kaum übersehen, und an dem Tag, als ihr durch die Hunde erschreckt wurdet, erriet ich, daß er etwas gesagt hatte.«

»Ich weiß, daß es lächerlich klingt, aber er bat mich, ihn zu heiraten, wenn ... «

Sie nickte verständnisinnig. »Sehr romantisch. Ich begreife dich gut, denn ... «

Jetzt sah ich sie forschend an, und sie platzte heraus: »Mir ist noch nie so etwas widerfahren. Ich habe mich immer gefragt, wie ich es je ertragen würde, wieder in das Pfarrhaus zurückzukehren, und jetzt ... jetzt werde ich hierbleiben. Ich werde zu euch gehören.«

»Was willst du damit sagen? Du gehörst doch schon zu uns. Wir alle betrachten dich als unsere Freundin ... vor allem nach dieser gemeinsamen Rettungsaktion.«

»Es ist merkwürdig ... aber dieses Abenteuer ... die Gefahr ... die Intrige ... das hat sich auf jeden von uns ausgewirkt.«

»Auch auf dich, Christabel?«

»Ja, auch auf mich und Edwin.«

»Ihr liebt einander also.«

»Ich liebe ihn.«

»Dann liebt er dich ebenfalls. Wieso habe ich es nicht bemerkt? Es ist so augenscheinlich.«

»Genauso augenscheinlich wie bei dir und Jocelyn.«

»Ach, Christabel, du siehst so glücklich aus.«

»Ich bin glücklich, es bedeutet so viel für mich. Nicht nur, daß ich Edwin liebe und weiß, daß er mich ebenfalls liebt. Es bedeutet mir viel mehr. Vielleicht sollte ich nicht so denken, aber wenn du unter den gleichen Umständen aufgewachsen wärst wie ich ... «

»Ich weiß, was du meinst. Für dich wird sich alles ändern. Natürlich mußt du genauso daran denken wie an deine Liebe zu Edwin. Hat er mit dir gesprochen? Hat er dich gebeten, ihn zu heiraten?«

»Er hat mir auf hundert verschiedene Arten gezeigt, daß er mich liebt. Er hat es mir aber auch gesagt.«

Ich wußte, daß Edwin nicht der Mann war, der leichtfertig ein Versprechen gab. Er war nicht wie Leigh. Wenn Edwin sich verliebte, dann war es ihm ernst. Über seine Lebensweise hatten die Diener nie Bemerkungen gemacht.

»Ich freue mich so für dich«, sagte ich. »Damit wirst du beinahe meine Schwester und brauchst nicht mehr fürchten, einmal von hier fort zu müssen. Ich bin so froh, daß du zu uns gekommen bist, Christabel.«

»Es war der Wendepunkt in meinem Leben.« Sie lachte glücklich. Sie war nicht mehr das Mädchen, das vor gar nicht so langer Zeit in unser Haus gekommen war. Die Mauer, die sie um sich errichtet hatte, bröckelte immer mehr ab. »Und dabei hatte ich solche Angst vor euch«, fuhr sie fort. »Ich weiß noch, wie ich deinen Eltern gegenübersaß ... « Ihr Gesicht wurde ernst. »Glaubst du, daß deine Eltern einverstanden sein werden?«

Ich bezweifelte es, denn ich erinnerte mich an die Gespräche über die Merridew- und Egham-Mädchen. Ich fragte mich, wie sie reagieren würden. Zuerst hatte ich mich über die Haltung meiner Eltern Christabel gegenüber gewundert. Mein Vater hatte sehr großen Wert darauf gelegt, daß sie sich wohlfühlte, hatte sich ihr gegenüber sehr rücksichtsvoll betragen und ihr mehr Interesse entgegengebracht, als sie füglich verlangen durfte. Meine Mutter behandelte jedes neue Mitglied des Haushaltes sehr entgegenkommend, aber sie stand Christabel sicherlich etwas mißtrauisch gegenüber und fragte sich, warum mein Vater sie zu uns geholt hatte.

Nein, ich hatte keine Ahnung, wie sie reagieren würden, wollte aber Christabels glückliche Stimmung nicht trüben.

Deshalb sagte ich: »Ich bin überzeugt, daß sie Edwin glücklich sehen wollen. Außerdem ist Edwin mündig.«

Diese Antwort schien sie zu befriedigen; wir plauderten noch etwa eine halbe Stunde, dann verließ mich Christabel.

Bald darauf schwand meine euphorische Stimmung und ich fragte mich, wie es mit uns weitergehen würde – Christabel und Edwin, die vielleicht auf Widerstand stoßen würden, und ich, die ich einen Flüchtling liebte, der sich zur Zeit unter einem falschen Namen verstecken mußte.

Meine Eltern waren zurückgekehrt, und wie üblich sollten sie mit einem kleinen Fest empfangen werden. Deshalb duftete es im ganzen Haus nach Pasteten und Braten. Ellen platzte vor Geschäftigkeit, Chastity half ihr, und alle waren emsig am Werk.

Wir erwarteten sie in der Halle – Carl, Edwin, Leigh, Christabel, die sich im Hintergrund hielt, und ich.

Meine Mutter umarmte mich zärtlich. Mein Vater beachtete mich kaum, widmete sich aber eingehend Carl. Wir alle waren Carls wegen besorgt, obwohl wir ihn ermahnt hatten, mit seinen Äußerungen vorsichtig zu sein. Zum Glück dachte er jetzt ausschließlich an seinen Falken, und außerdem sollte Pollux Junge werfen. In mir stieg der alte Groll auf. Mein Vater sah so vornehm aus, er unterschied sich so sehr von den anderen Männern, und ich war so stolz auf ihn. Ich sehnte mich nach einem anerkennenden oder wenigstens liebevollen Blick, den ich aber nie erhielt. Natürlich bemerkte er mich; er wußte, daß er eine Tochter hatte und wie sie hieß, aber wahrscheinlich hatte er keine Ahnung, wie alt ich war – während er über Carl genau Bescheid wußte.

Seine erste Bemerkung war: »Ich glaube, der Junge ist ein Stück gewachsen.«

»Anderthalb Zoll«, antwortete Carl. »Du kannst am Schrank nachmessen.«

Er bezog sich auf den Schrank im Schulzimmer, an dem immer schon seine Größe festgehalten worden war. Auch Edwin und mein Vater waren dort verewigt, denn beide waren in Eversleigh aufgewachsen. Carl hatte den Ehrgeiz, größer zu werden als sein Vater. Manchmal glaubte ich sogar, daß auch mein Vater sich das wünschte. Es verletzte mich, daß man Mädchen ihres Geschlechts wegen geringer achtete, und ich war beinahe froh darüber, daß ich an einem Abenteuer beteiligt gewesen war, das er nicht gebilligt hätte.

»Das ist gut«, antwortete mein Vater. »Du wirst einmal beinahe so groß werden wie ich.«

»Ich werde größer als du«, prahlte Carl. Vater stupste ihn liebevoll.

Mutter hängte sich bei mir ein. Sie war immer bestrebt, mich für die kühle Behandlung durch Vater zu entschädigen, aber mir wäre es lieber gewesen, wenn sie davon überhaupt keine Notiz genommen hätte.

Nun normalisierte sich das Leben im Haus, und mir wurde klar, wie schwierig es geworden wäre, Jocelyn weiterhin zu versorgen. Ich hatte an diesem Tag die Kette mit dem Ring getragen, da ich aber am Abend ein Kleid anlegte, das Hals und Arme freiließ, nahm ich die Kette ab und versteckte sie sorgfältig in einer Lade hinter meiner Wäsche.

Auf der Treppe traf ich meine Mutter, und sie begann mir zu erzählen, welche Frisuren zur Zeit bei Hof in Mode waren.

»Sie tragen jetzt nur Locken. Ich glaube nicht, daß dir die in die Stirn fallenden Locken stehen würden, aber ich mag es, wenn die Haare mit einer Schleife festgehalten werden und seitlich herunterhängen. Man nennt diese Locken Herzensbrecher – sie sollen verführerisch wirken.«

Sie hatte sich mir zugewandt und fuhr mir über mein hellbraunes Haar, das zwar fein, aber dicht war und sich ganz bestimmt nicht lockte.

»Oh«, fuhr sie fort, »was hast du da für Spuren auf der Haut? Ach ja, das muß deine Kette sein, anscheinend hat sie sich in die Haut eingedrückt. Ich hatte gar nicht bemerkt, daß du sie umgelegt hattest.«

»Doch, das tat ich«, antwortete ich und hoffte nur, daß ich dabei nicht rot wurde.

»Aber ich habe sie nicht bemerkt, mein Liebling.«

»Ach, ich trug sie nur eine Zeitlang.«

Es war eine Kleinigkeit, aber sie war ein Hinweis darauf, wie vorsichtig wir sein mußten. Vielleicht dachte meine Mutter darüber nach und kam darauf, daß ich die Kette *unter* dem Kleid getragen haben mußte. Warum sollte ein Mädchen aber eine goldene Kette so tragen, daß man sie nicht sah?

Während der Mahlzeit verbreitete sich mein Vater ausführlich darüber, was bei Hof vor sich ging. Monmouth schien sicher zu sein, daß er seinen königlichen Vater dazu bringen würde, ihn anzuerkennen.

»Das wäre das Beste«, meinte mein Vater. »Damit hätte York das Nachsehen.«

Edwin fragte: »Hast du mit dem König darüber gesprochen?«

»Ich? Mein lieber Junge, Karl würde weder auf mich noch auf sonst jemand hören. Er würde mir – natürlich äußerst liebenswürdig – erklären, ich solle mich um meine eigenen Angelegenheiten kümmern. Und wer weiß, vielleicht würde er mir dann seine Gunst allmählich entziehen. Nein, Karl weiß, was er will, und wird sich von niemandem etwas einreden lassen. Im Augenblick behauptet er steif und fest, daß er nie mit Lucy Walter verheiratet war und Monmouth folglich ein Bastard ist.«

»In diesem Fall heißt unser nächster König Jakob«, meinte Leigh.

»Das wird nicht jedermann akzeptieren, denn es bedeutet eine Stärkung des Pfaffentums.«

»Wie steht es um Titus Oates?«

»Er wohnt noch immer in Whitehall, obwohl Stimmen gegen ihn laut geworden sind. Er ist keineswegs beliebt.«

»Glaubst du, daß die Verhaftung von Katholiken eingestellt wird, sobald er in Ungnade fällt?« fragte ich.

Mein Vater sah mich an, und sein kühler, abschätzender Blick traf mich tief. Ich sehnte mich so sehr danach, daß er mich einmal interessiert betrachten möge.

Er zuckte die Schultern. »Karl ist es eigentlich gleichgültig. Er ist der toleranteste Mensch von der Welt und verabscheut den ganzen Wirbel.«

»Warum unternimmt er dann nichts dagegen?«

»Weil er zu faul ist«, erklärte Leigh. »Aber er rettete wenigstens die Königin. Oates hätte sie am liebsten aufs Schafott geschleppt.«

»Der ist eine wahre Bestie«, rief ich.

Meine Mutter mischte sich ein. »Es wird vorübergehen, wie alle diese Auswüchse.«

»Ja«, antwortete ich leidenschaftlich, »aber inzwischen werden Menschen verfolgt und hingerichtet. Es ist grausam.«

»Es heißt, daß der König insgeheim katholisch ist«, warf Christabel ein.

Einige Augenblicke herrschte Schweigen am Tisch, dann sagte mein Vater: »Er würde es nie zugeben. Dazu ist er zu schlau, zu klug. Er weiß, daß das Volk dagegen ist, und ist entschlossen, sich nach dem Volk zu richten. Aber der nächste König muß ein glaubensfester Protestant sein – also Monmouth.«

»Der Herzog von York wird das nie zulassen«, widersprach meine Mutter. »Und ich glaube auch nicht, daß es klug ist, wenn wir über Dinge debattieren, über die wir zu wenig wissen. Ich habe einen langen Brief von Harriet bekommen. Sie bleibt eine Weile auf dem Land, denn bei ihr ist ein sehr amüsanter junger Mann zu Besuch – ein Schauspieler.«

Mein Vater sagte: »Harriet hat immer amüsante junge Männer zu Besuch, und immer sind es Schauspieler.« Es klang sehr kalt, denn er mochte Harriet nicht – was auf Gegenseitigkeit beruhte.

Er war einer der wenigen Männer, die von ihr nicht fasziniert gewesen waren. »Wann müßt ihr beide wieder euren Dienst antreten?« fuhr er fort.

»Wir warten auf unsere Befehle«, antwortete Leigh. »Es kann nicht mehr lange dauern.«

»Ihr habt uns noch gar nicht erzählt, was ihr während unserer Abwesenheit getan habt«, forderte meine Mutter uns auf.

Es folgte verlegenes Schweigen, und mein Vater lachte. »Anscheinend haben sie etwas angestellt, Bella«, meinte er.

Wir stimmten in das Gelächter ein, und ich murmelte: »Wir sind öfter ausgeritten. Einmal haben wir sogar ein Picknick veranstaltet.«

»Genau das richtige Wetter dafür«, bemerkte mein Vater.

»Es war ein besonderes Picknick«, rief Carl.

Vier Augenpaare richteten sich warnend auf ihn. Er senkte den Kopf. »Na ja, so besonders war es auch wieder nicht«, murmelte er. »Eigentlich ein ganz gewöhnliches Picknick.«

Diener sind die geborenen Spione. Sie wissen jederzeit, was wir tun, kennen unsere Gewohnheiten und merken sofort, wenn wir einmal aus dem Rahmen fallen. Ich kam an Sally Nullens' Zimmer vorbei, hörte sie mit Emily Philpots sprechen, und als mir klar wurde, worüber sie sich unterhielten, lauschte ich schamlos.

»So eine Unverschämtheit! Wofür hält sie sich denn? Ich habe ja sofort gesagt, als sie unser Haus betrat, daß ich diese Art von Mädchen kenne. Eine Abenteurerin, das ist sie.« Das war Emily Philpots.

Dann Sally Nullens: »Ich kann es nicht glauben, daß sie sich meinen Lord Edwin geschnappt hat. Doch nicht ihn! Er war ein so lieber kleiner Junge, ganz anders als dieser Leigh. Wenn sie sich an den herangemacht hätte ... «

»Ich weiß, worauf sie aus ist: sie will Lady Eversleigh werden. Wenn ihr das glücken sollte, würde ich noch im Grab keine Ruhe finden, das kannst du mir glauben, Sally.«

»Es ist schon deshalb nicht in Ordnung, wenn man bedenkt, auf welche Art sie hergekommen ist.«

»Ja, was sagst du dazu? Es sieht ihm gar nicht ähnlich, sich so um Priscillas Erziehung zu kümmern. Sie hat ihm doch nie viel bedeutet.«

»Stimmt! Ich erinnere mich, wie enttäuscht er bei ihrer Geburt war. Er wollte einen Jungen, und als dann Carl kam ... er schlug ein Rad wie ein Pfau. Und jetzt schleppt er *sie* daher. Warum nimmt er sich ihrer so an? Glaubst du wirklich ...«

»Allerdings, Sally, das glaube ich.«

»Was er wohl sagen wird, wenn seine Freundin Lord Edwin heiratet?«

»Was wird es ihm schon ausmachen? Er hat sich nie um Edwin gekümmert. Er wird darüber lachen, daß Edwin sich mit dem begnügt, was er übriggelassen hat.«

Mein erster Impuls war, ins Zimmer zu stürzen und die zwei bösartigen, bissigen alten Weiber zu ohrfeigen. Wie konnten sie wagen, so etwas von Christabel und meinem Vater zu behaupten? Ein solcher Unsinn! Ich konnte keinen Augenblick glauben, daß Christabel die Geliebte meines Vaters war – denn das deuteten die beiden Alten an.

Aber ich zügelte meinen Zorn und ging weiter. Ich wollte nichts mehr hören.

Als ich an diesem Abend zu Bett ging, mußte ich immerzu an das Erlauschte denken; ich fragte mich, ob nicht vielleicht doch ein Körnchen Wahrheit darin steckte. Nein! Ich konnte es weder von Christabel noch von meinem Vater glauben. Wahrscheinlich wäre ich nicht überrascht gewesen, wenn ich entdeckt hätte, daß er eine Geliebte hatte, aber ich war davon überzeugt, daß er meine Mutter zu sehr achtete und liebte, um je eine solche Frau ins Haus zu bringen. Sally und Emily waren boshafte alte Weiber; irgendwie konnte ich sie verstehen. Sie wurden von niemand mehr gebraucht und haßten deshalb alle Welt.

Ich machte mir Sorgen, wenn ich an Jocelyn dachte, und fragte mich, wie lang er wohl bei Harriet bleiben konnte, ohne Verdacht zu erregen. Sein Aufenthalt in Eyot Abbas stellte auch keine dauernde Lösung des Problems dar.

Ich nahm die Kette mit dem Ring aus der Lade, zog den Ring herunter, steckte ihn mir an den Finger und betrachtete ihn. Leigh hatte recht, der Ring war wirklich auffallend. In das Lapislazuli war das Wappen in Gold eingelegt und an der Innenseite der Familienname eingraviert.

Ich drückte den Ring an meine Lippen und dachte an die Augenblicke in der Höhle und an die tiefe Zärtlichkeit in seiner Stimme, als er gesagt hatte, daß er mich liebe. Und mein Vater hatte mich in der Halle kaum zur Kenntnis genommen. Wie alle Menschen wollte auch ich geliebt werden.

Es klopfte, und meine Mutter rief leise: »Priscilla!«

Hastig streifte ich den Ring ab, griff nach der Kette und schob beides in eine Schublade.

Meine Mutter trat ein. »Du bist noch nicht ausgezogen.« Sie lächelte liebevoll. »Du gefällst mir in diesem Kleid, die Spitzen sind so weich und weiblich und passen zu deinen braunen Augen. Aber es ist ein bißchen zu kurz und zu eng. Chastity soll den Saum auslassen und es auch ein bißchen weiter machen, sie ist eine sehr geschickte Näherin. Ich möchte, daß Emily weiter an meinem Unterkleid stickt. Du wirst erwachsen, Priscilla, das ist es.« Sie küßte mich. »Ich muß mit dir sprechen.«

Mein Herz klopfte schneller. Wenn man ein Geheimnis hat, erschrickt man leicht.

»Du brauchst nicht zu erschrecken. Es handelt sich um etwas Heikles, und ich weiß nicht, wie weit es schon gediehen ist.«

»Worum geht es denn?«

»Um Edwin und Christabel Connalt.«

»Oh!«

»Also weißt du es auch. Das muß ein Ende haben.«

»Warum?«

»Weil es ungehörig ist.«

»Sie lieben einander.«

»Sei nicht so kindisch, Priscilla.«

»Ist es kindisch, wenn man an die Liebe glaubt?«

»Natürlich nicht. Aber diese Gouvernante . . .«

»Mutter, sie ist nur deshalb Gouvernante, weil sie ihren Lebensunterhalt selbst verdienen muß. Sie hat eine sehr gute Erziehung genossen. Sie unterscheidet sich überhaupt nicht von den Leuten, mit denen wir verkehren. Wenn Edwin sie liebt ...«

Das Gesicht meiner Mutter wurde hart. Es sah ihr nicht ähnlich, streng oder besonders klassenbewußt zu sein. Aber ich verstand sie. Sie war Christabel gegenüber mißtrauisch, weil mein Vater sie ins Haus gebracht hatte. Wenn es stimmte, daß Christabel und mein Vater ein Verhältnis gehabt hatten, war es absolut begreiflich, daß meine Mutter gegen eine Verbindung zwischen ihrem Sohn und diesem Mädchen war. Ich glaubte keinen Augenblick an dieses Verhältnis, da ich Christabel kannte, aber einige der Diener waren davon überzeugt und bestärkten wahrscheinlich meine Mutter in ihrer Meinung.

Sie wiederholte: »Es muß ein Ende haben. Sie muß fort.«

»Wohin soll sie denn? Du hast keine Ahnung, wie ihr Zuhause wirklich aussieht. Sie hat mir davon erzählt.« Ich versuchte, meiner Mutter das Pfarrhaus zu schildern und ihr damit klar zu machen, daß Christabel nie in der Lage gewesen wäre, mit jemandem ein Verhältnis zu haben. Aber meine Mutter hörte mir gar nicht zu. Sie war entschlossen, die Heirat zu verhindern.

Zum Glück lag die Entscheidung bei Edwin, und ich wies darauf hin.

»Edwin ist vernünftig«, sagte meine Mutter. »Er hat immer auf mich gehört.«

»Es hängt davon ab, was er für vernünftig hält. Ich weiß, daß er dich zärtlich liebt, aber er liebt auch Christabel.«

»Es ist also noch weiter gediehen, als ich angenommen habe. Und dabei kennen sie einander erst so kurze Zeit.«

»Ja, aber es ist so viel passiert ...« Ich unterbrach mich. Wie wütend wäre Leigh, und wie leicht war es, ein Geheimnis zu verraten!

»Was ist denn passiert?«

»Na ja, ich wollte sagen, Edwin und Leigh kamen aus Frankreich zurück und sahen in ihren Uniformen so großartig aus ... und es war so romantisch ... « Es klang nicht sehr überzeugend.

»Ich wollte nur wissen, ob das, was Sally Nullens mir erzählt hat, stimmt.«

»Es war also Sally Nullens, die alte Klatschbase?«

»Du bist Sally gegenüber ungerecht. Sie liebt Edwin und macht sich seinetwegen Sorgen. Sie will nicht, daß ihn eine Abenteurerin einfängt. Er ist ohnehin viel zu jung zum Heiraten.«

»Er ist einundzwanzig.«

»Du bist sehr unerfahren, Priscilla. Edwin ist Träger eines großen Namens und muß standesgemäß heiraten.«

»Ich bin sehr überrascht, daß du so sprichst. Nie hätte ich angenommen, daß du hart, gewissenlos und von gesellschaftlichem Ehrgeiz besessen sein könntest. Du warst sonst anders.«

»Ich werde alles tun, um die Ehe zwischen Edwin und Christabel Connalt zu verhindern«, erklärte meine Mutter entschlossen.

»Hast du mit Vater darüber gesprochen?«

Sie wurde rot, und ich wußte Bescheid. Sie glaubte also wirklich das Gerede, warum mein Vater Christabel ins Haus gebracht hatte. Dann antwortete sie kühl: »Dein Vater hat nichts damit zu tun. Edwin ist nicht sein Sohn.«

Als sie bemerkte, wie verzweifelt ich war, wurde sie wieder die liebevolle Mutter, die sie mir immer gewesen war.

»Du darfst nicht so unglücklich sein, Kind. Ich hätte wahrscheinlich nicht mit dir darüber sprechen sollen, aber ich nahm an, daß du besser Bescheid weißt als die anderen, und wir hatten ja nie Geheimnisse voreinander, nicht wahr?«

Auf diese Bemerkung konnte ich nicht antworten, denn ich wäre mir verlogen vorgekommen, wenn ich ihr zugestimmt hätte. Um wieviel leichter das Leben doch gewesen war, ehe ich erwachsen wurde.

»Vergiß es«, sagte sie, »es ist bald Weihnachten. Wir müssen allmählich mit den Vorbereitungen beginnen.«

Ich ergriff ihre Hände. »Bitte, schick sie nicht fort«, bat ich. »Sie würde so elend sein. Das Pfarrhaus ist entsetzlich, ich glaube, sie bekommen nicht einmal genug zu essen. *Bitte,* schick sie nicht fort.«

»Du hast ein weiches Herz, Priscilla, und das ist schön. Du kannst dich darauf verlassen, daß ich eine Lösung suchen werde, die für Edwin und Christabel tragbar ist.«

Ich warf mich in ihre Arme, und sie tröstete mich, wie immer. Dann küßte sie mich und ließ mich allein. Als sie fort war, setzte ich mich vor den Spiegel und betrachtete mich. Ich fragte mich, ob sie eine Veränderung an mir bemerkt hatte. Vielleicht sah ich für sie immer noch so aus wie vorher: dichtes, glattes Haar, ovale braune Augen, eine kurze Nase, ein breiter Mund, ein Gesicht, das mehr durch seinen Ausdruck als durch die Ebenmäßigkeit der Züge wirkte. Und doch stellte ich Unterschiede fest. Die Augen bewahrten ein Geheimnis, um die Lippen lag ein entschlossener Zug. Ja, die letzten Wochen hatten mich verändert, und wenn jemand mich genauer ansah, mußte er es bemerken.

Ich schlüpfte aus meinem Kleid – es war wirklich zu eng – und zog das Nachthemd an. Dann erinnerte ich mich an den Ring und die Kette, die ich rasch in die Schublade gesteckt hatte.

Ich öffnete die Lade. Die Kette war da, aber ich sah den Ring nicht. Ich räumte die Lade aus, fand ihn aber nicht.

Ich hatte ihn doch hineingeworfen, als meine Mutter kam. Ich suchte fieberhaft, kniete nieder und untersuchte den Fußboden. Der Ring blieb verschwunden.

Es war besser, wenn ich die Suche bei Tageslicht fortsetzte. Wahrscheinlich war er mir aus der Hand gefallen, weil ich mich beeilt hatte. Das war die einzig mögliche Erklärung.

Immer wieder durchsuchte ich den Inhalt der Schubfächer. Handschuhe, Taschentücher, Kragen und Manschetten. Aber kein Ring.

Schließlich gab ich die Suche auf und ging zu Bett. Ich konnte nicht einschlafen. Die starre Haltung meiner Mutter und der Verlust des Ringes hatten mich zu sehr erregt.

Bei Tagesanbruch suchte ich weiter, aber der Ring blieb wie vom Erdboden verschluckt.

Im Haus herrschte eine gespannte Atmosphäre. Meine Mutter sprach im Garten ernst auf Edwin ein. Dann schickte sie einen Boten fort, und ich fragte mich, wohin.

Christabel wurde unruhig, denn die Haltung meiner Mutter war unmißverständlich. Vier Tage, nachdem der Ring verschwunden war, erhielten Edwin und Leigh Befehl, zu ihrem Regiment zurückzukehren.

Jetzt begriff ich, an wen Mutter eine Botschaft gesandt hatte. Sie hatte sich hilfesuchend an ihre Freunde bei Hof gewandt und die Rückberufung der beiden erwirkt.

Sie reisten ab. Edwin hatte nicht um Christabels Hand angehalten und hatte immer unglücklicher ausgesehen. Sicherlich erwog auch er alle Nachteile dieser Verbindung, die meine Mutter ihm geschildert hatte. Wahrscheinlich hatte sie ihm die Trennung von Christabel vorgeschlagen, damit er sich in Ruhe überlegen konnte, was er machen wollte. Edwin war leicht beeinflußbar, hing sehr an meiner Mutter und war stets bemüht, ihr keinen Kummer zu bereiten. Als er fortritt, ohne Christabel einen Heiratsantrag gemacht zu haben, wußte ich, daß er es nie tun würde.

Die arme Christabel! Sie war jetzt noch unglücklicher als vor Edwins Heimkehr.

Wir beschäftigten uns ziemlich lustlos mit den Weihnachtsvorbereitungen. Harriet verbrachte die Feiertage sonst oft bei uns oder wir bei ihr. Diesmal gebrauchte sie jedoch Ausreden – Jocelyns wegen. Wenn Harriet eine Rolle spielte, dann ging sie ganz in ihr auf.

Von den Freunden, die meine Eltern bei Hof hatten, kamen etliche zu Besuch. Es gab also die üblichen Festivitäten und Jagden. Zur allgemeinen Enttäuschung war es jedoch noch nicht kalt genug zum Eislaufen. Doch die reichlichen Mahlzeiten trösteten uns darüber hinweg; außerdem tanzten wir und veranstalteten Gesellschaftsspiele, wie immer in der Weihnachtszeit.

Christabel nahm daran teil, als wäre sie ein Gast oder ein Familienmitglied, und bestimmt wurde sie oft dafür gehalten.

Die Merridews und die Eghams besuchten uns. Meine Mutter

bedauerte sehr, daß Edwin und Leigh nicht mehr im Haus waren. Es war wirklich sehr unangenehm, daß Lord Carson, ihr strenger General, sie gerade während der Feiertage mit einem Auftrag ins Ausland geschickt hatte. Sobald sie Gelegenheit dazu hatte, würde sie ihm ihre Meinung sagen.

Einige Tage nach dem Heiligen Abend ging ich, als Schlafenszeit war, zu Christabels Zimmer, denn sie hatte an diesem Abend besonders traurig ausgesehen.

»Ich wollte nur nachsehen, ob alles in Ordnung ist«, sagte ich.

Sie lächelte müde. »Es wird nicht soweit kommen, Priscilla. Ich hätte mir denken können, daß es zu schön war, um wahr zu sein.«

Ich versuchte sie zu trösten. Manchmal dachte ich, daß es besser gewesen wäre, wenn meine Eltern während Edwins und Leighs Urlaub zu Hause gewesen wären. Meine Mutter hätte die wachsende Neigung zwischen den beiden jungen Leuten bemerkt und sie im Keim erstickt.

Eines Tages erhielt ich einen Brief von Harriet.

»Liebste Priscilla,

es ist so lange her, daß wir einander gesehen haben. Ich würde mich freuen, wenn du mich für eine Woche besuchen könntest. Nur du allein ... oder bring die nette Christabel mit, von der du mir in deinen Briefen erzählt hast. Ich weiß, daß deine Mutter dich entbehren kann. Wir wollen ein kleines Theaterstück aufführen. John Frisby, der junge Mann, von dem ich euch geschrieben habe, ist ein ausgezeichneter Schauspieler, und ich habe dir auch eine kleine Rolle zugedacht. Er wird vielleicht bald wieder abreisen, und ich würde mich freuen, wenn du ihn noch kennenlernst. Also komm bald, Priscilla, laß mich nicht im Stich. Ich schreibe auch an deine Mutter ...«

Die liebe, bezaubernde Harriet, die schönste und attraktivste Frau, die ich je kennengelernt hatte. Als sie jung war, mußte sie unwiderstehlich gewesen sein. Als ich einmal eine diesbezügliche Bemerkung machte, lachte sie. »Mein Liebling, ich war nie so unwiderstehlich wie heute. Ich habe Erfahrung, und die Kunst ist ein ausgezeichneter Ausgleich für die Natur.«

Ich mußte zugeben, daß sie ihr Gesicht mit künstlerischem Geschick bemalte, bis sie in blendender Schönheit erstrahlte.

Es war bezeichnend für sie, daß sie sich mit Leib und Seele für Jocelyns Rettung eingesetzt hatte. Ich fragte mich ein bißchen eifersüchtig, ob er sich in sie verliebt hatte; die meisten Männer taten es.

Dann zeigte ich meiner Mutter Harriets Brief.

»Natürlich mußt du die Einladung annehmen«, sagte sie. »Es wird dir gut tun, denn in letzter Zeit bist du etwas blaß, als hättest du Kummer. Mach dir Edwins wegen keine Sorgen, Cilla, es wird sich alles zum Besten wenden, du wirst schon sehen.«

Sie küßte mich zärtlich, und ich klammerte mich an sie. Ich empfand das beinahe unwiderstehliche Bedürfnis, ihr alles zu gestehen, ihr zu erklären, wie sehr mich der Verlust des Ringes traf, und zu erzählen, was aus Jocelyn geworden war.

Es wäre Wahnsinn gewesen. Ich konnte mir vorstellen, wie wütend Leigh darauf reagiert hätte.

Also sagte ich nichts und drückte sie nur an mich.

»Harriet und ihr Theaterstück«, fuhr sie fort. »Was es wohl diesmal sein wird? Ich kann mich noch daran erinnern, wie wir lang vor der Restauration *Romeo und Julia* aufgeführt haben. Damals war Harriet ein kleiner Racker, und ich bin nicht so sicher, daß sie heute vernünftiger ist. Gregory betet sie natürlich an, genau wie Benjie. Die Männer sind ihr immer nachgelaufen; ich glaube, sogar Leigh mag sie.«

»Natürlich, genau wie ich.«

»Sie ist ja auch seine Mutter, und sie hat es verstanden, sich die Liebe ihres Kindes zu bewahren, obwohl sie es verlassen hat. Ja, fahr nur zu ihr und nimm Christabel mit. Auch ihr wird das guttun. Harriet bringt die Menschen in Schwung. Ich möchte wissen, wie dieser junge Schauspieler aussieht. – Was wirst du mitnehmen? Wir hätten dir schon längst ein paar neue Kleider machen sollen. Wenn du zurückkommst, müssen wir darüber reden. Allerdings glaube ich, daß du noch wachsen wirst.«

Sie streichelte mich.

In mir tobten die widersprüchlichsten Gefühle: Mitleid mit Christabel, Angst wegen des verlorenen Rings, Scham, weil ich meine geliebte Mutter belog, und vor allem Vorfreude auf das Wiedersehen mit Jocelyn.

Mitte Januar trafen wir in Eyot Abbas ein. Es war ein schönes altes Haus, das Gregory Stevens beim Tod seines älteren Bruders geerbt hatte. Es lag in einer lieblichen Gegend, die viel fruchtbarer war als jene um Eversleigh, denn sie war vor dem kalten Ostwind geschützt.

Das Haus lag zwischen Hügeln, etwa eine Meile vom Meer entfernt, das man aus dem oberen Stockwerk sehen konnte. Man erblickte von dort auch die Insel Eyot, von der das Haus seinen Namen bezog. Einmal war die Insel ziemlich groß und Sitz eines Klosters gewesen, das nach der Loslösung von Rom zerstört worden war. Inzwischen hatte das Meer Teile der Insel weggerissen und von dem Kloster waren nur noch ein paar Ruinen übrig. Wir hatten dort einige Male Picknicks veranstaltet. Es war ein verwilderter, faszinierender, etwas unheimlicher Ort; und natürlich gab es die üblichen Geschichten über Lichter, die plötzlich auftauchten, und Glocken, die zu läuten begannen.

Eyot Abbas war ein weitläufiges elisabethanisches Haus mit Toren und Türmchen. Seine roten Backsteinmauern paßten gut in das leuchtende Grün der Landschaft. Der Park war schön, obwohl nicht sehr gepflegt. Neben dem Sattelplatz gab es einen Obstgarten, in den man sich zurückziehen konnte, wenn man allein sein wollte. Bei meinen Besuchen hatte ich mich oft mit einem Buch unter meinem Lieblingsapfelbaum niedergelassen.

Es war ein sehr gemütlicher Haushalt. Harriet herrschte wie eine Königin, und die Diener benahmen sich, als wäre es eine Auszeichnung, ihr dienen zu dürfen. Gregory betete sie an wie am ersten Tag, Benjie neckte sie und hing ebenfalls an ihr, obwohl sie sich nie allzusehr um ihn kümmerte. Es störte sie nicht, wenn er triefend naß vom Reiten heimkam oder beinahe einen der Gärtner erschoß, als er mit Pfeil und Bogen übte. Er war elf Jahre alt und konnte tun und lassen, was er wollte.

In diesem Haushalt gab es keine Spannungen. Harriet behandelte uns Kinder wie Erwachsene. In ihrer Gegenwart durfte man das Alter nicht erwähnen, denn sie wollte nicht daran erinnert werden.

Als wir eintrafen, war Harriet mit ihrem Besuch ausgeritten.

»Sie kennen ja Ihr Zimmer, Mistress Priscilla«, sagte Mercer, Harriets Zofe, die schon im Theater bei ihr gewesen war. »Und ich habe Mistress Connalt neben Ihnen untergebracht.«

»Das ist fein, Mercer. Ich werde Mistress Connalt hinaufführen.«

Wir stiegen die Treppe zu unseren Zimmern hinauf. Harriet hatte Eyot Abbas neu eingerichtet, als sie als Herrin einzog, und zwar war alles in Scharlachrot, Purpur und Gold gehalten. »Man hätte darauf wetten können, daß Harriet königliche Farben wählen würde«, hatte meine Mutter bemerkt.

In meinem Schlafzimmer war alles purpurrot – purpurrote Bettdecken, purpurrote Teppiche, purpurrote Gardinen. Nur der Bettüberwurf war lila und paßte ausgezeichnet dazu. In Christabels Zimmer herrschte bläuliches Mauve vor.

Die prächtige Einrichtung beeindruckte sie sehr, und sie war glücklich, weil man sie nicht als Gouvernante behandelte. Das war sehr wichtig für sie – besonders seit der Beziehung zu Edwin.

Mercer brachte uns Wasser, also wuschen wir uns und zogen uns um; und inzwischen kam Harriet zurück. Ihre Stimme war nicht zu überhören – sie klang wie eine Trompetenfanfare.

Ich lief aus dem Zimmer zur Treppe.

Sie stand in der Halle und neben ihr Jocelyn, der noch besser aussah, als ich ihn in Erinnerung hatte. Einige Sekunden lang blieb ich unbeweglich stehen, weil meine Empfindungen mich überwältigten.

Dann entdeckte mich Harriet. »Ach, Priscilla, da bist du ja; bitte komm sofort herunter. Ich möchte dich begrüßen und dir John Frisby vorstellen.«

Ich lief die Treppe hinunter, direkt in ihre Arme, und ihr Duft hüllte mich ein.

In ihrem Reitkleid sah sie großartig aus. Es war hellgrau, und sie trug eine dunkelblaue Halsbinde, die genau zu ihren Augen paßte. »Harriets Augen sind einmalig«, hatte meine Mutter gesagt. »Wahrscheinlich sind sie die Erklärung für ihre Wirkung.« Ihre Augen waren tiefblau, mit schwarzen Wimpern; die Augenbrauen waren ebenfalls schwarz und schön geschwungen; ihr dichtes, sehr dunkles Haar legte sich in kleine Löckchen. Der Gegensatz zwischen den blauen Augen, dem dunklen Haar und der hellen Haut, die lustige Nase und die weißen Zähne machten Harriet zu einer Schönheit. Aber vor allem infolge ihrer überschwenglichen Art, ihres herzlichen Wesens sah man ihr Dinge nach, die man jedem anderen nicht durchgehen hätte lassen.

»Harriet ist überlebensgroß«, pflegte meine Mutter zu sagen. »Man kann sie nicht mit normalen Maßstäben messen.«

Das stimmte. Sie war ränkesüchtig und ichbezogen, aber sie war großzügig. Sie bezauberte durch ihre Vitalität, ihre Fähigkeit, mit unangenehmen Situationen fertig zu werden, und vor allem durch ihre Lebensfreude. Sie genoß das Leben in vollen Zügen und riß alle um sich mit. Niemand, der Harriet in die Nähe kam, konnte sich langweilen.

Keiner ihrer beiden Söhne war ehelich. Leigh war zur Welt gekommen, bevor sie heiratete. Sein Vater war mit meiner Mutter verheiratet, und es spricht für Harriets Charme, daß meine Mutter, die ihren ersten Mann innig geliebt hatte, Harriet gegenüber keinen Groll hegte. Da Harriet Leigh als unerträgliche Belastung empfand, hatte sie ihn nach wenigen Monaten der Obhut meiner Mutter anvertraut. Jahre später heiratete sie in die Eversleigh-Familie ein, und zwar einen Onkel meines Vaters, der viel älter war als sie. Dann brachte sie Benjie zur Welt, aber es stellte sich heraus, daß nicht ihr Ehemann sein Vater war, sondern Gregory Stevens. Als Harriets Mann starb und Gregory Titel und Vermögen erbte, heiratete sie ihn, Benjie hieß plötzlich nicht mehr Eversleigh, sondern Stevens, und Harriet spielte eine neue Rolle: die der angebeteten Ehefrau und Mutter.

Ich hatte Angst, den jungen Mann neben ihr anzuschauen, deshalb sagte ich: »Du siehst immer gleich bezaubernd aus, Harriet.«

»Ich danke dir, mein liebes Kind. Ich möchte dir meinen lieben Freund John Frisby vorstellen. John, das ist meine ... also es ist eine komplizierte Verwandtschaft, und ich würde Papier und Feder brauchen, um sie genau zu erklären. Aber ich liebe Priscilla innig und möchte, daß ihr einander kennenlernt.«

Die schönen blauen Augen blitzten spöttisch, als Jocelyn mir die Hand küßte. Wir lächelten einander zu, und ich dachte selig: Nichts hat sich verändert, er liebt mich immer noch.

Ich war unglaublich glücklich.

Christabel kam die Treppe herunter, und Harriet musterte sie. Ich griff ein. »Das ist Mistress Connalt; Christabel, das ist Lady Stevens.«

Harriet war überaus liebenswürdig, so daß Christabel vor Freude errötete.

»Willkommen, meine Liebe«, sagte Harriet, »ich freue mich immer, wenn ich Jugend im Haus habe. Priscilla hat mir so viel von Ihnen erzählt. Und jetzt möchte ich Ihnen John vorstellen, der sich darauf freut, sie kennenzulernen.«

Dann wandte sie sich an uns beide. »Seid ihr gut untergebracht? Hat Mercer für alles gesorgt, was ihr braucht? Ich nahm an, daß ihr nebeneinander wohnen wollt.«

»Es war sehr freundlich von Ihnen, mich einzuladen«, bemerkte Christabel etwas förmlich.

»Unsinn. Ich freue mich, daß Sie hier sind. Hat Mercer Ihre Sachen ausgepackt? Ihr müßt hungrig sein.«

»Eigentlich nicht«, antwortete ich. »Wir aßen im Stag's Head Pastete und tranken Apfelwein.«

»Wirklich? Wir werden dennoch zeitig essen. John, gehen Sie bitte in die Küche und sagen sie dort, man solle sich beeilen. Wir werden um sechs Uhr dinieren.«

Er verbeugte sich und ging.

»Kommt, meine Lieben«, sagte Harriet, »ich möchte mich davon überzeugen, daß es euch an nichts fehlt.«

Sie ging zu meinem Zimmer voran und schob uns hinein. Dann schloß sie die Tür und lehnte sich daran. Ihre Stimmung hatte sich verändert; ihre Augen blitzten vor Erregung.

»Jetzt können wir sprechen. Wir müssen nämlich sehr vorsichtig sein. Die Diener haben ihre Augen und Ohren überall.« Sie wandte sich an Christabel. »Ich bin so froh, daß Sie gekommen sind, meine Liebe. Ich weiß über Ihre Rolle in dieser Intrige Bescheid ... und auch über die von Leigh und Edwin. Auch mein guter Gregory war uns eine große Hilfe. Wer hätte geglaubt, daß er je in eine solche Sache verwickelt werden würde. Er ist der sanftmütigste Mensch, den es gibt, und er sehnt sich nach einem einfachen, unkomplizierten Leben. Dabei bringe ich ihn immer wieder in die aufregendsten Situationen. Der liebe Gregory! ... Aber ihr wartet auf Neuigkeiten bezüglich eures Freundes John.«

»O ja, bitte«, bat ich inbrünstig.

»Und ich schwatze immerzu. Also hört mir genau zu, meine Lieben. John wird gesucht. Ihr dürft ihn in diesem Haus nur John Frisby nennen. Gregory weiß genau, was vorgeht; er war erst kürzlich in London. Oates hat jetzt Angst, weil er sieht, daß seine Herrschaft zu Ende geht, aber er ist entschlossen, keines seiner Opfer entkommen zu lassen. Oates hegt einen besonderen Groll gegen die Frintons. Er hat den Vater an den Galgen gebracht und ist entschlossen, die ganze Familie auszulöschen. Das heißt, daß er mit dem Sohn beginnen wird. Unser John Frisby befindet sich also in akuter Lebensgefahr.«

Mein Atem stockte, und ich fuhr mir mit der Hand an den Hals. Harriet lächelte mir liebevoll zu und fuhr fort: »Ich weiß, was ihr empfindet und teile eure Ängste. Im Augenblick verdächtigt niemand dieses Haus, das weiß ich. Aber wenn sie etwas auf die richtige Spur brächte ... dann würden sie Fragen stellen ... und ich bin nicht so sicher, daß unsere Tarnung einer genauen Prüfung standhalten würde.«

»Was sollen wir denn tun, Harriet?«

»Natürlich habe ich mir Verschiedenes überlegt und bin zu dem Entschluß gekommen, John nach Frankreich hinüberzuschmuggeln. Ich halte es für den einzigen Ausweg. Wir haben Verbindungen angeknüpft, und ich hoffe, daß wir bis Ende der Woche ein Boot auftreiben, das ihn hinüberbringt. Ich wollte, daß ihr euch vor seiner Abreise noch von ihm verabschiedet.«

»Harriet«, rief ich, »du bist wunderbar!«

Ich war so gerührt, daß es mir schwerfiel, meine Tränen zu unterdrücken, deshalb warf ich mich ihr an den Hals und vergrub mein Gesicht an ihrer Schulter.

Sie strich mir über das Haar und sagte zu Christabel: »Dieses Kind ist immer schon mein Liebling gewesen. Ihre Mutter hat mir sehr geholfen.«

Ich mußte lächeln, denn ich konnte mir genau vorstellen, wie sie in diesem Augenblick aussah; natürlich posierte sie, wie immer. Ich fragte mich oft, wieviel sie von dem, was sie sagte, wirklich meinte.

»Aber jetzt«, fuhr sie fort, als sie fand, daß die Szene lang genug gedauert hatte, »müssen wir vernünftig sein. Du darfst John Frisby nicht zu viel Beachtung schenken . . . aber du darfst ihn auch nicht völlig ignorieren. Du mußt Interesse für ihn zeigen, doch nicht zu viel Interesse. Du mußt vorsichtig sein, ohne daß die anderen es bemerken.«

»Wir verstehen Sie sehr gut, Lady Stevens«, sagte Christabel.

»Nennen Sie mich Harriet, wie alle meine Bekannten.« Sie wandte sich an mich. »Deine Mutter hält mich für das unkonventionellste Wesen, das es gibt, aber du magst mich dennoch, nicht wahr?«

»Du bist die liebste Frau auf der Welt«, rief ich dankbar.

»Ich mußte es tun, denn sonst hätte Leigh wissen wollen, warum ich es nicht getan habe. Ich fürchte mich vor meinem energischen Sohn, Christabel.«

»Ich kann mir nicht vorstellen, daß Sie sich vor irgendjemand fürchten«, wandte Christabel ein.

»Ich darf nicht zu lange bei euch bleiben. Ihr wollt euch sicherlich umziehen, und dann können wir essen ... ganz formlos. Gregory wird zum Essen dasein; er muß jeden Augenblick kommen.

Er ist mit den Vorbereitungen für Johns Flucht beschäftigt. John kann in Frankreich bleiben, bis das ganze Theater hier vorbei ist. Gregory nimmt an, daß in einem Jahr alles vergessen ist. Kommt herunter, sobald ihr umgezogen seid. Ich muß jetzt John zur Vorsicht mahnen. Als er dich sah, wirkte er wie ein liebeskranker Romeo. Ein romantischer Anblick, aber unter diesen Umständen keineswegs wünschenswert.«

Als sie fort war, rief Christabel: »Was für eine prachtvolle Frau! Ich habe noch nie jemanden wie sie kennengelernt.«

»Das stimmt genau. Es gibt nur eine Harriet.«

Es wurde ein herrlicher Abend, den ich nie vergessen werde. Wir aßen in einem kleinen Zimmer, und im Kerzenlicht gewannen die Gestalten der Wandteppiche ein geheimnisvolles Leben.

Gregory war anwesend. Er war ein großer, ruhiger Mann, der sich ständig darüber zu wundern schien, daß er das Glück gehabt hatte, ein so herrliches Geschöpf wie Harriet zur Frau zu bekommen. Sicherlich wäre er nie auf die Idee gekommen, einen Verfolgten nach Frankreich zu schmuggeln, wenn nicht sie es gewünscht hätte. Ganz bestimmt war sein Leben bis zu dem Augenblick, als er Harriet kennenlernte, in genau festgelegten Bahnen verlaufen.

Ich fragte mich oft, warum sie ihn geheiratet hatte. Aber sie hatte ihn gern — soweit sie dazu fähig war — und es war eine überraschend glückliche Ehe.

Er saß an einem Ende des Tisches, Harriet am anderen. Jocelyn befand sich zu ihrer Rechten, ich zu ihrer Linken, so daß wir einander gegenübersaßen und einander betrachten konnten.

Während die Diener die Speisen auftrugen und uns vorlegten, drehte sich das Gespräch um Ereignisse bei Hof. Der König zeigte sich überall mit der Königin — das war seine Reaktion auf die Behauptungen, sie wäre an der papistischen Verschwörung beteiligt gewesen und hätte den Tod ihres Mannes angestrebt.

»Sie ist eine brave Frau«, sagte Gregory, »und es war blanker Unsinn, solche Beschuldigungen gegen sie zu erheben. Sie war ihm immer eine treue, ergebene Gattin.«

»Und außerdem brachte sie Bombey und Tanger in die Ehe«, rief Harriet. »Ich konnte nicht so eine Mitgift mitbringen, Gregory.«

»Du brachtest dich selbst, und das war alles, was ich wollte«, antwortete der galante Liebhaber.

Sie warf ihm über den Tisch hinweg eine Kußhand zu. Ich fragte mich, ob sie ihm treu war. Sie war die Art Frau, die nicht zögert, sich einen Liebhaber zu nehmen, wenn sie dazu Lust hat. Aber sie würde es immer so arrangieren, daß sie Gregory damit nicht unglücklich machte.

Gregory sprach inzwischen über Theater und Schauspieler.

»Bis jetzt hat noch niemand Nell Gwynns Stelle eingenommen. Es gibt sogar Leute, die bedauern, daß der König sie entdeckt und der Bühne entrissen hat.«

»Ich glaube nicht, daß Nelly der gleichen Meinung ist«, wandte Harriet ein. »Sie verfügt über eine große Begabung, aber es muß nicht unbedingt Schauspieltalent sein. Es war die Art, wie sie lachte, wie sie tanzte ... es war unvermeidlich, daß eines Tages ein Frauenkenner auf sie aufmerksam wurde. Ich mochte sie, alle mochten sie . . . außer jenen, die eifersüchtig auf sie waren. Obwohl sie jetzt reich ist, mag das Volk sie immer noch, denn sie ist nicht hochnäsig geworden.«

»Sie drängt den König, in Chelsea ein Hospiz für alte und invalide Soldaten einzurichten«, sagte Gregory. »Sie bittet immer nur für andere, nie für sich.«

»Eine seltene Eigenschaft«, bemerkte Christabel.

»Zu der sie zu beglückwünschen ist«, meldete sich Jocelyn.

»Wir Theaterleute verdanken ihr viel«, sagte Harriet.

»Natürlich«, stimmte Jocelyn zu, »ich erinnere mich.«

»Nelly und Monmouth sind nicht gerade Freunde«, sagte Gregory.

»Natürlich nicht«, bestätigte Harriet. »Sie weiß, daß er nach dem Thron strebt, den er aber erst dann besteigen kann, wenn Karl tot ist, und diesen Gedanken erträgt sie nicht.«

»Sie hat einen Spitznamen für ihn erfunden — Prince Perkin«, fuhr Gregory fort.

»Wobei sie zweifellos auf Perkin Warbeck anspielt, der einen Thron beanspruchte, auf den er kein Recht hatte«, fügte Harriet hinzu.

»Er zahlte es ihr heim, indem er öffentlich wissen wollte, wie sein Vater ein Geschöpf von so niedriger Abstammung ständig um sich haben könne. Daraufhin erinnerte sie ihn daran, daß Monmouth's Mutter, Lucy Walter, nichts Besseres ist als sie. Wie du siehst, herrscht zwischen ihnen offener Krieg, obwohl beide für die protestantische Sache eintreten.«

»Ich weiß, daß sie sich die protestantische Hure nennt. Ihr müßt mir verzeihen«, Harriet lächelte mich und Christabel an. »Aber der Umgang bei Hof ist keineswegs fein, und das bedeutet, daß wir ebenfalls ein bißchen unfein sein müssen, wenn wir über ihn sprechen. Es herrscht ein wahrer Aufruhr der Meinungen, und wenn der König stirbt, wird die Unruhe noch größer werden. Daher ... auf das Wohl des Königs.«

Das Gespräch ging weiter, aber ich wollte eigentlich wissen, was für Pläne sie in bezug auf Jocelyn hatten. Doch das konnte natürlich nicht bei Tisch besprochen werden. Harriet erlaubte mir auch nicht, mit Jocelyn allein zu sein. Sie glaubte, daß im Augenblick alles in Ordnung war und daß niemand Jocelyns wegen Verdacht geschöpft hatte. Außer Gregory und ihr durfte niemand im Haus wissen, daß Jocelyn und ich einander kannten.

»Vor einigen Tagen fuhren wir mit einem Ruderboot nach Eyot«, erzählte Harriet. »Es war ein schöner, windstiller Tag, und John ist ein guter Ruderer. Sie könnten die Damen morgen hinüberrudern, John, wenn das Wetter gut ist.«

»Das wäre herrlich«, stimmte ich mit leuchtenden Augen zu, als ich begriff, daß Harriet uns Gelegenheit geben wollte, miteinander zu sprechen.

»Dann wollen wir um einen windstillen Tag beten«, sagte Harriet. »Ich werde euch einen Korb mit Essen mitgeben. Zwischen den Ruinen gibt es ein paar geschützte Plätzchen, an denen ihr ein Picknick veranstalten könnt.«

Ich sehnte mich danach, mit Jocelyn allein zu sein, mit ihm zu sprechen, Pläne zu schmieden. Ich hatte keine Ahnung, wohin er sich in Frankreich wenden würde.

Als ich mich auf mein Zimmer zurückzog, war ich zu aufgeregt, um einschlafen zu können. Ich zog einen Morgenrock an und kämmte mein Haar, als mein erster Besucher kam. Es war Christabel.

Sie war wieder so wie damals, als sie nach Eversleigh gekommen war. Das strahlende Mädchen, das ich kurz erlebt hatte, hatte sich neuerlich hinter einer undurchdringlichen Maske versteckt.

Sie setzte sich. »Darf ich ein paar Minuten hier bleiben und mit dir plaudern?« fragte sie.

»Natürlich.«

»Es war ein so merkwürdiger, aufregender Tag. Harriet ist die ungewöhnlichste Frau, die ich je gesehen habe. Sie ist wunderschön und anziehend, also alles, was ich nicht bin. Wenn ich sie sehe, wird mir erst bewußt, wie ungeschickt und häßlich ich bin.«

»Neben Harriet kommt sich jeder so vor.«

»Es ist ungerecht, daß einige von uns ... Manchen Menschen wird einfach alles in die Wiege gelegt, und andere ... «

»Das war bei Harriet nicht der Fall. Sie war arm; meine Mutter erwähnte einmal, daß sie die uneheliche Tochter eines Wanderschauspielers und eines Bauernmädchens sei. Allerdings fügte meine Mutter hinzu, daß man bei Harriet nie weiß, wann sie fabuliert. Jedenfalls hat sie ihren Weg gemacht.«

»Harriet ist unehelich!«

»Behauptete jedenfalls meine Mutter. Genau werde ich es erst erfahren, wenn ich das Tagebuch meiner Mutter lese. Dennoch hat Harriet immer alles erreicht, was sie wollte.»

»Sie ist auch ungewöhnlich schön.«

»Ja, aber sie verdankt ihren Aufstieg nicht nur ihrer Schönheit, sondern ihrer Persönlichkeit, ihrer Vitalität. Sie mag noch so skrupellos sein, man wird es ihr immer verzeihen. Meine Mutter hat ihr schon lange vergeben, aber ich glaube nicht, daß mein Vater mit ihr ausgesöhnt ist. Er ist da anders ...«

Ich schwieg, und Christabel fragte: »Wir fahren also morgen mit Jocelyn nach Eyot?«

»Ja. Dort werden wir offen miteinander reden können. Er wird bald nach Frankreich fahren.«

»Was für ein Glückskind du bist, Priscilla! Wenn ich mir vorstelle, was für ein behütetes Leben du gehabt hast ... du wurdest in einem schönen Haus geboren, deine Mutter liebt dich innig, die alte Sally Nullens betreut dich wie eine Glucke ihr Küken ... und dann kommt auch noch dieser romantische Liebhaber ... für dich geht wirklich alles gut aus.«

»Aber er muß nach Frankreich fliehen, weil sein Leben hier in Gefahr ist.«

»Auch das wird klappen, weil es mit dir zusammenhängt. Andere Menschen haben nicht so viel Glück.«

Meine Aufregung über das Wiedersehen mit Jocelyn, die Freude über den Aufenthalt in Eyot Abbas wurden durch diese Bemerkung etwas gedämpft. Sie hatte mich daran erinnert, daß Edwin sie verlassen hatte, und daß meine Mutter dahintersteckte. Nein, das Leben meinte es mit der armen Christabel nicht gut, denn Edwin war nicht der Mensch, der sich über Konventionen hinwegsetzte. Er wollte möglichst konfliktlos durchs Leben kommen.

Christabel sprach in meine Gedanken hinein: »Ich werde jetzt gehen, du bist sicherlich müde. Hoffen wir, daß es morgen ein schöner Tag wird.«

Ich versuchte nicht, sie zurückzuhalten.

Fünf Minuten später kam Harriet herein. Sie trug einen losen blauen Morgenrock, der mit unzähligen Schleifen besetzt war.

»Habe ich mir doch gedacht, daß du noch nicht schläfst«, sagte sie. »Dazu bist du viel zu aufgeregt. Ich bin so froh, daß ihr noch rechtzeitig gekommen seid und du noch ein wenig mit Jocelyn beisammen sein kannst. Zwei verliebte junge Menschen. Du bist zum erstenmal verliebt, nicht wahr? Weiß deine Mutter davon?«

»Nein, sie hält mich noch für ein Kind.«

»Die liebe Arabella! Sie hat sich immer leicht täuschen lassen.

Mich hat sie überhaupt nie verstanden. Aber ich verdanke ihr sehr viel. Mein Leben änderte sich an dem Tag, da ich mit einer Wandertruppe zu dem Schloß kam, in dem sie während ihres französischen Exils lebte. Ich hatte zum erstenmal einen Geliebten, als ich in deinem Alter war – vielleicht sogar etwas jünger. Damals lebte ich in einem großen Haus, in dem meine Mutter Haushälterin und Gesellschafterin eines alten Landedelmanns war, der sie anbetete. Einer seiner Freunde fand an mir Gefallen, und obwohl er mir uralt vorkam, mochte ich ihn. Es war natürlich keine so romantische Angelegenheit wie zwischen dir und Jocelyn, aber er lehrte mich viel über die Liebe und das Leben, und ich bin ihm immer dankbar gewesen.«

»Du bist so verständnisvoll, Harriet. Das Ganze ist für mich allzu plötzlich gekommen.«

»So ist es meist.«

»Wir waren in der Höhle ...«

»Ich weiß, er hat es mir erzählt. Er betet dich an. Ich weiß genau, wie es ist, wenn man jung und verliebt ist.«

»Harriet, hältst du es für möglich, daß wir heiraten?«

»Warum nicht?«

»Meine Eltern würden finden, daß ich zu jung bin.«

»Viele Mädchen heiraten in deinem Alter, warum also du nicht?«

»Mein Vater ...«

Sie lachte. »Dein Vater ist ein typischer Mann. Ich könnte schwören, daß er in deinem Alter schon auf Abenteuer aus war. Männer wie er glauben, daß ihnen Rechte zustehen, die für Frauen nicht gelten. Es liegt an uns, ihnen zu beweisen, daß sie sich irren.«

»Ich habe eigentlich noch nicht an eine Ehe gedacht ... eher an eine Verlobung.«

»Hüte dich vor Verlobungen, auf die Trennungen folgen. Sie halten nur in den seltensten Fällen. Trotzdem müssen wir uns bemühen, ihn außer Landes zu bringen.«

»Wann, Harriet?«

»Noch im Lauf dieser Woche. Gregory ist mit den Vorbereitungen beinahe fertig. Genießt also den morgigen Tag. Auf Eyot könnt ihr ungestört miteinander sprechen; nur die Möwen und die Gespenster werden euch Gesellschaft leisten. Christabel wird natürlich als Anstandsdame mitkommen, aber sie kann ja inzwischen die Ruinen erforschen.«

»Christabel wird uns sicherlich allein lassen, sie ist an der Sache von Anfang an beteiligt gewesen.«

»Erzähl mir mehr über Christabel.«

Ich gehorchte.

»Also dein Vater brachte sie ins Haus. Was hat deine Mutter dazu gesagt?«

»Sie hielt Christabel für eine sehr gute Gouvernante.«

»Die liebe Arabella! Ich muß dir etwas sagen, Priscilla: Mistress Christabel beneidet dich.«

»Beneidet mich?«

»Das spürt man. Woher kommt sie? Aus einem Pfarrhaus. Und ihr Vater war der Pfarrer.«

»Sie hatte eine sehr unglückliche Kindheit.«

»Vielleicht liegt es daran. Aber jetzt ist Schlafenszeit. Gott segne dich, Priscilla, gute Nacht.« Sie küßte mich zärtlich.

Ich schlief nur wenig. Ich war zu aufgeregt und freute mich zu sehr auf den nächsten Tag.

Am nächsten Morgen war ich zeitig wach. In der Luft lag leichter Nebel, und der Wind hatte sich gelegt. Wir beschlossen, zu Mittag aufzubrechen, und Harriet ließ einen Korb mit Essen für uns vorbereiten.

Kurz nach elf Uhr ging ich auf mein Zimmer, um mich für den Ausflug umzuziehen. Zufällig schaute ich zum Fenster hinaus und sah im Garten Christabel, die mit einem Gärtner sprach. Sie blickten zum Himmel auf, und ich nahm an, daß sie über das Wetter redeten. Hoffentlich kam nichts dazwischen! Jocelyn würde sehr bald den Kanal überqueren – und wann konnte ich ihn dann wiedersehen?

Um halb zwölf trat Christabel in mein Zimmer. »Ich habe solche Kopfschmerzen«, klagte sie. »Schon seit dem Morgen. Ich hoffte, daß es vorübergehen würde, aber es wird immer ärger.«

Ich bekam Angst. Wollte sie damit sagen, daß sie nicht mitfahren konnte? Tatsächlich fuhr sie fort: »Würde es dir sehr viel ausmachen, Priscilla ... «

Ich unterbrach sie. »Wenn du dich nicht wohl fühlst, kannst du natürlich nicht mitkommen.«

Sie war sehr bekümmert. »Daß es gerade heute kommen muß ...« sagte sie leise. Es war das erste Mal, daß sie ein Leiden erwähnte.

»Ich habe früher oft Kopfschmerzen gehabt«, erklärte sie, »ganz schreckliche Kopfschmerzen. Aber ich hatte geglaubt, daß das vorüber ist. Das letzte Mal hatte ich sie vor einem Jahr, und da mußte ich in einem verdunkelten Zimmer liegen, bis sie vergingen.«

»Dann lege dich jetzt in deinem Zimmer nieder.«

»Aber ich weiß, wie wichtig dieser Ausflug für dich ist. Du willst ja mit ihm sprechen.«

»Ich fahre auf jeden Fall.«

Sie war verblüfft. Eigentlich war ich über mich selbst erstaunt. Noch vor wenigen Tagen hätte ich es für unmöglich gehalten, mit einem jungen Mann allein zu sein. Ich dachte an mein Gespräch mit Harriet. Harriet würde fahren, sie lebte ihr Leben voll aus. Auch ich war fest entschlossen.

Jocelyn freute sich offensichtlich. Er trug den Picknickkorb, und wir gingen miteinander zum Strand hinunter.

»Du weißt, was ich fühle«, sagte er.

»Ich fühle das gleiche.«

»Wir müssen so viel besprechen.«

»Warten wir, bis wir auf der Insel sind.«

»Auch jetzt kann uns niemand hören.«

»Ich werde mich erst sicher fühlen, wenn wir drüben sind.«

Wir bestiegen das Boot. Ich konnte die Insel sehen, aber weiter draußen lag Nebel über dem Meer.

Jocelyn ruderte gleichmäßig, und nach nicht einmal einer halben Stunde knirschte unser Kiel auf dem sandigen Ufer. Ich mußte zugeben, daß die Insel in dem fahlen Licht unheimlich wirkte.

Jocelyn reichte mir die Hand, half mir aus dem Boot, und dann küßte er mir die Hand.

Ich sah mich verstohlen um, und er lachte. »Außer uns ist niemand hier, Priscilla.«

»Ich habe solche Angst um dich.«

»Aber wir sind hier ganz allein.«

»Ich meine, wegen deiner Zukunft.«

Er ließ mich los und machte das Boot fest. Dann gingen wir zu den Ruinen hinauf.

»Ich werde bald nach Frankreich segeln«, sagte er, »wo ich in Sicherheit bin. Du mußt mir nachkommen, Priscilla.«

»Meine Eltern würden das nie erlauben.«

»Ich habe mit Harriet darüber gesprochen. Wir könnten heiraten, dann könntest du mich begleiten.«

»Meine Eltern wären nie damit einverstanden.«

»Ich meine, wir könnten heiraten und es ihnen nachher beichten.«

Mein Glücksgefühl schwand. Es würde meine Mutter schwer treffen, wenn ich heimlich heiratete. Sollte ich diesen wichtigen Schritt ohne ihr Wissen unternehmen, würde sie das Gefühl haben, daß sie aus meinem Leben ausgeschlossen sei.

Ich schüttelte den Kopf.

»Ich werde dir alle Gründe aufzählen, die dafür sprechen«, meinte Jocelyn.

»Ich weiß, daß Harriet findet, wir könnten auch ohne Zustimmung meiner Eltern heiraten.«

»Harriet ist ein wunderbarer Mensch. Sie hat ihr Leben lang nur das getan, was sie für richtig hielt, und sie ist dabei wirklich gut gefahren.«

»Meiner Meinung nach hat sie sehr viel Glück gehabt.«

»Sie war wagemutig. Das, was sie im Leben erreichen wollte, hat sie sich geholt.«

»Man kann nicht immer haben, was man will. Man muß auch an die anderen denken.«

»Es geht um uns beide.«

»Und um meine Mutter.«

»Wahrscheinlich hat sie schon eine passende Partie für dich in Aussicht. Ich gebe zu, daß sie im Augenblick gegen eine Verbindung unserer beiden Familien wäre. Aber dieser Wahnsinn wird vorübergehen. Und die Frintons genießen ein gewisses Ansehen.«

»Ach, Jocelyn, wenn es doch möglich wäre!«

»Wir werden es in Ruhe besprechen. Es ist wunderbar, daß wir Zeit füreinander haben.«

Wir waren zu den Überresten der Mauer gekommen und kletterten hinüber. Es war ein eindrucksvoller Anblick – die hohen Steinwände, die einst die Mönche beherbergt hatten, waren zerstört, aber dennoch war so viel von der Abtei übrig, daß man sich die Anlage im Geist vorstellen konnte. Steinerne Bogen, durch die man jetzt den Himmel sah, erinnerten an vergangene Größe, manche der Steinplatten waren unbeschädigt, zwischen anderen wuchs Gras. Wir fanden einen Raum, dessen Holztür irgendwie dem Wind und dem salzigen Gischt der Jahrhunderte widerstanden hatte. Er war oben offen, da das Dach längst eingefallen war, aber sonst gut erhalten. Durch die langen, schmalen Fenster sah man aufs Meer hinaus.

»Diese Ruinen haben mich fasziniert«, sagte Jocelyn, »als ich vor einiger Zeit zum erstenmal hier war. Ich halte sie für ein gutes Versteck, deshalb untersuchte ich sie genau. In diesem Raum wäre man sogar halbwegs geschützt, obwohl der Wind durch die offenen Fensterhöhlen pfeift. Allerdings glaube ich, daß sich nie Fenster in ihnen befunden haben, denn die Mönche führten ein spartanisches Leben.« Er wandte sich mir zu und schloß mich in die Arme. »Jetzt fühlst du dich sicher, Priscilla, nicht wahr? Wir beide befinden uns ganz allein auf dieser Insel, diese Vorstellung entzückt mich. Die Zeit ist mir so lang geworden, und manchmal fragte ich mich, ob ich dich jemals wiedersehen würde.«

In diesem Augenblick erinnerte ich mich an den Ring, und mir lief ein Schauder über den Rücken. Ich mußte es ihm sofort gestehen, also erzählte ich ihm, was geschehen war.

»Bist du sicher, daß er hinter der Kommode liegt?«

»Vollkommen sicher. Er kann sonst nirgends sein. Weil sie sehr schwer ist, wird sie nur einmal im Jahr weggeschoben.«

»Wirst du ihn tragen, wenn du ihn findest?«

»Natürlich. Zuerst hatte ich Angst, und deshalb habe ich ihn verloren. Leigh behauptet, daß er Aufsehen erregen würde; noch dazu ist dein Familienname eingraviert.«

»O ja, er befindet sich seit Generationen im Besitz unserer Familie. Deshalb wollte ich ja, daß du ihn bekommst.«

Ich war erleichtert, weil er nicht verärgert war, und beschloß, meine Angst zu vergessen und den Tag zu genießen.

»O Jocelyn«, rief ich, »ist es nicht wunderbar, daß wir hier sind ... ganz allein.«

Er küßte mich zärtlich. »Und zu wissen, daß wir ein paar Stunden für uns haben.«

»Es ist Mittagszeit. Was wollen wir tun?«

»Die Insel erforschen und dabei miteinander sprechen. Dann werden wir unser Picknick abhalten und weitersprechen. Und ich werde dich die ganze Zeit über ansehen. Ich will dich lächeln sehen. Dann hast du nämlich ein winziges Grübchen in der Wange. Ich liebe die Art, wie du dein Haar trägst. Ich liebe deine braunen Augen; sie sind um so viel schöner als blaue.«

»Du bist voreingenommen. Du magst diese Dinge nur, weil sie zu mir gehören.«

»Kann es einen besseren Grund geben?«

Wir hatten wahrscheinlich beide ein wenig Angst vor den Gefühlen, die wir in dem anderen weckten. Ich war glücklich, weil ich mit ihm beisammen war, aber ich konnte nicht vergessen, daß er verfolgt wurde und daß er nur vorübergehend hier Zuflucht gefunden hatte. Die Vorstellung, daß wir heiraten könnten, war überaus aufregend; es schien unmöglich zu sein, aber andererseits – warum nicht? Es handelte sich ja um außergewöhnliche Umstände.

Wenn er nach Frankreich ging, konnte ich ihn begleiten – sobald wir verheiratet waren. Aber durfte ich das meiner Familie antun?

Es wäre schön gewesen, wenn Leigh mich beraten hätte. Dieser Gedanke kam mir merkwürdig vor, denn als ich klein gewesen war, hatte ich mir vorgenommen, später einmal Leigh zu heiraten.

Wir erforschten die Reste der Abtei und entdeckten das Refektorium und den Lesesaal.

Jocelyn schien sich nicht sehr für das alte Gemäuer zu interessieren. Die Tatsache, daß wir allein waren, war ihm wichtiger als alles andere.

Auf der einsamen Insel herrschte eine seltsame Atmosphäre. Es war ein vollkommen windstiller Tag, die Nebelstreifen bewegten sich nicht. Sie sahen merkwürdig aus – grau und gespenstisch.

»Dort ist der Kirchturm«, machte ich ihn aufmerksam. »Ich wäre nicht überrascht, wenn die Glocke zu läuten begänne und die dunklen Gestalten der Mönche zur Vesper schritten.«

»Es ist nicht die rechte Tageszeit dafür«, antwortete Jocelyn prompt, und mir fiel ein, daß er katholisch war und daß diese Tatsache meine Familie ebenfalls gegen ihn einnehmen würde. Mein Vater war überzeugter Protestant, obwohl im eigentlichen Sinne nicht religiös. Er wäre betimmt nicht begeistert, wenn ich in eine katholische Familie einheiratete, noch dazu in eine gefährdete.

Merkwürdigerweise dachte ich genauso oft an ihn wie an meine Mutter. Ich stellte mir vor, wie ich ihm sagte: »Was macht es dir schon aus? Du hast dich nie um mich gekümmert. Was macht es dir aus, wen ich heirate?«

»Wo wollen wir unser Picknick abhalten?« fragte Jocelyn.

Ich lachte glücklich. »Diesen Winter scheine ich zu mehr Picknicks zu kommen als sonst in einem ganzen Sommer.«

»Ich werde nie das Picknick bei der Höhle vergessen.«

»Ich glaube, ich habe noch nie solche Angst ausgestanden wie in dem Augenblick, als der Hund in die Höhle kam.«

»Aber ich war auch noch nie so glücklich, denn in diesem Augenblick erkannte ich, daß du mich liebst.«

»Ich erkannte es auch. Erst die Gefahr gab mir Klarheit über meine Gefühle.«

»Du bist sehr jung, Priscilla.«

»Aber nicht zu jung.«

Er nahm mich in die Arme und küßte mich, zuerst zärtlich, dann leidenschaftlich.

»Wollen wir in diesen Raum zurückkehren? Dort wären wir geschützt. Ich hole die Decken aus dem Boot, wir breiten sie auf den Steinplatten aus, und dann essen wir in unserem dachlosen Refugium. Was hältst du davon?«

»Es klingt wunderbar.«

Wir lachten und scherzten, während ich das Tischtuch ausbreitete und Fleisch und Pasteten aus dem Korb holte; auch Apfelwein war dabei.

»Wir haben sehr viel mit«, sagte ich. »Genug für drei, denn Christabel hätte ja mitkommen sollen.«

»Es war schön, daß sie uns Zeit für uns gegeben hat.«

»Nimmst du an, daß sie es absichtlich getan hat?«

»Davon bin ich überzeugt.«

Ich war nicht ganz so sicher wie er.

Wir lehnten uns an die Wand, und ich blickte zum grauen Nebel hinauf. »Was für ein merkwürdiger Ort«, bemerkte ich. »Die Diener behaupten, daß es hier spukt.«

»Diener behaupten viel. Fürchtest du dich?«

»Nicht, wenn du bei mir bist.«

»Das höre ich gern. Solange ich da bin, um dich zu beschützen, mußt du nie Angst haben, Priscilla.«

»Was für ein beruhigender Gedanke. Hier, nimm noch von der Pastete, sie ist köstlich.«

»Harriet hat eine gute Köchin.«

»Harriet bekommt von allem das Beste.«

Dann sprachen wir darüber, wie wunderbar es war, daß wir einander kennengelernt hatten, und über eine mögliche Heirat. Ich hatte von Mädchen gehört, die von zu Hause fortgelaufen waren, um zu heiraten. Einmal war ein Mädchen mit einem Mann durchgegangen, der um zwanzig Jahre älter war als sie. Er war ein Mitgiftjäger, und die Familie hatte die Heirat nicht verhindern können. Das Mädchen war erst vierzehn.

Ich war vierzehn und hatte die Absicht, einen Flüchtling zu heiraten. Aber ich war eben verliebt. Ich wollte mein eigenes Leben leben, auch wenn ich meiner Mutter damit Kummer bereitete. Was meinen Vater betraf, so konnte er toben, so viel er wollte ... aber vielleicht würde er es gar nicht tun. Vielleicht würde er bloß die Schultern zucken und sagen: »Ach, es ist ja nur Priscilla.«

Wir waren so glücklich, als wir so miteinander sprachen und Pläne schmiedeten – obwohl ich mich fragte, ob er genau wie ich das Gefühl hatte, daß sie unrealistisch waren und wir sie nie in die Tat umsetzen könnten.

Wir würden nach Eyot Abbas zurückkehren, Harriet erklären, daß wir heiraten wollten, sie würde einen Priester auftreiben, und er würde uns trauen. Dann würde das Boot kommen, und wir würden gemeinsam nach Frankreich segeln. Meine Familie wäre zwar entsetzt, aber eines Tages würden sie begreifen, daß es keinen Sinn hatte, sich wegen einer vollzogenen Tatsache aufzuregen.

»Meine Mutter lebte als junges Mädchen in Frankreich im Exil«, erzählte ich Jocelyn. »Wie merkwürdig! Als würde sich die Geschichte wiederholen.«

»Aber diesmal wird es ganz anders.«

»Ich weiß, ich bin die erste, die so etwas erlebt.«

Wir sprachen darüber, was wir tun würden, wenn wir erst einmal verheiratet waren: zunächst gemeinsam das schöne Frankreich erforschen, dann nach England zurückkehren und bei seiner Familie in Devonshire leben. Devonshire sei der schönste Teil von England, behauptete Jocelyn, nirgends sonst sei das Gras so grün, nirgends sonst die Erde so rot und so fruchtbar, die Milch so fett, das Fleisch so saftig. »Du wirst die Lady von Devon sein, Priscilla, sobald du mich heiratest.«

So verging eine Stunde; er hatte den Arm um mich gelegt, und wir spannen unsere Träumereien aus.

Dann bemerkte ich, daß es dunkel geworden war. Es konnte nicht später als drei Uhr sein, und das bedeutete, daß wir noch eine gute Stunde Tageslicht haben mußten.

Ich sagte: »Wie dunkel es ist. Es muß später sein, als wir annahmen.« Ich stand auf, und dabei wurde mir bewußt, wie feucht die Luft war.

»Es ist der Nebel«, sagte Jocelyn, und als wir ins Freie traten, sahen wir, daß er recht hatte.

»Man kann nur ein paar Schritte weit sehen«, rief er verzweifelt. »Wir finden nicht einmal das Boot.«

»Suchen wir es!«

Ich stolperte über einen Stein, und er fing mich gerade noch rechtzeitig auf.

»Wir müssen vorsichtig sein«, sagte er. »Du hättest dich verletzen können.«

Ich hängte mich bei ihm ein. Die Insel war wirklich unheimlich, wenn der Nebel sie einhüllte und uns mit grauen Mauern umgab. Es ging überhaupt kein Wind, und das Meer war vollkommen ruhig. Uns war, als befänden wir uns auf einem fremden Planeten.

Wir blickten einander verzweifelt an, als uns unsere Lage bewußt wurde. Ich sah die Feuchtigkeitstropfen auf seinen Wimpern und Augenbrauen, und mein Gefühl für ihn überwältigte mich, denn ich erkannte, wie groß die Gefahr war, in der er schwebte. Die Zeit auf der Insel war für uns eine kostbare Atempause, denn wenn seine Feinde ihn fingen, würden sie wahrscheinlich seinen schönen Kopf vom Rumpf trennen oder ihm einen Strick um den Hals legen. Ich hatte ihn nie gefragt, wie sein Vater gestorben war, ich wollte es nicht wissen. Ich wollte vergessen, was geschehen war, und auch Jocelyn sollte nicht daran denken.

»Was sollen wir tun?« fragte ich.

»Wir können nichts tun. Es ist besser, wenn wir wieder in den geschützten Raum zurückkehren. Wir haben ja Decken.«

»Sollten wir nicht doch versuchen, das Boot zu finden?«

»Wir würden es kaum schaffen, und du bist eben erst gestolpert. Wir wissen gar nicht, in welche Richtung wir gehen sollen. Nein, es ist besser, wenn wir hierbleiben, bis sich der Nebel lichtet. Und selbst wenn wir das Boot fänden, wäre es Wahnsinn, loszurudern. Wir könnten, ohne es zu merken, aufs Meer hinaustreiben.«

Er hatte natürlich recht. Wir kehrten zu unseren Decken zurück, setzten uns, und er legte den Arm um mich.

»Das Schicksal meint es gut mit uns. Wir sind allein, von der übrigen Welt durch eine Nebelmauer getrennt. Findest du das nicht aufregend, Priscilla?«

»Natürlich. Ich frage mich nur, wie es weitergeht.«

»Sie wissen, wo wir sind, und sie wissen, daß wir so vernünftig sein werden zu warten, bis sich der Nebel hebt. Sie werden sich unseretwegen keine Sorgen machen.«

»Es könnte aber sehr lang dauern, Jocelyn.«

»Kaum. Bald wird sich der Wind erheben und den Nebel vertreiben.«

»Wie spät es sein mag?«

»Es ist Nachmittag.«

Wir saßen dicht beieinander, lehnten uns an eine Mauer und sprachen wieder über unsere Hochzeit, die am besten sofort nach unserer Rückkehr erfolgen sollte. In dieser stillen, nebelverhangenen Atmosphäre schien uns alles möglich.

Wir hatten keine Ahnung, wie spät es war, aber es wurde dunkel, und wir konnten nicht einmal mehr den Nebel sehen. Aber er war noch da – feucht, dicht und kalt. Jocelyn drückte mich an sich.

»Wie wäre es, wenn wir den Rest unseres Lebens hier verbringen? Keine schlechte Idee!«

»Wie sollten wir das anstellen?«

»Wir könnten uns ein Haus bauen, den Boden bestellen und ein einfaches Leben führen, wie Adam und Eva.«

»Die Insel ist aber kaum der Garten Eden.«

»Wo du bist, ist für mich das Paradies.«

Es war das Gespräch zweier Liebenden – nichts Tiefschürfendes, aber beruhigend und tröstlich. Wir wurden von Naturkräften hier festgehalten und konnten diese Stunden ohne Gewissensbisse genießen.

Als es ganz finster wurde, aßen wir, was vom Picknick übrig war. Um uns herrschte tiefste Stille. Es war merkwürdig, so nahe am Meer zu sein und nicht den Wellenschlag zu vernehmen.

Jocelyn breitete eine Decke aus, und wir legten uns darauf. Mit der zweiten deckte er uns zu. Dann nahm er mich in die Arme.

Wahrscheinlich war das, was dann geschah, unvermeidlich. Wir waren jung, und unser Blut war heiß.

»Wir werden zusammenbleiben, solange wir leben«, sagte Jocelyn. »Jetzt sind wir verheiratet, meine süße Priscilla. Ist denn eine Zeremonie so wichtig? Wenn wir zurückkommen, werden wir sie sofort nachholen, wir werden uns unverzüglich trauen lassen. Harriet hilft uns bestimmt, und dann kannst du mit mir nach Frankreich kommen.«

Ich glaubte inbrünstig daran, weil ich es glauben wollte.

Ich leistete Widerstand ... zuerst. Es war der Gedanke an meine Mutter, der mich zurückhielt. Aber als ich an meinen Vater dachte, überkam mich der Trotz. Er hatte sich nie um mich gekümmert, warum sollte ich jetzt auf ihn Rücksicht nehmen? Und andererseits – wenn ich verheiratet war, war ich kein unnützes Mädchen mehr und also keine Last für ihn.

Jocelyn küßte mich leidenschaftlich. »Priscilla, meine süße Priscilla, weißt du, was Glück ist? Eine nebelverhangene Insel, auf der ich mit dir allein bin.«

Auf dieser Insel wurden wir wahre Liebende.

Ich war verwirrt, glücklich und hingerissen. Ich hatte mein bisheriges Leben hinter mir gelassen und war nicht mehr Carleton Eversleighs Tochter, sondern Jocelyn Frintons Frau.

Am Morgen weckte mich strahlender Sonnenschein. Meine Glieder waren steif vor Kälte. Jocelyn schlief noch, und ich empfand tiefe Zärtlichkeit für ihn, als ich ihn betrachtete. Ohne seine Perücke sah er so jung und wehrlos aus.

Ich beugte mich zu ihm und küßte ihn.

Er nahm mich in die Arme. »Meine Priscilla«, murmelte er und zog mich zu sich hinunter.

»Es ist Tag«, sagte ich. »Der Nebel ist fast verschwunden.«

Er setzte sich auf. »Dann ist es also zu Ende. Ach, Liebste, du und ich ein ganzes Leben lang zusammen.«

»Möge es ein langes Leben sein. Oh, Jocelyn, ich habe Angst.«

»Das sollst du nicht. Ich bin entschlossen, mich durchzuschlagen. Wir sind jetzt zu zweit, mein Liebling. Du ahnst nicht, was das für einen Unterschied macht.«

»Doch. Weil ich einer der beiden bin.«

Er küßte mich.

»Wir müssen uns auf den Weg machen«, mahnte ich.

»Nur noch ein Weilchen.«

»Sieh doch, die Sonne bricht schon durch. Sie werden uns erwarten.«

»Nur noch ein paar Minuten.« Er drückte mich an sich. »Sag mir bitte, daß du nichts bedauerst.«

»Ich bedaure nichts.«

»Wir werden es Harriet erzählen. Sie wird uns helfen – jetzt bleibt ihr gar nichts anderes übrig.«

»Sie würde uns auf jeden Fall helfen. Ich weiß schon, was sie sagen wird. Seid kühn, seid wagemutig. Nehmt euch, was ihr haben wollt, und wenn es schiefgeht, beklagt euch nicht. Das dürfte ihr Motto sein.«

»Sie ist gut damit gefahren. Liebling, bleiben wir noch ein wenig.«

Ich legte mich neben ihn, und seine Arme umschlangen mich. Wir umarmten einander voll verzweifelter Leidenschaft, als hätte uns das Tageslicht klargemacht, daß im Nebel geborene Träume im harten Licht der Wirklichkeit verschwinden.

Ich richtete mich auf. »Wir *müssen* hinüber. Vielleicht kommen sie uns holen.«

»Vielleicht tun sie es nicht. Harriet wird dafür sorgen.«

Ich schüttelte den Kopf. »Komm, Jocelyn, wir dürfen nicht länger warten.«

Wir trugen die Decken und den Korb zum Boot. Wahrscheinlich hofften wir beide, daß es verschwunden war, so daß wir unsere Inselidylle fortsetzen konnten. Aber es lag dort, wo wir es an Land gezogen hatten. Jocelyn band es los und ruderte uns hinüber.

Er half mir beim Aussteigen und band das Boot fest, dann gingen wir zum Haus hinauf.

Wir waren noch nicht weit gekommen, als uns Christabel entgegengelaufen kam.

»Macht schnell«, sagte sie, »es gibt Schwierigkeiten. Wo seid ihr gewesen?«

»Du hast doch sicherlich den Nebel bemerkt, Christabel?«

»Du mußt sofort weg, Jocelyn. Harriet und Gregory sind fürchterlich aufgeregt. Das Schiff ist da ... es wartet auf dich. Es hat heute früh Anker geworfen. Warum seid ihr nicht früher zurückgekommen? Der Nebel ist bei Tagesanbruch gewichen. Sie sind sehr besorgt.«

Wir liefen zum Haus. Gregory kam uns schon entgegen.

»Gott sei Dank, daß ihr da seid. Sie sind Jocelyn auf der Spur, wie ich erfahren habe. Du mußt unverzüglich fort, sie können jeden Augenblick hier sein.«

Harriet, die jetzt in die Halle kam, sah aus wie die Heldin in einem Abenteuerstück.

»Mein lieber Junge«, rief sie dramatisch, »du mußt dich sofort auf den Weg machen. Es ist keine Zeit zu verlieren.«

»Ich hole meine Sachen«, wandte Jocelyn ein. »Ich muß mich umziehen.«

»Deine Sachen liegen bereit«, antwortete Harriet. »Und umziehen kannst du dich in Frankreich.«

Gregory griff ein. »Du mußt das Haus möglichst rasch verlassen, sonst ziehst du uns alle mit hinein. Harriet hat recht, du darfst keinen Augenblick verlieren. Ein paar deiner Sachen befinden sich in dieser Tasche. Schau, daß du möglichst rasch zum Strand kommst. Du kennst die Lime-Bucht. Dort erwartet dich das Schiff.«

Ich sagte: »Ich muß . . . «

Harriet unterbrach mich. »Du mußt mit mir kommen, Kind. Du bist ganz durchfroren. Der Nebel ist gefährlich, und du warst ihm die ganze Nacht ausgesetzt. Geh jetzt, mein Junge, und Gott mit dir.«

So geschah es. Er mußte unverzüglich zur Bucht, und niemand begleitete ihn. In der Bucht warteten seine Feinde auf ihn und nahmen ihn gefangen.

Einer der Diener erzählte uns, daß man ihn gesehen hatte. Er saß mit gefesselten Händen auf einem Pferd, und eine Kompanie Soldaten brachte ihn nach London zurück.

Die darauffolgenden Wochen waren die schrecklichsten meines Lebens. Der Prozeß, der ihm gemacht wurde, war kurz, und das Urteil wurde beinahe sofort vollzogen. Seine Schuld stand fest, hieß es. Warum wäre er sonst geflohen? Ich litt an Alpträumen. Ich stand neben dem Schafott und sah zu, wie er sein schönes Haupt auf den Richtblock legte. In meinen Träumen sah ich die blutigen Hände des Henkers, die das geliebte Haupt in die Höhe hielten.

Ich war verzweifelt. Niemand konnte ermessen, wie sehr ich litt. Jocelyn war tot! Nie würde ich ihn wiedersehen! Nie mehr seine Arme um mich fühlen!

Wäre ich doch bei ihm gewesen! Hätten sie mich doch gemeinsam mit ihm gefangengenommen! Dann hätte ich mit ihm sterben können. Denn ohne ihn weiterzuleben, war sinnlos.

Wie rasch sich alles geändert hatte! Ich war so glücklich gewesen. Ich hatte davon geträumt, mit ihm nach Frankreich zu fliehen, dort in Frieden mit ihm zu leben und später als Mann und Frau zurückzukehren.

Ich würde nie wieder Ruhe finden, denn ich hatte meinen Geliebten verloren. Mein Leben war zu Ende, mit meinem Glück war es vorbei.

Ich konnte nicht essen, schlief unruhig und wurde von Alpträumen gequält! Immer wieder stand ich neben dem Schafott und hörte die Stimme: »Sehet das Haupt eines Verräters.«

Er war kein Verräter. Er war ein guter, freundlicher Mensch … und der Mann, den ich liebte.

Harriet benahm sich wunderbar. Sie kümmerte sich in diesen Wochen um mich und erlaubte mir nicht, nach Hause zurückzukehren.

Allmählich erfuhr ich, was geschehen war, und meine Verzweiflung wurde noch größer, als ich erkannte, daß ich an seiner Gefangennahme schuld war.

Harriet brachte es mir bei: »Du mußt erfahren, wie sie ihn fanden, aber du darfst dir keine Vorwürfe machen. Du schenktest ihm das größte Glück, das ein Mensch einem anderen geben kann. Du hast ihn und er hat dich geliebt. Du darfst dich nicht kränken. Du wirst es überleben. Erinnerst du dich an den Ring, den er dir gab?«

»Der Ring, ja, der Ring. Er muß noch hinter der Kommode liegen. Ich werde ihn immer an meinem Herzen tragen.«

»Du wirst ihn nie wiedersehen, Kind.«

»Was willst du damit sagen, Harriet?«

»Er lag nicht hinter der Kommode.«

»Also hat ihn jemand gefunden! Aber das ist nicht möglich, ich habe überall gesucht.«

»Deine Mutter hat mir erzählt, wie alles kam. Sie nahm ein Kleid aus der Kommode und gab es Chastity, die es länger und weiter machen sollte. Chastity nahm es mit nach Hause, ging aber noch auf einen Sprung in die Küche, um mit ihrer Mutter zu sprechen. Sie hatte sich das Kleid über den Arm gelegt, und in den Spitzen hatte sich ein Ring verfangen.«

Ich war niedergeschmettert. Warum hatte ich das Kleid nicht untersucht? Warum war ich so unvernünftig und sorglos gewesen und hatte mir eingeredet, daß der Ring hinter die Kommode gefallen war?

»Jasper befand sich zur gleichen Zeit in der Küche«, fuhr Harriet fort.

»O nein!« rief ich.

»Leider ja. Er nahm den Ring, weil er allen Schmuck für sündig hält, untersuchte ihn und sah das Wappen und die Inschrift. Dann erinnerte er sich daran, daß aus der Speisekammer Lebensmittel verschwunden waren ... und zog seine Schlüsse daraus. Er sagte niemandem im Haus, was er vorhatte. Er ritt mit dem Ring nach London und suchte Titus Oates auf.«

»Ich hasse Jasper, ich hasse seine schwarze, bigotte Seele.«

»Er behauptet, daß er nur seine Pflicht getan hat. Du kannst dir ja denken, wie es weiterging. Natürlich verdächtigte man sofort dich. Deine Eltern wußten nichts davon, weil Jasper niemandem etwas gesagt hatte. Oates wollte wissen, wohin du gereist warst, und Jasper führte sie hierher. Sie zogen in der Nachbarschaft Erkundigungen ein und erfuhren, daß sich ein junger Schauspieler namens John Frisby in unserem Haus aufhielt. Die Beschreibung paßte auf Jocelyn.«

»Sind sie ins Haus gekommen, Harriet?«

»Nein, weil ich Freunde habe, die mich schützten. Deshalb nahmen sie ihn erst gefangen, als er das Haus verlassen hatte und stellten keine Fragen darüber, wie weit wir beteiligt waren. Wahrscheinlich hat auch dein Vater interveniert. Du bist ja noch ein Kind, deshalb wollten sie nicht so hart gegen dich vorgehen ... noch dazu, da dein Vater ein Vertrauter des Königs ist. So kam es also zur Tragödie, Priscilla. Du hast deinen ersten Geliebten verloren, aber du wirst erkennen, daß das Leben trotzdem weitergeht. Du bist noch so jung – du weißt noch gar nicht, was Liebe wirklich bedeutet.«

»Ich weiß es, Harriet, oh, und wie ich es weiß.«

Sie ergriff meine Hände und musterte mich aufmerksam. »Mein armes Kind«, sagte sie nur. Dann schloß sie mich zärtlich in die Arme.

»Du weißt, daß ich immer für dich da bin, Priscilla. Du mußt aufhören, dich zu kränken.«

»Ich werde nie vergessen können, daß mein Leichtsinn an seiner Gefangennahme schuld war.«

»Nie hätte er dir den Ring schenken dürfen. Er hat das Unheil selbst heraufbeschworen, denn der Ring war zu auffallend. Aber es ist geschehen und nicht mehr zu ändern. Und du wirst demnächst nach Hause zurückkehren müssen, deine Eltern warten auf dich.«

»Ich weiß, Harriet. Am liebsten würde ich bei dir bleiben.«

»Du wirst mich bald wieder besuchen.«

»Wissen sie ... zu Hause ...«

»Sie wissen natürlich, daß er dir den Ring gab.«

»Mein Vater wird sehr zornig sein.«

»Auch er hat Abenteuer erlebt. Er tat, wozu er Lust hatte, und das hast du jetzt auch getan. Übrigens warst du ja nicht die einzige, die dem Flüchtling half, nicht wahr? Leigh, Edwin, ich ... wir sind alle beteiligt.«

»Du bist so gut, Harriet.«

Sie lachte. »Es gibt eine Menge Menschen, die da anderer Meinung sind. Das Kompliment, daß ich eine gute Frau bin, hat man mir selten gemacht. Aber ich verstehe zu leben, das Leben zu genießen. Ich vermeide nach Möglichkeit Schwierigkeiten ... für mich und für meine Umwelt. Wahrscheinlich ist das eine gute Art zu leben – auf diese Weise bin ich vielleicht wirklich gut.«

Ich klammerte mich an sie, denn zu meinem Elend war ein neues Gefühl hinzugekommen. Angst vor der Heimkehr. Aber ich begriff, daß mir nichts anderes übrigblieb.

Ich war noch nicht fünfzehn und hatte schon geliebt. War das so ungewöhnlich? Wenn mein Geliebter am Leben geblieben wäre, wäre er mein Mann geworden.

Ich werde nie heiraten, dachte ich. Ich habe den Menschen, den ich geliebt habe, vor Gott geheiratet und werde ihn immer lieben.

Christabel stand mir treu zur Seite; mein Unglück schien mich ihr nähergebracht zu haben. Vielleicht kamen ihr die schwere Zeit im Pfarrhaus und Edwins Schwäche jetzt nicht mehr so tragisch vor, wenn sie ihr Schicksal mit dem meinen verglich.

Am Tag vor unserer Abreise ging ich in den Garten. In der Luft lag ein leichter Nebel, der mich an den Tag auf der Insel erinnerte.

Einer der Gärtner war bei der Arbeit, und als ich näher kam, lehnte er sich auf den Spaten und sah in meine Richtung.

»Einen schönen guten Tag, Mistress Priscilla.«

Ich erwiderte den Gruß.

»Wie ich höre, verlassen Sie uns, Mistress.«

»Ja.«

»Eine traurige Geschichte! Viele von uns würden es gern sehen, wenn dieser Titus Oates seine eigene Medizin zu schmecken bekäme. O ja, es war eine schreckliche Angelegenheit. Wäre der Nebel nicht so dicht gewesen, hätten Sie am gleichen Tag zurückkommen können, und der junge Gentleman wäre auf hoher See gewesen, bevor sie hier eintrafen. Warum ruderten Sie hinüber, Mistress, da ich Sie doch davor warnte?«

»Warnte? Wovor warnten Sie mich?«

»Ich habe mein ganzes Leben hier verbracht, und das sind beinahe fünfzig Jahre. Ich weiß genau, wie das Wetter sein wird und irre mich nie ... na ja, vielleicht ein- oder zweimal. Ich sagte, daß vor Einbruch der Nacht dichter Nebel einfallen würde. Außer, es kommt plötzlich Wind auf ... was natürlich möglich ist, weil man sich auf den Wind nicht verlassen kann. Aber wenn kein Wind weht, dann wird der Nebel Eyot einhüllen. ›Rudern Sie heute nicht hinüber, Mistress‹, sagte ich.«

»Das stimmt nicht, ich habe an diesem Tag nicht mit Ihnen gesprochen.«

»Nein, es war die andere. Sie kam ja mit, nicht wahr? Es sollten drei im Boot sein – Mary sagte, daß sie einen Korb für drei hergerichtet hatte.«

Er hatte es also Christabel gesagt!

»Ja, ich sehe ein, es wäre besser gewesen, wenn wir hiergeblieben wären. Guten Tag, Jem.«

»Einen schönen guten Tag, Mistress. Und ich freue mich darauf, Sie in glücklicheren Zeiten wiederzusehen.«

Ich ging ins Haus zurück und fragte mich, warum mir Christabel nicht gesagt hatte, daß der Gärtner sie wegen des Nebels gewarnt hatte. Wie merkwürdig.

Sie hatte allerdings arges Kopfweh gehabt und es vielleicht deshalb vergessen. Aber das stimmte auch nicht, denn die Kopfschmerzen waren der Grund gewesen, warum sie nicht mitgefahren war.

Das alles kam mir sehr seltsam vor, also suchte ich sie sofort auf und fragte sie.

Sie wurde rot, und ihre Mundwinkel zuckten. »Ich hatte solche Gewissensbisse. Ich sprach mit Jem, und er erwähnte den Nebel.In meinem Kopf hämmerte es. Ich erinnerte mich erst daran, als ihr nicht zurückkamt. Ich fühle mich verantwortlich...«

»Es hat keinen Sinn, sich jetzt noch Gedanken darüber zu machen. Es ist vorbei und geschehen. Er ist tot; ich habe ihn für immer verloren.«

»Aber wenn ihr nicht auf die Insel gefahren wärt, wäre er rechtzeitig entkommen.«

»Ja. Wenn ich den Ring nicht verloren hätte... Wenn er ihn mir nicht geschenkt hätte ... So viele Wenn, Christabel. Was sollen diese Gewissensbisse? Es ist vorbei.«

Als ich nach Eversleigh Court zurückkehrte, war mein Vater nicht anwesend. Meine Mutter schien darüber sehr erleichtert. Sie fühlte mit mir, war aber zugleich zutiefst erschrocken, weil ich mich ohne ihr Wissen auf ein so gefährliches Abenteuer eingelassen hatte.

Gleich am ersten Tag sorgte sie dafür, daß wir allein blieben und wollte dann von mir alles erfahren.

Ich war so verzweifelt, daß ich zuerst kaum sprechen konnte und nur immerfort wiederholte: »Ich habe ihn geliebt. Ich habe ihn geliebt. Und sie haben ihn getötet.«

Sie nahm mich in ihre Arme, als wäre ich ein kleines Kind, aber es tröstete mich nicht, ich wurde nur ungeduldig. Sie schien zu glauben, daß sie nur »Heile, heile, Segen« sagen mußte, wie seinerzeit, wenn ich hingefallen war und mir das Knie aufgeschlagen hatte.

»Du bist noch so jung, meine kleine Cilla«, murmelte sie.

Ich wollte mich von ihr losreißen. Ich wollte sagen: Ich bin kein Kind mehr, ich bin erwachsen. Ich bin beinahe fünfzehn, da kann man schon erwachsen sein. Ich habe geliebt und gelebt – ich bin kein Kind mehr.

Sie sprach weiter. »Das Ganze war so romantisch. Wahrscheinlich sah er sehr gut aus. Und die Umstände, unter denen er hierherkam ... Es war nicht richtig von ihm, daß er kam.«

»Er suchte Edwin, weil er sein Freund war.«

»Edwin hätte ihn nicht verstecken dürfen.«

»Was hätte er sonst tun sollen? Ihn an Titus Oates ausliefern?«

Sie schwieg und streichelte mein Haar. »Du weißt, daß dein Vater sehr verärgert ist. Du kennst seine Gefühle.«

»Er hat *mir* nie viel Gefühl entgegengebracht, immer nur Gleichgültigkeit.«

»Mein liebes Kind ... «

Ich unterbrach sie. »Es hat keinen Sinn, mit dir zu sprechen, du verstehst es ja doch nicht. Jocelyn kam her, wir halfen ihm, und wir schämen uns dessen nicht. Wir würden es wieder tun ... jeder von uns. Er und ich verliebten uns ineinander und wollten heiraten.«

»Mein armer Liebling! Aber das Ganze ist vorbei, und wir müssen dir helfen zu vergessen.«

»Ich werde immer daran denken.«

»Ich weiß, was du heute empfindest, aber glaube mir, du wirst es vergessen.«

»Du weißt überhaupt nichts, und es wäre besser, nicht mehr darüber zu sprechen. Ich habe dir nichts zu sagen, weil du mich nicht verstehst. Harriet ...«

»Harriet hat natürlich alles verstanden.«

»Harriet verhielt sich mir gegenüber wunderbar.«

»Und nahm ihn auf und ließ dich kommen! Von ihr konnte man nichts anderes erwarten. Sie ist vollkommen gedankenlos.«

»Ich bin nicht deiner Meinung.«

»Natürlich fasziniert sie dich, wie jeden, der mit ihr zu tun hat. Das kenne ich.«

»Harriet war gut zu mir, und ich werde nie vergessen, was sie für mich getan hat. Bitte, Mutter, laß mich allein.«

Ihr vorwurfsvoller Blick traf mich tief, und ich warf mich in ihre Arme. Sie sprach nicht, sondern hielt mich nur fest, und zwischen uns war alles wieder so, wie es immer gewesen war.

Carl war über das Geschehene empört. Er empfand zum erstenmal in seinem Leben wirklichen Kummer, und ich schloß ihn dafür ins Herz. Er sah mich verständnislos an und sagte: »Das können sie mit Jocelyn nicht getan haben!«

Ich wandte mich ab, er ergriff meine Hand und drückte sie.

»Wäre ich nur dabeigewesen«, jammerte er, »dann hätte ich es nicht zugelassen. Du hättest mir verraten müssen, daß er bei Tante Harriet ist.«

»Du hättest nichts tun können, Carl, überhaupt nichts.«

»Ich hasse Titus Oates.«

Merkwürdigerweise war Carl ein besserer Tröster als meine Mutter.

Mein Vater kehrte zurück und verhielt sich mir gegenüber äußerst kühl. Am ersten Abend sprach er kaum ein Wort mit mir. Am nächsten Tag ging ich in den Garten, und er folgte mir.

»Du hast dich ganz schön in die Nesseln gesetzt«, stellte er fest.

»Wieso?« fragte ich herausfordernd.

»Sei nicht kindisch. Du weißt genau, wovon ich spreche ... von deinem romantischen Abenteuer. Ihr alle wart Narren, aber du ganz besonders. Du läßt dir einen verräterischen Ring schenken und verlierst ihn dann, so daß ihn ein Unbefugter findet.«

»Du würdest mich ja doch nicht verstehen.«

»Da müßte ich reichlich dumm sein. Ein hübscher junger Mann kommt daher, und du hältst es für einen Riesenspaß, ihn zu verstecken, zu füttern und einen Ring mit seinem Wappen und seinem Namen von ihm anzunehmen. Dabei verdächtigt man ihn, sich an einer Verschwörung gegen den König beteiligt zu haben.«

»Du weißt sehr gut, daß es keine Verschwörung gibt. Du weißt, daß das Ganze eine Erfindung deines Freundes Titus Oates ist.«

Er packte mich am Handgelenk, und ich schrie vor Schmerz auf. Sein Griff war wie Eisen.

»Er ist nicht mein Freund, ich verachte ihn. Aber ich bin so vernünftig, daß ich Leuten, die er verfolgt, kein Obdach gewähre. Wer kann sagen, wer sein nächstes Opfer ist? Beinahe wären wir es geworden. Du hast die ganze Familie in Gefahr gebracht. Es war nicht leicht, dich da herauszuholen, das kann ich dir sagen. Und alle diese Schwierigkeiten entstanden nur, weil ein kleines Mädchen jemandem einen Streich spielen will.«

»Es war kein Streich.« Ich riß mich los. »Ich würde es sofort wieder tun.«

»Ich muß mit den anderen auch noch ein ernstes Wort reden. Wenn sie ihr Leben aufs Spiel setzen wollen, ist das ihre Sache, aber sie hätten nicht ein dummes Mädchen hineinziehen dürfen, das uns alle um Kopf und Kragen bringen konnte.«

»Du gibst mir die Schuld an allem?«

»Wenn du schon seinen Ring angenommen hast, hättest du ihn wenigstens verstecken können.«

»Es war ein unglücklicher Zufall.«

»Davon bin ich überzeugt. Aber jetzt hör mir gut zu: Falls du noch einmal einen solchen Unsinn machst, verlasse dich nicht darauf, daß ich dich wieder rette.«

»Ich wundere mich, daß du es diesmal getan hast.«

»Ich mußte uns alle retten.«

Ich drehte mich um und lief ins Haus, wo ich mich in mein Zimmer sperrte. Wenn er mir wenigstens ein einziges liebevolles Wort gesagt hätte! Wenn er sich wenigstens um *mich* Sorgen gemacht hätte! Aber er hatte mir zu verstehen gegeben, daß er sich nicht die Mühe gemacht hätte, mich zu retten, wenn es um mich allein gegangen wäre.

Er hatte mich verächtlich angesehen, und ich fragte mich, warum ein Mann wie er, der Frauen mochte, nichts für seine eigene Tochter übrig hatte. Ich fragte mich auch, was er gesagt hätte, wenn er erfahren hätte, wie weit meine Beziehung mit Jocelyn gegangen war. Er wäre bestimmt entsetzt gewesen. Dabei hatte er schon in früher Jugend Liebesabenteuer. Was für ihn und seine Partnerinnen natürlich war, fand er bei seiner Tochter empörend. Das war merkwürdig, denn er war sonst ein logisch denkender Mann.

Ein paar Tage vergingen, und als mir der Gedanke kam, ich könnte ein Kind erwarten, erwachte ich aus meiner Erstarrung. Daran hatte ich nicht gedacht, weil ich mich ganz in meinen Kummer eingesponnen hatte. Jetzt stand ich einem Problem gegenüber. Was sollte ich tun?

Ich konnte den Vater meines Kindes nicht heiraten, weil er tot war. Ich wollte es meiner Mutter nicht erzählen und wagte nicht, daran zu denken, wie mein Vater darauf reagieren würde. Wenn Leigh oder Edwin dagewesen wären, hätte ich mich ihnen anvertrauen können. Aber sie waren fort, ich wußte nicht einmal, wohin.

In mir herrschte ein wilder Aufruhr der Gefühle. Ich wußte nicht, ob ich mich darüber freuen sollte oder nicht. Einen Augenblick empfand ich es noch als Wunder, und im nächsten hatte ich Angst.

Ein Kind – die Folge der Nacht, die wir auf der in Nebel gehüllten Insel verbracht hatten. Jocelyn hatte sie als unsere Hochzeitsnacht bezeichnet.

Merkwürdigerweise wurde ich wieder ruhiger, was angesichts meines Problems kaum verständlich war. Es war, als spräche Jocelyn aus dem Grab zu mir.

Als ich dann endgültig Gewißheit hatte, begann ich zu überlegen. Ich brauchte Hilfe, wollte aber meiner Mutter nicht beichten. Beim Gedanken an meinen Vater überlief mich ein Schauer. Auch mit Christabel konnte ich nicht darüber reden, denn ich hatte sie seit unserer Rückkehr gemieden. Ich fragte mich immer wieder, warum sie mich nicht vor dem Ausflug gewarnt hatte. Sie hatte eine unklare Rolle in der Tragödie gespielt, und ich traute ihr nicht.

Dann fiel mir Harriet ein. Ich schrieb ihr und umschrieb vorsichtig, worum es ging; ich hoffte, daß eine so erfahrene Frau wie sie die Wahrheit erraten würde. Ich müsse mit ihr sprechen, teilte ich ihr mit, und ich wäre ihr für eine Einladung in ihr Haus dankbar.

Sie antwortete unverzüglich.

Meine Mutter kam mit einem Brief in mein Zimmer. »Er ist von Harriet. Sie möchte, daß du sie besuchst, weil sie glaubt, daß es dir guttäte. Hättest du Lust dazu?«

»O ja«, antwortete ich rasch.

»Vielleicht ist das gar keine schlechte Idee.«

»Vater wäre sicherlich froh, wenn er mich eine Weile loswürde.«

»So etwas darfst du nicht sagen, Priscilla.«

»Aber es ist wahr.«

»Nein, das stimmt nicht.«

»O doch. Warum machen wir uns etwas vor? Er wollte mich von Anfang an nicht, weil ich ein Mädchen war. Er wollte einen Jungen nach seinem Ebenbild. Anscheinend muß ich mich mein Leben lang dafür entschuldigen, daß ich kein Junge bin.«

»Du bist überreizt, mein Kind.«

»Ich möchte gerne zu Harriet fahren«, wiederholte ich.

Mutter legte den Arm um mich, aber ich machte mich steif. Sie seufzte und meinte: »Christabel wird dich begleiten.«

Ich protestierte nicht, obwohl ich lieber allein gefahren wäre.

In Eyot Abbas begrüßte mich Harriet herzlich.

»Ich hatte Angst, daß du nie wieder herkommen würdest. Die Erinnerung könnte zuviel für dich sein.«

»Ich mußte kommen. Und ich will mich erinnern ... an jede einzelne Minute.«

Harriet begrüßte auch Christabel sehr freundlich, aber ich war nicht davon überzeugt, daß sie sie mochte. Doch sie war eine zu gute Schauspielerin, um sich etwas anmerken zu lassen.

Harriet sorgte dafür, daß wir bald allein miteinander sprechen konnten – sie brachte Christabel ein Stockwerk über mir unter. Ich war erst fünf Minuten im Zimmer, als sie mit Verschwörermiene hereinkam.

»Erzähl mir alles, mein Liebling, erzähl nur.«

»Ich bekomme ein Kind.«

»Ja, das habe ich mir schon gedacht. Wir werden sehen, was sich tun läßt. Es gibt Leute, die da helfen können.«

»Du meinst, ich soll es abtreiben lassen. Nein, das möchte ich nicht, Harriet.«

»Auch das habe ich mir gedacht. Schön, was schlägst du vor? Was werden deine Eltern sagen?«

»Sie würden entsetzt sein, und mein Vater würde mich verachten.«

»Und ob. Er hat oft genug die männliche Rolle in einem solchen Drama gespielt, wäre aber empört, wenn seine Tochter die weibliche übernimmt. So sind die Männer.«

»Ich weiß, daß du ihn nicht magst, Harriet. Er ist einer der wenigen Menschen, über die du schlecht sprichst.«

»Du hast recht, ich mag ihn nicht. Wahrscheinlich beruht das auf Gegenseitigkeit.«

»Aber dich mögen doch alle Männer, Harriet.«

»Die meisten. Doch er sah mich kaum an. Er hatte nur Augen für deine Mutter. Aber jetzt beschäftigen wir uns lieber mit unserem Problem.«

Es war typisch für Harriet, daß sie es »unser Problem« nannte. Sie war überhaupt nicht empört, sondern bereit, ihre ganze Erfindungsgabe zu meiner Hilfe einzusetzen.

Mir traten Tränen in die Augen, daraufhin tätschelte sie mir die Hand und meinte sachlich: »Wir müssen uns ernsthaft damit beschäftigen. Du bist deiner Sache sicher, nicht wahr?«

»Ja.«

»Und du willst das Kind behalten?«

»O ja.«

»Hast du dir überlegt, was das bedeutet? Das Kind wird dein Leben lang vorhanden sein. Die Affäre mit Jocelyn ist dann nicht mit seinem Tod zu Ende, sondern er wird durch sein Kind weiterleben. Du hast aber noch dein ganzes Leben vor dir, es hat ja kaum erst begonnen. Deshalb solltest du dich fragen, ob du wirklich dein Leben mit diesem Kind belasten willst. Du kannst es loswerden. Ich weiß, was man dazu tun muß, aber man muß es jetzt tun. Später ist es zu gefährlich ...«

»Das kann ich nicht, ich will das Kind haben. Für mich hat sich dadurch schon etwas geändert. Ich habe nicht mehr das Gefühl, zugleich mit ihm gestorben zu sein, sondern ich glaube an meine Zukunft.«

»Schön, das wäre erledigt. Was sollen wir jetzt unternehmen? Willst du es deinen Eltern sagen?«

»Nein. Ich würde lieber von zu Hause weglaufen.«

»Weiß noch jemand davon? Zum Beispiel Christabel?«

»Nein, niemand.«

»Also ist es vorläufig dein und mein Geheimnis.«

Ich nickte.

»Du könntest es deiner Mutter erzählen. Sie würde sich mit deinem Vater beraten, und dann würden sie eine der beiden Alternativen wählen: Entweder sie schicken dich irgendwohin, wo du das Kind geheim zur Welt bringst und du adoptierst es nachher, oder sie verheiraten dich mit einem willigen jungen Mann, der sich dafür bezahlen läßt und behauptet, daß es sich um eine Frühgeburt handelt. Natürlich wird das niemand glauben, aber es entspricht den Konventionen. Willst du dich für einen dieser Wege entscheiden?«

»Ich würde mich mit keinem von beiden einverstanden erklären.«

»Du bist eine sehr entschlossene junge Frau, Priscilla, und ich kann deine Gefühle nachempfinden – mir ging es bei Leigh nicht anders. Aber für eine Frau wie mich ist es viel leichter, weil mich alle für verderbt halten. Ich habe viel über dich nachgedacht. Ich werde nie vergessen, wie verzweifelt du ausgesehen hast, als du von Jocelyns Gefangennahme erfuhrst. Ich wußte, was auf der Insel geschehen war, denn man sieht es einem jungen Mädchen an der Nasenspitze an, wenn es einen Liebhaber hat. Ich freute mich für dich, denn er war ein reizender Junge. Doch jetzt ist es vorbei, und du hast das Leben kennengelernt, seine Süße und seine Bitterkeit. Und jetzt muß ich aufhören zu philosophieren, denn wir müssen einen Plan entwerfen.«

»Ich wußte, daß du mir helfen wirst, Harriet.«

»Natürlich werde ich dir helfen, ich habe dich immer schon sehr gern gehabt. Und ich mag deine Mutter. Gelegentlich habe ich sie sehr schlecht behandelt, zum Beispiel, als ich mit einem Liebhaber auf und davon ging und ihr meinen kleinen Leigh überließ. Aber was sollte ich tun? Ihre Eltern und auch die Eversleighs wußten, daß ich eine Abenteurerin war. Allerdings wußten sie nicht, daß Leigh ein Eversleigh ist, sie machten einen armen, jungen, wehrlosen Mann dafür verantwortlich. Ach, das Ganze ist sehr kompliziert; du wirst es erst verstehen, wenn du das Tagebuch liest. Allerdings wirst du mich dann nicht mehr mögen, es wirft kein sehr gutes Licht auf mich.«

»Ich werde dich bei jeder Beleuchtung lieben.«

»Gott segne dich, Kind. Aber jetzt müssen wir ernsthaft überlegen, denn es handelt sich um ein schwerwiegendes Problem.«

»Was soll ich tun, Harriet?«

»Als ich deinen Brief las, kam mir ein Gedanke. Wärst du bereit, deine Mutter zu hintergehen?«

»Ich verstehe dich nicht, Harriet.«

»Wenn deine Mutter es erfährt, weiß es auch dein Vater, und das willst du ja vermeiden.«

»Um jeden Preis.«

»Eigentlich stehst du ihm sehr nahe, Priscilla.«

»Ich ihm nahe? Er kümmert sich überhaupt nicht um mich.«

»Vielleicht hängst du eben deshalb so sehr an ihm. Du willst, daß er dich liebt. Du bewunderst ihn. Er ist der Typ Mann, den alle Frauen bewundern. Stark, rücksichtslos, männlich ... ein richtiger Mann, wenn du verstehst, was ich meine. Mein ruhiger, liebevoller Gregory ist ein viel angenehmerer Partner. Ich selbst bin gegenüber der Anziehungskraft deines Vaters nicht unempfindlich. Du mußt mich richtig verstehen, ich will ihn nicht verführen. Ich möchte ihm nur einmal eins auswischen. Es macht mir zum Beispiel Spaß, daß seine Tochter *mich* um Hilfe bittet und daß ich weiß, was los ist, während er keine Ahnung davon hat. Ich rede heute aber arg viel Unsinn zusammen.«

»Nein, es klingt alles sehr vernünftig. Ich glaube, du erkennst meine Beziehung zu ihm besser als jeder andere ... sogar besser als ich. Ich könnte es nicht ertragen, wenn er erfährt, was geschehen ist. Er würde die Schultern zucken, wenn er hört, daß wir eine Nacht miteinander verbracht haben, aber wüten und toben, wenn ich ein Kind bekomme. Ich könnte es nicht ertragen.«

»Dann wird dir mein Plan vielleicht zusagen.«

»Sag ihn mir endlich, Harriet.«

»Vielleicht geht es schief. Wir müssen sehr genau planen und ein Komplott schmieden.«

»Und du liebst Komplotte.«

»Ja. Die Durchführung wird unser Leben sehr interessant gestalten.«

»Ich bin gespannt.«

»Sehr einfach. *Ich* werde die Mutter deines Kindes sein.«

»Wie willst du das bewerkstelligen?«

»Das weiß ich noch nicht genau. Wir müssen natürlich Gregory ins Vertrauen ziehen, sonst ist es unmöglich. Er soll ja der Vater sein.«

»Das ist doch Wahnsinn, Harriet!«

»Überlege, bevor du sprichst. Du gehörst doch nicht zu den Leuten, die sich geschlagen geben, bevor sie überhaupt gekämpft haben. Du wirst sehr viel mit mir zusammen sein. Warum nicht? Ich werde allen erzählen, daß du Luftveränderung brauchst. Du fühlst dich nicht wohl, siechst dahin. Ich werde für einige Monate mit dir verreisen, nach Frankreich, nach Italien. Benjie kommt auf die Schule, das trifft sich gut. Ich werde ihn vermissen, und deshalb gehe ich mit dir auf Reisen. Von unterwegs schreibe ich deiner Mutter, daß Gregory und ich selig sind, weil ich ein Kind erwarte. Und du mußt mir in all diesen Monaten Gesellschaft leisten. Dann wird mein, beziehungsweise dein Kind auf die Welt kommen, und wir kehren nach England zurück.«

»Was ist das für eine Idee, Harriet?«

»Ich sehe nichts Schlechtes daran. Wir dürfen nur nicht aus der Rolle fallen, und das werden wir schon nicht, keine Angst.«

»Und wenn wir nach England zurückkehren?«

»Wird das Kind in Eyot Abbas leben, und du wirst an ihm hängen. Du wirst es lieben, als wäre es dein eigenes, und deine Mutter und ich werden dich deshalb necken. Du wirst immer öfter zu mir kommen und immer länger bleiben, und niemand muß die Wahrheit erfahren, wenn du dein Geheimnis nicht selbst ausplauderst.«

Ich fiel ihr um den Hals. »Ach Harriet, du hast die unglaublichsten Einfälle.«

»Aber sie funktionieren. Der schwierigste Teil ist der Anfang. Du mußt nach Eversleigh zurückkehren, aber nicht allzulange dort bleiben. Ihr habt zu viel neugierige Dienerschaft. Niemand darf von deinem Zustand erfahren, niemand. Bis jetzt ist es unser Geheimnis, und das soll es auch bleiben.«

»Ich zerbreche mir den Kopf wegen Christabel. Wenn ich dich besuche ... «

»Christabel sollte nicht mitkommen. Je weniger Leute eingeweiht sind, desto sicherer ist die Sache. Christabel wird gehen müssen.«

»Sie kommt aus ärmlichen Verhältnissen, und sie hat immer Angst davor, daß man sie dorthin zurückschickt.«

»Ich muß es mir noch überlegen, in bezug auf Christabel bin ich mir meiner Sache nicht sicher. Sie kam ja auf etwas geheimnisvolle Weise in euer Haus und wird eigentlich nicht wie eine Gouvernante behandelt. Vorläufig sage ihr also kein Wort. Du mußt überhaupt auf der Hut sein. Vor allem vor eurem frömmelnden Jasper, seiner schwachsinnigen Frau und der bigotten Tochter. Ich werde in meinen Briefen nichts davon erwähnen, es ist nie gut, wenn man solche Dinge zu Papier bringt. Ich werde dich nur in einiger Zeit wieder zu mir einladen und inzwischen alles vorbereiten.«

Ihre Augen blitzten vor freudiger Erwartung.

»Es ist ein wunderbares Gefühl«, sagte ich, »zu wissen, daß du für mich da bist.«

»Wir werden es schaffen; ich habe schon das Gefühl, schwanger zu sein und mich auf das Kind zu freuen. Wir beide werden unsere Rollen ausgezeichnet spielen. Denk immer daran: Du stehst nicht allein in der Welt.«

III

Intrige in Venedig

Meine Mutter bemerkte bei meiner Rückkehr, daß sich meine Stimmung gebessert hatte und war wahrscheinlich gekränkt, weil Harriet mich besser trösten konnte als sie. Dennoch war sie froh, mich nicht mehr so verzweifelt zu sehen.

Einige Tage später trat sie mit einem Brief in der Hand in mein Zimmer.

»Harriet verläßt England, Freunde haben ihr einen Palast in Venedig angeboten. Sie will mehrere Monate fortbleiben.«

Ich senkte den Blick, denn ich wußte, was nun kam.

»Sie hat dich sehr lieb, Priscilla, und deshalb schlägt sie vor, daß du sie auf diese Reise begleitest.«

»Sie begleiten!« Meine Stimme klang müde. Es fiel mir schwer, vor meiner Mutter die Überraschte zu spielen.

»Ich lese dir ihren Brief vor:

›Ich habe die Carpori-Familie dir gegenüber sicherlich schon erwähnt. Ich lernte sie vor vielen Jahren kennen, als ich noch beim Theater war, und bin seither mit der Contessa befreundet. Jetzt hat sie mir ihren Palast in Venedig zur Verfügung gestellt. Ich habe ihn einmal besucht; er ist sehr angenehm. Wahrscheinlich ist es ihnen lieb, wenn jemand während ihrer Abwesenheit in dem Palazzo wohnt.

Gregory hält es für eine gute Idee. Einen Teil der Zeit wird er sich ebenfalls unten aufhalten. Ich nehme an, daß wir ein ziemlich ruhiges Leben führen werden. Jetzt hätte ich aber eine große Bitte an dich. Könntest du unsere liebe Priscilla entbehren? Vielleicht ist es selbstsüchtig von mir, aber ich glaube wirklich, daß sie gerade jetzt Veränderung braucht. Sie hat vor kurzem einen schweren Schlag erlitten, und als sie bei mir war, machte ich mir ernstlich Sorgen um sie. Diese unglückliche Affäre hat sie schwer getroffen. Könntest du es ihr beibringen? Frage sie, was sie davon hält. Natürlich könnte es sein, daß sie absolut dagegen ist, und in diesem Fall darfst du sie keineswegs drängen. Sie soll ausschließlich aus freien Stücken mitkommen . . .‹ «

Sie unterbrach sich und sah mich an. Ich stammelte: »Venedig! Ein Palazzo!«

Meine Mutter runzelte die Stirn. Sie wollte immer das Beste für mich und fragte sich sicherlich, ob Harriet recht hatte und diese Reise mir helfen würde, über den schweren Verlust hinwegzukommen.

»Für wie lange?« fragte ich.

Meine Mutter blickte wieder auf den Brief. »Das schreibt sie nicht, aber ich nehme an, daß es einige Monate sein werden. Ich bezweifle, daß sie die weite Reise wegen eines kurzen Aufenthaltes auf sich nehmen würde. Außerdem schreibt sie, daß Gregory nach England zurückkehren und sie dann ganz allein sein wird. Was hältst du davon, Priscilla?«

Ich schwieg eine Weile, um nicht zu begeistert zu wirken.

Dann sagte ich langsam: »Ich weiß nicht, es ist so . . .«

»Unerwartet«, ergänzte meine Mutter. »Man kann sich immer darauf verlassen, daß Harriet etwas Unerwartetes tut.«

Nach kurzem Schweigen sagte ich: »Ich glaube, es würde mir wirklich wohltun, von hier fortzukommen.«

Sie nickte. »Außerdem hast du Harriet gern, und sie mag dich . . . soweit sie überhaupt imstande ist, jemanden zu mögen.«

Ich mußte sie verteidigen. »Sie war immer gut zu mir, und Gregory und Benjie beten sie an.«

»Sie versteht es, die Menschen einzufangen. Du glaubst also wirklich, daß es dir Spaß machen würde?«

»O ja. Venedig möchte ich gern kennenlernen. Es soll eine wunderschöne Stadt sein.«

»So heißt es allgemein.«

»Und was ist mit Christabel, Mutter?«

»Eigentlich müßtest du bei einer längeren Abwesenheit weiterhin unterrichtet werden.«

»Aber ich würde gern allein fahren.«

»Ich werde mit deinem Vater sprechen.«

Ich lächelte bitter. »Ach, ihm wird es gleichgültig sein, was ich tue. Wahrscheinlich wird er froh sein, mich loszuwerden.«

»Du verstehst ihn nicht, Priscilla.«

»O doch, ich verstehe ihn sehr gut.«

Um eine Auseinandersetzung zu vermeiden, schüttelte sie nur den Kopf, küßte mich und verließ das Zimmer.

Mein Vater hatte nichts dagegen, daß ich mit Harriet nach Venedig fuhr. Allerdings stellte er eine Bedingung: Christabel mußte mich begleiten. Ich bemerkte ironisch, daß er sich um Christabels Wohlergehen mehr Sorgen mache als um das meine.

»Unsinn«, wies mich meine Mutter zurecht. »Sie kommt deinetwegen mit.«

Ich diskutierte nicht weiter darüber. Ich war sehr froh, weil ich Harriet hatte, und wenn ich daran dachte, was ich ohne sie angefangen hätte, brach mir der kalte Schweiß aus.

Es war jetzt Ende Februar, und Harriet erwähnte in ihren Briefen immer wieder »Pläne«. Es bereitete ihr sichtlich Vergnügen, sich in Andeutungen zu ergehen, die außer mir niemand verstehen konnte. Eine Intrige war für sie ebenso wichtig wie die Luft zum Atmen.

Ende März sollten wir reisen. »Eine sehr günstige Zeit«, schrieb sie und meinte damit, daß bis dahin die Existenz meines Mitte Januar gezeugten Kindes ohne weiteres geheimzuhalten war. »Dann ist Frühling, Blumen und Bäume werden in Blüte stehen. Wir werden den Sommer über dort bleiben, was ich mir schön vorstelle, da das Wetter in Italien viel beständiger ist als bei uns.«

»Ich habe den Eindruck«, sagte meine Mutter, »daß du dich auf die Reise wirklich freust.«

»Venedig lockt mich immer mehr.«

Meine Mutter hatte offensichtlich das Gefühl, daß ich begann, über diese »unglückliche Episode«, wie sie sich ausdrückte, hinwegzukommen. Auch Christabel war aufgeregt.

Sie bereitete mir allerdings Kopfzerbrechen. Früher oder später mußte ich sie in mein Geheimnis einweihen. Bis jetzt hatte ich ihr nichts gesagt, sondern gewartet, bis ich mit Harriet darüber sprechen konnte.

Es gab auch Neuigkeiten vom Hof: Titus Oates verlor an Einfluß. Die Menschen wagten immer häufiger, ihn zu kritisieren. Er hatte einen großen Fehler begangen, als er so verächtlich vom Herzog von York sprach und damit den Eindruck erweckte, daß er ihn als sein nächstes Opfer ausersehen hatte. »Er ist ein Narr«, sagte mein Vater, »wenn er annimmt, daß der König sich gegen seinen eigenen Bruder stellen wird. Oates hätte begreifen sollen, daß er sich auf gefährlichen Boden begab, als er versuchte, die Königin zu beschuldigen. Der Mann legt sich noch selbst den Strick um den Hals.«

Ich hoffte es von ganzem Herzen, und dann war ich wieder unglücklich, weil die Wendung zu spät kam.

Es tröstete mich jedoch, daß dieser böse Mann, der für so viel Unglück verantwortlich war, jetzt die Macht verlor, die er sich auf so lächerliche Weise angemaßt hatte. Unglaublich, daß das Parlament den Herzog von Monmouth für seine Sicherheit, den Lord Chamberlain für seine Unterbringung und den Schatzkanzler für seine finanziellen Bedürfnisse haftbar gemacht hatte. Angeblich standen ständig drei Diener für ihn bereit, und zwei oder drei Edelleute warteten ihm auf und stritten um die Ehre, seine Waschschüssel zu halten.

Aber wie es bei solchen Männern oft der Fall ist, war Oates etwas zu weit gegangen. Aus dem Untergrund erhoben sich Stimmen gegen ihn. Mein Vater brachte ein von Sir Robert L'Estrange verfaßtes Pamphlet, in dem dieser fragte, wie lange es das Land noch dulden würde, daß Titus Oates die Tränen von Witwen und Waisen trank.

»Er hat sich viele Feinde gemacht«, erklärte mein Vater, »die nur darauf warten, sich gegen ihn zu stellen.«

Aber auch das brachte mir Jocelyn nicht zurück.

Mitte März waren wir soweit, zu Harriet zu reisen. Es war beschlossen worden, daß ich die letzten zwei Wochen vor der Abreise nach Italien bei ihr verbringen sollte.

Ich verabschiedete mich von meiner Mutter, die über meine Abreise sehr traurig war. Sie bemerkte sicherlich, daß ich es nicht erwarten konnte, endlich fortzukommen, und schloß daraus, daß ich mich bei Harriet wohler fühlte als bei ihr. Ich war in Versuchung, ihr den wahren Grund für diese Reise zu verraten, beherrschte mich dann aber doch.

Der Tag, an dem wir aufbrachen, war strahlend schön. Tau funkelte auf den Wiesen, obwohl es noch kalt war. Der Frühling lag in der Luft, und mein Herz frohlockte. Ich war mir des in mir wachsenden Lebens bewußt und freute mich trotz der vor mir liegenden Schwierigkeiten auf mein Kind, das mich für den Verlust des Geliebten entschädigen würde.

Ich musterte Christabel. Auch sie wirkte glücklich und schien allmählich darüber hinwegzukommen, daß Edwin sich nicht über den Wunsch seiner Eltern hinwegsetzte und sie heiratete.

Harriet begrüßte uns so überschwenglich wie alle ihe Gäste, ergriff meine Hände und drückte sie vielsagend. Wir waren Verschworene.

Wir wurden in unsere Zimmer geführt, und fünf Minuten später stand Harriet in dem meinen. Sie stützte die Hände in die Hüften, und ihre Augen funkelten übermütig.

»Laß dich ansehen. Man merkt nichts, überhaupt nichts. Außer vielleicht eine gelassene Heiterkeit, die angeblich jede werdende Mutter zur Schau trägt. Hier ist alles bereit, Kind. Gregory wird seine Rolle so gut spielen, wie es ihm möglich ist. Er ist zwar kein hervorragender Schauspieler ... aber ich werde ihm schon soufflieren, wenn er nicht weiterweiß. Deine Rolle ist schwierig ... beinahe so schwierig wie meine ... aber ich habe natürlich schon viele Rollen gespielt.«

»Wir müssen doch erst in Venedig damit beginnen.«

»Der Meinung bin ich nicht. Es muß die vollkommene Täuschung werden – ein guter Titel für ein Stück, findest du nicht? Das Leben steckt voller Zufälle. Du gehst über die Rialto-Brücke und läufst jemandem in die Arme, den du von zu Hause kennst. ›Meine liebe Priscilla, wie geht es Ihnen? Sie sehen wunderbar aus. Nicht wahr, Sie haben zugenommen?‹«

Ich mußte lachen, so gut spielte sie die neugierige, boshafte Klatschbase.

»›Die Bekannten zu Hause werden sich so dafür interessieren, daß ich Sie getroffen habe und daß Sie so gut aussehen‹«, fuhr sie fort. »Verstehst du, was ich meine? Wir müssen das Stück richtig spielen und vor allem auf Sicherheit bedacht sein.«

»Glaubst du wirklich, daß wir meinen Zustand bis zum Schluß geheimhalten können?«

Sie nickte. »Ich habe einige entzückende Kleider entworfen. Sie werden in Venedig der letzte Schrei sein ... weil ich sie trage, das genügt. Man wird annehmen, daß ich meine Schwangerschaft kaschieren will, über die ich überall sprechen werde. Siehst du, worauf ich hinaus will?«

»Du bist wunderbar, Harriet.«

»Dabei ist es erst der Anfang. Das wird eine der erfolgreichsten Rollen meines Lebens. Leider wird niemand erfahren, wie fabelhaft ich sie spiele. Ironie des Schicksals, mein Kind.«

»Ich weiß nicht, was ich ohne dich täte, Harriet.«

»Ach, es findet sich immer etwas. Aber ich bin froh, daß ich dir helfen kann.«

»Du bist so gut.«

»Bleib nur auf dem Boden der Tatsachen. Ich bin kein guter Mensch. Ich mag dich, ich muß mich bei deiner Mutter dafür revanchieren, daß sie sich um Leigh gekümmert hat, ich muß mich bei deinem Vater dafür revanchieren, daß er mich verachtet und meine Freundschaft nicht annimmt. Meine Motive sind gemischt, sind nicht alle edel – aber ich glaube, der Hauptgrund ist meine Liebe zu dir. Ich habe nie eine Tochter gehabt, und dabei wäre sie für mich das gewesen, was ein Sohn für einen Mann bedeutet. Sie hätte so sein müssen wie ich – mein Ebenbild, wie man so sagt. – Jetzt aber müssen wir uns mit praktischen Dingen beschäftigen. Was ist mit Christabel?«

»Mein Vater bestand darauf, daß sie mitkommt und mich weiterhin unterrichtet.«

»Er interessiert sich sehr für Christabel. Na ja, wir haben noch Zeit, es uns zu überlegen. Ahnt sie etwas?«

»Es scheint nicht so.«

Nach einer kurzen Pause meinte Harriet: »Sie ist nicht leicht zu durchschauen, ich kenne mich bei ihr nicht aus.«

»Ich verstehe sie. Sie hat eine Kindheit voller Entbehrungen hinter sich. Dann hoffte sie, daß Edwin sie heiraten würde. Natürlich ist sie jetzt ein wenig verbittert.«

»Ich habe keine Geduld mit verbitterten Menschen. Wenn ihnen die Lage, in der sie sich befinden, nicht gefällt, dann sollen sie etwas dagegen unternehmen.«

»Nicht alle verfügen über deine Geschicklichkeit, Harriet, ganz zu schweigen von deiner Schönheit und deinem Charme.«

»Also findest du, daß wir es ihr sagen sollen.« Sie zuckte die Schultern. »Wir werden aber damit warten, bis wir in Venedig sind, und es ihr erst im letzten Augenblick beibringen.«

Es war eine lange Reise, aber wir waren so in der Vorfreude auf fremde Länder, daß wir die Strapazen gern auf uns nahmen. Wir überquerten den Kanal und reisten durch Frankreich nach Basel. Harriet hatte viele Freunde in Frankreich, weil sie vor der Restauration dort gelebt hatte. Die meisten davon waren Schauspieler gewesen. Einige hatten in reiche Familien eingeheiratet, und wir nächtigten oft in Schlössern. Auf manchen blieben wir sogar zwei Tage. Gregory, der uns begleitete, war freundlich und rücksichtsvoll, was ich als sehr angenehm empfand. Außerdem hatten wir zwei Diener mit, so daß für unsere Sicherheit gesorgt war.

Harriet hatte meiner Mutter von unterwegs geschrieben, sie nehme an, daß sie schwanger sei. Sie zeigte mir den Brief.

»Wie du dir vorstellen kannst, meine liebe Arabella, reagierte ich mit ziemlich gemischten Gefühlen darauf. Die Mutter in mir frohlockt, die Dame von Welt ist nicht gerade begeistert. Gregory, der liebe, unvernünftige Mann, ist außer sich vor Freude. Wenn ich klug wäre, hätte ich die Reise wahrscheinlich abgebrochen, aber wie du genau weißt, meine Liebe, bin ich nicht immer klug.«

»So«, sagte sie, während sie den Brief versiegelte. »Der erste Schritt in unserem Feldzug ist getan.«

In einem Schloß in der Nähe von Basel zog ich Christabel ins Vertrauen. Die Entscheidung wurde mir aufgezwungen, denn ich hatte sie so lange aufgeschoben wie möglich. Ich stand vor dem Frisiertisch, als ich plötzlich ohnmächtig wurde.

Es dauerte nur ein paar Minuten. Sie half mir ins Bett und beobachtete mich besorgt, und als ich die Augen aufschlug, erkannte ich, daß sie die Wahrheit erraten hatte.

»Du weißt es also?« fragte ich.

»Ich frage mich seit etwa einer Woche, ob es sich darum handeln könnte.«

»Du fragst dich!«

»Na ja, wegen der Nacht, die du auf der Insel verbracht hast.« Sie zuckte die Schultern. »Solche Dinge passieren eben. Es gab auch ein paar Anzeichen . . . Aber Priscilla, du hättest diese Reise nie unternehmen dürfen.«

»Ich unternehme die Reise ausschließlich deshalb, weil ich mich in diesem Zustand befinde.«

»Du willst sagen, daß Harriet . . .«

»Harriet hat sie geplant.«

»Sie weiß es also.«

»Sie war die erste, die es erfahren hat. Ich ging zu ihr, weil ich nicht wußte, was ich tun sollte.«

»Ich hätte dir auch geholfen.«

»Wie?«

»Mir wäre schon etwas eingefallen.«

»Harriet hat diese Pläne geschmiedet und verfügt auch über genügend Geld, um sie durchzuführen. Sie hat meiner Mutter erzählt, daß *sie* schwanger ist. Wenn das Kind auf die Welt kommt, wird sie es wie ihr eigenes behandeln, und ich werde sie oft besuchen. Es ist ein großartiger Plan.«

»Er scheint mir etwas gefährlich.«

»Harriet wird es schon schaffen.«

»Ach, meine arme Priscilla.«

»Bedaure mich nicht. Ich liebte Jocelyn, und ich hatte diese eine Nacht. Wir wollten heiraten, und dann wäre es herrlich gewesen. Aber ...«

»Ich habe mit dir geweint, Priscilla. Ich wußte, wie dir zumute war. Weißt du ...«

»Ja. Du und Edwin.«

»Jocelyn hat dich wenigstens nicht verlassen«, bemerkte sie mit zuckenden Lippen. »Ich hatte das Gefühl, du wolltest nicht, daß ich euch begleite.«

»Wenn ich diesen Eindruck erweckte, so nur wegen der Schwierigkeiten. Ich wollte nicht mehr Personen hineinziehen als unbedingt notwendig.«

»Du hättest dir denken können, daß ich dir beistehen will.«

»Danke, Christabel.«

Sie sah beinahe glücklich aus. Als freute sie sich über das Geschehene. Vielleicht hatte sie ebenfalls das Befürfnis gehabt, Eversleigh zu verlassen.

Es war Mitte April, als wir im Palazzo Carpori eintrafen. Ich wußte, daß Venedig als Perle und Krone der Adria bezeichnet wird, aber ich war auf diesen einmaligen Zauber und auf diese Schönheit nicht gefaßt. Wir hatten in Padua übernachtet und erreichten Venedig am Nachmittag; es lag vor uns ... die Inseln in der Lagune, die durch Steinbrücken miteinander verbunden waren, während die Gondolieri unzählige, bunt bemalte Boote durch die Kanäle ruderten oder hoffnungsvoll am Kai auf Kunden warteten. Eine zauberhafte Stadt! Das Licht war golden, im Wasser glitzerten unzählige Diamanten, und die Häuser und Paläste sahen aus wie Märchenschlösser.

Harriet genoß unser Staunen mit einer Art selbstgefälliger Zufriedenheit. Sie war ausgezeichneter Laune, auch eine Wirkung des Plans, der so gefährlich war, daß nur sie es sich zutraute, ihn zum Erfolg zu führen.

Gregory, Harriet, Christabel und ich fuhren mit einer Gondel zum Palazzo; der Rest unserer Reisegruppe folgte mit dem Gepäck nach.

Unser Gondoliere sprach ein bißchen Englisch, das bei ihm merkwürdig und melodiös klang, und er freute sich offensichtlich, seine Kenntnisse bei uns anwenden zu können. Er sah Harriet mit unverhohlener Bewunderung an, was ihr nicht mißfiel, obwohl sie weiß Gott eigentlich schon genug davon haben mußte. Er wandte sich immer wieder an die *bella Signora* und erklärte uns immerzu, wie glücklich es ihn mache, daß wir gekommen waren.

Venedig ist die schönste Stadt der Welt. »Sehen, *bella Signora* . . . *bella Signorina* . . . hier Rialto. Bald Carpori. Sehr schöner Palazzo; Contessa sehr liebe Dame. Sie benützen meine Gondel . . . manchmal. Sehr freundlich.«

Er deutete damit natürlich an, daß er von uns die gleiche Freundlichkeit erwartete, und ich war davon überzeugt, daß er sie bekommen würde. Harriet zeigte sich gegenüber allen, die ihr huldigten, äußerst großzügig.

»Carpori nahe von St. Marcus. Mich lassen, ich zeigen.«

Endlich legte die Gondel an den Stufen des Palazzos an. Im Sonnenschein wirkte er wie aus Zuckerguß. Er war ganz von goldenem Licht umflossen, und ich hatte das Gefühl, aus der Wirklichkeit in eine verzauberte Welt zu treten.

Der Conte und die Contessa, denen dieser prächtige Bau gehörte, mußten offensichtlich vermögend sein. An jedem Ende der Fassade befanden sich Türme, von denen Arkaden zu einer langen Veranda führten. Die Wände waren mit zartrosa Marmor verkleidet. Hinter der Veranda befand sich eine große Halle mit sehr schönen Wand- und Deckengemälden. Der Fußboden bestand aus blau-goldenem Marmor.

Christabel schnappte überwältigt nach Luft, und ich verstand sie. Noch nie hatte ich etwas so Herrliches gesehen.

Eine schön geschwungene Freitreppe führte in den ersten Stock. Hier reichten Arkaden von einem Ende des Gebäudes zum anderen.

Als wir den Palazzo betraten, begrüßte uns die Dienerschaft mit dem Majordomus an der Spitze. Giuseppe war ein geschwätziger, wichtigtuerischer Mann mit funkelnden schwarzen Augen und liebenswürdigem Benehmen. Er klatschte in die Hände, und die Diener führten eiligst seine Befehle aus, während er sich geschäftig um uns bemühte.

Unsere Zimmer waren schon vorbereitet. Meines enthielt ein reizendes Bett mit silberfarbenen Vorhängen, und von der Veranda aus hatte ich den Blick über den Kanal.

Harriet kam bald mit vor Aufregung funkelnden Augen zu mir. Sie wollte sich davon überzeugen, daß das Quartier, das sie für uns aufgetrieben hatte, mich gebührend beeindruckte.

»Es ist zu luxuriös!« rief ich.

»Was hast du erwartet? Hast du geglaubt, ich bringe dich in eine elende Hütte?«

»Du hast sehr gute Freunde.«

»Ach ja. Ich habe der Contessa einmal einen großen Dienst erwiesen. Sie war ein lustiges Mädchen, aber jetzt ist sie dick – ein Schicksal, vor dem auch ich mich hüten muß. Sie ißt so gern, die liebe Contessa. Sie hieß Marie Giscard, war Französin und spielte in unserer Truppe; sie war nicht gerade schön, nicht einmal hübsch, aber sie hatte dieses gewisse Etwas. Die Männer gefielen Marie, und Marie gefiel den Männern. Sie gefielen ihr so sehr, daß ihr die Männer nicht widerstehen konnten, und sie war wie ein Schmetterling, der von einer Blume zur nächsten flattert. Doch der Schmetterling verhielt sich sehr klug, als der Conte Carpori auftauchte. Er meinte es ernst, er wollte heiraten. Leider stand Marie in diesem Augenblick André sehr nahe, und André war entschlossen, Marie um jeden Preis zu behalten. Das hätte sie den Conte kosten können. André war bereit, alle zu töten, einschließlich Maries und seiner selbst, er war darauf aus, Schwierigkeiten zu machen. Aber ich übernahm ihn in genau dem richtigen Augenblick. Infolge meines prompten Eingreifens konnte Marie ihr flatterhaftes Dasein aufgeben und war frei, um den Conte zu heiraten. Sie hat zwei Söhne und vergißt die Gefälligkeit ihrer lieben Freundin Harriet nie. Wenn ich ihr also schreibe, daß ich für einige Zeit verreisen möchte, steht mir der Palazzo jederzeit zur Verfügung. ›Du kannst hierbleiben, so lange du willst‹, schrieb Marie. Sie haben Domizile in ganz Italien. Meist halten sie sich in Florenz oder auf einem ihrer zahllosen Landsitze auf.«

»Ach, Harriet, du hast ein so aufregendes Leben geführt.«

»Es könnte sehr gut sein, mein Kind, daß auch du ein aufregendes Leben führen wirst. Der Anfang ist jedenfalls nicht langweilig, findest du nicht?«

Ich stimmte in ihr Lachen ein, und auch wenn das meine etwas hysterisch klang, war es besser, als wenn ich geweint hätte. Meine Gefühle waren so verworren, daß ich mich überhaupt nicht mehr auskannte.

Die ersten Wochen in Venedig vergingen wie im Traum, auch für Christabel. Wir hatten noch nie eine Stadt erlebt, in der man Boote statt Kutschen benützt. Wir gewöhnten uns rasch daran, in die Gondeln einzusteigen, denn zu dem Palazzo gehörten mehrere Gondeln sowie zwei Gondolieri.

Gelegentlich vergaß ich beinahe, warum ich mich eigentlich in Venedig aufhielt, so sehr überwältigte mich die Schönheit der Stadt. Wie sehr genoß ich in diesen ersten Wochen die Stadt! Ich blieb auf der Rialto-Brücke stehen und ließ den Blick über den Canal Grande schweifen. Ich verbrachte Stunden auf dem Markusplatz. Die farbigen Glasmosaiken bezauberten mich. Der Dogenpalast flößte mir durch seine Pracht Ehrfurcht ein; ich blickte zur traurigsten Brücke der Welt, zur Seufzerbrücke, hinüber und dachte an die Gefangenen, die aus dem Dogenpalast auf dem Weg ins Gefängnis über diese Brücke gingen und einen letzten Blick auf die Stadt warfen.

Es gab viele kleine Geschäfte, die für mich eine Wunderwelt waren. Ich fand dort Glas- und Emailkunstwerke, Ringe und Broschen aus Edelsteinen und Halbedelsteinen, Bänder und Seidenstoffe in wunderbaren Farben. Es gab schöne Wandteppiche und reizende Pantöffelchen, und Christabel und ich vergaßen unsere Sorgen.

An einem herrlichen Sonnentag brachte uns Marco, unser Gondoliere, zum Markusplatz, und Christabel und ich durchwühlten die Geschäfte. Ich wollte mir Pantoffeln kaufen, und mehrere Paare lagen vor mir auf dem Ladentisch. Noch schwankte ich zwischen lavendelfarbenen Blumen auf schwarzer Seide und dunkelblauen Blumen auf dunklem Rostrot, als mir bewußt wurde, daß mich durch die Türe ein Mann beobachtete. Er musterte mich so unverwandt, daß ich Angst bekam.

Er war mittelgroß und wirkte ausnehmend gut. Er trug spitzenbesetzte, mit blauen Bändern geschmückte Kniehosen und war offensichtlich ein Dandy. Sein Rock saß knapp, und man konnte das weiße Rüschenhemd und die kunstvolle Krawatte bewundern. Als Hemdknöpfe trug er funkelnde Edelsteine, und der Hut über der dunklen Perücke war mit einer blauen Feder geschmückt.

Ich wurde rot, befaßte mich wieder mit den Pantoffeln und wählte die schwarzen mit den lavendelfarbigen Blumen. Während ich zahlte, ließ mich der Mann nicht aus den Augen.

Als wir im Begriff waren zu gehen, kam er herein, trat zur Seite, um uns vorüberzulassen, und verbeugte sich tief.

Ich ging dicht an ihm vorbei; seine Augen waren unverwandt auf mich gerichtet, und in seinem Blick lag Bewunderung, die zu kühn war, um als Kompliment zu gelten. Sie enthielt eine Spur Unverschämtheit.

Ich war sehr froh, als ich auf der Straße stand, und sagte zu Christabel: »Ich möchte in den Palazzo zurück.«

»Jetzt schon? Ich dachte, du wolltest noch mehr einkaufen.«

»Ich bin müde und möchte lieber direkt nach Hause fahren.«

Wir stiegen in die Gondel.

»In den Palazzo zurück?« fragte der Gondoliere überrascht.

»Ja, bitte«, antwortete ich.

Während wir den Kanal entlangfuhren, sah ich den Mann aus dem Geschäft. Er stand am Ufer und beobachtete uns.

Vielleicht hätte ich ihn nach einigen Tagen vergessen, denn es gab sehr viele kühne junge Männer, die sich an alleinstehende Frauen heranmachten. Meine Mutter hätte natürlich nie zugelassen, daß Christabel und ich allein ausgingen. Venedig war angeblich die Stadt der romantischen Liebe und des Abenteuers, aber gelegentlich fand ich, daß die kleinen Gäßchen und die engen Kanäle etwas Düsteres an sich hatten. Selbst in den stillen Dörfern Englands konnte das Leben gewalttätig sein. Aber hier hatte man das Gefühl, daß die Gefahr unerwartet aus einem Winkel hervortreten konnte.

Es war früh am Abend. Ich hatte am Nachmittag geruht, weil Harriet darauf bestanden hatte. Sie erinnerte mich daran, was vor mir lag und daß wir keine Komplikationen brauchen konnten. Wir mußten unser Möglichstes tun, damit alles glatt verlief. Ich hatte ihrer Überredungskunst nachgegeben und war zu Bett gegangen, wo ich las oder an mein Kind dachte.

Als ich dann aufgestanden war, hatte ich ein langes, loses Kleid angelegt, das ich am Tag zuvor gekauft hatte. Das gehörte zu Harriets Plan: Wir wollten lose Kleider in unsere Garderobe aufnehmen, bevor wir sie brauchten.

Ich bürstete gerade mein Haar, als ich plötzlich den Wunsch empfand, auf die Veranda zu treten. Die Sonnenuntergänge in Venedig waren immer besonders schön, und ich beobachtete sie, so oft ich konnte. Als ich hinaustrat, erblickte ich ihn ... den Mann aus dem Geschäft. Er befand sich in einer Gondel, die regungslos vor dem Palast lag, und blickte zur Veranda herauf.

Mich schauderte. Es war beinahe, als hätte er mich mit seinem Willen gezwungen, herauszukommen.

Er bewegte sich nicht, und sobald mir klar war, wer er war, trat ich ins Zimmer zurück.

Mein Herz klopfte schnell. Er wußte, wo ich wohnte!

Dann bürstete ich wieder mein Haar. Wovor hatte ich eigentlich Angst? Das wußte ich nicht genau.

Aber ich wußte, daß ich Angst hatte.

Harriet war aufgeregt. Wir hatten eine Einladung zu einem Maskenball im Palazzo Faliero erhalten. Die Duchessa persönlich hatte Harriet besucht und war ebenso bezaubert von ihr wie alle anderen. Sie bestand darauf, daß Harriet und Gregory an dem Ball teilnahmen und die beiden Mädchen mitbrachten, die sich in ihrer Obhut befanden. Harriet hatte die Einladung auch in unserem Namen angenommen.

»Ich habe der Duchessa erzählt, daß ich mich in anderen Umständen befinde, und das hat sie sehr amüsiert«, berichtete uns Harriet. »Sie hat mir ihre Hebamme empfohlen, die auch ihre beiden Sprößlinge entbunden hat. Ich muß mich mit der Frau näher befassen, denn ich muß noch den letzten Akt unseres Stückes ausarbeiten, der ja der schwierigste wird. Doch das hat noch ein bißchen Zeit.«

»Manchmal glaube ich«, sagte ich, »daß es besser gewesen wäre, wenn wir uns einen ruhigeren Ort ausgesucht hätten. Das Ganze wäre dann vielleicht einfacher gewesen.«

»Unsinn«, wies Harriet mich zurecht. »Man bewahrt ein Geheimnis am besten, indem man sich gar nicht bemüht, es zu verbergen. Wenn wir uns in ein entlegenes Nest zurückgezogen hätten, wären wir sofort im Mittelpunkt der Aufmerksamkeit gestanden. Die Menschen in ruhigen kleinen Städten sehnen sich nach Abwechslung und beobachten ihre Nächsten genau. Dabei wird der dümmste Bauernlümmel zum scharfsinnigen Detektiv. Hier hingegen beschäftigt sich jeder mit seinen eigenen Angelegenheiten. Heute hat meine Schwangerschaft die Duchessa amüsiert, morgen hat sie sie vergessen, weil sie ausschließlich an ihren neuen Liebhaber denkt. Angeblich wechselt sie die Galans wie die Hemden. Glaub mir, ich weiß, was für uns am besten ist.«

»Du hast recht, ich hätte deine Klugheit nie in Frage stellen dürfen.«

Sie küßte mich. »Und jetzt, mein Liebling, was tragen wir auf dem Ball? Es wäre doch eine glänzende Idee, eine neue Mode zu kreieren: lose griechische Gewänder. Es ist durchaus möglich, daß die Franzosen noch immer enganliegende Mieder über geschnürten Taillen tragen. Wir hingegen werden zur griechischen Tracht zurückkehren, die um so vieles kleidsamer ist und so wunderbar verhüllt. Wir werden die Stoffe sehr sorgfältig wählen, denn in diesem Fall ist das Material entscheidend. Ich werde pflaumenblaue Seide tragen, weil sie gut zu meinen Augen paßt. Bei dir, meine Liebe, habe ich an Zartrosa gedacht. Christabel verfügt leider nicht über deinen Charme. Das kommt von ihrer Verbitterung, die ihre angeborene Anziehungskraft übertönt. Wenn sie sich weniger darüber ärgerte, daß sie etwas im Leben versäumt hat, würde sie eher etwas erreichen. Aber das kommt vielleicht noch. Nehmen wir also Grün für sie . . . die Farbe der Hoffnung.«

Wir gerieten in Begeisterung, als wir die Stoffe aussuchten; Harriet ließ schwarze Seidenmasken für uns anfertigen, und wir waren alle sehr gespannt. Ein- oder zweimal sah ich den Mann wieder, der mich so erschreckt hatte. Er tauchte in einem Geschäft auf, in dem wir gerade einkauften, beachtete uns aber überhaupt nicht. Einmal entdeckte ich ihn allerdings wieder in einer Gondel, von der aus er den Palazzo beobachtete, doch ich vergaß ihn bald.

Ein paar Tage vor dem Ball erlebten wir eine große Überraschung. Leigh traf in Venedig ein.

Christabel und ich waren nicht im Palazzo, als er ankam. Wir machten Besorgungen, und als wir zurückkehrten, erwartete uns Harriet schon voll Ungeduld.

»Leigh ist hier«, rief sie. »Ich schickte ihn aus, um euch zu suchen, und sagte ihm, er solle sich in der Nähe des Rialtos umsehen.«

»Aber wir waren doch am Markusplatz.«

»Ich weiß. Deshalb habe ich ihn ja zum Rialto geschickt. Ich wollte dich zuerst sprechen, weil die Situation heikel ist. Leigh darf nicht erfahren, weshalb wir hier sind.«

Ich sah ein, daß sie recht hatte, aber es würde mir schwerfallen, Leigh nichts zu erzählen. Wir waren immer vollkommen offen zueinander gewesen.

»Du mußt sehr vorsichtig sein, Priscilla, obwohl er bestimmt keinen Verdacht schöpfen wird. Wenn keine von uns etwas verrät, wird er gar nicht auf die Idee kommen.« Sie sah Christabel unverwandt an. »Ich möchte nicht, daß jemand etwas erfährt; je weniger Menschen um die Sache wissen, desto besser. Leigh wäre zwar absolut vertrauenswürdig, aber er ist ein Heißsporn, und es würde ihn aus dem Häuschen bringen. Er ist dir ergeben, Priscilla. Sei also vorsichtig.«

Wir versprachen es ihr, aber ich fühlte mich unbehaglich.

Leigh kehrte bald zurück. Er hob mich hoch und sah mich forschend an.

»Du siehst blühend aus.«

Harriet lächelte wohlwollend.

Beim Essen erwähnte Leigh, daß er nur eine Woche in Venedig bleiben könne. Er hatte einen Teil seines Urlaubs damit verbraucht, daß er zuerst nach Eversleigh gefahren war, wo er erfahren hatte, daß wir uns in Venedig befanden. Die Reise hierher sowie die Rückfahrt zu seinem Truppenteil waren natürlich langwierig. Edwin beneidete ihn, er hatte nicht mitkommen können.

»Du kannst aber am Maskenball teilnehmen«, meinte Harriet. »Die Duchessa würde es sehr übelnehmen, wenn du uns nicht begleitest. Sie hat ein Faible für gutaussehende junge Männer.«

Leigh berichtete uns, daß Titus Oates sich allmählich Zurückhaltung bei seinen Verdächtigungen auferlegte und daß die Stimmung schon sehr zu seinen Ungunsten umgeschlagen hatte.

Es war wunderbar, wieder mit Leigh zusammenzusein, obwohl ich mich sehr beherrschen mußte, wenn ich mit ihm allein war. Er hatte mir immer ein Gefühl der Sicherheit vermittelt, und ich hatte bei ihm die Zuneigung gefunden, die mir mein Vater vorenthielt. Ich war mit all meinen Problemen zu ihm gekommen, und es hatte ihm Freude gemacht, eine Lösung zu finden. Und jetzt mußte ich ihm mein größtes Geheimnis verschweigen.

Wir saßen auf der Veranda und beobachteten die Gondeln, die auf dem Kanal vorbeiglitten, als er plötzlich sagte: »Du solltest nicht mehr um Jocelyn Frinton trauern. Ich weiß wegen des Ringes Bescheid. Er hätte ihn dir nicht schenken dürfen. Aber jetzt ist es vorbei, und ich bin froh, daß du dich bei Harriet aufhältst. Sie übt einen guten Einfluß auf dich aus.«

»Sie hat so viel für mich getan. Ich werde es ihr nie vergelten können.«

»Meine liebe Priscilla, Freunde erwarten keine Revanche. Harriet möchte, daß du über diese Geschichte hinwegkommst ... und du wirst es schaffen. Es war ja nur ein romantisches Abenteuer, und du bist noch so jung.«

»Ich fühle mich keineswegs mehr so jung.«

»Aber du bist es, und es ist gut für dich, daß Harriet dich nach Venedig mitgenommen hat. Hat sie dir übrigens das Neueste erzählt?«

»Das Neueste?«

»Sie bekommt ein Kind.«

»Oh!« Mehr brachte ich nicht heraus.

»Sie freut sich sehr und kann es angeblich kaum mehr erwarten. Ich muß gestehen, daß ich überrascht bin, denn ich habe sie nie für einen mütterlichen Typ gehalten. Ausgerechnet Harriet! Aber sie wird sicherlich noch mit dir darüber sprechen. Übrigens, ich habe Benjie in der Schule besucht. Er will in den Ferien zu euch nach Venedig kommen.«

Das bereitete mir Sorgen. Die Lage wurde für mich immer schwieriger.

»Ich freue mich, daß du am Ball teilnehmen wirst«, lenkte ich ab.

»Die Vergnügungen Venedigs, was? Also ich finde, daß du eigentlich nicht hingehen solltest, du bist noch zu jung für Bälle.«

Es war immer die gleiche Geschichte mit ihm, er hielt mich nach wie vor für ein Kind. Ich fragte mich, was er sagen würde, falls er die Wahrheit erfuhr, und obwohl es mir schwerfiel, ihm etwas zu verschweigen, war ich froh darüber, daß er nichts wußte.

Dann kam die Ballnacht. Wie romantisch war es doch, als wir maskiert und kostümiert über den Kanal zum Palazzo der Duchessa fuhren. Die große Halle des Palastes wurde von unzähligen Fackeln erhellt. Dank seiner Marmorwände – malvenfarbig, grün und golden – sah er aus wie ein Feenpalast. Auf dem Kanal vor dem Gebäude drängten sich die Gondeln, und weithin hörte man die Musik.

Es sah aus, als wäre ganz Venedig zu dem Maskenball gekommen. Es gab keinen formellen Empfang durch die Duchessa, weil die Gäste unter ihren Kostümen und Masken unkenntlich waren, was das Vergnügen erhöhte. Um Mitternacht sollten alle zur Demaskierung in die Halle kommen.

Gregory befürchtete, daß sich etliche ungeladene Gäste einschleichen würden.

Bei Leigh war es immer die gleiche Leier: »Du mußt bei mir bleiben, Priscilla. Du bist wirklich noch zu jung für solche Vergnügungen.«

»Unsinn«, widersprach Harriet. »Man ist nie zu jung dafür. Priscilla ist schon seit einiger Zeit den Kinderschuhen entwachsen.«

»Leigh wird mich noch als seine kleine Schwester bezeichnen, wenn ich fünfzig bin.«

Seine Stimme sank zu einem Flüstern herab. »Dann werde ich dich ganz anders bezeichnen.«

Die Festbeleuchtung und die Musik wirkten berauschend. Die Fackeln auf der Veranda spiegelten sich im Wasser des Kanals, und Eversleigh lag sehr fern.

Leigh blieb an meiner Seite. Wir tanzten miteinander ... nicht sehr gut, denn keiner von uns war ein geübter Tänzer, und das Gedränge war so groß, daß man einander gegenseitig behinderte.

Leigh sagte: »Ich weiß nicht, warum die Menschen solche Feste besuchen, außer sie wollen neue Bekanntschaften schließen.«

»Vielleicht solltest du das auch tun«, schlug ich vor.

»Ich bleibe bei dir.«

»Das ist absolut nicht notwendig.«

»Mein liebes Kind, du glaubst doch nicht wirklich, daß ich dich ausgerechnet hier allein lassen werde.«

»Ich kann selbst auf mich achtgeben.«

»Es schleichen merkwürdige Gestalten umher. Abenteurer, Diebe, Verführer. Und ich glaube *nicht*, daß du auf dich achtgeben kannst, du hast bewiesen ...«

»Du meinst Jocelyn!«

»Du bist ja noch so jung«, schloß er sanft.

Ich wollte ihn anschreien: Hör auf, mir immer meine Jugend vorzuhalten. Ich bin kein Kind mehr, ich werde bald Mutter. Er stellte meine Geduld auf eine harte Probe.

In einem Raum neben der Halle war ein Büffet aufgestellt, und die Gäste bedienten sich, wenn sie eine Erfrischung nötig hatten. Leigh und ich begaben uns mit unseren Getränken auf die Veranda, setzten uns auf freie Stühle und sahen auf den Kanal hinaus.

»Hier ist es etwas friedlicher«, konstatierte Leigh. »Es tut mir leid, daß ich übermorgen schon abreisen muß.«

»Wie geht es Edwin? Ist er glücklich?«

»Meinst du die Sache mit Christabel?«

»Die arme Christabel!«

»Es wäre eine sehr unpassende Verbindung gewesen.«

»Warum?«

»Sie ist nicht die Richtige für Edwin.«

»Du meinst, weil sie nicht reich genug ist? Nicht aus der richtigen Familie kommt?«

»Keineswegs, sondern weil sie ein merkwürdiges Mädchen ist. Sie grübelt zu viel, und Edwin braucht eine temperamentvollere Frau. Er ist selbst eher ruhig und sollte jemanden zur Gattin wählen, der ganz anders ist als er.«

»Hat er Christabel wirklich geliebt?«

»Er hat sie sehr gern gehabt, wahrscheinlich hat sie ihm leid getan. Edwin hat sich immer von Mitgefühl leiten lassen.«

»Das hat ihr aber nicht viel genützt, nicht wahr? Es hat keinen Sinn, wenn man für jemanden eine Zeitlang Mitgefühl empfindet, dann Schluß macht und es dadurch für den anderen noch schlimmer wird.«

»Man hat ihm erklärt, daß es falsch wäre, die Beziehung fortzusetzen, und er hat es eingesehen.«

»Sie war sehr unglücklich!«

»Sie wird darüber hinwegkommen. Besser, ein paar Monate unglücklich als ein ganzes Leben.«

»Es wäre besser gewesen, wenn er sich von Anfang an weniger um sie gekümmert hätte.«

»Jeder von uns hat irgendwann in seinem Leben etwas getan, das er besser unterlassen hätte.«

»Auch du?«

»Auch ich.«

Nach einiger Zeit kehrten wir in den Ballsaal zurück, und Leigh hielt sich dabei dicht an meiner Seite. Ich weiß nicht, was in diesem Augenblick über mich kam. Vielleicht war es der Anblick eines Paares, das sich in einem stillen Winkel des Ballsaales umarmte. Ich hatte das Gefühl, daß viele Ballbesucher hier eine Liebesaffäre, ein Abenteuer suchten und die Anonymität ausnützten, die ihnen die Masken verliehen. Plötzlich hatte ich Lust, Leigh zu beweisen, daß ich sehr wohl auf mich achtgeben konnte.

Ich wartete einen günstigen Augenblick ab und benützte dann das Gedränge, um ihm zu entschlüpfen.

Ich kämpfte mich durch die Menge zurück auf die Veranda. Sie war menschenleer, und mir tat die frische Luft gut. Plötzlich berührte mich jemand am Arm; ich drehte mich um und sah eine fremde Maske vor mir. Ich stieß einen leisen, erstaunten Ausruf aus, und der Mann lüftete kurz seine Maske. Er war der Fremde, der den Palazzo vom Kanal aus beobachtet hatte.

»Endlich«, sagte er.

Seine Nationalität stand außer Zweifel; er war Engländer.

»Wer sind Sie?« fragte ich.

»Lassen Sie mich vorläufig Ihr geheimnisvoller Verehrer bleiben.«

»Aus welchem Grund?«

»Weil unser Zusammentreffen dadurch an Reiz gewinnt. Liebesaffären brauchen das Geheimnis, um zu gedeihen.«

»Ich verstehe Sie nicht«, entgegnete ich kühl und raffte mein Kleid zusammen, um in den Ballsaal zurückzukehren.

»Nicht so schnell, meine spröde Schöne. Ich möchte mich mit Ihnen unterhalten.«

»*Ich* möchte in den Ballsaal zurückkehren.«

»Zuerst werden Sie mir zuhören.«

Ich war beunruhigt. Dieser Mann hatte mir vom ersten Augenblick an Angst eingeflößt, und jetzt schienen sich meine Befürchtungen zu bewahrheiten.

Er packte meinen Arm. Ich versuchte mich loszureißen, aber sein Griff wurde fester, und ich begriff, daß mir Gefahr drohte.

»Lassen Sie mich los«, befahl ich.

Er näherte sein Gesicht dem meinen. Er roch zart nach Parfum – Moschus oder Sandelholz –, trug Ringe an den Fingern und eine juwelenbesetzte Krawattennadel. »Soll das ein Befehl sein?« fragte er.

»Ja.«

»Wie reizend! Aber im Augenblick erteile ich die Befehle!«

»Sie sprechen in Rätseln, Sir. Und mich interessieren die Antworten nicht.«

»Sie haben eine scharfe Zunge, meine Dame. Aber ich habe es gern, wenn meine Gesprächspartnerinnen geistvoll sind. Sie müssen vor allem schön sein und außerdem müssen sie mich innig lieben. Aber ich habe nichts gegen schlagfertige Antworten, sie machen eine Auseinandersetzung erst reizvoll.«

»Sie reden Unsinn.«

Er beugte sich vor und preßte seine Lippen auf die meinen.

Ich wehrte ihn ab. »Wie können Sie es wagen?« stammelte ich empört. »Sie sind ja verrückt.«

»Verrückt nach Ihnen. Sie sind jung, und die Jugend ist überaus anziehend. Ich schätze den Umgang mit jungen Damen über alles.«

Ich drehte mich um, aber er hielt mich fest. Er war sehr kräftig und geschickt, und all mein Sträuben half mir nichts. Er zog mich von der Veranda die Stufen zum Kanal hinunter.

»Leigh! Leigh!« schrie ich. »Komm schnell ...«

Unter mir schaukelte eine Gondel. Plötzlich wurde ich hochgehoben und einem Mann übergeben, der im Boot wartete.

Das alles war so schnell gegangen, daß mir gar nicht zu Bewußtsein kam, daß ich entführt wurde. Ich schrie, doch meine Schreie gingen in den Klängen der Musik unter. Ein paar Gondeln glitten vorbei, aber niemand schien sich für das widerspenstige Mädchen zu interessieren.

Mein Entführer sprang in die Gondel neben mich.

»Los, Bastiani«, rief er, und wir setzten uns in Bewegung.

Ich wollte schreien, aber er legte mir die Hand auf den Mund.

»Zu spät, mein Vögelchen, du bist mir auf den Leim gegangen. Oh, wie hochmütig du warst, nicht ein Lächeln für mich. Doch ich werde dich schon noch zum Lächeln bringen, ich habe so meine Methoden. Ein bißchen Widerstreben am Anfang macht mir Spaß ... aber nur am Anfang.«

Was er vorhatte, war unschwer zu erraten. Angst und Verzweiflung übermannten mich. Was für eine Närrin war ich gewesen! Leigh hatte recht, ich war ein Kind, nicht fähig, sich in acht zu nehmen. Ich hatte Leigh eine Lehre erteilen wollen, und jetzt wurde sie mir erteilt.

Aber ich würde mich wehren, ich würde diesem Mann Widerstand leisten. Er mußte mich ja noch aus der Gondel in sein Haus schaffen, und das würde ich ihm nicht leicht machen, denn ich würde meine ganze Kraft gegen ihn einsetzen.

Wir hatten den Hauptkanal verlassen, fuhren unter einer Brükke durch, und der Gondoliere machte eine Bemerkung.

»Weiter, weiter«, befahl der Fremde.

Der Gondoliere gehorchte.

Ich versuchte zu schreien, aber sofort legte sich wieder seine Hand auf meinen Mund.

Die Gondel hielt.

Mein Entführer sprang hinaus und drehte sich zu mir um. Weil ich mich nicht rührte, packte mich der Gondoliere und versuchte, mich in Reichweite des Fremden hinaufzuheben, damit dieser mich zu sich ziehen konnte. Ich wehrte mich aus Leibeskräften und bemerkte deshalb die Gondel nicht, die an uns vorbeischoß und dann anlegte.

Plötzlich stürzte sich eine dunkle Gestalt auf den Mann, der sich umdrehte und aufschrie. Es folgte ein kurzer Kampf, dann stürzte einer der beiden in den Kanal.

Der Gondoliere hatte mich losgelassen. Er wollte die Gondel vom Ufer abstoßen, als jemand laut »Halt!« rief. Ich jubelte auf, denn es war Leighs Stimme.

Der Gondoliere hielt unschlüssig an. Mein Entführer klammerte sich an die Gondel; aber Leigh streckte mir seine Hand entgegen, und ich sprang ans Ufer.

Leigh sprach kein Wort. Wir bestiegen das Boot, mit dem er gekommen war, und wenige Sekunden später fuhren wir rasch den Kanal entlang.

Ich blickte ängstlich zurück und sah, wie der Gondoliere den Fremden aus dem Wasser zog. Ich rief erschrocken »Leigh!«, aber er legte mir den Arm um die Schultern und wies den Gondoliere an, uns zum Palazzo Carpori zu bringen.

Leigh schwieg, bis wir am Ziel waren. Dann sagte er: »Gott sei Dank sah ich dich.«

»Du sahst, wie er mich in die Gondel zerrte?«

»Ja, ich suchte dich. Zum Glück kam ich noch zurecht.«

»Ich hatte solche Angst, Leigh.«

»Ich habe Harriet ja gesagt, daß sie dich nicht auf den Ball mitnehmen soll. Du bist für solche Veranstaltungen zu jung. Diese Menschen . . . ach, das verstehst du noch nicht. Sie sind zu jeder Schurkerei fähig.«

»Wer war der Mann?«

»Ich kenne seinen Ruf — er ist leider unser Landsmann und war schon zu Hause in allerlei Skandale verwickelt. Er ist ein Freund des Grafen von Rochester — und du weißt, was das bedeutet. Seine Lieblingsbeschäftigung ist das Entführen junger Mädchen.

Am liebsten würde ich ihm den Hals umdrehen. Ich hätte ihm schon vorhin einen Denkzettel verpaßt, aber ich wollte dich vor allem in Sicherheit bringen.«

»Ach, Leigh, du bist mein Schutzengel. Wenn du nicht dagewesen wärst ...« Ich legte ihm die Arme um den Hals.

»Aber ich bin dagewesen. Solange ich in deiner Nähe bin, hast du nichts zu befürchten. Wieso wurdest du überhaupt von mir getrennt?«

»Es war meine Schuld.«

»Dummerchen«, sagte er zärtlich. »Ich werde mit Harriet sprechen. Mit den Maskenbällen ist Schluß. Du sollst dich nicht in Gefahr begeben, wenn ich nicht da bin, um dich zu beschützen.«

Er küßte mich liebevoll, und ich hätte ihm so gern von meiner Liebe zu Jocelyn und dem Grund meines Hierseins erzählt. Aber es war nicht nur mein Geheimnis, sondern ich teilte es mit Harriet, und sie hatte ausdrücklich gesagt, daß Leigh nichts davon erfahren dürfe.

Leigh erzählte mir, daß der Mann Beaumont Granville heiße und ein Spieler, Verschwender und Frauenheld sei. »Er hat ein Vermögen durchgebracht und lebt jetzt auf dem Kontinent. Einst entführte er eine Vierzehnjährige aus reichem Haus. Er wollte sie dadurch zu einer Heirat zwingen, weil er ihr Vermögen brauchte. Zum Glück traf ihr Vater noch rechtzeitig ein, und Granville mußte aus England fliehen.«

»Es war wirklich mein Glück, daß du auch auf dem Ball warst, Leigh. Aber was wollte er mit mir, ich bin doch keine reiche Erbin.«

»Er hat eine Vorliebe für junge Mädchen. An Heirat denkt er nur bei Erbinnen. Du hast ja keine Ahnung, was für schlechte Menschen es gibt, Priscilla, deshalb laß dir den heutigen Abend eine Lehre sein. Aber wo war Christabel? Sie hätte sich doch um dich kümmern müssen.«

»Wahrscheinlich ist sie diskret verschwunden, als du diese Aufgabe übernahmst. Sie werden uns bei der Demaskierung vermissen.«

»Ich habe Harriet gesagt, daß ich dich nach Hause bringen werde, falls die Stimmung zu zügellos wird.«

Ich lächelte dankbar, denn seine Fürsorge tat mir gut.

»Du warst sehr aufgeregt«, sagte er. »Das Ganze hat dich mehr mitgenommen, als du dir eingestehen willst.«

Ich wurde rot. Würde er sich noch solche Sorgen um meine Unschuld machen, wenn er über meinen Zustand Bescheid wußte? Aber die Nacht mit Jocelyn voller Süße und Zärtlichkeit war doch etwas ganz anderes gewesen als das heutige Erlebnis.

Ich lenkte ab. »Du wirst wohl kaum nur mit einem Kratzer davongekommen sein.«

»Doch. Ich packte ihn von hinten, und er lag im Wasser, ehe er sich's versah. Das wird ihn ein bißchen abkühlen, aber es tut mir leid, daß er so billig davongekommen ist.«

»Wir sollten jedes Aufsehen vermeiden. Ihm ist nichts passiert, ich sah, wie er in die Gondel kletterte.«

»Hör mir jetzt zu, Priscilla. Du mußt hier sehr vorsichtig sein, du bist nicht in Eversleigh. Ich werde mit Harriet und Christabel sprechen; du darfst auf keinen Fall allein ausgehen.«

»Das habe ich auch bis jetzt nicht getan.«

»Zu dumm, daß ich schon übermorgen abreisen muß.«

»Ich werde sehr vorsichtig sein, Leigh.«

»Es gibt heutzutage viele Leute wie ihn bei Hof. Der König ist diesen Männern gegenüber zu nachsichtig, weil sie geistreich sind und ihn unterhalten. Beau Granville wird sich jedenfalls noch eine Weile an den heutigen Abend erinnern und nicht mehr versuchen, meine kleine Schwester zu belästigen.«

»Ich bin nicht deine Schwester, Leigh.«

Er lachte und küßte mich auf die Stirn.

Ich legte ihm wieder die Arme um den Hals, und er hielt meine Hände einen Augenblick fest. Dann sagte er: »An deinen Armen sind blutunterlaufene Stellen; am liebsten würde ich ihn dafür umbringen.«

»Sie werden vergehen.«

»Du solltest jetzt lieber zu Bett gehen, es ist spät.«

»Kleine Mädchen sollten um diese Zeit schon schlafen, nicht wahr?« fragte ich neckend.

»Genau, du hast einen Schock gehabt, auch wenn du es nicht erkennst. Ich werde dafür sorgen, daß man dir etwas aufs Zimmer bringt. Gute Nacht, Priscilla.«

»Gute Nacht, Leigh, und vielen Dank.«

Als er gegangen war, überwältigte mich die Erinnerung an das Geschehene so sehr, daß ich davon überzeugt war, ich würde nicht einschlafen können. Aber einer der Diener brachte mir warmen Wein, und bald nachdem ich ihn getrunken hatte, schlief ich tief und fest.

Am nächsten Morgen erwachte ich erst spät, wie alle übrigen Ballbesucher. Und Harriet tauchte überhaupt erst am Nachmittag auf.

Leigh war mit Reisevorbereitungen beschäftigt, und ich erzählte niemandem von meinem Abenteuer. Ich hätte es nicht über mich bringen können, darüber zu sprechen. Als Harriet endlich erschien, erwähnte sie, daß Leigh sie und Christabel im Palazzo erwartet hatte, als die beiden um drei Uhr früh heimkamen.

»Er hatte von Anfang an vorgehabt, dich nach Mitternacht nach Hause zu bringen.« Sie lächelte spöttisch. »Er findet es ungehörig, wenn kleine Mädchen nach dieser Zeit noch außer Haus sind.«

Leigh reiste am nächsten Tag zeitig früh ab. Er machte sich Sorgen um uns, und Harriet erzählte mir, daß er versucht hatte, sie zur Rückkehr nach England zu bewegen.

»Er hält es für abnormal, daß ich das Kind hier zur Welt bringen will. Als guter Engländer ist er davon überzeugt, daß nur englische Hebammen wirklich gute Geburtshelferinnen sind. Anscheinend fällt ihm gar nicht auf, daß auf der ganzen Welt Kinder geboren werden. Ich muß allerdings zugeben, daß ich unter normalen Umständen das Kind lieber zu Hause bekommen hätte. Aber es hat sicherlich auch etwas für sich, es einmal in Venedig zu versuchen.«

Sie hatte sich schon so sehr in ihre Rolle eingelebt, daß sie ganz selbstverständlich von »ihrem« Kind sprach, selbst wenn wir unter uns waren. Zuerst hatte es mich ein bißchen verwirrt, aber ich hatte mich bald daran gewöhnt.

Nach Leighs Abreise suchten wir die Duchessa auf, um uns persönlich für den Abend in ihrem Palazzo zu bedanken.

Die Duchessa erzählte uns begeistert den neuesten Gesellschaftsklatsch. Es gab so aufregende Neuigkeiten – der böse Granville hielt sich in Venedig auf. Ein faszinierender Mann, geradezu unwiderstehlich, aber durch und durch verderbt. Keine Frau war vor ihm sicher. Er hatte ein Talent dafür, die hübschesten Mädchen aufzuspüren, und vor allem hatten es ihm Jungfrauen angetan. »Na ja, es wäre interessant zu erfahren, wer es getan hat. Man nimmt an, daß es ein eifersüchtiger Ehemann oder Liebhaber war. Jedenfalls sieht unser Beau nicht ganz so gut aus wie gewöhnlich. Haben Sie denn nichts davon gehört?«

»Nein«, antwortete Harriet, »wir haben keine Ahnung«.

»Er wurde halb totgeprügelt! Noch dazu in seinem eigenen Haus! Er mußte sogar den Arzt kommen lassen. Jedenfalls wird er nicht so bald wieder Frauen belästigen. Natürlich hat er es sich selbst zuzuschreiben. Eines Tages mußte es ja so kommen. Ich bin nur neugierig, ob es irgendwelche Auswirkungen auf seinen Lebenswandel haben wird. Wahrscheinlich nicht; er wird in Zukunft genau so lasterhaft sein wie bisher.«

»Es tut mir leid, Duchessa«, meinte Harriet, »daß der Ball mein letztes Vergnügen für längere Zeit war. Von nun an werde ich wohl zurückgezogen leben müssen. Aber wir bedauern es nicht, ganz im Gegenteil, nicht wahr, Gregory?«

Gregory bestätigte, wie sehr er sich darauf freue und daß er von nun an streng darauf achten würde, daß seine Frau sich schone.

»Was für einen herrschsüchtigen Mann Sie doch haben, meine Liebe«, stichelte die Duchessa boshaft.

»Ich würde nie wagen, seinen Unwillen zu erregen«, sagte Harriet und lächelte ihm liebevoll zu.

Christabel beteiligte sich wie immer nicht an der Unterhaltung.

Als wir wieder im Palazzo angelangt waren, kam Harriet zu mir ins Zimmer.

»Du weißt ja, daß es Leigh war, nicht wahr?«

»Ich habe es jedenfalls angenommen.«

»Er hat mir alles erzählt. Er konnte sich nicht beherrschen; er mußte vor seiner Abreise die Rechnung mit Beau Granville begleichen. Allerdings bin ich froh, daß er nicht mehr hier ist; Granville ist sicher rachsüchtig. Ich hoffe nur, daß er Venedig verlassen wird, sobald er dazu imstande ist, denn er wird es nicht ertragen, die Zielscheibe des allgemeinen Spotts zu sein.«

»Das alles ist schrecklich.«

»Gregory hat auch erfahren, was geschehen ist, und befürchtet, daß es dir geschadet haben könnte.«

»Geschadet?«

»Ja, wegen des Kindes. Er findet, daß du dich untersuchen lassen solltest. Es wird ein bißchen schwierig werden, aber ich bin auch seiner Ansicht. Die Duchessa hat mir eine Hebamme empfohlen, und du wirst während der Untersuchung Lady Stevens sein. Eine Art Generalprobe.«

Ich mußte zuviel an Leigh und an die Folgen dieser Affäre denken, um mir wegen der Hebamme Sorgen zu machen.

Harriet inszenierte den Auftritt großartig. Sie hatte mich ein bißchen geschminkt, damit ich älter wirkte, und spielte selbst die Rolle des jungen Mädchens ausgezeichnet. Christabel und Gregory unterstützten uns nach Kräften.

Ich wurde von der Hebamme untersucht, die mir bestätigte, daß alles in Ordnung sei und die Schwangerschaft normal verlaufe.

Harriet war begeistert – nicht nur vom Ergebnis der Untersuchung, sondern auch darüber, daß alles so glatt über die Bühne gegangen war.

Auch andere Entwicklungen trugen zu unserer Beruhigung bei. Beau Granville hatte Venedig verlassen, sobald er die Folgen des Überfalls überwunden hatte.

»Er wird bestimmt nicht wiederkommen«, meinte Harriet. »Venedig dürfte ihm für immer verleidet sein.«

Damit begann für mich eine ruhige Zeit des Wartens.

Der Sommer war schön. Es war zwar heiß, aber infolge unserer ruhigen Lebensweise störte uns das nicht weiter. Christabel zeigte mir, wie ich Kindersachen anfertigen sollte, und Harriet beobachtete uns lächelnd. Ich wunderte mich oft darüber, daß sie trotz ihres lebhaften Temperaments den Mangel an Geselligkeit so gut ertrug. Aber sie hatte sich derart in ihre Rolle eingelebt, daß sie sogar das als selbstverständlich empfand.

Sie ruhte am Nachmittag, ging langsam durch den Palazzo und sprach mit der Haushälterin Caterina, die fünf Kinder hatte, über Schwangerschaften.

Dann mußte Gregory nach England an den Hof zurückkehren, was ihm gar nicht recht war, aber Harriet bestand darauf. Er sollte sich bemühen, möglichst bald wieder zu uns zurückzukommen; vielleicht würde dann das Kind schon auf der Welt sein, und wir konnten alle gemeinsam die Heimfahrt antreten.

»Weihnachten könnten wir wieder zu Hause feiern«, sagte Harriet. »Das Kind ist Mitte Oktober fällig, und Anfang Dezember sollte man schon mit ihm eine Reise unternehmen können.«

Im August verließ uns Gregory. Bis zur Geburt waren es noch zwei Monate, und allmählich wurde es für mich schwierig, meinen Zustand zu verbergen. Die losen Kleider, die wir trugen, halfen mir sehr dabei, und ich hielt mich hauptsächlich in meinem und Harriets Zimmer auf. Harriet fiel es jedenfalls leichter, die Schwangere zu spielen, als mir, meine Schwangerschaft geheimzuhalten.

Andererseits waren es glückliche Monate. Mich erfüllte heitere Gelassenheit, und ich dachte beinahe ausschließlich an das Kind. Es kam vor, daß ich wochenlang Jocelyn und meine Trauer um ihn vergaß.

Auch die Erinnerung an das Abenteuer in der Ballnacht verblaßte, und Zentrum meines Lebens war nur mehr das Kind, das in mir wuchs.

Ich zerbrach mir nicht einmal mehr den Kopf über die Zeit nach der Geburt. Ich wußte, daß das Kind mein Leben lang in meiner

Nähe sein würde, und obwohl ich Jocelyn sehr geliebt hatte, liebte ich das Kind jetzt schon über alles in der Welt.

Christabel und ich sprachen darüber, und sie gestand, daß sie sich immer sehnsüchtig ein Kind gewünscht hatte. Nur einmal bemerkte sie bitter: »Wenn ich in deine Lage gekommen wäre, hätte mir niemand aus meinen Schwierigkeiten geholfen.«

Es klang, als beneide sie mich um die Unterstützung, die Harriet mir zuteil werden ließ.

Andererseits sorgte sie aber rührend für mich und hatte entzückende Kindersachen genäht. Auch Harriet hatte Kleidchen gekauft; sie hatte eine Ladeninhaberin auffordern lassen, mit ihren schönsten Stücken in den Palazzo zu kommen. Als die Frau eintraf, empfing Harriet sie im Bett. Ich saß neben ihr.

»Legen Sie die Sachen nur auf das Bett, damit ich sie begutachten kann«, befahl Harriet. »Manchmal muß ich einfach im Bett bleiben, weil es bei mir bald soweit ist. Ich habe zwei Söhne, aber damals, als sie unterwegs waren, war ich noch viel jünger.«

»Sie werden nie alt, Lady Stevens«, antwortete die Frau.

Harriet lächelte geschmeichelt und kaufte großzügig ein.

So verging die Zeit, und als der September kam, war es immer noch sehr warm. Ich ging überhaupt nicht mehr aus, sondern ließ Christabel meine Besorgungen erledigen. Sie unterrichtete mich wieder, wie meine Mutter es von uns erwartete, und ich empfand die Situation als widersinnig. Im Juli war ich fünfzehn geworden.

Anfang Oktober begann Harriet plötzlich, sich Sorgen zu machen. Ich war jung, es war mein erstes Kind, und sie hatte Angst, daß es zu Komplikationen kommen könnte. Deshalb wollte sie, daß die Hebamme in den Palazzo übersiedelte; das bedeutete aber, daß sie ihr reinen Wein einschenken mußte.

Nach reiflichen Überlegungen suchte Harriet die Hebamme auf und kehrte sehr erleichtert zurück.

»Die Frau lebt in einem Loch, in einem armseligen Loch. Daher wird es uns nicht schwer fallen, mit ihr einig zu werden, indem wir ihr Geld geben. Diesmal können wir ihr nicht das gleiche Theater wie bei der Untersuchung vorspielen, sondern müssen sie in das

Geheimnis einweihen. Natürlich würde sie auf jeden Fall gut bezahlt werden, wenn sie die letzten Tage vor der Geburt im Palazzo verbringt. Aber wenn wir sie ins Vertrauen ziehen und ihr eine für sie horrende Geldsumme bieten, damit sie den Mund hält, wird sie sicherlich darauf eingehen.«

»Glaubst du, daß man ihr vertrauen kann?«

»Ich werde sowohl Bestechung als auch Drohungen anwenden. Eine unwiderstehliche Kombination, kann ich dir versichern.«

Ich ging zu ihr und küßte sie, denn das hatte sie gern. Sie liebte es, wenn man ihr Zuneigung zeigte. »Ich bin dir ja so dankbar, Harriet.«

»Du bist für mich wie ein eigenes Kind, Priscilla. Du weißt ja, daß ich mir immer eine Tochter gewünscht habe. Deshalb hör auf, von Dankbarkeit zu reden, damit wir uns mit dringenderen Problemen befassen können. Ich werde die Hebamme kommen lassen und mit ihr sprechen, und du wirst dabei sein.«

Sie schickte unverzüglich einen Boten zur Hebamme, denn, wie sie sagte: »Ich werde erst beruhigt sein, wenn die Frau im Haus ist. Ich möchte sicher sein, daß sie sofort zur Hand ist, wenn sie gebraucht wird.«

Die Hebamme war rundlich, hatte ein blasses Gesicht und lebhafte schwarze Augen; sie trug ein geflicktes Kleid und einen Mantel, der sicherlich bessere Zeiten gesehen hatte. Wahrscheinlich hatte ihn ihr ein Kunde vor etlichen Jahren geschenkt. Sie hieß Maria Caldori und hatte selbst fünf Kinder.

Harriet brachte sie in mein Zimmer und schloß die Tür energisch hinter ihr.

»Ich muß etwas sehr Wichtiges mit Ihnen besprechen«, fing sie an. »Wenn ich Ihnen viel Geld biete, damit Sie ein Geheimnis bewahren – sind Sie dann bereit, das zu tun?«

Die Frau sah Harriet erschrocken an und in ihre Wangen stieg leichte Röte. Harriet nannte einen Betrag, und die Hebamme fing an zu blinzeln; wahrscheinlich hatte sie noch nie von so viel Geld gehört.

»Ich bin davon überzeugt, daß Sie bereit wären, für eine so große Summe viel zu tun, Signora.«

»Ich würde nichts tun, was gegen das Gesetz verstößt«, antwortete die Frau zitternd.

»Es hat nichts mit dem Gesetz zu tun, Sie müssen sich nur verpflichten, nicht darüber zu sprechen. Sie verdienen sich das Geld, indem Sie schweigen.«

»Worum geht es, Mylady? Bitte spannen Sie mich nicht auf die Folter.«

»Zuerst müssen Sie mir versprechen, daß Sie schweigen werden. Ich bitte Sie um nichts Unrechtes, im Gegenteil, Sie werden ein gutes Werk tun.«

»Geht es um das Baby, Mylady?«

Harriet ging nicht auf die Frage ein. »Sie bekommen die Hälfte des Betrages jetzt und die andere Hälfte, wenn alles vorbei ist. Aber zuerst müssen Sie mir bei Gott und der heiligen Jungfrau schwören, daß Sie unter keinen Umständen über das sprechen werden, was Sie in diesem Haus erfahren.«

»Ich schwöre es, Mylady. In meinem Beruf gibt es immer wieder Geheimnisse, und ich war stets verschwiegen.«

»Diese Verschwiegenheit erwarte ich auch jetzt von Ihnen. Vielleicht denken Sie sich, daß Sie an Ihr Versprechen nicht mehr gebunden sind, sobald wir Sie bezahlt und Venedig verlassen haben. Doch wenn Sie Ihr Wort brechen, werde ich dafür sorgen, daß Sie bestraft werden. Wissen Sie, was vor gar nicht so langer Zeit einem englischen Gentleman namens Granville zugestoßen ist?«

Ich sah die Schweißperlen auf der Stirn der Frau.

»Ja, ich habe davon gehört. Er war ein sehr schlechter Mensch.«

»Es könnte auch Ihnen widerfahren, Signora, wenn Sie mein Vertrauen täuschen. Aber dazu sind Sie viel zu klug. Sie werden sich das Geld redlich verdienen, nicht wahr?«

Die Frau hob das Kreuz, das sie um den Hals trug, an die Lippen und schwor darauf. Nichts würde ihr das Geheimnis entreißen können.

Es war wieder einmal eine von Harriets großen Szenen, und natürlich spielte sie sie vollendet.

»Ich vertraue Ihnen«, sagte sie. »Und jetzt werden Sie feststellen, daß die ganze Sache sehr einfach ist. Als Sie vor einiger Zeit hier waren, haben Sie nicht mich, sondern diese junge Dame untersucht. Sie ist die werdende Mutter, aber aus ganz bestimmten Gründen wollen wir nicht, daß das Kind als das ihre gilt. Sie müssen sich nur um sie kümmern, sie betreuen, sie möglichst geschickt von einem gesunden Kind entbinden, *und den Mund halten.*«

Auf dem Gesicht der Hebamme zeichnete sich Erleichterung ab.

»Mylady, das ist gar nichts, das ist überhaupt nicht schwierig . . .«

Dann unterbrach sie sich, denn sie hatte offensichtlich Angst, daß Harriet den Betrag vermindern würde, wenn es zu leicht klang.

Also fuhr sie fort: »Ihr Geheimnis ist bei mir sicher, ich werde nichts sagen, sondern alle glauben lassen, daß es sich um Ihr Kind handelt, Mylady.«

»Ich bin davon überzeugt, daß Sie in Ihrem Beruf oft von Geheimnissen erfahren, aber denken Sie daran, wie gut Sie bezahlt werden, um dieses Geheimnis zu bewahren, und auch, daß Venedig für Sie ein sehr ungesunder Aufenthaltsort werden könnte, wenn Sie reden. Und jetzt können Sie sich um Ihre Patientin kümmern.«

Harriet ließ mich mit Maria Caldori allein, die mir viele Fragen stellte, mich untersuchte und sich mit meinem Zustand sehr zufrieden zeigte.

»Vielleicht in zwei Wochen, oder auch etwas früher. Babies bestimmen die Zeit selbst.«

Harriet hatte veranlaßt, daß ich in ihrem Zimmer schlafen sollte, und ein schmales Bett aufstellen lassen. Tatsächlich benützte sie dieses Bett und ließ mich in dem großen Bett schlafen, in dem das Kind zur Welt kommen sollte.

Maria Caldori war im Nebenzimmer untergebracht und bemühte sich ständig um mich. Sie schien sogar ihre Rolle in der Verschwörung zu genießen und spielte sie auch allen Besuchern gegenüber ausgezeichnet.

Christabel war sehr freundlich und achtete darauf, daß ich mich nicht überanstrengte. Sie wirkte in dieser Zeit sehr ausgeglichen, beinahe glücklich, und ging oft mit Francesca Leonardi aus, einer Italienerin, mit der sie Freundschaft geschlossen hatte. Sie verbrachte sogar gelegentlich die Nacht bei ihr.

Das Wetter war noch immer warm, und die Hitze machte mir sehr zu schaffen. Meist saß ich an der Verandatür und sah auf den Kanal hinaus.

Eines Tages, kurz nach Sonnenuntergang, glitt eine Gondel vorüber. Der Mond war schon aufgegangen und in seinem hellen Licht konnte ich den Gondoliere in seiner malerischen Tracht sehen, aber eigentlich fiel mir der Fahrgast auf.

Er blickte nämlich zum Palazzo hinauf, und als er sich unter meinem Fenster befand, konnte ich sein Gesicht deutlich erkennen.

Es war Beaumont Granville.

Eine Welle des Entsetzens überfiel mich. Ich stand auf, drehte mich abrupt um und trat ins Zimmer.

Dann setzte der Schmerz ein.

Mein Kind war im Begriff, das Licht der Welt zu erblicken.

In den nächsten Stunden vergaß ich Beaumont Granville völlig. Der Schmerz verdrängte alle anderen Gedanken, obwohl ich mir immer wieder vorsagte, daß alles bald vorüber sein und ich dann das Kind in den Armen halten würde, nach dem ich mich sehnte.

Es war keine besonders schwere Geburt, aber mir kam die Zeit sehr lang vor, bis ich den ersten Schrei meines Kindes hörte.

In diesem Augenblick brach ich in Jubel aus. Ich war Mutter, das war mein einziger Gedanke. Ich war erschöpfter als je zuvor in meinem Leben, aber ich war glücklich.

Harriet stand bei meinem Bett – die liebe, hilfreiche Harriet.

»Alles ist in Ordnung, mein Kind«, flüsterte sie. »Ein süßes kleines Mädchen ... *unser* kleines Mädchen.«

Ein kleines Mädchen! Das hatte ich mir so sehr gewünscht.

Ich streckte die Arme aus.

»Schlaf zuerst«, befahl Harriet, »du brauchst jetzt deinen Schlaf. Maria hat es angeordnet; sie ist eine großartige Hebamme. Ruhe dich aus, mein Kind, ruhe dich aus, und inzwischen werden wir das kleine Wesen versorgen und es dann seiner Mutter präsentieren.«

Ich wollte protestieren, war aber zu erschöpft und schlief ein.

Es war später Nachmittag, als ich aufwachte. Harriet trat rasch ans Bett und küßte mich. »Du hast dich wunderbar gehalten. Jetzt willst du sicherlich deinen kleinen Engel sehen. Maria ist eine Tigerin, sie will nicht einmal mich in die Nähe des Kindes lassen. Man könnte annehmen, es wäre ihr eigenes. Aber jetzt bestehe ich darauf: geben Sie mir das Kind, Maria.«

Harriet brachte mir das Baby und legte es mir in die Arme. Ich war ganz schwach vor Glück. Für mich war noch nie etwas so wichtig gewesen wie dieses Kind mit dem roten Gesicht, dem spärlichen dunklen Haar und der Stupsnase. Die Kleine hatte leise gewimmert, und als ich sie in die Arme nahm, verstummte sie und verzog das Gesicht, als wolle sie lächeln. Wie ich sie liebte! Ich untersuchte die kleinen Finger, bewunderte die winzigen Nägel und spielte mit ihren Füßchen.

»Sie ist in jeder Beziehung vollkommen«, bestätigte Harriet. »Mir wäre es lieber, wenn ihre Lungen nicht ganz so kräftig wären, aber Maria bewundert sogar ihre Lautstärke. Sie verwöhnt die Kleine jetzt schon.«

Ich hielt sie in den Armen und dachte: Dieses Kind ist alles wert, was ich seinetwegen durchgemacht habe.

Harriet und ich debattierten lange über den Namen. Schließlich entschieden wir uns für Carlotta, weil er uns am passendsten schien. Sie hatte dunkle Haare und entzückende blaue Augen. »Als ob sie wüßte«, meinte Harriet, »daß sie als meine Tochter blaue Augen haben muß.« Harriet hatte veilchenblaue Augen, die das Auffallendste an ihr waren, und ich fragte mich, ob Carlottas Augen später auch diese Farbe annehmen würden.

Harriet nahm die Kleine in ihre Obhut. Die Hebamme bekam ihr Geld und verließ den Palazzo unter der wiederholten Versicherung, wie dankbar sie sei. Niemals würde jemand von ihr erfahren, wer in Wirklichkeit die Mutter des Kindes war.

Harriet suchte die Amme für das Kind unter der weiblichen Dienerschaft des Hauses aus. Die Wahl fiel auf eine etwa dreißigjährige Frau, die mehrere Kinder hatte.

Christabel interessierte sich sehr für Carlotta und war sichtlich von ihr gerührt. Das überraschte mich, denn ich hatte eigentlich nicht angenommen, daß sie sich viel aus Kindern machte.

Die Wochen vergingen. Ich widmete mich ausschließlich meinem Kind und fürchtete mich vor dem Tag, an dem wir Venedig verlassen würden, denn dann würde Harriet Carlotta übernehmen, und ich mußte nach Eversleigh zurückkehren.

»Ich werde deiner Mutter erzählen, was für eine große Hilfe du mir gewesen bist, daß ich mich nicht allzusehr zur Mutter eigne und daß sie dich deshalb oft zu mir herüberschicken muß.«

»Du bist lieb, Harriet, aber ich werde Carlotta trotzdem für längere Zeitabschnitte entbehren müssen.«

»Uns wird schon etwas einfallen, mach dir nur keine Sorgen.«

Merkwürdigerweise gelang es Carlotta, Harriet in ihren Bann zu ziehen, obwohl sie bis dahin kaum etwas für Kleinkinder übrig gehabt hatte. Vielleicht hatte ihre Rolle als werdende Mutter auf ihr Gemüt abgefärbt.

»Sie wird eine Schönheit«, prophezeite Harriet. »Sieh dir doch die Augen an. Dieses tiefe, leuchtende Blau. Und sie süße Stupsnase. Ich bin davon überzeugt, daß sie es auch weiß. Sieh doch nur, wie energisch sie sich durchsetzt.«

»Wirklich, Harriet, du bist in das Kind vernarrt.«

»Bei ihr ist es kein Wunder, wenn man vernarrt ist.«

Dann sprach sie über das Kinderzimmer in Abbas, das vollkommen neu eingerichtet werden mußte. »Wäre es nicht eine gute Idee, wenn ich mir die alte Sally Nullens herüberholte?«

»Sie ist eine Klatschbase.«

»Wir werden ihr keinen Stoff zum Klatschen liefern, und deine Mutter behauptet, daß sie wunderbar mit Kindern umgehen kann.«

»Vielleicht ist das wirklich eine gute Idee. Wir hatten sie sehr gern, als wir klein waren.«

»Dann werden wir Sally Nullens nehmen. Ich habe genug von dieser Stadt. Sie ist ja sehr romantisch, aber man darf keinen ausgeprägten Geruchssinn haben. Die Leute werfen alle Abfälle in die Kanäle. Ich möchte keinesfalls im Winter hier sein, also fangen wir lieber an, Pläne zu schmieden.«

Natürlich hatte sie recht.

Als Gregory Ende Oktober nach Venedig zurückkehrte, eroberte Carlotta mit ihrem Charme auch ihn.

Er war damit einverstanden, sofort mit uns heimzureisen. Ein Aufschub würde nur bedeuten, daß wir Gefahr liefen, in wirklich schlechtes Wetter zu geraten.

Wahrscheinlich war er nur Harriets Sprachrohr, die jetzt, nachdem das Baby auf der Welt und der schwierigste Teil der Intrige geschafft war, genug von dem eintönigen Leben hatte und nach England zurückkehren wollte.

Ich traf also Reisevorbereitungen, obwohl ich kein sehr gutes Gefühl dabei hatte. Während Christabel mir beim Packen half, erinnerte ich mich daran, daß ich Beaumont Granville am Abend von Carlottas Geburt gesehen hatte. Merkwürdigerweise hatte ich diesen Zwischenfall vollkommen vergessen.

Jetzt sagte ich zu Christabel: »Als die Wehen einsetzten, hatte ich kurz vorher einen Schock gehabt. Ich sah Beaumont Granville.«

»Beaumont Granville«, wiederholte sie, als versuche sie, sich zu erinnern, um wen es sich handelte.

»Der Mann, der mich entführte. Den Leigh beinahe umbrachte.«

»Und du hast ihn wirklich gesehen?«

»Ganz bestimmt. Ich sah ihn deutlich; er fuhr in einer Gondel am Palazzo vorbei und sah zu meinem Fenster herauf.«

»Vielleicht hast du dich geirrt. Glaubst du, daß er nach allem, was hier geschehen ist, nach Venedig zurückkehren würde?«

»Eigentlich habe ich es nicht angenommen.«

»Du lebtest damals in ständiger Spannung, das Baby konnte jeden Augenblick kommen ... und wahrscheinlich war es nur jemand, der ihm ähnlich sah.«

»Das könnte sein«, pflichtete ich ihr bei.

Ich war nur zu gern bereit, ihr zu glauben.

IV

Der Preis für ein Leben

Christabel und ich trafen kurz vor Weihnachten 1682 in Eversleigh ein. Ich war zwei Wochen bei Harriet in Abbas geblieben, konnte aber meinen Aufenthalt bei ihr nicht noch länger ausdehnen. Mir brach das Herz, als ich mich von meinem Kind trennen mußte, obwohl ich wußte, daß es umhegt und umsorgt würde.

Carlotta war ein außergewöhnliches Kind. Christabel lächelte zwar verständnisvoll, wenn ich davon sprach, aber Harriet war ganz meiner Meinung. Mein Töchterchen beobachtete schon, was in seiner Umgebung vorging, hatte einen sehr ausgeprägten Willen und schrie, bis es blau anlief und das bekam, was es wollte.

Während der zwei Wochen in Abbas war ich ständig mit ihr beisammen, aber ich wußte, daß der Tag der Abreise bevorstand. Die zeitweiligen Trennungen von meiner Tochter waren der Preis, den ich für mein kurzes Glück zu bezahlen hatte.

Meine Mutter begrüßte mich herzlich.

»Wie konntest du nur so lange fortbleiben!« meinte sie vorwurfsvoll. »Laß dich nur einmal ansehen. Du bist schlanker geworden und siehst erwachsener aus.«

»Hast du wirklich erwartet, daß ich ewig ein Kind bleibe, Mutter?«

»Du bist so weit gereist und hast so lange im Ausland gelebt! Diese Abwechslung wird dir hier wahrscheinlich fehlen. Ich nehme an, daß Harriet bald wieder auf Reisen gehen wird, sie war immer schon ein unruhiger Geist. Daß sie jetzt noch ein Kind bekommen hat, paßt gar nicht zu ihr; ich bin davon überzeugt, daß sie zuerst nicht sehr begeistert war.«

»Harriet liebt Carlotta innig. Ach, Mutter, sie ist ein reizendes kleines Mädchen.«

»Es war ja zu erwarten, daß Harriets Tochter schön ist. Wenn sie nur halb so gut aussieht wie ihre Mutter, wird sie bei Hof Furore machen.«

»Sie wird ganz bestimmt eine Schönheit.«

»Anscheinend hat sie auch dich bezaubert. Aber komm jetzt ins Haus; es tut so gut, Cilla, daß du wieder da bist.«

Eigentlich hätte ich jetzt sagen müssen, daß es auch mir gut tat, wieder zu Hause zu sein. Ich konnte es aber nicht, denn ich fühlte mich nur dort wohl, wo Carlotta war.

Ich erzählte meiner Mutter, daß Harriet am liebsten Sally Nullens als Nurse für das Baby anstellen wollte.

»Das ist eine großartige Idee«, meinte meine Mutter. »Sally wird verrückt sein vor Freude. Seit Carl dem Kinderzimmer entwachsen ist, geht sie herum wie eine Glucke, der man ihre Küken weggenommen hat.«

»Soll ich es ihr sagen?«

»Ja. Gute Nachrichten soll man möglichst schnell überbringen.«

Ich ging in Sallys Zimmer. Es sah genauso aus wie vor meiner Abreise. Sie saß vor dem Teekessel und lauschte, wie er zu singen begann; und neben ihr saß Emily Philpots. Die beiden erschraken, als ich so plötzlich vor ihnen stand; sie waren während meiner Abwesenheit gealtert.

»Das ist ja Miss Priscilla«, sagte Emily.

»Zurück aus dem Ausland«, fügte Sally hinzu. »Ich begreife nicht, warum die Menschen herumreisen müssen und noch dazu im Ausland ein Kind bekommen . . . wahrscheinlich hat es einen Schaden für sein Leben davongetragen. Das alles ist direkt heidnisch.«

»Ich bin davon überzeugt, daß du bald eine kleine Christin aus der Kleinen machen wirst, Sally«, sagte ich.

Der Unterton in meiner Stimme wirkte, sie spitzte die Ohren und hielt den Atem an. Für Sally Nullens waren Babies wichtiger als ein Stück Brot.

Ich fügte rasch hinzu: »Lady Stevens bat mich, dich zu fragen, ob du nach Abbas hinüber kommen und ihr Kind betreuen willst. Ich halte das für eine gute Idee.«

Sallys Nase hatte sich leicht gerötet. Sie flüsterte etwas, das wie »ein süßes kleines Baby« klang.

»Könntest du dich dazu entschließen, Sally?«

Die Frage war unnötig. Im Geist stellte sie schon die Einrichtung des Kinderzimmers zusammen.

Sie tat, als müsse sie überlegen. »Ein Mädchen, nicht wahr?«

»Das süßeste kleine Mädchen der Welt, Sally.«

»Ich habe mir nie viel aus Schönheiten gemacht«, mischte sich Emily Philpots ein. »Sie werden immer hochmütig.« Ihr Gesichtsausdruck ließ keinen Zweifel daran, daß sie Sally glühend beneidete und sich vor der Zukunft fürchtete, in der sie nicht einmal mehr mit Sally plaudern konnte.

Plötzlich empfand ich Mitleid mit den beiden. Es war traurig, alt und unnütz zu sein.

»Das Kind wird auch eine Gouvernante brauchen«, sagte ich deshalb. »Ich glaube, man kann nicht früh genug damit beginnen, ein Kind zu unterrichten.«

»Das stimmt«, pflichtete mir Emily eifrig bei. »Kinder brauchen die leitende Hand, noch ehe sie gehen können.«

»Lady Stevens wird sicherlich wollen, daß du mit Sally nach Abbas kommst.«

»Wer hätte das gedacht!« rief Sally und setzte ihren Schaukelstuhl in heftige Bewegung. »Wieder ein Baby!«

»Ich schreibe also Lady Stevens, daß du einverstanden bist. Gleichzeitig werde ich ihr vorschlagen, daß Mistress Philpots dich begleitet.«

Das Glück war in dem kleinen Zimmer eingezogen; rote Nasen, feuchte Augen und der quietschende Schaukelstuhl waren deutliche Anzeichen dafür.

Mein Leben war unbefriedigend. Nur die Zeiten, in denen ich bei Carlotta weilen konnte, zählten für mich. Natürlich konnte ich nicht allzu oft hinüberfahren.

Harriet unterstützte mich; sie besuchte uns und blieb ziemlich lang. Sally herrschte schon uneingeschränkt über das Kinderzimmer, und Emily Philpots beschäftigte sich mit Carlottas Kleidung und verzierte alle ihre Sachen mit exquisiten Stickereien.

Carlotta war sich ihrer Bedeutung bald bewußt. Wenn sie in der Wiege lag, strampelte und zufrieden lächelte, war sie wie ein Monarch, der die Huldigung seiner Höflinge entgegennimmt; sie betrachtete die hingerissene Menge, die verzückt in die Wiege starrte, mit einer gewissen Herablassung. Benjie war ihr ergebener Sklave, er fand es aufregend, eine kleine Schwester zu haben und war froh, daß seine Mutter wieder zu Hause war. Gregory liebte Carlotta zärtlich, Harriet spielte weiterhin die stolze Mutter, und Sally Nullens sah täglich jünger aus und wurde uns gegenüber immer aggressiver. »Ich lasse es nicht zu, daß mein Baby in seiner Ruhe gestört wird«, zischte sie uns an und versuchte, uns aus dem Zimmer zu scheuchen. Merkwürdigerweise, als hätte sie einen sechsten Sinn, hatte sie nie etwas dagegen, daß ich mich im Kinderzimmer aufhielt. Sie sagte, es wäre ein zu reizendes Bild, wenn ich das Kind auf den Schoß nahm und mit ihm spielte. »Mistress Carlotta hängt wirklich an dir«, erklärte sie mir, »und das will bei Ihrer Hoheit etwas heißen.« Zu Sally gesellte sich Emily Philpots, die es nicht ertragen konnte, wenn Carlottas Kleidchen nicht makellos sauber waren.

»Die beiden werden das Kind restlos verziehen«, behauptete Christabel.

Carlotta fand, daß ihr all diese Aufmerksamkeit zustand.

Mein Vater schenkte Carlotta kaum einen Blick. Es wäre interessant gewesen, seine Reaktion zu beobachten, wenn er erfuhr, daß sie seine Enkelin war.

Ein einziges Mal machte er eine Bemerkung über sie: »Sie wird genauso werden wie ihre Mutter«, und das war nicht als Kompliment gedacht. Die Antipathie zwischen ihm und Harriet war nicht geringer geworden.

Es wurde Sommer, und ich bemühte mich, wieder so zu leben wie vor dem großen Abenteuer. Christabel und ich saßen im Schulzimmer, aber meine Gedanken waren immer in Eyot Abbas bei meinem Kind. Auch Christabel war geistesabwesend; sie sah wieder unglücklich aus, und ihre bitteren Bemerkungen ließen darauf schließen, daß sie mit ihrem Los unzufrieden war.

Einmal sagte sie: »Was wird aus mir werden, wenn du keinen Unterricht mehr brauchst?«

»Du kannst so lange bei mir bleiben, wie du willst.«

»Damit ich genauso werde wie Sally Nullens oder Emily Philpots.«

»Das würde nie der Fall sein, wir bleiben Freundinnen.« Sie wandte sich ab und ihre Lippen zitterten.

In diesem Jahr trat ein Ereignis ein, das meine Mutter sehr erschreckte. Sie war seit der papistischen Verschwörung, die uns gezeigt hatte, wie gefährdet unser angenehmes Leben war, wegen meines Vaters besorgt.

Er war ein tatkräftiger Mann, der mit seinen Ansichten nicht hinter dem Berg hielt. Außerdem war er ein überzeugter Anti-Papist, und da der katholische Jakob, Herzog von York, Thronerbe war und mein Vater kein Hehl aus seiner Überzeugung machte, sah meine Mutter Schwierigkeiten voraus. Mein Vater war mit dem Herzog von Monmouth befreundet, von dem meine Mutter immer behauptete, er besäße das Talent, ständig in Schwierigkeiten zu geraten.

Monmouth, Sohn von Karl dem Zweiten und Lucy Walter, war nach seinem Vater der auffallendste Mann bei Hof. Er sah im Gegensatz zu seinem Vater gut aus und verfügte über Charme; doch besaß er nicht die Schläue und Verschlagenheit seines Vaters. Er war kühn, unerschrocken und tapfer, jedoch kaum auf seine Sicherheit oder die der anderen bedacht.

Der König liebte ihn über alles, und solange Karl am Leben war, vergab man Monmouth seine unbesonnenen Handlungen.

Aber seine Umgebung befürchtete, daß er einmal zu weit gehen würde. In diesem Sommer schien das der Fall zu sein.

Verständlicherweise beobachtete meine Mutter die Freundschaft zwischen meinem Vater und Monmouth mit einiger Besorgnis. Mein Vater erklärte immer wieder, er hätte nicht das Commonwealth durchgestanden und treu zur royalisitischen Sache gehalten, damit ein bigotter Katholik König wurde und binnen kurzem die Inquisition in England einführe.

Er geriet in Hitze, wenn er über dieses Thema sprach, und meine Mutter, die sich normalerweise in ein Wortgefecht mit ihm eingelassen hätte, verhielt sich dabei ungewöhnlich schweigsam.

Als wir zum erstenmal von der Rye House-Verschwörung hörten, wurde sie vor Angst beinahe krank.

Es war eine kindische Verschwörung, von Anfang an zum Scheitern verurteilt. Die Verschwörer wollten den König und seinen Bruder ermorden, wenn die beiden vom Rennen in Newmarket nach London zurückritten. Die Straße führte an einem einsamen Bauernhaus vorbei, das unter dem Namen Rye House bekannt war, und der Verschwörung den Namen gab. Es gehörte einem Mann namens Rumbold, einem der Haupträdelsführer.

Zwei Ereignisse vereitelten den Anschlag. In dem Haus in Newmarket, in dem der König und der Herzog wohnten, brach Feuer aus, und die beiden beschlosen, keine neue Unterkunft zu suchen, sondern nach London zurückzukehren. Deshalb kamen sie viel früher an Rye House vorbei, als die Verschwörer erwartet hatten.

Außerdem wurde ein an Lord Dartmouth gerichteter Brief gefunden, der den Plan in allen Einzelheiten enthielt.

Die papistische Verschwörung war vor nicht allzu langer Zeit erloschen wie ein herabgebranntes Feuer, und das Volk stürzte sich mit Begeisterung auf diese neue Verschwörung. Der König erließ eine Proklamation, in der er seine Untertanen aufforderte, Verdächtige festzunehmen, und setzte eine Belohnung von hundert Pfund für jeden aus, der einen Verschwörer der Gerechtigkeit überlieferte.

Doch nun war meine Mutter beunruhigt. Sie befürchtete, daß mein Vater an dem Komplott beteiligt war und daß eine Ergreiferprämie von hundert Pfund für jemand Geldgierigen eine Versuchung darstellte, ihn zu verraten.

Ich hörte, wie sie darüber sprachen.

»Ich habe dir schon gesagt«, erklärte er ihr, »daß ich damit nichts zu tun habe. Ich war nicht daran beteiligt. Es war ohnehin ein vollkommen aussichtsloses Unternehmen ... von Anfang an zum Scheitern verurteilt. Außerdem glaubst du, daß ich mich einer Verschwörung anschließen würde, die den Tod von Karl zum Ziel hat?«

»Ich weiß, daß du ihn magst ... und er dich ...«

»Und du nimmst an, daß ich mich an einer Verschwörung gegen einen Menschen beteiligen würde, den ich mag?«

»Ich weiß, wie sehr du an Monmouth hängst, und daß du ihn auf dem Thron sehen möchtest.«

»Du überraschst mich wirklich, Bella. Ich will Monmouth nur dann auf den Thron bringen, wenn Jakob die Krone für sich beansprucht. Im Grunde möchte ich am liebsten das, was für das Land, für dich, für mich, für uns alle am besten ist: daß Karl noch zehn oder zwanzig Jahre lang König bleibt.«

»Ich habe ja gewußt, daß du ihm nichts antun willst.«

Sie gingen Arm in Arm durch den Garten — diesmal verbargen sie ihre Zuneigung für einander nicht.

Da ich ständig an mein Kind dachte und mir überlegte, wie wir beisammen sein konnten, hatte ich kaum Zeit, mich mit dieser Verschwörung zu befassen. Ich wußte nun, daß mein Vater nichts mit ihr zu tun hatte, und konnte sie deshalb vergessen. Man hatte versucht, den König zu ermorden; die Schuldigen waren der gerechten Strafe zugeführt worden, und damit war die Sache erledigt.

Leider stellte sich zur allgemeinen Beunruhigung heraus, daß es sich nicht um eine ländliche Verschwörung handelte, die ein einfacher Mälzer in einem Bauernhaus angezettelt hatte. Man fand heraus, daß eine große Zahl von wohlhabenden und einflußreichen Angehörigen des Adels an ihr beteiligt war. Lord Howard von Escrick und William Lord Russell gehörten zu ihnen. Köpfe begannen zu rollen, und meine Mutter machte sich immer mehr Sorgen.

Es dauerte nicht lang, bis der Name Monmouth fiel.

Der König zeigte bei der ganzen Untersuchung seine übliche Zurückhaltung. Mein Vater behauptete, daß Karl sich mehr für seine Mätressen als für Angriffe auf seine Person interessierte. Sein Standpunkt war: der Aufruhr ist fehlgeschlagen, warum soll ich mich also weiterhin darum kümmern? Er liebte keine Konflikte, sondern wollte in Frieden leben. Geistreiche Gespräche und ein Kranz schöner Frauen waren ihm viel wichtiger als die Gefangennahme seiner Feinde.

»Er fürchtet den Tod nicht«, bemerkte mein Vater. »Wahrscheinlich stellt er sich den Himmel wie Whitehall ohne Verschwörungen oder schwierige Probleme vor, als einen Ort, an dem er sich unbeschwert dem Vergnügen hingeben kann, das ihm schöne Frauen zu bieten vermögen.«

»Dennoch heißt es, daß er die Verhandlungen mit Frankreich äußerst geschickt führt.«

»Allerdings. Er lenkt den französischen König in die Richtung, in der er ihn haben will; das wirklich Amüsante daran ist, daß er dem König einredet, die wichtigsten Fäden befänden sich in französischen Händen. Eine großartige Leistung. Karl ist schlau, Karl ist klug, aber vor allem ist er faul und strengt sich nur dann an, wenn er eine Frau erobern will. Wenn er sich nur dazu entschließen könnte, Monmouth zu legitimieren. Das wäre das Vernünftigste.«

»Und was geschieht jetzt?« fragte meine Mutter. »Monmouth ist an dieser ...«

»Jemmy wäre nie bereit, seinen Vater zu töten. Das weiß ich.«

»Wie will er es beweisen?«

Monmouth überzeugte den König davon, daß er zwar von der Verschwörung gewußt hatte, aber nie damit einverstanden gewesen wäre, daß sein Vater getötet wurde. Niemand wußte, ob der

König ihm wirklich glaubte. Außerdem konnte niemand mit Bestimmtheit sagen, ob Monmouth um des Thrones willen zu einem Vatermord bereit gewesen wäre. Fest stand nur, daß Karl sich nicht dazu entschließen konnte, seinen eigenen Sohn hinrichten zu lassen — auch wenn er vielleicht ein Verräter war.

Natürlich konnte der König das Geschehene nicht einfach übersehen, und deshalb wurde Monmouth vom Hof verbannt. Als wir erfuhren, daß er nach Holland abgereist war, war meine Mutter unendlich erleichtert. Mein Vater lachte sie aus. Sie sei eine alte Glucke, behauptete er, die immerzu um ihre Küken besorgt ist.

Zwei Menschen, die in unserer Nähe wohnten, hatten sich an der Verschwörung beteiligt. Sie hatten uns gelegentlich nachbarliche Besuche abgestattet, und es war deshalb ein Schock, als wir erfuhren, daß man sie verhaftet hatte.

Einer davon war John Enderby, der mit seiner Frau und seinem Sohn in einem schönen Haus namens Enderby Hall gelebt hatte, und der zweite war Gervaise Hilton, der Besitzer von Grassland Manor und unser unmittelbarer Nachbar.

Darüber wurde viel geredet. Die Besitztümer würden zweifellos beschlagnahmt und verkauft werden. Ich wollte die betroffenen Familien besuchen, aber meine Mutter verbat es mir.

»Man könnte daraus schließen, daß dein Vater dich geschickt hat. Wir müssen uns aus all dem heraushalten.«

Ich gehorchte, hätte aber gern gewußt, wie es den Familien erging.

Sie verschwanden aus der Gegend, und ihre Häuser sahen im Lauf der Monate immer verwahrloster aus.

Die Zeit war wirklich vergangen. Carlotta war jetzt über ein Jahr alt — eine sehr ausgeprägte Persönlichkeit, die von Tag zu Tag hübscher wurde. Die leuchtend blauen Augen — die nicht ganz so dunkel waren wie die Harriets — erregten die Aufmerksamkeit aller Besucher, und ich lächelte nur, wenn die Leute behaupteten, sie sehe ihrer Mutter immer ähnlicher. Harriet unterhielt sich darüber königlich.

»Du kannst dich darauf verlassen, daß Carlotta ihre Rolle richtig spielen wird«, bemerkte sie. »Das Kind wird sicherlich einmal eine Schauspielerin, denk an meine Worte.«

Harriets Interesse an Carlotta hatte etwas nachgelassen. Man konnte von ihr nicht erwarten, daß sie vollkommen in einem Kind aufging — noch dazu, wenn es das Kind einer anderen war. Außerdem bewachte Sally Nullens das Kinderzimmer wie ein feuerspeiender Drache aus einem Märchen, damit sich niemand ihrem Kind näherte. Das störte mich nicht, denn ich wußte, daß sie Carlotta wirklich liebevoll betreute. Sie würde die geringste Unpäßlichkeit sofort entdecken und behandeln. Sally war keineswegs mehr die mürrische, alternde Frau, die sich über den singenden Teekessel gebeugt und sich verdrossen vor dem Feuer im Schaukelstuhl gewiegt hatte. Das Leben hatte jetzt wieder einen Sinn für sie. Genauso erging es Emily Philpots. Carlotta war für sie kein gewöhnliches Kind, sondern geradezu eine Retterin. Sie betete sie an, doch Sally ließ zum Glück nicht zu, daß Carlotta zu sehr verwöhnt wurde. Sie wußte, daß es schlecht für das Kind war, wenn seinen Launen nachgegeben würde. Sie stellte zwar Regeln auf, denen das Kind gehorchen mußte, war Carlotta jedoch gleichzeitig bedingungslos ergeben.

Carlotta konnte sich nicht in besseren Händen befinden, und ich hätte zufrieden sein müssen, aber ich sehnte mich danach, sie für mich zu haben.

Zu Weihnachten kamen Harriet und Gregory zu uns nach Eversleigh, so daß das Kind und ich unter dem gleichen Dach wohnten, was wunderbar war. Harriet machte mich darauf aufmerksam, daß ich mich nicht so benehmen dürfe, als gebe es auf der Welt nichts außer Carlotta.

»Es könnte die Leute auf dumme Gedanken bringen«, ermahnte sie mich. »Schließlich war es ziemlich ungewöhnlich, daß ich mein Kind ausgerechnet in Venedig bekommen wollte. Versuche, dich ein wenig zu beherrschen.«

Ich begriff, was sie meinte, als meine Mutter bemerkte: »Priscilla wird einmal eine gute Mutter sein. Wenn man sieht, wie sie sich mit Carlotta befaßt, könnte man annehmen, daß sie die Mutter ist und nicht Harriet.«

Ja, Harriet hatte recht. Ich befand mich auf trügerischem Grund.

Zu Weihnachten war es außergewöhnlich kalt, und im Januar teilte uns mein Vater mit, daß wir alle nach London reisen würden. Wir hatten eine Einladung an den Hof erhalten, der wir nachkommen mußten.

Er sah Christabel und mich nachdenklich an; anscheinend hatte er erkannt, daß ich kein Kind mehr war. Ich war sechzehn, würde im Juli siebzehn sein. Ich konnte geradezu sehen, wie er überlegte, und obwohl er sich mir gegenüber genauso gleichgültig gab wie eh und je, kannte er seine väterlichen Pflichten und wußte, daß er demnächst einen geeigneten Ehemann für mich finden mußte.

Die Vorstellung stieß mich ab, war mir sogar widerlich. Wie konnte ich heiraten, ohne meinem Mann zu gestehen, daß ich ein Kind hatte? Ich begann mir Sorgen zu machen.

Es war der kälteste Winter seit Menschengedenken. Von Anfang Dezember an hatte strenger Frost geherrscht, und als wir London erreichten, sah es wie eine fremde Stadt aus. Die Themse war so fest gefroren, daß Verkäufer Buden auf ihr aufgestellt hatten wie auf einem Jahrmarkt. Das Aussehen der Stadt hatte sich dadurch verändert, und die Besucher staunten. Die Einwohner von London hatten sich bereits daran gewöhnt und benützten den Fluß ganz selbstverständlich für Spaziergänge und Einkäufe.

Es gab viele Belustigungen auf dem Fluß, denn man mußte die Gelegenheit wahrnehmen. So etwas hatte es noch nie gegeben und würde es wahrscheinlich nie wieder geben. Das Eis war fest wie Stein; man fuhr mit Kutschen von Westminster zum Temple, und wenn ein Ochse auf dem Eis gebraten wurde, verursachte das Feuer nur eine kleine Grube.

Einige Puritaner — es gab immer noch genug — waren der Ansicht, daß das Wetter noch kälter würde und wir alle erfrieren würden — natürlich mit Ausnahme der Gerechten. Gott hatte die

Pest und das große Feuer gesandt, und auch dies hier war eine Warnung.

Die Flußschiffer ärgerten sich. Sie konnten ihren Beruf nicht ausüben. Etliche von ihnen stellten ebenfalls Buden auf und arbeiteten als Verkäufer.

»Was für den einen gut ist, ist für den anderen schlecht«, war der philosophische Kommentar.

Meine Mutter, Christabel und ich machten auf der Themse Einkäufe. Die Kälte war beißend, aber die Budenbesitzer waren recht fröhlich; wir waren sehr vorsichtig, während wir über das Eis gingen. Es war jedoch durch den vielen Verkehr nicht mehr ganz so glatt.

Alle warteten auf Tauwetter; aber das Eis war so dick und die Eisschicht hielt sich schon so lange, daß kaum anzunehmen war, daß es rasch schmelzen würde.

Auf dem Eis lernten wir Thomas Willerby kennen. Er war ein Mann in den besten Jahren, hatte eine rundliche Figur und ein rundes, rosiges Gesicht. Er stand bei einer Bude und trank heißen Likör. Auf dem Eis gab es viele Verkaufsstände, die heiße Getränke anboten, denn bei dem kalten Wetter waren sie ein willkommenes Mittel zum Aufwärmen.

Als wir an der Bude vorbeikamen, glitt Christabel aus und fiel Thomas Willerby buchstäblich in die Arme. Dabei wurde ihm das Glas aus der Hand geschlagen; zum Glück ergoß sich der Likör nicht über Thomas' Gesicht, sondern nur über seinen prächtigen Rock.

Christabel war zutiefst erschüttert. »Es tut mir so leid, mein Herr«, rief sie. »O mein Gott. Es war ausschließlich meine Schuld. Ihr schöner Rock ist ruiniert.«

Mr. Willerby hatte ein freundliches Gesicht. »Aber, aber, meine Liebe, machen Sie sich doch deswegen keine Sorgen«, beruhigte er Christabel. »Es war nicht Ihre Schuld; wir bewegen uns hier ja auf unnatürlichem Boden.«

»Aber Ihr Rock . . .«, mischte sich meine Mutter ein.

»Es spielt keine Rolle, werte Dame, überhaupt keine Rolle.«

»Wenn man den Fleck nicht sofort herauswäscht, bleibt er für immer drin.«

»Dann wird eben ein Fleck drinbleiben. Ich möchte nicht, daß sich diese Dame«, er lächelte Christabel zu, »wegen eines Rocks Gedanken macht. Sie ist nicht daran schuld. Wie schon gesagt, dieses Eis ist unnatürlich glatt.«

»Sie sind sehr liebenswürdig«, bedankte sich Christabel ruhig. »Bitte, machen Sie sich keine weiteren Sorgen.«

»Sie müssen uns in unser Haus begleiten«, erklärte meine Mutter. »Ich bestehe darauf. Dort werde ich den Rock reinigen lassen.«

»Sie sind zu gütig, werte Dame.«

Aber es war deutlich zu merken, daß er die Einladung sehr gern annahm. Wir brachten ihn in unser Londoner Haus, das in der Nähe des Palastes von Whitehall lag, und dort sorgte meine Mutter dafür, daß er den Rock auszog und schickte einen Diener um einen Hausrock meines Vaters. Mr. Willerby zog ihn an, während der Diener seinen Rock mitnahm, um ihn zu reinigen. Dann wurde Glühwein serviert und dazu Kekse, die wir als Weinkekse bezeichnen — sie waren fein gewürzt, duftend und noch ofenwarm.

»Bei meiner Seele«, stellte Thomas Willerby fest, »es war wirklich ein Glücksfall für mich, daß jemand auf dem Eis in mich hineinrannte.«

Mein Vater gesellte sich zu uns und wurde ebenfalls über den Zusammenstoß informiert. Willerby gefiel ihm offensichtlich. Mein Vater hatte von ihm gehört. War er nicht ein Londoner Kaufmann, der zehn Jahre zuvor vom Land in die Stadt gezogen war und sich in die Höhe gearbeitet hatte?

Thomas Willerby war offenbar sehr gesellig — und liebte es auch, von sich zu sprechen. Ja, er war der Mann, von dem mein Vater gehört hatte. Ein Jahr zuvor hatte ihn ein schwerer Verlust getroffen, denn seine liebe Frau war gestorben. Sie waren kinderlos gewesen, worüber sie beide unglücklich gewesen waren. Jetzt wollte er sich jedoch vom Geschäftsleben zurückziehen. Er hatte ein kleines Vermögen erworben und wollte sich auf dem Land niederlassen, nicht zu weit von der Stadt entfernt, in Reichweite von London. Vielleicht würde er auch eine kleine Landwirtschaft betreiben. Er wußte es noch nicht genau, denn zunächst brauchte er das passende Haus.

Sie unterhielten sich eine Zeitlang über die Staatsaffären und natürlich auch über die letzte Verschwörung. Sie waren sich darüber einig, daß der Tod des Königs einen schweren Schlag für das Land bedeuten würde, da es außer dem Bruder des Königs und seinem fragwürdigen unehelichen Sohn keine Thronerben gab.

Thomas Willerby war auf jeden Fall dagegen, daß das Land wieder papistisch wurde, und in dieser Beziehung war mein Vater ganz seiner Meinung.

Als der Rock endlich gereinigt hereingebracht wurde und genauso frisch und sauber aussah wie vor dem Zwischenfall, hatten wir uns mit Thomas angefreundet, und mein Vater hatte vorgeschlagen, daß Thomas sich einmal die beiden Besitztümer in der Nähe von Eversleigh Court ansehen sollte.

Thomas Willerby entschloß sich tatsächlich dazu, Enderby Hall und Grassland in Augenschein zu nehmen.

Es war ein ereignisreicher Morgen gewesen.

Die Kälte hielt bis Februar an. Dann verschwanden die Buden vom Fluß, und allmählich bildeten sich Spalten im Eis.

Inzwischen hatte Thomas Grassland Manor gekauft, das nur eine halbe Meile von uns entfernt lag. Mein Vater freute sich darüber, ihn zum Nachbarn zu bekommen, und gab sich ihm gegenüber sehr freundschaftlich.

Thomas besuchte uns häufig und widmete uns allen seine Aufmerksamkeit, meiner Meinung nach aber vor allem Christabel. Er freute sich aufrichtig darüber, daß er sozusagen in den Kreis unserer Familie aufgenommen wurde.

Mein Vater war natürlich ein sehr beliebter Mann. Er war reich, besaß Einfluß bei Hof und war ein Vertrauter des Königs und des Herzogs von Monmouth — letzteres war allerdings nicht so günstig, da sich der Herzog im Augenblick im Exil befand. Es war jedoch allgemein bekannt, daß der König meinen Vater sehr schätzte, weil mein Vater es verstand, ihn zu unterhalten.

Willerby hatte sich nie in solchen Kreisen bewegt. Er war reich, obwohl er nichts geerbt hatte. Er war ein Bauer, der nach London gekommen war, um hier sein Glück zu machen, und dank harter Arbeit und Ehrlichkeit war ihm das auch gelungen. Da er großen Respekt vor Menschen empfand, die einer höheren Gesellschaft angehörten als er, war er darüber entzückt, daß er in Eversleigh als Freund des Hauses galt.

Er und Christabel kamen oft zusammen. Christabel litt nach wie vor unter der fixen Idee, daß sie nicht voll gesellschaftsfähig war — obwohl sie mit dieser Ansicht allein dastand. Doch Thomas Willerby gegenüber gab sie sich natürlich und vollkommen unbefangen; und eines Tages kam sie glückstrahlend zu mir.

»Ich muß mit dir sprechen. Priscilla. Es ist etwas Wunderbares geschehen.«

»Spann mich nicht auf die Folter.«

»Dein Vater hat mich zu sich gerufen. Thomas Willerby hat um meine Hand angehalten, und dein Vater findet, daß er eine gute Partie ist. Ich werde ihn also heiraten.«

»Liebst du ihn«?

»Ja, von ganzem Herzen.«

Ich umarmte sie. »Dann freue ich mich für dich.«

»Ich verdiene dieses Glück gar nicht.«

»Unsinn, Christabel, natürlich verdienst du es.«

Sie schüttelte den Kopf. »Dadurch wird jedenfalls alles in Ordnung kommen.«

Ich wußte nicht genau, was sie damit meinte. Sie zögerte kurz, dann sagte sie: »Er hat es jetzt zugegeben, und du sollst es auch erfahren. Ich habe es natürlich erraten, als ich hierher kam.«

»Wovon sprichst du eigentlich, Christabel?«

»Ich bin nicht das Kind der Connalts. Dein Vater ist auch der meine, und meine Mutter war Lady Letty.«

»Christabel!«

»Ja. Es war eine Liebesbeziehung, die unglücklicherweise Folgen hatte — mich. Unser Vater war damals mit seiner ersten Frau verheiratet, und es war undenkbar — wie du ja selbst genau weißt —, daß eine unverheiratete Dame ein Kind bekommt. Deshalb kam ich im geheimen zur Welt, wie deine Carlotta, und da wurde ich bei den Connalts in Pflege gegeben, die mich wie ihre eigene Tochter großziehen sollten. Lady Letty arrangierte alles, und sie kamen mit dem neugeborenen Kind in das Pfarrhaus.«

»Liebe Christabel!« Ich schlang die Arme um sie und küßte sie. »Dann sind wir also Schwestern.«

»Halbschwestern«, stellte sie richtig. »Aber mein Leben verlief ganz anders als das deine. Du warst anerkannt, erwünscht, ehelich geboren. Das macht einen großen Unterschied aus.«

Ich mußte an Carlotta denken und beschloß sofort: Für sie soll es keinen Unterschied ausmachen. Sie soll alles bekommen, was ihr zusteht.

»Und du hast es die ganze Zeit gewußt, Christabel?«

»Ich war meiner Sache nicht sicher, aber ich nahm es an. Unser Vater besuchte gelegentlich die Connalts und beobachtete mich dann. Das fiel mir auf. Auch Lady Letty interessierte sich für mich. Sie pflegte Kleider für mich zu schicken — obwohl ich nicht erfahren sollte, daß sie von ihr stammten. Und als ich hierherkam und merkte, wie man mich behandelte ... nicht eigentlich als Erzieherin und doch wieder nicht als Familienmitglied ... war ich davon überzeugt.«

»Warum hast du mir gegenüber nie eine Andeutung gemacht?«

»Und wenn du mich verraten hättest? Vielleicht hätte man mich dann wieder weggeschickt.«

Jetzt verstand ich alles ... ihre Bitterkeit, ihre Launen. Die arme Christabel!

»Es ist merkwürdig«, bemerkte sie. »Menschen meiner Art werden Kinder der Liebe genannt. Und dabei fehlt uns gerade diese Liebe so oft.«

Auch Carlotta ist ein Kind der Liebe, dachte ich. Aber ihr soll es nicht an Liebe fehlen, dafür werde ich sorgen.

»Es ist wunderbar, daß ich plötzlich eine Schwester habe«, sagte ich.

»Ich war so eifersüchtig auf dich«, bemerkte sie.

»Ich weiß.«

»Das war nicht schön von mir.«

»Aber ich kann dich verstehen. Von nun an mußt du nicht mehr eifersüchtig sein.«

»Natürlich nicht. Thomas liebte mich vom ersten Augenblick an. Das werde ich ihm nie vergessen.«

»Ich halte ihn für einen sehr guten Menschen, Christabel.«

»Das ist er auch. Ich bin ja so glücklich. Priscilla.«

Es gab keinen Grund, die Hochzeit aufzuschieben, stellte mein Vater fest, und deshalb fand die Trauung beinahe unmittelbar danach statt. Christabel blühte auf und jeder konnte sehen, daß sie sehr glücklich war. Sie war eifrig damit beschäftigt, Grassland Manor einzurichten, und wenn sie uns besuchte, was häufig der Fall war, strahlte sie vor hausfraulichem Glück. Sie kümmerte sich um ihre Vorratskammer und ihren Blumengarten und machte so viel Aufhebens mit Thomas Willerby, daß ich überrascht war. Sie hatte vorher immer ein bißchen kühl gewirkt, hatte ihre Gefühle nie gezeigt. Ich hatte noch nie erlebt, daß sich jemand in so kurzer Zeit so veränderte. Natürlich war ihr Mann von ihr entzückt, und es gab nicht den geringsten Zweifel darüber, daß sie eine glückliche Ehe führte.

Bald erzählte sie mir bei einem ihrer Besuche in Eversleigh, daß sie ein Kind bekommen würde. Damit war der letzte Wunsch erfüllt, der noch zu ihrem Glück gefehlt hatte.

Sie zeigte mir stolz das Kinderzimmer, und Thomas schnurrte wie ein Kater, strahlte und sah sie an, als ob sie, wie Karl es respektlos ausdrückte, die Jungfrau Maria wäre.

Es war eine Freude, ihr Glück mitzuerleben, und jetzt war es an mir, Neid zu empfinden. Wie anders hätte alles ausgesehen, wenn Jocelyn und ich verheiratet gewesen wären und ich meine Vorbereitungen für die Geburt meines Kindes in aller Öffentlichkeit hätte treffen können wie Christabel, statt mich auf ein Abenteuer einzulassen, das rückblickend wie ein frivoles Spiel wirkte. Überdies lebte ich immer wieder für lange Zeit von meinem Kind getrennt, so daß ich mit meinem Schicksal haderte. Ich wollte mich mit Harriet deswegen beraten; vielleicht fand sie eine Lösung, die mir ermöglichte, Carlotta zu adoptieren.

Im Dezember kam Christabels Kind zur Welt. Meine Mutter und ich gingen nach Grassland Manor hinüber und waren während der Geburt anwesend. Wir mußten Thomas beruhigen, der eine panische Angst davor hatte, daß es Komplikationen geben könnte. Seine Liebe zu Christabel war rührend; das Schicksal hatte es wirklich gut mit uns gemeint, als es uns damals diese Begegnung auf dem Eis beschert hatte.

Die Geburt war lang und schwer. Doch dann hörten wir den ersten Schrei des Kindes. Thomas' glücklicher Gesichtsausdruck rührte mich zutiefst.

Wir warteten gespannt. Endlich tauchte die Hebamme auf. »Es ist ein Junge.«

Thomas war so glücklich, daß er kein Wort herausbrachte.

Dann fragte er: »Und meine Frau?«

»Sie ist sehr, sehr müde. Sie dürfen vorläufig noch nicht zu ihr hinein.«

Ihre Stimme klang besorgt, und mich ergriff fürchterliche Angst. Ich sah Thomas an; die Freude war aus seinem Gesicht wie weggewischt.

»Sie hat eine schwere Geburt hinter sich«, meinte meine Mutter. »Sie braucht nur Ruhe, dann wird alles wieder gut.«

In den darauffolgenden Tagen bangten wir um Christabels Leben. Sie hatte Fieber bekommen und brauchte sorgfältige Pflege. Mein Vater sandte ihr unseren Doktor und brachte auch einen Arzt vom Hof zu uns. Das freute mich, denn es bewies, daß er doch etwas für seine Tochter übrig hatte.

Meine Mutter und ich hielten uns mehr in Grassland Manor als in Eversleigh Court auf. Wir pflegten Christabel gemeinsam und waren sehr glücklich, als es ihr endlich etwas besser ging. Mein

Vater hatte meiner Mutter gestanden, daß Christabel seine Tochter war. Sie hatte es sich schon gedacht und wollte alles tun, um Christabel die vielen unglücklichen Jahre im Pfarrhaus vergessen zu lassen.

Dann konnte ich Thomas endlich sagen, daß Christabel gesund werden würde.

Er schloß mich in die Arme und drückte mich an sich. Ich war gerührt und erstaunt, weil er so an Christabel hing.

Das Baby, das Thomas getauft worden war, gedieh, ohne zu ahnen, welche Tragödie seine Geburt beinahe ausgelöst hätte.

Die Ärzte erklärten uns, daß Christabel sich sehr schonen müsse und vorläufig keine Kinder bekommen dürfe — wenn überhaupt.

Weihnachten war beinahe unbemerkt vorübergegangen, und das Neue Jahr stand vor der Tür. Wir hatten eine Amme für den kleinen Thomas gefunden, und er bereitete uns kaum Schwierigkeiten. Er war ein zufriedenes, gesundes Kind, die Freude seiner Eltern.

Das hatte Christabel ihr Leben lang gebraucht — daß man sie liebte. Sie war durchaus bereit, diese Zuneigung zu erwidern, und ich hatte noch nicht erlebt, daß eine Frau mit ihrem Schicksal so zufrieden war wie Christabel in jener Zeit.

An einem kalten Nachmittag im Januar, als der Nordwind um das Haus heulte und es wohltat, vor dem warmen Feuer zu sitzen, vertraute sie sich mir an.

»Wie seltsam doch das Leben spielt, Priscilla. Noch vor kurzer Zeit besaß ich nichts und sah die Zukunft grau in grau. Ich hatte Angst. Und dann änderte sich mit einem Schlag alles. Ich erlebte ein Glück, das ich nie zu erhoffen wagte.«

»So ist das Leben, Christiabel. Laß es dir zur Lehre dienen. Man sollte nie zu kleinmütig sein.«

»Und vielleicht auch nie zu glücklich.«

»Dieser Meinung bin ich nicht. Wenn wir glücklich sind, sollten wir dieses Gefühl voll auskosten und nicht an die Zukunft denken.«

»Waren das auch deine Überlegungen, als du mit Jocelyn auf der Insel warst?«

»Ich habe keine bewußten Überlegungen angestellt. Ich war einfach glücklich darüber, daß ich ihn liebte und von ihm wiedergeliebt wurde. Ich genoß den Augenblick und dachte nicht an morgen.«

»Doch die Folgen!«

»Ich würde um nichts in der Welt auf Carlotta verzichten.«

»Das verstehe ich, Priscilla. Doch ich fürchte, daß ich ein böser Mensch bin.«

»Was für einen Unsinn erzählst du da?«

»Ich verdiene mein Glück nicht.«

»Aber natürlich verdienst du es. Glaubst du denn, Thomas wäre so in dich verliebt, wenn du wirklich so schlecht wärst, wie du behauptest?«

»Ihm gegenüber verhalte ich mich anders. Ich liebte ihn von dem Augenblick an, als er so reizend auf den beschmutzten Rock reagierte. Er liebte seine erste Frau, aber sie konnte ihm keine Kinder schenken, und jetzt haben wir den kleinen Thomas. Das macht ihn so glücklich. Er wollte immer Kinder haben, und jetzt besitzt er einen Sohn. Und an all dem ist das glatte Eis schuld.«

»Siehst du, alles hat sich von selbst ergeben, und du mußt nur dafür dankbar sein und euch euer Glück erhalten.«

»Ich habe nicht die Absicht, es durch meine Schuld zu zerstören.«

»Dann solltest du nie davon reden, nicht einmal daran denken.«

»Gut. Aber ich kann erst dann unbeschwert glücklich sein, wenn du mir verziehen hast.«

»Was soll ich dir denn verzeihen?«

»Ich war neidisch, wahrscheinlich habe ich dich sogar gelegentlich gehaßt. Du warst immer freundlich zu mir, aber ich konnte nichts gegen meine Gefühle. Ich hatte dich oft gern, aber ich neidete dir deine Geborgenheit. Es war schrecklich. Dieses Gefühl war so stark, daß ich dir schaden wollte.«

»Was redest du da?«

»Es bedrückte mich so sehr, daß ich die Ausgestoßene, die nur Geduldete war, das Kind, dessen bloße Existenz schon Ungelegenheiten bereitete — wie etwas, dessen man sich schämt und es unter einem Stein versteckt. Einem empfindsamen Kind bricht das Herz, wenn es erfährt, daß seine Eltern es verleugnen. Ich empfing nie Liebe. Den Connalts war dieses Gefühl überhaupt fremd. Sie waren die denkbar schlechtesten Zieheltern, die ein Kind in meiner Lage haben konnte.«

»Das alles ist nun vorbei, Christabel, und kommt niemals wieder. Du hast es hinter dir. Du hast deinen Sohn und deinen Mann, der dich anbetet, und du hast ein schönes Zuhause. Vergiß, was du früher erduldet hast ... jetzt hast du einen festen Platz in der Gesellschaft hier.«

»Du wirst mich bestimmt verstehen, Priscilla, aber erlaube mir, daß ich dir alles beichte. So kann ich mein Gewissen erleichtern.«

»Schön, dann beichte.«

»Ich stand unter dem schrecklichen Zwang, dich so zu demütigen, wie es mir geschehen war. Du warst die eheliche Tochter, ich die uneheliche. Wie du siehst, bin ich kein guter Mensch. Ich wußte, was zwischen dir und Jocelyn vorging, und auch, wie unschuldig du warst. Außerdem wußte ich auch, aus eigener leidvoller Erfahrung, was verzweifelte Menschen empfinden. Du weißt ja noch, daß wir zu dritt auf die Insel fahren sollten. Dann schützte ich Kopfschmerzen vor und blieb zu Hause. Ich wußte, daß Nebel einfallen würde — einer der Gärtner hatte es mir gesagt. Ich ließ euch beide absichtlich allein hinüberfahren.«

»Warum?«

»Weil sich der Gedanke in mir festgesetzt hatte, daß sich alles so ergeben würde, wie es dann auch wirklich geschah. Der Neid bringt einen auf die ausgefallensten Ideen, er ist eine tödliche Leidenschaft. Außerdem bereitet er dem Menschen, der von ihm beherrscht wird, mehr Qualen als dem Opfer. Deshalb erriet ich auch, was sich abspielen würde. Ihr wart zwei verzweifelte Menschen, und es war unvermeidlich, daß ihr die wenigen Stunden des Glücks nützen würdet, die euch geschenkt waren. Ich dachte nicht daran, daß du ein Kind empfangen würdest, aber die Möglichkeit bestand selbstverständlich. Du siehst, wie gemein ich dachte und handelte. Und ausgerechnet dir gegenüber, die immer so freundlich zu mir war.«

»Ist das dein ganzes Geständnis?«

»Ja. Reicht es nicht?«

Ich küßte sie. »Bitte vergiß es, Christabel. Ich weiß das alles seit langem. Aber Carlotta ist für mich so wichtig, daß es mir gleichgültig ist, welchen Umständen sie ihr Leben verdankt. Ich kann dem Geschick nur dankbar dafür sein.«

»Es wäre für dich besser gewesen, wenn du Leigh geheiratet hättest. Er liebt dich. Dann hättet ihr Kinder bekommen und sie selbst aufziehen können. Das ganze Versteckenspiel wäre unnötig gewesen.«

»Du hast immer Schwierigkeiten heraufbeschworen, Christabel, als würdest du sie anziehen. Man würde beinahe glauben, daß du Kränkungen provozierst. So war es auch bei Edwin.«

»Ich habe mir nie wirklich etwas aus Edwin gemacht, das weiß ich heute. Ich wollte nur meiner Armut und Bedeutungslosigkeit entkommen. Edwin ist schwach. Ich ziehe starke Männer vor.«

»Und jetzt hast du deinen Mann und dein Kind. Sei glücklich, Christabel, du mußt alles, was dir das Leben bietet, genießen. Wenn du es nicht tust, verlierst du es vielleicht eines Tages.«

Sie fröstelte, und ich legte ihr einen Schal um die Schultern.

»Ich bin verderbt, Priscilla«, sagte sie. »Wenn du wüßtest . . .«

Ich küßte sie.

»Schluß mit diesen trübsinnigen Gedanken. Soll ich Thomas zu dir bringen lassen?«

Sie nickte.

Als wir nach Eversleigh Court zurückkehrten, erwartete uns ein Schock. Mein Vater ging aufgeregt und gespannt in der Halle auf und ab.

»Was ist geschehen?« rief meine Mutter.

»Der König ist tot«, antwortete er.

Meine Mutter griff sich ans Herz und wurde blaß.

»Was bedeutet das, Carleton?« flüsterte sie.

»Das werden wir sehen, meine Liebe.«

»Und was wirst du unternehmen?«

»Auch das werden wir sehen.«

»O Gott«, betete meine Mutter inbrünstig, »bewahre uns vor der Rebellion.«

»Aber es kam nicht unerwartet«, fuhr sie dann fort. »Er kränkelte in letzter Zeit.«

»Das stimmt«, bestätigte mein Vater. »Er war seit über einem Jahr leidend und nicht mehr so wie früher. Einst strotzte er vor Gesundheit und Kraft, übertraf seine Freunde bei allen Sportarten. Doch in letzter Zeit war er manchmal gereizt . . . was früher nie vorkam. Ich habe es eigentlich erwartet, aber nicht so plötzlich.«

»Er war nicht alt. Mit fünfundfünfzig müßte man noch nicht sterben.«

»Vielleicht hat er zu intensiv gelebt. Er hat die ihm zugemessene Spanne Leben voll ausgekostet und die Jahre besser genützt als die meisten Menschen.«

Sie redeten um das eigentliche Problem herum; wie würde sich Monmouth jetzt verhalten, und vor allem, was würde mein Vater unternehmen?

Mein Vater berichtete dann noch über den Tod des Königs, wie er den Abend, bevor er erkrankte, inmitten einer fröhlichen Runde verbracht hatte. Er hatte mit seinen Mätressen — den Herzoginnen von Portsmouth, Cleveland und Mazarin — getafelt und ihnen seine Zuneigung durch Liebkosungen bewiesen, wie es seine Art war. Dann hatte er wie üblich Karten gespielt und der Musik gelauscht, und alle waren von einem kleinen französischen Sängerknaben begeistert gewesen, den der König von Frankreich an Karls Hof geschickt hatte.

Der König hatte die Gemächer der Herzogin von Portsmouth

aufgesucht, und dann hatten ihn die Lakaien mit Lichtern zu seinen Gemächern zurückgeleitet, wobei er wie immer harmlose Scherze gemacht hatte. Der königliche Kammerherr, zu dessen Pflichten es gehörte, gemeinsam mit den Spaniels, die den König stets begleiteten, auf einer Matratze im Zimmer des Königs zu schlafen, hatte berichtet, daß Karl im Schlaf gestöhnt und nach dem Erwachen unpäßlich gewirkt hätte. Er hatte ein paar Tropfen der Medizin eingenommen, die er selbst erfunden hatte und die »Königstropfen« genannt wurde. Mein Vater hatte sie ihm mehr als einmal bringen müssen, und der König hatte ihm die Ingredienzen aufgezählt: Opium, Holunderrinde, Sassafras, alles mit Wein vermischt. Fünfzehn Tropfen davon in einem Glas Sherry als Heilmittel für alle Krankheiten. Es hatte jedoch den König nicht geheilt, und als seine Diener ihn rasierten, bemerkten sie entsetzt, daß sein Gesicht plötzlich rot anlief, seine Augäpfel sich nach innen verdrehten und er im Stuhl zusammensank. Er versuchte, seinen Lakaien etwas zu sagen, aber sie verstanden ihn nicht. Sie hatten den Eindruck, daß er erstickte. Er versuchte aufzustehen, und sank in ihre Arme. Sie befürchteten, daß er jeden Augenblick sterben würde.

Der Herzog von York — der Thronerbe — stürzte an das Bett seines Bruders; an einem Fuß trug er einen Pantoffel, an dem anderen einen Schuh. Sie wußten nicht, ob Karl ihn erkannt hatte.

»York!« rief mein Vater zornig. »Es ist ein trauriger Tag für dieses Land, wenn es einen solchen König bekommt. Karl wußte, daß das Volk Jakob ablehnt. Er hat sogar einmal bemerkt: ›Sie werden mich nie vom Thron stürzen, Jakob, weil du dadurch an die Herrschaft kämst. Deshalb brauche ich mich nicht um die Krone zu sorgen.‹ Ach, warum hat er Monmouth nicht legitimiert.«

»Das hätte Jakobs Anhänger nicht zum Schweigen gebracht.«

»Ja, die Katholiken«, erwiderte mein Vater zornig. Dann erzählte er von den Versuchen, das Leben des Königs zu retten. Alle bekannten Mittel waren angewendet worden: heiße Eisen waren an seine Stirn gedrückt worden, man hatte ihm einen

Extrakt aus den Schädeln von toten Männern und Frauen in den Hals geschüttet. Er hatte große Schmerzen gelitten, aber die Sprache wiedergefunden und sogar in der für ihn typischen Weise gescherzt.

»Wir nahmen an, daß er am Leben bleiben würde«, erklärte mein Vater. »Ihr hättet sehen sollen, wie sich die Menschen freuten. Sie wollten schon überall Freudenfeuer entfachen. Doch leider kam ihre Freude zu früh. Er erlitt einen Rückfall, und nun bestand kein Zweifel daran, daß er im Sterben lag. Er war vor allem um seine Mätressen und seine unehelichen Kinder besorgt.«

»Und Monmouth?« fragte meine Mutter.

»Er hat seinen Namen nicht erwähnt.«

»Also ist jetzt Jakob der Zweite König von England.«

»Gott stehe uns bei, ja.«

»Carleton, du wirst dich da nicht einmischen. Du bleibst hier auf dem Land.«

»Da solltest du mich besser kennen, Arabella.«

»Bedeutet dir das alles denn gar nichts? Dein Heim, deine Familie?«

»Es bedeutet mir so viel, daß ich es notfalls mit meinem Leben verteidigen werde.«

Sie schienen mich nicht zu bemerken, also entfernte ich mich. Er tröstete sie, versuchte, ihre Befürchtungen zu zerstreuen. Aber ich kannte ihn zu gut. Wenn er einmal von einer Sache überzeugt war, konnte ihn nichts daran hindern, sich für sie einzusetzen. Er war während des Commonwealth in England geblieben, um den Boden für die Rückkehr des Königs vorzubereiten. Er hatte inmitten seiner Feinde gelebt und sich royalistischer gebärdet als sie alle.

Er hatte sein Leben tagtäglich aufs Spiel gesetzt und würde es wieder tun.

Ich war außerordentlich beunruhigt.

Von diesem Augenblick an fanden wir nur noch wenig Frieden. Meine Mutter ging wie ein bleiches Gespenst im Haus herum. Mein Vater hielt sich oft bei Hof auf, und meine Mutter wurde immer nervöser. Jedesmal, wenn vor unserem Tor Pferdegetrappel ertönte, zuckte sie zusammen.

Wir erfuhren, daß der König öffentlich der Messe in der Kapelle der Königin beigewohnt hatte. Die Quaker entsandten eine Abordnung zu ihm, die ihrer Betrübnis über den Tod von Karl Ausdruck verlieh und den neuen König ihrer Loyalität versicherte. Der Wortlaut der Petition war vielsagend.

»Wir haben erfahren, daß Ihr ebensowenig dem Glauben der Kirche von England anhängt wie wir, und deshalb hoffen wir, daß Ihr uns die gleiche Freiheit gewähren werdet, die Ihr Euch selbst zugesteht.«

Im April 1685 wurden der König und die Königin gekrönt.. Jakob ließ keinen Zweifel daran, woher der Wind wehte, indem er Titus Oates verhaften ließ, und obwohl niemand deswegen sonderlich traurig war, war es ein deutlicher Hinweis darauf, daß der König keine gegen die Katholiken gerichteten Äußerungen hören wollte. Titus Oates mußte eine Buße von eintausend Mark bezahlen, ihm wurde die Ausführung des Priesteramtes verboten, und er wurde dazu verurteilt, zweimal öffentlich ausgepeitscht zu werden und alljährlich fünfmal am Pranger zu stehen. Die letzte Strafe war wahrscheinlich die schlimmste von allen, da er sich während seiner Schreckensherrschaft viele Feinde gemacht hatte.

Es war Mai — ein schöner Monat. Vor fünfundzwanzig Jahren war Karl zurückgekehrt, um sein Königreich wieder zu übernehmen, und seither hatte sich das Land im Gefühl der Sicherheit und des Wohlstandes gewiegt. Die puritanische Herrschaft war vorbei; das Vergnügen stand im Zentrum des Lebens. Der König ging mit seinem Beispiel voran, und die Bevölkerung machte es ihm begeistert nach. Seine Regierungszeit war nur durch die Papistische Verschwörung und die Rye-House-Verschwörung getrübt worden; und beide waren von unbedachten, arglistigen Männern angezettelt worden.

Jetzt waren die Tage des Wohllebens vorbei. Auf dem Thron saß ein neuer König, und er war ein katholischer Herrscher in einem Land, dessen Bevölkerung hauptsächlich dem Protestantismus anhing. Angeblich war auch Karl Katholik gewesen; aber selbst wenn dies zutraf, war er zu klug gewesen, um es offen zu zeigen. Jakob verfügte nicht über die gleiche zynische Weisheit, und im Wonnemonat Mai hingen deshalb dunkle Wolken über unserem Haus.

Mein Vater bemerkte eines Tages beiläufig: »Monmouth ist mit einer Fregatte und zwei kleinen Schiffen von Texel aus in See gestochen.« Hinter seiner äußerlichen Ruhe verbarg sich Erregung.

»Er kommt also nach England«, antwortete meine Mutter verblüfft.

Mein Vater nickte.

»Er wird doch nicht so unvernünftig sein ... «, begann sie.

Mein Vater unterbrach sie. »Er ist der Sohn des Königs. Es gibt Leute, die behaupten, daß Karl mit Lucy Walter verheiratet war. Wichtiger ist jedoch, daß er für die protestantische Sache Partei ergreifen wird.«

»Carleton!« rief sie. »Du wirst doch nicht ... !«

»Meine Liebe«, wandte er sehr ernst ein, »du kannst sicher sein, daß ich das tun werde, was für uns das Beste ist.«

Darüber hinaus wollte er nichts sagen. Aber er wartete. Und wir wußten, daß die Aufforderung eines Tages kommen würde.

Beinahe drei Wochen später war es so weit.

Monmouth war bei Lyme in Dorset gelandet und rief alle seine Freunde auf, zu ihm zu stoßen. Er wollte versuchen, Jakob die Krone zu entreißen.

An dem Tag, an dem mein Vater sich auf den Weg ins West Country machte, wurde der Herzog geächtet und eine Belohnung von fünfhundert Pfund dafür ausgesetzt, daß man ihn lebend oder tot der Gerechtigkeit überlieferte.

Meine Mutter war untröstlich.

»Warum mußte er das nur tun?« rief sie. »Es kommt zum Bürgerkrieg. Warum müssen wir Partei ergreifen? Was kümmert es mich, wer auf dem Thron sitzt?«

»Aber es kümmert meinen Vater«, wandte ich ein.

»Ist ihm denn wirklich die Politik wichtiger als sein Heim, seine Familie?«

»Er ist immer für die Sache eingetreten, die er für gerecht gehalten hat.«

Sie nickte, und ein bitteres Lächeln lag um ihren Mund. Sie dachte sicherlich daran, wie sie mit ihrem ersten Mann — Edwins Vater — hierhergekommen war und meinen Vater kennengelernt hatte, der damals in größter Gefahr lebte — weil er für die Sache eintrat, die er für richtig hielt.

»Monmouth wird scheitern«, erklärte sie heftig. »Ich weiß es.«

»Und ich weiß, daß mein Vater ein Mensch ist, der sich durchsetzt.«

Es war ein schwacher Trost. Wir konnten nichts tun als warten. Damals gab mir meine Mutter die Familientagebücher zu lesen, und ich erfuhr daraus soviel über sie und meinen Vater, daß mich neue Zuneigung für meine Eltern erfüllte.

Aus dem West Country kamen Nachrichten. Monmouth hatte Taunton eingenommen, und es sah so aus, als würde sich der Westen ihm anschließen. Im Hochgefühl seines Sieges hatte er eine Gegenproklamation zu dem Erlaß des Königs verfaßt, in der er fünftausend Pfund für Jakobs Kopf bot und das Parlament als staatsgefährdende Versammlung bezeichnete.

»Er ist ein Großtuer«, stellte meine Mutter fest. Er war jung und ungestüm. Auch wenn er Karls Sohn war, würde er nie seinem Vater gleichen.

»Wie kann sich dein Vater nur an seine Seite stellen? Monmouth ist zum Scheitern verurteilt. Ich bete zu Gott, er möge deinen Vater beschützen.«

Von meinem Vater kam eine Freudenbotschaft. Monmouth war in Taunton zum König ausgerufen worden und marschierte auf Bristol zu.

Wir erfuhren später, daß er Bristol nicht erreicht hatte, da die Armee des Königs näherrückte. Er kehrte nach Bridgewater zurück und bereitete sich dort auf die große Entscheidungsschlacht vor.

Mein Vater schrieb uns am Vorabend der Schlacht und sandte uns den Brief mit einem Boten.

»Seid guten Mutes. Bald wird ein neuer König auf dem Thron sitzen, und obwohl sein Name ebenfalls Jakob lautet, wird es nicht Jakob Stuart sein. Jakob Scott wird König von England sein.«

Als meine Mutter den Brief las, wurde sie zornig.

»Wie unvernünftig von ihm, so etwas zu schreiben. Er geht damit ein ungeheueres Risiko ein! Ach, Priscilla, ich habe solche Angst um ihn.«

Ich wiederholte, daß ich davon überzeugt sei, er würde sich in jeder Situation durchsetzen. »Ganz gleich, was auch geschieht, ihm wird nichts zustoßen, das weiß ich.«

Sie lächelte schwach. »Er hat immer erreicht, was er wollte«, stimmte sie mir zu.

Der Ausgang der verhängnisvollen Schlacht von Sedgemoor ist allgemein bekannt. Monmouth hatte zu keinem Zeitpunkt eine Chance gegen die Armee des Königs, die unter dem Befehl des Earls von Faversham und seines stellvertretenden Kommandeurs John Churchill stand. Monmouths Heer bestand aus Bauern und aus Männern wie mein Vater, die zwar tapfer und treu, aber keine Berufssoldaten waren.

Monmouths Armee wurde mühelos geschlagen, und als Monmouth erkannte, daß die Schlacht verloren war, war er nur darauf bedacht, das eigene Leben zu retten, statt an der Seite jener Männer weiterzukämpfen, die ihm so loyal zur Seite gestanden hatten.

Viele seiner Parteigänger wurden gefangengenommen — darunter auch mein Vater.

Wir waren wie betäubt, obwohl meine Mutter die Katastrophe seit dem Tod des Königs erwartet hatte, aber daß unser angenehmes Leben so plötzlich zu Ende sein sollte, konnten wir kaum fassen.

Die eintreffenden Nachrichten wurden immer schlechter.

Mein Vater wurde in Dorchester gefangengehalten, und als meine Mutter erfuhr, daß der Lord-Oberrichter Baron George Jeffreys den Vorsitz bei seinem Prozeß führen würde, verfiel sie in tiefe Verzweiflung.

»Er ist ein böser Mensch«, schluchzte sie. »Dazu ist er unglaublich grausam, ich habe schreckliche Gerüchte über ihn gehört. Und dein Vater ist ihm auf Gnade und Ungnade ausgeliefert. Als Jeffreys zum Lord-Oberrichter ernannt wurde, sagte dein Vater, er verstehe diese Ernennung nicht. Auch Karl konnte Jeffreys nicht leiden. Er behauptete einmal von ihm, er besitze keine Bildung, keinen Verstand, keine Manieren, dafür aber mehr Unverschämtheit als zehn gewerbsmäßige Freudenmädchen. Er widersetzte sich lange der Ernennung und gab schließlich nur nach, weil er körperlich immer schwächer wurde. Ach, ich habe solche Angst. Er haßt Männer wie deinen Vater. Er beneidet sie um ihr gutes Aussehen, ihre Erziehung und ihren Mut. Er wird keine Milde walten lassen. Seine größte Freude ist, einen Mann zum Tode zu verurteilen.«

Der Schmerz meiner Mutter war mehr, als ich ertragen konnte. Ich schmiedete unsinnige Pläne, um meinen Vater zu retten. Die Vorstellung, daß er mit unzähligen anderen ins Gefängnis getrieben wurde, war zu schrecklich.

Thomas und Christabel besuchten uns, sobald sie von der Entwicklung erfuhren; sie waren ebenfalls tief bekümmert. Thomas machte uns ein bißchen Hoffnung. »Jeffreys ist ein gieriger Mensch. Es heißt, daß er Nachsicht übt, wenn für ihn dabei etwas herausschaut. Anscheinend hofft er, daß er durch diese Prozesse ein kleines Vermögen erwirbt, denn unter den Angeklagten befinden sich ein paar sehr vermögende Männer«.

»Dann gibt es doch noch Hoffnung auf Rettung«, rief meine Mutter.

»Man müßte es sehr vorsichtig anfangen, und er wird sicherlich eine sehr hohe Summe verlangen«.

»Ich würde alles hergeben, was ich besitze«.

Doch der Besuch der Willerbys hatte ihr wieder Mut gemacht,

denn sie kam am Abend in mein Zimmer. Sie sah sehr gebrechlich aus und unter ihren Augen lagen dunkle Schatten. Sie lehnte sich an die Tür und ich hatte das Bedürfnis, sie zu trösten, denn ohne meinen Vater war ihr Dasein für sie nicht mehr lebenswert.

»Ich habe mich entschlossen«, erklärte sie mir. »Ich reise morgen ins West Country ab«.

»Nimmst du an, daß man seinen Richter bestechen kann?«

»Es ist offensichtlich möglich, also werde ich es versuchen«.

»Ich werde dich begleiten«.

»Ich wußte, daß du so reagieren würdest, mein liebes Kind«, rief sie.

»Wir können zeitig am Morgen unsere Sachen packen und uns auf den Weg machen, sobald wir fertig sind«, schlug ich vor.

Die folgenden Ereignisse waren für mich wie ein Alptraum — und sind es heute noch.

Wir fuhren mit der Postkutsche, weil das am einfachsten war. Es war eine traurige Reise, und in dem Wirtshaus, in dem wir übernachteten, sprachen alle über die sogenannte Monmouth Rebellion. Richter Jeffreys Name wurde nur im Flüsterton genannt; offensichtlich bedauerten alle sein Opfer.

Angeblich verhängte er nicht nur die schwersten anwendbaren Strafen, sondern tat es auch mit unübersehbarem Vergnügen und konnte dazu die Tatsachen so geschickt verdrehen, daß der Unschuldige schuldig wurde.

Je weiter wir kamen, desto dichter wurde der Nebel. Monmouths Armee hatte nur in Dorset und Somerset gekämpft, und alle Gefangenen wurden in diesen beiden Grafschaften abgeurteilt.

Jeffreys und seine Statthalter waren in ihrem Element. Er genoß die Autorität seines grausamen Amtes. Sobald ein Mann verurteilt war, gewährte er keinen Aufschub. Vierundzwanzig Stunden nach der Urteilsverkündung hing der Häftling am Galgen oder erduldete die Strafe, die der blutrünstige Richter über ihn verhängt hatte.

»O Gott«, betete meine Mutter, »laß uns rechtzeitig eintreffen«.

Ich empfand für sie mehr Mitleid als für meinen Vater. Wenn er verurteilt wurde, würde sein Tod rasch kommen, während die Tragödie den Rest ihres Lebens überschatten würde. Sie war beinahe wahnsinnig vor Kummer. Wir würden ihn retten, versprach ich ihr immer wieder. Es war nicht unmöglich, und sie durfte nicht am Erfolg unserer Bemühungen zweifeln. Wir würden rechtzeitig eintreffen und, falls es erforderlich war, alles opfern, was wir besaßen.

Sie fand keine Ruhe, wenn wir in einem Wirtshaus übernachteten. Am liebsten wäre sie die Nächte durchgefahren.

Als wir uns unserem Ziel näherten, wuchs unser Entsetzen.

Der Richter, dessen Namen in aller Mund war und von allen mit Abscheu genannt wurde, hatte befohlen, der Bevölkerung vor Augen zu führen, was mit Verrätern geschah. Wir kamen oft an Gliedmaßen vorbei, die an Bäumen hingen, und auch an Gehängten. Süßlicher Verwesungsgeruch lag in der Luft.

»Was sollen wir tun, wenn wir ankommen?« fragte meine Mutter.

Eines Abends wurde in einem Wirtshaus über eine Lady Lisle gesprochen, deren ganzes Verbrechen darin bestand, daß sie zwei von Monmouths Gefolgsleuten, die dem Schlachtfeld entkommen waren, Essen gegeben hatte.

Jeffreys hatte sich der armen Frau gegenüber so unsagbar grausam verhalten, daß überall über diesen Fall diskutiert wurde.

Der Richter brachte durch seine Unerbittlichkeit die Geschworenen dazu, das Urteil zu fällen, das er erreichen wollte. Wenn sie nachsichtig wirkten, starrte er sie mit seinen bösen Augen so durchdringend an, daß sie vor Angst zitterten und sich fragten, was er gegen sie vorbringen würde, wenn sie ihm nicht zu Willen waren.

Die arme Lady wurde als Verräterin bezeichnet und sollte den ihr gebührenden Tod erleiden. Er verurteilte sie zum Scheiterhaufen.

Das war zuviel. Noch dazu hieß es, daß das unerhörte Urteil von einer hochgestellten Persönlichkeit veranlaßt worden war, denn sie war die Witwe von John Lisle, der einer der Richter im Prozeß gegen Karl I. gewesen war.

Anscheinend wollte sich der König an den Mördern seines Vaters rächen, und Lady Lisles Freunde wiesen darauf hin, daß sie nur zwei Verbrechen begangen hatte: sie hatte zwei Männern, die von Sedgemoor flüchteten, Nahrung gegeben, und war die Frau eines der Richter, die Karl I. verurteilt hatten.

Jakob wurde aufgefordert, das Urteil zu überdenken. Wie hätte sein Bruder Karl an seiner Stelle gehandelt? Er hätte nie zugelassen, daß eine Frau so schmählich behandelt wurde.

Jakob war nicht darüber erfreut, daß man ihn mit seinem Bruder verglich, aber er war klug genug einzusehen, daß es ihm nicht zur Ehre gereichen würde, wenn er eine zarte Frau zu dieser schrecklichen Strafe verurteilte, die nur für ein wirklich schweres Verbrechen vorgesehen war. Gleichzeitig wollte er jedoch allen zeigen, daß es unklug war, sich gegen ihn zu stellen.

Lady Lisle wurde begnadigt — sie wurde geköpft.

Meine Mutter hatte kaum etwas gegessen, seit wir von zu Hause fort waren. Sie war sehr blaß und abgemagert. Ich fürchtete um ihre Gesundheit.

Es gab weitere Nachrichten. Monmouth war noch vor dem Ende der Schlacht in den New Forest geflüchtet. Er hatte sich dort ein paar Tage lang verborgen gehalten, war dann aber gefangen genommen und nach London gebracht worden. Dort hatte er den König angefleht, sein Leben zu schonen. »Um meines Vaters willen«, hatte er gebeten. »Du bist mein Onkel, denk daran.«

Doch Jakob dachte nur, daß Monmouth versucht hatte, ihm die Krone zu entreißen. Jede Bitte um Strafaufschub war sinnlos.

Wir erfuhren in Dorchester von Monmouths Tod. Er hatte seine Armee im Stich gelassen; er hatte sich vor dem König gedemütigt; aber als er erkannte, daß er dem Tod nicht entrinnen konnte, bewies er Mut und bekannte sich auf dem Schafott zur

Kirche von England. Es muß eine grauenvolle Szene gewesen sein, denn der Henker schlug fünfmal zu, ehe er den Kopf völlig vom Rumpf trennte und so den zügellosen, ehrgeizigen und charakterlich schwachen Herzog von Monmouth ins Jenseits beförderte.

Er war jedoch wenigstens als tapferer Mann gestorben.

Wir quartierten uns in einem Wirtshaus in dem alten Marktflecken ein — es war ein belebter Ort, denn er lag an der Straße nach Devon und Cornwall. Die als Maiden Castle bezeichneten Erdwälle, die viertausend Jahre alt waren, lockten viele Schaulustige an. Aber wir dachten nicht an solche Sehenswürdigkeiten.

Meine Mutter war außer sich vor Angst und Verzweiflung, weil sie nicht wußte, wie sie es anstellen sollte, meinen Vater zu befreien; an dem Abend, an dem wir das Gasthaus erreichten, bekam sie hohes Fieber und phantasierte. Ich hatte ihretwegen große Angst und ließ am Morgen einen Arzt kommen. Er gab ihr eine Mixtur, damit sie einschlafen konnte, und ordnete absolute Bettruhe für sie an.

»Sie sind hier, weil ein Verwandter von Ihnen gefangen ist?« fragte er.

Ich nickte.

Der Arzt schüttete traurig den Kopf. »Lassen Sie sie so lange wie möglich schlafen; ihre Angst ist die Ursache für das Fieber. Ich habe viele solche Fälle erlebt, seit unsere Stadt zum Gerichtshof und zum Schlachthaus wurde.«

Sein Mitgefühl tröstete mich. Ich fragte mich, was ich tun sollte. Wen konnte ich bestechen? Ich mußte es geschickt anfangen.

Als der Arzt gegangen war, begab ich mich in die Gaststube hinunter. Ich überlegte, ob ich mit dem Wirt sprechen sollte. Vielleicht kannte er jemanden — jemanden, der in der Armee diente und mir helfen konnte. Edwin und Leigh waren in der Armee. Es wäre eine Ironie des Schicksals gewesen, wenn sie in England gewesen wären und gegen meinen Vater gekämpft hätten.

Das war uns wenigstens erspart geblieben.

Mein verstorbener Großvater mütterlicherseits war General Tolworthy gewesen; die Eversleighs besaßen ebenfalls Verbindungen zur Armee. Ja, es mußte einen hochrangigen Offizier in der Stadt geben, der mir helfen konnte.

In der Gaststube saß ein Mann in Uniform; seinen Rangabzeichen nach war er ein höherer Offizier. Anscheinend wurden meine Gebete erhört.

Ich grüßte.

Er drehte sich um — und ich blickte Beaumont Granville ins Gesicht.

Mich fröstelte.

»Entschuldigen Sie, ich habe Sie für einen Bekannten gehalten«, stammelte ich, drehte mich um und lief die Treppe hinauf.

Mir war übel vor Angst. Der Alptraum hatte begonnen.

Meine Mutter schlief; sie war blaß und sehr ruhig. Ich kniete neben dem Bett nieder und vergrub mein Gesicht in den Laken.

Nach ein paar Augenblicken erhob ich mich. Er hatte mich bestimmt nicht erkannt, redete ich mir ein. Er hatte überhaupt nicht reagiert. Allerdings mußte ich von nun an auf der Hut sein und ihm aus dem Weg gehen.

Welcher Zufall hatte ihn nach Dorchester geführt? Ich war nicht auf den Gedanken verfallen, daß er ein Soldat, einer der Männer des Königs sein konnte.

Ich betrachtete mich kritisch im Spiegel. Seit der Zeit in Venedig hatte ich mich verändert. Nein, er konnte mich nicht erkannt haben, denn ich hatte den Raum beinahe sofort verlassen, nachdem er sich umgedreht hatte.

Ich setzte mich hin und ließ die ganze Zeit in Venedig im Geist an mir vorüberziehen.

Was kann ich tun? fragte ich mich.

Die Situation wurde immer verzweifelter.

Jemand klopfte an die Tür. Ich erschrak und rief: »Wer ist draußen?«

Es war der Wirt.

Ich öffnete die Tür, und er reichte mir einen Brief. »Ein Herr hat mir aufgetragen, Ihnen dies zu überbringen.«

Ich nahm den Brief und fragte: »Was für ein Herr?«

»Er wartet unten in der Gaststube auf Ihre Antwort, Mylady.«

»Danke.« Ich schloß die Tür und hörte, wie seine Schritte auf der Treppe verklangen.

Einige Augenblicke lang hatte ich Angst davor, den Brief zu öffnen. Dann trat ich ans Fenster und las ihn:

»Ich kenne Sie und weiß, warum Sie hier sind. Vielleicht kann ich Ihnen helfen. Würden Sie in die Gaststube hinunterkommen und Ihr Anliegen mit mir besprechen?

Beaumont Granville.«

Ich starrte das Papier an. Er hatte mich also doch erkannt. Was bedeutete dieser Brief? Konnte er mir helfen? Mein erster Impuls war, das Blatt zu zerreißen.

Doch dann zögerte ich und blickte zu meiner Mutter hinüber.

Ich durfte nichts unversucht lassen. Mein Instinkt warnte mich davor, mich diesem Mann anzuvertrauen. Doch was sollte ich sonst tun? Ich wußte nicht, an wen ich herantreten sollte. In Eversleigh hatte es so einfach geklungen: »Besticht jemanden. Andere haben es auch getan. Jeffreys wird dank dieser Prozesse zu einem reichen Mann.« Aber wie besticht man jemanden? Es war nicht so einfach, man konnte ja nicht offen darüber sprechen, sondern mußte Andeutungen machen. Die Bestechung mußte so geheim durchgeführt werden, als hätte sie nie stattgefunden.

Mir blieb keine Wahl; ich mußte mit Granville sprechen.

Ich ging in die Gaststube hinunter.

Er drehte sich um, als ich eintrat, und lächelte mich triumphierend an. Dann erhob er sich und verbeugte sich vor mir.

»So sehen wir uns also wieder.«

»Sie wollten mir etwas vorschlagen?«

»Allerdings. Wollen Sie nicht Platz nehmen? Der Wirt weiß, daß wir nicht gestört werden dürfen.«

Ich setzte mich ihm gegenüber an den Tisch und sah ihm ins Gesicht. Beau Granville. Der Name paßte zu ihm. Er sah großartig aus und nahm deshalb an, daß die ganze Welt ihm gehörte. Wahrscheinlich achtete er auch sorgfältig auf sein Äußeres. Seine Kleidung duftete nach einem Parfum, an das ich mich sofort erinnerte. Es war ein Gemisch aus Moschus und Sandelholz, das mir nicht zusagte.

»Ich weiß, weswegen Sie hier sind. Ihr Vater befindet sich im Gefängnis dieser Stadt, und sein Prozeß findet in zwei Tagen statt.«

»Zwei Tage«, wiederholte ich.

Er lächelte. Er hatte prachtvolle Zähne und zeigte sie gern.

»Das gibt uns ein bißchen Zeit.«

»Ja«, bestätigte ich.

»Ich könnte Ihnen helfen.«

»Wie?«

Er zuckte die Achseln. »Mein Landsitz liegt am Stadtrand. Ich kenne den Richter gut, und er ist oft bei mir zu Gast. Ein Wort von mir hätte großes Gewicht bei ihm.«

»Wir sind bereit zu zahlen«, erklärte ich eifrig.

Er legte den Finger auf die Lippen. »Erwähnen Sie niemals etwas dieser Art, es ist ungemein gefährlich.«

»Ich weiß aber, daß es diese Möglichkeit gibt. Ich habe gehört . . .«

»Meine liebe junge Dame, Sie sind äußerst unvorsichtig. Wenn es diese Möglichkeit gibt, dann ist es in Ordnung, aber es ist ein Verbrechen, über sie zu sprechen.«

»Bitte, ziehen Sie die Angelegenheit nicht ins Lächerliche. Für mich ist das Ganze von größter Wichtigkeit . . . für uns beide.«

»Natürlich«, beruhigte er mich. »Ihrem Vater droht die Höchststrafe. Er ist genau die Art Mensch, die mein Freund haßt. Wenn er eine Möglichkeit hat . . .«

»Bitte, wir sind bereit, alles zu tun.«

»Wirklich?«

»Wir tun alles«, wiederholte ich.

»Es liegt nur an Ihnen.«

»Was wollen Sie damit sagen?« fragte ich leise.

Natürlich hatte ich ihn verstanden. Seine lauernden lasziven Augen musterten mich.

»Ich habe Sie vom ersten Augenblick an bewundert und es zutiefst bedauert, daß wir einander in Venedig nicht nähergekommen sind. Ich hege den brennenden Wunsch, dieses Versäumnis nachzuholen.«

»Würden Sie bitte klar und deutlich sagen, was Sie wollen.«

»Ich glaube, daß ich mich klar genug ausgedrückt habe.«

Ich stand auf.

»Übereilen Sie nichts«, warnte er mich. »Sie würden es Ihr Leben lang bereuen. Denken Sie an Ihren Vater und auch an Ihre Mutter.«

Ich schloß die Augen und überlegte. Ich muß ihn retten, nein, beide. Mir bleibt nichts anderes übrig. Und dieser Mann weiß das ganz genau. O Leigh, wo bist du?

Aber Leigh konnte meinen Vater auch nicht retten.

»Kommen Sie«, redete er mir zu, »setzen Sie sich. Seien Sie vernünftig und hören Sie mir zu.«

Ich setzte mich; die grausamen bernsteinfarbenen Augen mit den langen, beinahe weiblichen Wimpern und den schön geschwungenen goldbraunen Brauen hypnotisierten mich.

»Sie haben mich in Venedig gefoppt«, fuhr er fort. »Dieser brutale Kerl hat Sie mir entrissen. Wenn Sie mir gefolgt wären, hätte ich Ihnen eine so herrliche Nacht bereitet, daß Sie sie nie vergessen hätten. Aber ich habe Sie verloren und seither immer an Sie gedacht. Dann sah ich Sie heute wieder und wußte, daß Ihr Vater hier ist. Ich kann ihn retten. Ich kann Leuten, die mich um Hilfe bitten, viele Gefälligkeiten erweisen, denn meine Familie ist überaus einflußreich. Ich verspreche Ihnen, daß ich Ihren Vater retten werde, aber ich verlange eine Belohnung dafür.«

»Und Ihre Belohnung . . .«

»Sind Sie.« Er beugte sich vor und sprach beinahe atemlos weiter. »Bei Sonnenuntergang wird mein Wagen Sie abholen und Sie in mein Haus bringen. Sie werden bis zum Morgengrauen bei mir bleiben. Während dieser Zeit werden Sie meine geliebte, kleine

Sklavin sein. Sie werden ganz mir gehören, mir keinen Wunsch verweigern, sondern die ganze Nacht nur bestrebt sein, mir gefällig zu sein.«

»Sie sind wirklich ein verachtenswerter Mensch. Sie sind in der Lage, ein Menschenleben zu retten, und verlangen dafür eine derartige Gegenleistung.«

»Ach, lassen Sie es gut sein, Sie sind eine junge Frau, die sicherlich zu stolz ist, ein Almosen anzunehmen. Sie wollen doch Ihre Schulden bezahlen, nicht wahr?«

»Ich hasse Sie.«

»Das ist ganz gut möglich, aber es geht hier nicht um Ihre Gefühle, sondern um die meinen. Ich bin derjenige, der bezahlt werden muß.«

»Das ist nicht möglich.«

Er zuckte die Schultern. »Sie lassen Ihren Vater also sterben?«

Ich sah ihn verzweifelt an. »Gibt es keine andere Möglichkeit? Wir verfügen über beträchtliche Geldmittel.«

»Ich brauche Geld, ich brauche immer Geld, denn ich bin angeblich verschwenderisch. Aber in diesem Fall gibt es eine Gegenleistung, die ich mehr begehre als Geld, und ich muß leider für den Dienst, den Sie von mir verlangen, auf diesem Preis bestehen.«

»Wie würde es durchgeführt werden — ich meine die Freilassung meines Vaters?«

»Ich werde dafür sorgen, daß er am nächsten Tag in dieses Gasthaus kommt.«

»Können Sie dafür bürgen.«

Er nickte.

»Welche Sicherheit hätte aber ich?«

»Sie müßten es eben riskieren.«

»Dann muß ich eine andere Möglichkeit suchen.«

»So? Wie wollen Sie das anfangen?«

»Ich werde schon einen Weg finden.«

»Sie haben nicht viel Zeit. Wollen Sie den Richter aufsuchen und ihm sagen: ›Sir, ich biete Ihnen dies ... oder das ... für das

Leben meines Vaters?‹ Ich warne Sie, sein Preis könnte der gleiche sein wie der von mir geforderte.«

Mir schwindelte. Ich dachte immerzu an meinen Vater und sah ihn an einem Strick baumeln . . . oder ein noch schlimmeres Los erleiden. Ich dachte auch an meine Mutter, und mir wurde klar, wie sehr ich beide liebte. Mein Leben lang hatte ich versucht, die Liebe meines Vaters zu erringen, mich vor ihm auszuzeichnen. Er sollte stolz auf mich sein, und seine Gleichgültigkeit mir gegenüber hatte meine Liebe zu ihm nie beeinflußt. Im Gegenteil, wahrscheinlich hatte sie mich zusätzlich angespornt, mich noch mehr um ihn zu bemühen.

»Und was ist, wenn Sie sich nicht an unsere Abmachung halten?« fragte ich.

»Ich gebe Ihnen mein Wort darauf, daß ich meinen Teil der Vereinbarung erfüllen werde.«

»Wie kann ich Ihnen vertrauen?«

»Sie sind nicht sicher, nicht wahr? Sie wissen natürlich, daß ich kein Tugendbold bin, aber es ist bekannt, daß ich meine Spielschulden immer bezahle. Wenn ich etwas verspreche, ist es für mich Ehrensache, das Versprechen zu halten.«

»Sie sprechen von Ehre?«

»Von meinem Begriff von Ehre. Jeder von uns legt da seine persönlichen Maßstäbe an. Nun, wofür entscheiden Sie sich?«

Ich schwieg und brachte es nicht fertig, ihm ins Gesicht zu sehen. Doch eigentlich war ich schon entschlossen, meinen Vater zu retten.

»Ich werde meinen Wagen in der Abenddämmerung hierher schicken«, sagte er. »Er wird Sie am Morgen wieder in den Gasthof bringen. Und einen Tag später werden Sie mit Ihren Eltern nach Hause zurückkehren.«

Ich war wie betäubt. Ich hatte um Hilfe gebetet, und hier bot sie sich mir, aber um welchen Preis?

Er sah mich mit glitzernden Augen an. Ich erinnerte mich an unser erstes Zusammentreffen am Markusplatz und daß alles eigentlich die Folge meiner Liebe zu Jocelyn gewesen war.

Ich drehte mich um und lief verzweifelt aus dem Zimmer.

Das Fieber meiner Mutter war nicht gesunken, und der Arzt kam wieder.

»Wie geht es ihr?« erkundigte ich mich. »Kann man denn nichts für sie tun?«

»Sie braucht nur eines: daß ihr Mann zu ihr zurückkehrt.«

Auch das war ein Hinweis darauf, daß ich es tun mußte.

Was mich erwartete, war nichts im Vergleich zu dem Glück meiner Mutter. Ich mußte beide retten, ganz gleich, was es mich kostete.

Ich haßte diesen Mann mit einer Heftigkeit, die ich nie zuvor empfunden hatte. Es lag in seiner Macht, meine Eltern zu retten, dennoch bestand er darauf, mich dafür zutiefst zu demütigen. Ich bedauerte, daß ich ihn jemals kennengelernt hatte, doch im nächsten Augenblick fiel mir ein, daß dann vielleicht überhaupt keine Möglichkeit bestanden hätte, meinen Vater zu retten.

Mein Leben war tatsächlich ein kompliziertes Netz, in dem jedes Geschehen mit vielen anderen verknüpft war. Ich versuchte, nicht an die kommende Nacht zu denken.

Für einen Umstand war ich dankbar. Ich würde meiner Mutter keine Erklärung geben müssen. Sie würde die Nacht durchschlafen, und falls sie doch etwas brauchte, mußte sie nur am Klingelzug ziehen, der über ihrem Bett hing, dann würde sofort ein Dienstmädchen kommen. Aber ich war davon überzeugt, daß sie nicht aufwachen würde.

Der Arzt hatte ihr ein starkes Schlafmittel gegeben, denn seiner Meinung nach war es für sie am besten, wenn sie ihren Kummer wenigstens für einige Zeit vergaß.

Als es dunkelte, hüllte ich mich daher in meinen Umhang und ging in die Gaststube hinunter.

Ich mußte nicht lange warten. Ein livrierter Diener kam herein, fragte nach mir und führte mich zu dem vor dem Wirtshaus wartenden Wagen.

Wir fuhren durch die Straßen der alten Stadt, die hunderte

Jahre vor dem Eintreffen der Römer in Britannien errichtet worden war. Die Straßen wimmelten von Fremden, und überall trieben sich Soldaten herum. Wir fuhren an den Nappes Mite genannten Armenhäusern, an der von Königin Elisabeth errichteten Volksschule und an der alten Kirche mit dem zweihundert Jahre alten Turm vorbei.

Ich erlebte alles wie in einem Traum. Wenn ich meinen Vater retten kann, dachte ich, will ich diesen Ort nie mehr in meinem Leben wiedersehen. Dann betete ich stumm um Hilfe, um diese Nacht zu überstehen.

Am Stadtrand lag ein Herrensitz. Wir fuhren durch das Tor hinein und die Auffahrt hinauf. Das Haus ragte düster vor uns empor, wie ein verhextes, von bösen Geistern errichtetes Gebäude.

Ich versuchte, ruhig zu wirken, als ich aus dem Wagen stieg und die Halle betrat.

Sie erinnerte mich an unsere Halle in Eversleigh — die hohe, gewölbte Decke, der große Eßtisch mit dem Zinngeschirr darauf, die Schwerter und Hellebarden, die an den Wänden hingen — das typische Schloß eines Edelmannes.

Eine Frau kam mir entgegen. Sie war rundlich, nicht mehr jung, stark geschminkt und trug je ein Schönheitspflästerchen auf Wange und Schläfe.

»Wir haben Sie erwartet, Mistress«, sagte sie. »Bitte folgen Sie mir.«

Mit wild pochendem Herzen ging ich hinter ihr die Treppe hinauf, an der Ahnengalerie vorbei.

Sie führte mich über eine Galerie zu einer Tür, hinter der sich ein Raum mit einer Estrade befand, die durch halb zugezogene Vorhänge verdeckt war.

Ein Dienstmädchen mit aufgerollten Ärmeln, das offensichtlich hinter den Vorhängen gewartet hatte, zog sie zur Seite.

Neben dem Mädchen standen eine Badewanne und zwei große Tonkrüge, aus denen aromatischer Dampf aufstieg. Ich nahm an, daß sie heißes Wasser enthielten.

»Ich bin soweit, Mistress«, meldete das Mädchen.

»Ich verstehe nicht«, widersprach ich.

Die Frau, die mich heraufgeführt hatte, nickte. »Füll das Bad«, befahl sie dem Mädchen und wandte sich dann zu mir. »Ziehen Sie Ihre Kleider aus.«

»Sie sind hier, um unseren Befehlen zu gehorchen«, stellte die Frau mit einem Lächeln fest, das die erste der Demütigungen darstellte, die mich in dieser Nacht erwarteten. Sie eignete sich ideal für die Rolle, die sie spielte: sie war eine Kupplerin.

Das Mädchen hatte das Bad gefüllt und sah mich kichernd an. Ich empfand das Bedürfnis, kehrtzumachen und wegzulaufen. Doch dann sah ich schreckliche Bilder vor mir. Mein Vater ... meine Mutter. Ich mußte mich mit allem abfinden, was mir bevorstand, denn nur so konnte ich sie vor der Tragödie retten.

Die Zeit vergeht, und einmal hat alles ein Ende, redete ich mir zu.

»Kommen Sie, meine Liebe«, wiederholte die Frau. Sie hatte eine tiefe, heisere Männerstimme. »Wir haben nicht die ganze Nacht zur Verfügung.« Sie lachte, und das Mädchen stimmte ein.

»Ich brauche kein Bad«, widersprach ich. »Ich bin sauber.«

»Es wird aber gewünscht. Schämen Sie sich, Ihre Kleider abzulegen? Sind Sie vielleicht mißgestaltet? Ach, kommen Sie schon, Sie sehen recht wohlgeformt aus. Wir wollen einmal diese Knöpfe vorsichtig öffnen, sehr vorsichtig, wir wollen sie ja nicht abreißen.«

Dann stand ich nackt da.

»Ganz ordentlich«, stellte die Frau fest. Das Mädchen kicherte immer noch.

Ich stieg in die Wanne und wusch mich.

Das Mädchen holte ein großes Handtuch und trocknete mich ab, während die Frau lächelnd zusah.

Dann brachte sie eine Flasche mit einer Lotion, mit der sie mich einrieb. Sie roch nach Moschus und Sandelholz und erinnerte mich an Beaumont Granville.

»Und jetzt«, erklärte die Frau, vor der ich immer mehr Abscheu empfand, »etwas für Ihre persönliche Note. Er hat die Rose für Sie gewählt, denn er findet, daß zu jeder Frau ein anderer Duft paßt.« Sie rieb mir eine weitere Lotion auf Arme und Hals.

»So, jetzt ist es gut«, murmelte sie, »er wird zweifellos zufrieden sein.« Sie wandte sich zu dem Mädchen. »Der Morgenrock.«

Ich wurde eingehüllt. Es war ein Morgenrock aus blaßrosa Seide, auf die schwarze Rosen gestickt waren.

»Jetzt müssen wir aber gehen. Mylord wird leicht ungeduldig.«

Ich hatte das Gefühl, daß ich in einem Harem im Orient gelandet war. Den ganzen Vorgang empfand ich als entsetzlich.

Ich folgte der Frau eine weitere Treppe hinauf; sie klopfte an eine Tür, stieß sie auf und ließ mich ein.

Dann schloß sie die Tür hinter mir.

Er trat auf mich zu. Auch er trug einen Morgenrock und duftete nach Moschus und Sandelholz.

Er ergriff meine Hand und küßte sie.

»Ich wußte, daß Sie kommen würden. Hat man Sie gut behandelt?«

»Demütigend.«

Er lachte. »Es kommt ausschließlich darauf an, von welchem Standpunkt aus man es sieht. Man hat Sie doch nicht mißhandelt?«

»Nur erniedrigt. Aber das geschah ohnehin auf Ihren Befehl, nicht wahr?«

»Ich habe sehr viel fürs Baden übrig. Und ich beschäftige mich auch mit Parfums, stelle sie sogar selbst her. Mögen Sie Rosenöl?«

»In diesem Haus mag ich nichts.«

»Sie dürfen bei unserem kleinen Abenteuer etwas nicht vergessen: Sie müssen mich zufriedenstellen.«

»Das weiß ich.«

»Dazu sind Sie ja hergekommen. Sie dürfen nicht beleidigt sein, weil sie baden mußten und gesalbt wurden. Die heutige Nacht werden Sie nie vergessen.«

»Das dürfte leider stimmen, obwohl ich mich sehr bemühen

werde, sie aus meinem Gedächtnis zu löschen, sobald sie vorbei ist.«

»Sie hat kaum begonnen, also sprechen Sie nicht schon vom Ende.«

»Schwören Sie mir, daß Sie meinen Vater retten werden?«

»Ich habe Ihnen mein Wort gegeben und Ihnen versichert, daß ich meine Schulden immer bezahle. Wenn Sie mir geben, was ich will, verspreche ich Ihnen, daß auch Sie von mir bekommen, was Sie wollen. Sie brauchen sich deswegen keine Sorgen zu machen. Ich habe sogar schon diesbezügliche Schritte eingeleitet. Ihr Vater ist im Gefängnis in einen kleinen Raum gebracht worden, in dem er die Nacht verbringen wird. Wenn Sie gut zu mir sind, wird morgen früh die Tür dieses Raums geöffnet werden und er wird das Gefängnis als freier Mann verlassen.«

»Sie scheinen großen Einfluß auf den Mann zu haben, der Männer und Frauen einzig und allein deshalb ermordet, weil sie auf Seite der Verlierer stehen.«

Er legte mir den Finger auf die Lippen. »Sie sprechen viel zu freimütig, Sie müssen vorsichtiger sein. Sie wollen doch noch diese Woche mit Ihren Eltern nach Hause zurückkehren?«

»Ja, das möchte ich mehr als alles auf der Welt.«

»Sehr gut. Ich anerkenne, daß Sie hierhergekommen sind. Tugendhafte Frauen sind bewundernswert — aber Tugend ist nicht das Wichtigste. Die heutige Nacht gehört mir, und Sie gehören mir mit Haut und Haaren. Das ist Ihnen doch klar?«

»Als Gegenleistung für das Leben meines Vaters.«

»Ich werde Sie für Ihre Dienste belohnen, keine Angst. Kommen Sie näher. Sie duften köstlich. Ich habe für Sie eine Mischung aus Rosen und Moschus komponiert. Sie sind ein äußerst begehrenswertes Geschöpf, Priscilla. Ihr Name gefällt mir. Es ist ein spröder Name. Sprödigkeit kann sehr anziehend wirken, wenn die Person weiß, wann sie sie aufgeben muß. Doch das ist Ihnen sicherlich klar. Zunächst möchte ich Ihnen einige meiner Bilder zeigen. Ich bin nämlich ein vielseitig begabter Künstler. Es gibt vieles, das ich tun könnte, wenn ich nicht als Gentleman geboren wäre. Ich kann Parfums erfinden, und ich bin auch ein Maler. Kommen Sie.«

Der Abend nahm einen unerwarteten Verlauf. Auf diese Vorbereitungen war ich nicht gefaßt gewesen. Obwohl sein Verlangen nicht zu übersehen war und ich wußte, was mir bevorstand, verstand ich nicht, warum er das Unvermeidliche mit solcher Grausamkeit hinauszögerte.

Er führte mich in den nächsten Raum, der noch kleiner war und an dessen Wänden Bilder hingen. Es waren Zeichnungen von Frauen, alle nackt und in verschiedenen Stellungen.

»Ich zeichne Damen, die ich mit meiner Gunst beglückt habe. Sie müssen zugeben, daß ich begabt bin.«

»Allerdings.« Ich wandte mich ab.

»Sie würden nicht glauben, was für eine gute Gedächtnisstütze diese Zeichnungen sind. Ich erlebe in diesem Raum noch einmal die Stunden, die ich mit jeder dieser Frauen verbracht habe.«

»Zweifellos eine sehr befriedigende Beschäftigung.«

»Sehr. Sehen Sie den freien Platz an der Wand?«

Ich war entsetzt, denn ich wußte, was kommen würde.

»Er ist für Sie bestimmt.«

»Nein!«

»Haben Sie unser Abkommen bereits vergessen?«

»Wozu soll es gut sein?«

»Es bereitet mir Vergnügen, und das ist der einzige Zweck dieser Nacht, nicht wahr?«

»Davon war nie die Rede.«

»Ich habe Ihnen gesagt, daß Sie alles befolgen müssen, was ich von Ihnen verlange. Ich erweise Ihnen einen großen Dienst. Es ist heutzutage gar nicht so leicht, einen Menschen vor dem Strick des Henkers zu retten.«

»Ich will fort.«

»Wie Sie wollen, ich halte Sie nicht zurück. Soll ich nach der Frau läuten? Sie wird Ihnen Ihre Kleider wiedergeben, und der Wagen bringt Sie in das Wirtshaus zurück.«

Er beobachtete mich amüsiert.

»Meine arme Priscilla! In zwei Tagen ist alles vorbei. Dann können Sie nach Hause zurückkehren — vaterlos, aber mit unangetasteter Ehre. Wie Sie sehen, mache ich nicht den geringsten Versuch, Sie zurückzuhalten. Ich werde keine Gewalt anwenden, obwohl es mir ein Leichtes wäre. Nein, denn ich habe mir vorgenommen, daß Sie aus freiem Willen kommen müssen.«

»Wo wollen Sie die Zeichnung anfertigen?«

»Ich zeige es Ihnen.«

Er führte mich in den nächsten Raum, der nur eine mit schwarzem Samt bedeckte Couch enthielt.

»Der Gegensatz zwischen dem Schwarz und der hellen Haut ist delikat«, stellte er fest, »Ihr Morgenrock, meine Liebe.«

Er nahm ihn mir ab und musterte mich mit glitzernden Augen. Ich nahm an, daß er sich jetzt auf mich stürzen würde, aber er beherrschte sich. Er ließ nur die Hände über meinen Körper gleiten, holte tief Luft und sagte: »Später. Zuerst die Kunst.«

Ich mußte mich auf die Couch legen und eine bestimmte, obszöne Stellung einnehmen. Am anderen Ende des Raums stand eine Staffelei.

Es war ein unmöglicher, wirrer Alptraum — ich lag nackt auf einer Couch, und der fremde Mann, der bestimmt verrückt war, zeichnete mich bei flackerndem Kerzenlicht.

Ich fragte mich, was die Nacht noch bringen würde.

Es ist gleich, was kommt, dachte ich. Wenn es wahr ist, daß mein Vater bereits den Raum verlassen hat, den er mit so vielen anderen Gefangenen geteilt hat, dann habe ich ihm schon eine gewisse Erleichertung verschafft.

Granville sprach wieder. »Es ist nur eine Rohskizze, die ich später ausarbeiten werde, wenn wir miteinander näher bekannt geworden sind. Das ist für den Künstler wichtig.«

Ich betrachtete die Skizze nicht, und er zeigte sie mir auch nicht.

»Jetzt werden wir erst einmal zu Abend essen«, erklärte er, »es muß schon gedeckt sein. Sie sind sicherlich sehr hungrig.«

»Ich war noch nie so appetitlos wie heute.«

Ich zog den Morgenrock wieder an, und wir kehrten in das Schlafzimmer zurück. Obwohl Sommer war, brannte Feuer im Kamin, und ich starrte gedankenverloren in die Flammen. Kerzen brannten, und der Tisch war gedeckt. Die Speisen waren gefällig arrangiert, und auch eine Karaffe mit Wein fehlte nicht.

Er bedeutete mir, ihm gegenüber Platz zu nehmen.

»Es ist ein besonderer Anlaß für mich«, erklärte er mir. »Ich habe Sie nämlich nie vergessen. Sie sahen damals so jung, so unschuldig aus — ganz anders als die meisten Frauen, die man auf dem Markusplatz trifft. Als ich Sie im Geschäft sah, empfand ich sofort den Wunsch, Sie zu meiner Geliebten zu machen.«

»Ist das etwas so Außergewöhnliches? Dieser Gedanke ist Ihnen doch sicherlich unzählige Male bei unzähligen anderen Frauen gekommen.«

»Ich gebe zu, daß ich eine Schwäche für das schöne Geschlecht habe, vor allem für unberührte Mädchen, sie besitzen so viel Liebreiz. Jeder von uns hat das Bedürfnis zu lehren, und wenn wir eine Kunst besonders gut beherrschen, ist das Bedürfnis umso stärker. Ich liebe die Frauen seit meinem zehnten Lebensjahr; damals wurde ich von einem unserer Dienstmädchen verführt. Damit hatte ich meine eigentliche Lebensaufgabe entdeckt.«

»Sich verführen lassen?«

»Man könnte es so ausdrücken. Aber ich bin ein solcher Meister in der Liebeskunst geworden, daß ich kein Schüler mehr, sondern der Lehrer bin.«

»Und auch der Verführer.«

»Wenn es notwendig ist. Aber ein Mann mit Charme ist sehr gefragt, wie Sie sich vorstellen können.«

»Ich kann es mir schwer vorstellen, denn ich würde Ihnen gegenüber nie diesen Wunsch empfinden.«

»Ich werde also mein Bestes geben müssen. Wer weiß, vielleicht verlieben Sie sich sogar in mich, und dann werde nicht ich Sie dafür bezahlen, daß Sie mir Gesellschaft leisten, sondern Sie mich.«

»Das ist vollkommen unmöglich.«

»Woher wollen Sie das wissen? Der Abend ist bis jetzt nicht so verlaufen, wie Sie es erwartet haben.«

»Das stimmt.«

»Sie nahmen an, daß ich mich auf Sie stürzen und Sie nehmen würde, und daß damit die Angelegenheit erledigt wäre.«

Ich schwieg.

»Aber ich bin ein kultivierte Mensch«, fuhr er fort. »Sie und ich werden heute Nacht dieses Bett teilen, doch unser Zusammensein wird im Zeichen besonderen Raffinements stehen.«

»Bitte, wenn Sie ein gebildeter, kultivierter Mensch sind, dann lassen Sie mich jetzt gehen. Beweisen Sie Ihren Edelmut, Ihre Galanterie, Ihre vollendete Erziehung, indem Sie sich wie ein Gentleman verhalten und meinem Vater großzügig das Leben retten, ohne etwas dafür zu verlangen.«

Er stand auf und ging auf und ab.

In mir erwachte ein Funken Hoffnung. Er ist merkwürdig, dachte ich, vielleicht sogar verrückt. Ist es möglich, daß ich seinen wunden Punkt berührt habe?«

Er nahm die Perücke ab, und sah ohne sie noch besser aus. Sein kurzes Haar ringelte sich um seinen Kopf, und er wirkte jünger und weniger bedrohlich.

Doch als er an den Tisch trat und ich ihn deutlicher sah, erkannte ich das fanatische Leuchten in seinen Augen.

»Sehen Sie mich an«, befahl er. »Sehen Sie mich genau an.«

Er deutete auf seine Augenbrauen, und ich erblickte eine Narbe, die vom Haaransatz aus über die Stirn verlief. Sie war durch die Perücke verdeckt gewesen.

»Diese Narbe stammt aus Venedig. Vielleicht erinnern Sie sich noch an die Nacht nach dem Ball bei der Herzogin.«

Jetzt wußte ich, daß meine Hoffnung, dieses Haus ungeschoren verlassen zu können, lächerlich gewesen war. Er wollte nicht nur meinen Körper besitzen, sondern er wollte sich auch für unsere Begegnung in Venedig rächen.

»Es war ein Scherz«, fuhr er fort, »ein harmloses Abenteuer. Ein junges, für die Liebe geschaffenes Mädchen, das noch unberührt war, wie ich glaubte. Ich wollte sie in die Kunst der Liebe einführen, sie keineswegs roh behandeln.«

»Nicht roh behandeln!« rief ich. »Sie zogen mich aus dem Ballsaal, ich hatte am ganzen Körper blaue Flecken. Und Sie behaupten, daß Sie nicht roh mit mir umgegangen sind.«

»Ich wäre zärtlich mit Ihnen gewesen. Noch bevor die Nacht zu Ende ging, hätten Sie mich geliebt.«

»Sie haben eine zu hohe Meinung von Ihren Fähigkeiten und kennen mich überhaupt nicht.«

»Ich habe sehr viel über Sie erfahren, meine spröde Priscilla. Der Mann, der Sie rettete, entriß Sie mir und stieß mich in den Kanal. Doch das war noch nicht alles. In der darauffolgenden Nacht drang er gewaltsam in mein Haus ein. Ich habe nichts für solche Schlägereien übrig, und er war mir gegenüber im Vorteil. Ich kann Ihnen noch weitere Narben zeigen. Er faselte etwas von einem unschuldigen Mädchen, seiner kleinen Schwester, die noch die Schulbank drückt, einer unberührten Jungfrau und so weiter«

»Was Sie tun wollten, war abscheulich.«

»Deshalb bin ich jetzt für mein Leben gezeichnet. Und dann entdeckte ich die Wahrheit.«

»Was für eine Wahrheit?«

»Aber, aber. Unser unschuldiges, jungfräuliches Schulmädchen befand sich aus einem ganz bestimmten Grund in Venedig. Sie hatte einen Fehltritt begangen. Das kommt bei jungen Damen öfter vor und hat manchmal peinliche Folgen. Wenn das Mädchen aus einer guten Familie stammt, wird dann Kriegsrat abgehalten und beschlossen, wie man die leidige Angelegenheit aus der Welt schaffen kann. Die Jungfrau in Venedig befand sich in der gleichen üblen Lage. Während ich also Narben davontrug, weil ich dem frommen Kind unsittliche Anträge gemacht hatte, hielt es sich in Venedig auf, um den kleinen Bastard heimlich zur Welt zu bringen . . . die Folge eines Abenteuers mit einem, vielleicht mit mehreren . . .

Ich war aufgesprungen. »Wie können Sie es wagen?« rief ich. »Hören Sie mit diesen Beleidigungen auf.«

»Meine liebe kleine Möchtegern-Jungfrau, das heute ist meine Nacht. Ich gebe den Ton an. Vergessen Sie das nicht.«

»Woher wissen Sie überhaupt darüber Bescheid?«

»Das ist ohne Belang; Tatsache ist, daß ich es weiß. Ich erfuhr es jedoch erst später. Damals fand ich mich mit meinen Verletzungen ab, weil ich der Meinung war, daß sie nicht ganz unverdient waren. Ein empörter Bruder oder naher Verwandter, der zweifellos selbst genügend Abenteuer dieser Art erlebt hat, ist aufgebracht, weil jemand ein ähnliches Vergnügen mit seiner Schwester erleben möchte. Das verstehe ich. Und dann erfahre ich, daß das Mädchen eine kleine Hure ist . . . noch dazu in Ihrem zarten Alter.«

»Das ist nicht wahr.«

»O doch, meine Liebe, ich bin sehr genau im Bilde. Ich hatte einen kompetenten Informanten.«

»Wer war es?«

»Ich verrate ihn doch nicht. Das Kind kam zur Welt, und Ihre Freundin Lady Stevens behauptete, daß es das ihre wäre. Was für eine Komödie! Doch das geht mich ja nichts an. Mich stört nur, daß meine spröde kleine Hure das junge Unschuldslämmchen spielte.«

Der Alptraum wurde immer schlimmer. Ich widersprach. »Wir wollten heiraten. Aber er starb.«

»Ja, das tun sie immer. Sie sind sehr rücksichtslos. Sie könnten doch wenigstens bis nach der Zeremonie warten, das würde den Mädchen sehr viele Schwierigkeiten ersparen.«

»Es hat keinen Sinn, wenn ich mit Ihnen darüber spreche.«

»Die Zeit für Gespräche ist auch schon vorbei. Trinken wir auf die heutige Nacht. Sie und ich haben einander bestimmt viel zu geben.«

»Von mir können Sie nur Haß und Verachtung erwarten.«

»Das verspricht interessant zu werden. Wie zornig und überrascht Sie sind. Ihre Wangen haben richtig Farbe bekommen, sind aufgeblüht wie die Rosen, nach denen Sie so zart duften. Wenn ich Zeit hätte, würde ich Ihnen mein Laboratorium zeigen. Der verstorbene König und ich benützten es gemeinsam — nur war er mehr an Pillen interessiert. Wir hatten überhaupt viele gemeinsame Interessen, vor allem die Freuden der Liebe. Er war ein Experte auf diesem Gebiet, Gott habe ihn selig. Doch Sie werden feststellen, daß ich ihm in nichts nachstehe. Sie erschauern? Vor Abscheu? Ich verspreche Ihnen, daß Sie vor Wollust erschauern werden.«

»Das wird nie der Fall sein. Sie haben mich von unserem ersten Zusammentreffen an nur beleidigt.«

»Und als Revanche täuschen Sie mich ... jedenfalls zunächst. Ein unartiges kleines Mädchen, das schwanger ist und dabei die Unschuld spielt. Wer hätte das gedacht. Sie sind mir Revanche dafür schuldig, und auch für diese Narbe und für eine zweite, die ich Ihnen noch zeigen werde. Doch essen Sie jetzt. Der Wildbraten ist ausgezeichnet, er stammt aus meinen Wäldern. Und trinken Sie.«

»Alles, was auf Ihrem Tisch steht, widert mich an.«

»Sie scheinen Angst vor dem Nachher zu haben.«

»Ich bin nur um meines Vaters willen hier.«

»Sie werden feststellen, daß Sie noch nie einen solchen Liebhaber wie mich gehabt haben.«

»Auf diese Feststellung lege ich keinen Wert.«

»Dabei mache ich Ihnen alles so leicht. Sie haben in duftendem Wasser gebadet und wurden mit Parfums gesalbt. Mögen Sie Moschus? Er verfügt über besondere Eigenschaften, regt angeblich die Sinne und das Verlangen an. Wußten Sie das?«

»Nein, es trifft bei mir sicherlich nicht zu.«

»Wissen Sie überhaupt, was Moschus ist? Er stammt vom Moschushirsch und ist das Sekret einer Drüse. Der Moschushirsch lebt in der Bergen Indiens und strömt während der Paarungszeit einen besonders starken Geruch aus, wodurch er für das weibliche Tier unwiderstehlich wird. Natürlich verwenden wir Moschus nicht im Rohzustand. Damen sind ja keine Tiere, nicht wahr? Aber sie empfinden das gleiche Verlangen und können durch den gleichen Duft in Erregung versetzt werden. Im

Körper des Moschushirsches befindet sich ein kleiner Beutel. In die Haut wird ein kleines Loch geschnitten, so daß ein Mann mit dem Finger hineinlangen und den Beutel herausholen kann. Sehen Sie nicht so angewidert drein. Es schadet dem Tier nicht. Es lebt weiter, fragt sich aber wahrscheinlich, warum es solche Mühe hat, eine Gefährtin zu finden. Inzwischen wird aus der Drüse ein Parfum gewonnen, das so manche Dame vom Pfad der Tugend lockt.«

»Das Ganze ist genauso widerlich wie Sie. Jetzt hasse ich den Geruch mehr als je zuvor.«

»Das behaupten Sie, aber Sie sprechen nicht immer die Wahrheit, nicht wahr? Sie haben die Rolle der Jungfrau damals wirklich großartig gespielt, obwohl Sie sich deutlich in anderen Umständen befanden. Trotzdem gefallen Sie mir als intrigierende Frau besser als damals in Venedig. Doch jetzt werde ich ungeduldig: trinken Sie endlich Ihr Glas aus.«

Ich schüttelte den Kopf.

»Der Wein verfügt über aphrodisische Eigenschaften, wie der Moschus. Falls Sie sich tatsächlich nicht auf die Nacht freuen, könnte er Ihnen helfen.«

Ich schüttelte immer noch den Kopf.

»Trinken Sie«, befahl er, sein Ton hatte sich verändert. »Sie sind hier, um mir zu gehorchen. Das gehört zu unserer Abmachung.«

Plötzlich war mir gleichgültig, was mit mir geschah. Ich war aus einem bestimmten Grund hier und mußte mich an unsere Vereinbarung halten. Diesmal würde mir niemand zu Hilfe kommen, und ich wollte auch nicht gerettet werden, denn ich mußte ja meinen Vater retten.

Ich trank den Wein. Weil ich nichts gegessen hatte, machte er ein bißchen schwindlig. Granville hatte recht, der Wein würde mir helfen.

Er lachte leise. »Kommen Sie, ich bin bereit.«

Ich stand auf. Er griff nach meinem Morgenrock, der auf den Boden fiel. Er warf seinen Morgenrock ab und zeigte auf die rote

Narbe auf seiner Brust. »Ein Andenken an Ihren Beschützer. Dafür werden Sie mir büßen.« In seiner Stimme lag blanker Haß. Ich unterdrückte den Drang, mich umzudrehen und wegzulaufen. Aber er hatte mich schon hochgehoben und auf das Bett geworfen.

Noch heute ertrage ich es nicht, an diese Nacht zu denken. Er war entschlossen, mich für die Prügel büßen zu lassen, die Leigh ihm verabreicht hatte, und dafür, daß ich ihn getäuscht und ihm die unschuldige Jungfrau vorgespielt hatte.

Der Mann war amoralisch. Er hatte kein Gefühl für Recht und Unrecht. Im Lauf der Nacht erinnerte er mich immer wieder daran, daß ich mich seinem Willen unterwerfen mußte, und ich wagte nicht, mich aufzulehnen.

Ich versuchte, meinen Geist von meinem Körper loszulösen, mich selbst wie ein Außenstehender zu sehen, der mit den Geschehnissen nichts zu tun hatte. Granville versuchte, meinen Geist ebenso zu unterjochen wie meinen Körper, und es ärgerte ihn — und erregte gleichzeitig seine Bewunderung —, daß er es nicht fertigbrachte. Er war ein merkwürdiger Mann. Seltsamerweise war ich davon überzeugt, daß er sein Versprechen halten würde. Wie er erwähnt hatte, verfügte er wirklich über einen raffinierten Geschmack. Seine duftende Unterwäsche und sein sauberer Körper bewiesen dies. Ich mußte wenigstens keinen schmutzigen Wüstling ertragen. Ich fühlte mich körperlich und geistig wie zerschlagen und dachte immer nur daran, daß es vorübergehen würde.

Als der erste Streifen der Morgenröte am Himmel auftauchte, war meine Tortur zu Ende.

Er versuchte nicht, mich zurückzuhalten. Ich hüllte mich in den Morgenrock und zog am Klingelstrang. Die Frau, die mich in Empfang genommen hatte, trat in den Raum. Ohne ihr Toupet und die Schönheitspflästerchen sah sie verändert aus, aber sie war wenigstens sauber. Anscheinend mußte seine ganze Umgebung peinlich rein sein.

Sie brachte mich wortlos in den Raum, in dem ich gebadet hatte und in dem sich meine Kleider befanden. Ich zog mich an, und sie führte mich hinaus. Der Wagen wartete schon und brachte mich ins Gasthaus zurück.

Ich ging sofort ins Zimmer meiner Mutter und bemerkte zu meiner Erleichterung, daß sie noch schlief. Hoffentlich hatte sie mich im Laufe der Nacht nicht vermißt.

Ich legte den Umhang ab, setzte mich und schloß die Augen. Die Bilder der vergangenen Nacht tauchten immer wieder vor meinem Geist auf.

Mein Vater wird heute kommen, sagte ich mir, und das war das Opfer wert.

Auch mein Vater war ein merkwürdiger Mann, der viele Frauen gekannt hatte, bevor er meine Mutter heiratete. Ich nahm an, daß er ihr treu gewesen war. Christabel war seine Tochter — vielleicht besaß er noch andere uneheliche Kinder.

Wenn ich an meinen Vater dachte, verschwanden die Bilder der Nacht. Sein Gesicht trat an die Stelle von Granvilles schönem, laszivem Antlitz.

Und dann frohlockte ich, denn wenn mein Vater wiederkam, konnte ich mir sagen: Ich habe dich gerettet, ich habe dich nach Hause gebracht. Die Tochter, die für dich nie wichtig war, hat dir das Leben gerettet.

In diesem Augenblick war mir gleichgültig, was ich getan hatte. Ich war froh darüber. Ich hatte die Demütigung um meines Vaters willen auf mich genommen und würde es jederzeit wieder tun.

Meine Mutter warf sich unruhig im Bett hin und her. Ich saß neben ihr und spürte Angst in mir aufsteigen.

Würde Granville sein Wort halten? Oder lachte er mich aus, weil diesmal er mich betrogen hatte?

Er hatte mir versichert, daß er seine Schulden bezahlte, und ich war ihm auf Treu und Glauben ausgeliefert. Doch je mehr Zeit verstrich, desto größer wurden meine Zweifel.

Wenn er mich betrogen hat, töte ich ihn, nahm ich mir vor.

Am frühen Nachmittag betrat mein Vater das Zimmer.

Er war schmutzig, ungekämmt, roch nach Gefängnis, war blaß und hatte abgenommen. Aber er war bei uns und damit in Sicherheit.

»O Vater!« rief ich »Du bist wieder da.«

Er nickte. »Deine Mutter ...«

Ich blickte zum Bett hinüber, und er stürzte hin und kniete neben ihr nieder. Sie schlug die Augen auf. Ich werde nie ihr Lächeln vergessen. Sie war wieder jung und schön, und sie lagen einander in den Armen.

Ich beobachtete sie, aber sie hatten mich vergessen.

V

Carlottas Alkoven

Meine Mutter genas sehr rasch. Der Arzt hatte recht gehabt, sie brauchte nur die Gegenwart meines Vaters, um das Fieber zu überwinden.

Wir trafen einige Reisevorbereitungen, denn meine Mutter behauptete, daß sie sich erst in Eversleigh wirklich in Sicherheit fühlen würde. Um ihren Mund lag ein entschlossener Zug. Sie hatte sich offensichtlich vorgenommen, daß sich niemand von der Familie mehr an Revolutionen beteiligen würde. König Jakob II. saß auf dem Thron; er war katholisch, und mein Vater wollte keinen katholischen König, wie so viele andere Männer und Frauen auch. Doch meine Mutter stand auf dem Standpunkt, daß Jakob nun einmal unser Herrscher war und wir uns mit ihm abfinden mußten. Unsere Familie würde keine Risiken mehr eingehen.

Wahrscheinlich war mein Vater tief gerührt gewesen, als sie so krank und elend vor ihm gelegen hatte. Während der Tage bis zur Abreise ließen sie einander keinen Moment aus den Augen. Es war rührend, und trotz meines geschändeten, zerschlagenen Körpers frohlockte ich, denn ohne mich hätte alles schlimm geendet.

Wir nahmen die erste Postkutsche und fuhren in Etappen heim. Mein Vater hielt es für ratsam, so wenig Aufsehen wie möglich zu erregen.

Erst in Eversleigh wagten sie, offener zu sprechen.

»Ich habe keine Ahnung, wer mein Wohltäter ist«, erklärte mein Vater. »Alles ging so schnell. Man holte mich in einen

Raum, in dem ich die Nacht allein verbrachte. Das war schon eine Erleichterung. Ich werde den Gestank im großen Raum nie vergessen. Und am nächsten Tag war ich frei.«

Mein Vater war fest davon überzeugt, daß meine Mutter den Richter mit einer großen Geldsumme bestochen hatte. Sie versicherte ihm, daß das nicht der Fall war. Schließlich hatte sie hohes Fieber gehabt, als wir in Dorset eintrafen, und nicht einmal gewußt, wo sie sich befand.

»Es muß aber jemand gewesen sein«, meinte mein Vater. »Ich werde es schon noch herausbekommen. Wahrscheinlich habe ich irgendwo einen sehr guten Freund.«

»Jemand, dem du einmal einen Dienst erwiesen hast«, sagte meine Mutter.

»Daran müßte ich mich erinnern, aber mir fällt niemand ein. Dabei muß es ganz schön viel gekostet haben. Jeffreys wird durch die Prozesse zum reichen Mann.«

Keiner von ihnen bemerkte mich, und dabei war ich davon überzeugt, daß ich mich durch diese Nacht körperlich und seelisch verändert hatte. Ich würde nie wieder so sein wie vorher. Es hatte sich um die tiefste Demütigung, um die völlige Unterwerfung unter den Willen eines Mannes gehandelt, dessen sexuelle Lüste untrennbar mit dem Bedürfnis nach Rache verbunden waren. Ich würde sein hämisches Lachen nie vergessen. Wie tief mußten die Prügel, die er von Leigh bezogen hatte, ihn seelisch getroffen haben! Und er mußte Unmengen von Lotionen für seine Wunden verbraucht haben.

Meine Mutter bestand darauf, daß wir die Heimkehr meines Vaters feierten. Harriet sollte mit Carlotta zu uns herüberkommen.

»Ich weiß, daß du dich über diesen Besuch freuen wirst«, sagte meine Mutter. »Auch für dich war es eine schwere Zeit, Priscilla.«

»Doch jetzt ist Vater in Sicherheit.«

»Wenn ich nur wüßte, wer unser unbekannter Wohltäter ist, ich würde ihm auf den Knien danken. Doch ich glaube, daß wir einmal die Lösung des Rätsels erfahren werden.«

»Ich bin davon überzeugt, daß euer Glück genügend Lohn für diesen Wohltäter ist.«

»Dein Vater und ich sind eins. Wenn einer von uns stirbt, liegt dem anderen nicht mehr viel am Leben.«

Ich war zu gerührt, um zu sprechen.

»Und dabei haben wir dich ganz vergessen. Du hast dich so rührend um mich gekümmert. Es war wirklich ein Glück, daß du bei mir warst.«

Wenn du wüßtest, dachte ich. Aber ich würde es ihnen nie gestehen können. Dennoch fragte ich mich, wie sie darauf reagieren würden. Es gab niemanden, mit dem ich darüber sprechen konnte, auch nicht mit Harriet oder Christabel. Ich versuchte, diese Nacht vollkommen aus meinem Gedächtnis zu streichen, doch es gelang mir nicht.

Wie anders war die zärtliche Liebesnacht gewesen, die ich mit Jocelyn verbracht hatte, und der Carlotta ihr Leben verdankte. Plötzlich erfaßte mich Angst. Was war, wenn Granville in dieser Nacht ein Kind gezeugt hatte? Was sollte ich dann tun?

Das durfte nicht sein, das wäre zuviel gewesen. Ich hatte für das Leben meines Vaters bezahlt, und nicht wenig.

Zum Glück blieb mir dieses Schicksal erspart.

Die fürchterliche Nacht hatte kein Kind zur Folge.

Schließlich veranstalteten wir doch kein großes Fest, um die Rückkehr meines Vaters zu feiern.

»Von nun an müssen wir ein zurückgezogenes Leben führen«, hatte meine Mutter beschlossen.

Es würde keine Reisen an den Hof mehr geben, denn wir waren dort in Ungnade gefallen. Niemand sollte daran erinnert werden, daß wir zu Monmouth gehalten hatten. Auf dem Thron saß ein neuer König, und auch wenn wir ihn nicht mochten, mußten wir uns mit ihm abfinden.

Mein Vater war unruhig. Das lag in seiner Natur, und wenn er nicht auf meine Mutter Rücksicht genommen hätte, hätte er sich bestimmt an einer neuen Verschwörung beteiligt. Die Zeit nach dem Tod des leichtlebigen Karl war schwer, denn er war beliebt gewesen, während Jakob nicht die Gabe besaß, die Menschen für sich einzunehmen.

»Das alles geht uns nichts an«, befahl meine Mutter äußerst energisch. Jedes Mal, wenn die Augen meines Vaters unternehmungslustig leuchteten, wurde sie krank, so daß er bedauernd alle Pläne zurückstellte, die er gerade geschmiedet hatte.

Er liebte sie zweifellos sehr.

Doch obwohl wir kein Fest veranstalteten, bekamen wir lieben Besuch. Harriet kam mit Gregory, Benjie und Carlotta und blieb einige Wochen bei uns. In Gesellschaft meiner Tochter vergaß ich allmählich mein schreckliches Erlebnis. Sie war jetzt beinahe vier Jahre alt und entwickelte sich zu einer ausgesprochenen Schönheit; ihre blauen Augen glichen immer mehr denen ihres Vaters. Sie waren nicht dunkelviolett, wie die Harriets, sondern hellblau, wie Kornblumen; das dunkle Haar bildete einen reizvollen Kontrast dazu, und ihre kurze, kecke Nase war bezaubernd. Am anziehendsten an ihr war jedoch ihre Vitalität. Sie war so lebhaft, daß Sally Nullens behauptete, sie käme zu keiner anderen Arbeit, als immer hinter ihr herzulaufen. Emily Philpots achtete darauf, daß Carlotta immer exquisit gekleidet war, und hatte bereits begonnen, ihr das Lesen beizubringen, das sie sehr schnell beherrschte. Emily erklärte uns, daß sie noch nie ein Kind kennengelernt hatte, das so rasch begriff. Für die beiden Frauen war Carlotta der Mittelpunkt ihres Lebens.

Und da Carlotta klug und auch raffiniert war, hatte sie bald heraus, wie sehr die beiden Frauen an ihr hingen, und nützte diesen Umstand weidlich aus. Sie konnte hochmütig und im nächsten Augenblick wieder überaus zärtlich sein; sie stampfte und tobte, wenn sie gehorchen mußte, und brach in Tränen aus, wenn ihr ein Mensch oder ein Tier leid taten. Ihre Launen wechselten so schnell, daß es schwierig war, ihnen zu folgen und Carlottas wahres Wesen zu erkennen.

Benjie liebte sie und lehrte sie reiten. Gregory verhielt sich ihr gegenüber, als wäre sie seine eigene Tochter, und hatte ihr ein kleines Pony gekauft. Harriet behandelte sie mit nachsichtiger Toleranz; sie machte nie ein großes Aufhebens um sie, aber Carlotta schien Harriet am meisten zu lieben. Sie nahm die Aufmerksamkeit der anderen wie eine Huldigung entgegen, die ihr zustand; sie bemühte sich jedoch, Harriets Beifall zu erringen.

Als sie eintrafen, ging ich den Hof hinunter, um sie zu begrüßen. Meine Tochter trug einen Mantel, der genauso rot war wie ihre Wangen, ihre blauen Augen funkelten, und ihre dunklen Locken waren zerzaust — sie sah entzückend aus. Sie fiel mir um den Hals und küßte mich. Ich war so gerührt, daß ich Mühe hatte, die Tränen zurückzuhalten.

Sie schien zu fühlen, daß wir auf besondere Art und Weise verbunden waren. Sie ergriff meine Hand, und wir gingen zusammen ins Haus.

Meine Mutter begrüßte die Gäste herzlich, mein Vater etwas reservierter. Er stand Harriet immer ein wenig kritisch gegenüber. Ihre Mundwinkel verzogen sich spöttisch. Sie nahm ihm übel, daß er einer der wenigen Männer war, die ihrem Charme nicht erlegen waren.

»Es ist ein glückseliger Tag«, rief Harriet. »Wir hatten uns alle solche Sorgen gemacht.«

»Wir sprechen nicht mehr darüber«, unterbrach sie meine Mutter. »Es ist vorbei und vergessen.«

Benjie erzählte meinem Vater, wie weit er jetzt mit Pfeil und Bogen schießen konnte, und fragte, ob wir nicht auf dem Rasen Bogenschießen üben wollten. Er war davon überzeugt, daß er Carl schlagen würde. Carl nahm die Herausforderung sofort an, und sie verließen uns eifirg plaudernd.

»Willst du Carlotta auch dieses Mal in dein Zimmer nehmen, Priscilla?« erkundigte sich Harriet. »Sie hat es gern, nicht wahr, Carlotta?«

Carlotta sah mich an und nickte.

»Wir könnten das Kinderbett ohne weiteres in Priscillas Zimmer stellen lassen«, schlug meiner Mutter vor.

»Es steht schon dort«, bekannte ich.

Carlotta packte meinen Rock und lächelte mich an, als hätten wir ein Geheimnis miteinander. Ich war vor Glück überwältigt. Wie sehr liebte ich dieses Kind!

Mein Vater widersprach. »Sie ist alt genug, um allein im Kinderzimmer zu schlafen. Sally ist bestimmt auch dieser Meinung.«

Carlotta sah ihn böse an. »Ich mag dich nicht.«

Mein Vater lachte laut. »Und was soll ich jetzt tun? Ins Meer springen?«

»Ja«, rief Carlotta begeistert. »Spring ins Meer. Dann ertrinkst du.«

Harriet lachte auf. Meine Mutter sagte tadelnd: »So darfst du aber nicht mit deinem Onkel Carleton sprechen.«

»So spreche ich immer«, behauptete Carlotta und streckte meinem Vater die Zunge heraus.

Ich befürchte schon, daß er ihr eine Prügelstrafe aufbrummen würde, aber er bemühte sich sehr, das Lachen zu verbeißen. Sogar er, der nichts für Kinder übrig hatte, und schon gar nicht für kleine Mädchen, erlag dem Charme meiner Tochter. »Das Kind ist sehr verwöhnt«, stellte meine Mutter fest. »Man müßte strenger mit ihr sein.«

»Sie ist schon in Ordnung, wie sie ist«, erklärte Harriet. »Sie sagt, was sie denkt. Sie hat noch nicht gelernt, sich zu verstellen.«

Ich hatte Angst, daß meine Mutter sie dennoch bestrafen würde. Deshalb hob ich Carlotta hoch, die mir die Arme um den Hals schlang. »Was heißt ›streng‹?« flüsterte sie.

»Das erkläre ich dir später.«

Sie lachte und drückte sich an mich.

Harriet beobachtete uns und sah dabei so gerührt drein, wie es ihr überhaupt möglich war.

»Komm jetzt«, sagte ich, »wir gehen in mein Zimmer.«

Ich stellte Carlotta auf die Füße, sie ergriff meine Hand und blickte triumphierend zu meinen Eltern zurück.

Ich war so glücklich, weil ich sie bei mir hatte. Sie hüpfte auf meinem Bett herum und fragte: »Ich schlafe hier, nicht wahr?« Es würde so sein wie bei ihren früheren Besuchen. Sally Nullens würde Carlotta schlafenlegen, und wenn ich heraufkam, würde sie wach sein. Sie würde zusehen, wie ich mich auszog und zu mir kriechen, sobald ich im Bett lag. Ich würde ihr eine Geschichte erzählen, und sie würde dabei einschlafen; ich würde sie dann in den Armen halten, und meine Liebe zu ihr würde mich überwältigen.

Natürlich gab Sally Nullens meinem Vater recht und trat dafür ein, daß Carlotta im Kinderzimmer schlief, wo Sally sie unter ihrer Aufsicht hatte. Mit Sally wurde ich jedoch leicht fertig. Sie und Emily wußten, daß sie mir ihre Posten bei Harriet verdankten. Deshalb fügten sie sich meinem Wunsch und erhoben keine weiteren Einwände.

Während dieses Besuchs bewies Carlotta, daß sie wirklich alle Herzen erobern konnte. Weil mein Vater sich durch ihren Charme nicht beeindrucken ließ, hatte sie offensichtlich das Bedürfnis, sich bei ihm einzuschmeicheln.

Sie beobachtete meinen Vater oft, und wenn er sie nicht ansah, streckte sie ihm die Zunge heraus. Ich verbot es ihr, denn ich hatte Angst, daß er sie streng bestrafen würde, wenn er sie dabei erwischte, und davor wollte ich sie beschützen. Sally war eine gute Kinderschwester, und Carlotta bekam sicherlich von ihr gelegentlich einen Klaps, den sie gleichmütig hinnahm. Sally hatte sie auch schon übers Knie gelegt und mit einem dünnen Rohrstab verprügelt, wobei Carlotta vor Wut brüllte. Aber kurz darauf gab sie Sally zärtlich einen Gutenacht-Kuß, ein Zeichen dafür, daß sie die Strafe als verdient ansah.

Mein Vater war von anderer Wesensart, und ich wollte nicht, daß er Carlotta bestrafte.

Carlotta kannte keine Angst.

Wir waren im Garten, und Carlotta spielte mit ihrem Federball. Mein Vater saß auf einer Bank am Teich; er hatte Carlotta ermahnt, nicht soviel Lärm zu machen.

Sie sah ihn einen Augenblick an, dann spielte sie schweigend weiter.

Er schien zu schlafen, und sie schlich sich an ihn heran und beobachtete ihn. Ich wollte sie schon zu mir rufen, ließ es dann aber bleiben. Niemand hatte ihr verboten, meinen Vater anzusehen. Dann legte sie ihm die Hand auf das Knie, kletterte auf seinen Schoß und legte ihm die Arme um den Hals, aber nicht zärtlich, sondern um sich festzuhalten. Dann rief sie: »Du bist ein böser alter Mann«, und versuchte, hinunterzuspringen.

Er hielt sie fest und fagte: »Was hast du da gesagt?«

Sie schwieg und blickte ihm ins Gesicht.

»Du bist ein keckes Kind«, stellte er fest. »Du hast geglaubt, daß das alte Scheusal schläft und daß du ihm deine Meinung sagen kannst. Jetzt sieht die Sache aber anders aus, nicht wahr?«

»Nein!« rief sie.

»Dann sag es noch einmal.«

»Du bist ein böser alter Mann.«

»Du hast also keine Angst vor mir?«

Sie zögerte.

»Also du hast doch Angst davor, daß ich dich verprügeln werde. Und trotzdem sagst du es.«

»Du bist ein böser alter Mann«, wiederholte sie, aber schon deutlich leiser.

»Und du hast Angst vor mir?«

Sie nickte.

»Trotzdem sagst du mir, daß ich ein böser alter Mann bin.«

Sie nickte wieder.

Er lachte. »Weißt du was, ich bin es wirklich.«

Sie stimmte in sein Lachen ein.

Sie hatte ihn erobert. Eine halbe Stunde später saß sie immer noch auf seinen Knien und erzählte ihm, wie die bösen Menschen dem König den Kopf abgeschlagen hatten.

Einige Tage später kam Edwin nach Hause.

Meine Mutter war immer überglücklich, wenn er da war. Diesmal war er bedrückt, denn er war davon überzeugt, daß mein Vater sehr unvorsichtig gehandelt hatte, als er sich Monmouth anschloß. Als Offizier wußte er, daß der Herzog nie eine Chance gehabt hatte. Das Volk liebte zwar den neuen König nicht, aber Monmouth war nicht viel besser als Jakob, und deshalb hatte eine Revolte keinen Sinn gehabt.

Doch Edwin hatte nie seine Meinung anderen aufgezwungen, und die Armee hatte ihn nicht verändert. Er war immer noch sanft, bescheiden und leicht beeinflußbar. Ich fragte mich, wie das Wiedersehen mit Christabel ausfallen würde.

Dieses Zusammentreffen verlief vollkommen undramatisch. Er freute sich sichtlich darüber, daß Christabel zufrieden war, und sie war in ihrer Ehe so glücklich, daß sie die damalige Enttäuschung vollkommen vergessen hatte.

Der kleine Thomas gedieh prächtig, und Christabel und ihr Mann waren davon überzeugt, daß er das wunderbarste Kind der Welt war.

Christabel kam auf die Ängste zu sprechen, die wir durchgemacht hatten.

»Es war wie ein Wunder, als ihr alle so heil zurückkamt. Thomas konnte es kaum glauben. Wir hatten uns große Sorgen um euch gemacht. Aber es geschehen eben doch noch Wunder.«

Sie dachte offensichtlich an ihr eigenes Schicksal; und wenn ich sie in ihrem schönen Heim als Mittelpunkt ihrer Familie sah, fand ich, daß sie wirklich das größte Wunder erlebt hatte.

Meine Mutter wollte Edwin unbedingt verheiraten. Er war jetzt über fünfundzwanzig — genau wie Leigh —, und keiner von beiden war verheiratet. Auch meinetwegen machte sie sich Sorgen, denn ich war schon neunzehn. Jetzt war mein Vater zu Hause,und sie konnte Gäste einladen; unter den Familien, die uns besuchten, würden sich vielleicht ein Mann für mich und eine Frau für Edwin finden. Sie hatte immer schon ein Auge auf Jane Merridew geworfen. Jane war ebenfalls fünfundzwanzig, hübsch, klug, praktisch veranlagt — genau die richtige Frau für Edwin.

Also kamen die Merridews auf Besuch und blieben. Sie waren eingefleischte Protestanten und standen dem neuen König genauso ablehnend gegenüber wie mein Vater; dadurch hatten sie immer Gesprächsstoff. Es dauerte nicht lange, und Jane und Edwin waren verlobt.

»Sie sollten nicht lange mit der Hochzeit warten«, meinte meine Mutter. »Soldaten verbringen soviel Zeit fern von ihren Frauen, daß es um jede verlorene Stunde schade ist.«

Die Merridews waren der gleichen Meinung; außerdem war Jane nicht mehr blutjung.

Edwin nahm an, daß er in sechs Monaten wieder Urlaub bekommen würde und daß Leigh dann ebenfalls anwesend sein würde; also wurde die Hochzeit auf diesen Zeitpunkt festgelegt.

Harriet ging mit mir durch den Garten. »Du wirst auch bald an der Reihe sein, Priscilla, denn du bist kein Kind mehr. Du kannst nicht dein Leben lang um einen toten Geliebten trauern.«

Ich schwieg.

»Du wirst dich eines Tages verlieben, Kind, und dann wirst du glücklich sein. Ich kenne sogar einen Mann, der gut zu dir passen würde, und du weißt bestimmt, wen ich im Sinn habe. Aber ich überlasse es euch, ihr müßt von selbst zueinander finden. Die Vergangenheit darf keinen Einfluß auf eure Zukunft haben.«

»Nein, Harriet, die Vergangenheit beeinflußt immer die Zukunft. Etwas ereignet sich, und von diesem Zeitpunkt an verläuft unser Lebensweg anders.«

»Natürlich begehen wir Fehler«, gab Harriet zu, »aber wir dürfen nie über sie nachgrübeln. Wir müssen sie einfach als eine wichtige Erfahrung akzeptieren.«

Erfahrung! dachte ich. Ein nach Moschus duftendes Bett und ein Mann, der mich auf jede nur mögliche Weise demütigt.

Ich war schon im Begriff, Harriet alles zu gestehen, beherrschte mich aber gerade noch rechtzeitig. Es handelte sich um mein beschämendes Geheimnis, das niemals ans Tageslicht kommen durfte. Das würde ich nicht ertragen.

»Deine Mutter sieht sehr kampflustig aus«, fuhr Harriet fort. »Heute Edwin, morgen Priscilla. Sie sehnt sich danach, Enkelkinder zu wiegen. Die arme Arabella war immer schon sentimental. Ich liebe sie von Herzen, sie hat eine wichtige Rolle in meinem

Leben gespielt. Jetzt bin ich nur neugierig, was aus unserem kleinen Engelchen Carlotta wird. Sie wird bestimmt ein aufregendes Leben führen.«

Natürlich hatte Harriet in bezug auf meine Mutter recht. Sie war über Edwins Verlobung sehr glücklich und sagte mir das auch einmal. »Ich freue mich so sehr für Edwin. Jane wird ihm bestimmt eine gute Frau sein.«

»Du wolltest doch immer, daß er Jane heiratet, und hast deshalb verhindert, daß er Christabel zur Frau nahm.«

»Und wie recht ich damit hatte. Christabel ist bei Thomas vollkommen glücklich. Er war der Richtige für sie. Und der kleine Thomas macht ihr Glück vollkommen.«

»Sie war aber sehr unglücklich, als Edwin sich von dir überreden ließ, sie aufzugeben.«

»Mein liebes Kind, wenn er sie wirklich geliebt hätte, hätte er sich nicht überreden lassen. Und wenn sie ihn wirklich geliebt hätte, könnte sie jetzt mit Thomas nicht so glücklich sein.«

Dann sah sie mich wehmütig an.

»Auch du solltest heiraten, Priscilla.«

»Ich habe noch gar nicht daran gedacht.«

»Wenn ich dich mit der kleinen Carlotta sehe, finde ich, daß du bald heiraten solltest. Du bist kein Kind mehr; wenn man sieht, wie du mit Carlotta umgehst, wird das besonders deutlich.«

Ich lächelte ihr zu. Was sie wohl sagen würde, wenn sie wüßte, daß Carlotta meine Tochter war?

Im April des darauffolgenden Jahres heirateten Edwin und Jane. Die Merridews wohnten fünf Meilen von Eversleigh Court entfernt, und die prunkvolle Hochzeitsfeier wurde in ihrem Haus abgehalten.

Edwin sah glücklich aus, und Jane war es bestimmt auch. Meine Mutter strahlte. Sie und Jane hatten sich angefreundet, was sehr günstig war, denn Jane würde nach der Hochzeit nach Eversleigh übersiedeln. Eversleigh Court gehörte Edwin, weil er der direkte Erbe war, obwohl mein Vater den Besitz immer geleitet hatte und ihn sicherlich als sein Eigentum betrachtete. Edwin wäre nie auf den Gedanken gekommen, seinen Anspruch geltend zu machen.

Vom Standpunkt der Merridews aus war es eine gute Partie — vorausgesetzt, daß mein Vater wegen der Teilnahme an der Monmouth-Revolte nicht mit weiteren Schwierigkeiten rechnen mußte. Besitz und Vermögen konnten über Nacht beschlagnahmt werden.

Die Merridews hielten sich genau wie wir vom Hof fern und blieben auf ihren Gütern. Wir hofften, daß die Revolte bald vergessen sein würde, obwohl uns Gerüchte zu Ohren kamen, denen zufolge es viele Leute gab, die mit den Absichten des Königs nicht übereinstimmten und deshalb Unruhe stifteten.

»Was immer sie vorhaben«, erklärte meine Mutter entschlossen, »wir haben nichts damit zu tun.«

Am Hochzeitstag fuhren wir zu den Merridews und wohnten der Trauung in der Kapelle in ihrem Haus bei. Daran schloß sich ein Bankett an, und am Abend begab sich das jungverheiratete Paar nach Eversleigh, denn sie sollten die erste Nacht in dem traditionellen Brautgemach verbringen, das meine Mutter für sie hergerichtet hatte.

Wir blieben zwei Tage in Merridew Court, und als wir nebeneinander nach Haus ritten, meinte meine Mutter: »Ich freue mich sehr, daß Edwin verheiratet ist, und bin davon überzeugt, daß er mit Jane glücklich sein wird.«

»Ja«, stimmte ich zu, »sie passen zueinander. Sie würden gar nicht auf die Idee kommen, nicht glücklich zu sein.«

»Was willst du damit sagen?«

»Ich glaube, daß sie immer nur das tun, was man von ihnen erwartet, und alle erwarten eben, daß sie glücklich werden.«

»Das ist doch nicht schlecht, oder?«

»Nein. Aber das Glück läßt sich nicht immer erzwingen.«

Das war ein Fehler, denn sie hakte sofort ein.

»Ich wäre sehr glücklich, Priscilla, wenn auch du eine so gute Partie machtest.«

Ich schwieg.

»Ich weiß«, fuhr sie fort, »daß du eine romantische Neigung zu dem armen jungen Mann gefaßt hattest, aber das ist längst vorbei, und du warst damals noch ein Kind.«

Ich schwieg noch immer.

»Es war nur eine kindliche Schwärmerei, mein Liebes. Du mußt davon loskommen, unter Menschen gehen. Manchmal wirkst du so ernst und nachdenklich. Seit unserer Rückkehr aus Dorset hast du dich verändert.«

In diesem Augenblick wäre es leicht gewesen, ihr die Wahrheit zu gestehen, ihr zu erzählen, was ich getan hatte, das Rätsel um die Freilassung meines Vaters zu lösen. Ich hätte so gern darüber gespottet, daß sie mich als Kind bezeichnete. Ein Kind, das selbst ein Kind geboren, das eine Nacht mit Beaumont Granville verbracht hatte! Im Vergleich zu mir war sie naiv. Ich war die erfahrene Frau, nicht sie.

Zwei Tage, nachdem wir nach Eversleigh Court zurückgekehrt waren, traf Leigh ein. Er hatte nicht rechtzeitig zur Hochzeit kommen können.

Er war deutlich gealtert, wirkte irgendwie unruhig, und wir erfuhren auch bald den Grund. Es gab Schwierigkeiten. Der König bevorzugte die Katholiken, und ein großer Teil der Bevölkerung war verärgert. Leigh befürchtete, daß es zu einem Aufstand kommen würde.

»Ein weiterer Bürgerkrieg wäre katastrophal«, erklärte er während des Essens. »Engländer gegen Engländer, wie vor gar nicht so langer Zeit. Es ist ganz anders, als wenn man gegen ein fremdes Land kämpft. Ich will unter keinen Umständen gegen meine Landsleute kämpfen. Vielleicht werde ich meinen Abschied nehmen und mich zur Ruhe setzen.«

»Das wäre eine ausgezeichnete Idee«, stimmte ihm meine Mutter zu. »Aber wenn Jakob abgesetzt wird, wer wird dann König?«

Leigh sprach leiser. »Der Schwiegersohn des Königs, Wilhelm von Oranien.«

»Wilhelm von Oranien!« wiederholte meine Mutter verblüfft.

»Warum nicht? Er ist mit Maria verheiratet, und sie ist die älteste Tochter des Königs. Aber er kann selbst Anspruch auf den Thron erheben, denn seine Mutter war die älteste Tochter von Karl I. Er ist Protestant, zuverlässig und auch tapfer, wenn auch nicht sehr sympathisch. Aber Charme gehört nicht zu den Eigenschaften, über die ein Herrscher unbedingt verfügen muß.«

»All das höre ich zum ersten Mal«, rief mein Vater, »aber weiß Gott, es würde ein glücklicher Tag für England, wenn es dazu käme.«

»Zuerst gäbe es jedoch Konflikte«, wandte Leigh ein. »Mir gefällt die jetzige Lage überhaupt nicht. Wenn Karl nur länger am Leben geblieben wäre.«

»Du sprichst uns allen aus dem Herzen«, stimmte ihm mein Vater zu.

Obwohl wir durch die Hochzeit fröhlich gestimmt waren, wurden wir plötzlich ernst. Meine Eltern erinnerten sich sichtlich an die Zeit des Bürgerkriegs, als niemand gewußt hatte, wer von seinen Nachbarn als sein Feind gelten mußte. Ich hatte viele Geschichten aus jener Zeit gehört.

Am nächsten Tag ritten Leigh und ich zum Meer hinunter, stiegen am Strand ab und banden die Pferde fest. Während wir zu Fuß weitergingen, fragte Leigh plötzlich: »Willst du meine Frau werden, Priscilla?«

Wahrscheinlich hatte ich immer darauf gewartet, daß er mir diese Frage stellte. Bevor ich Jocelyn kannte, hatte ich es sogar erhofft. Als ich noch ein Kind war, hatte ich in ihm immer den strahlenden Helden gesehen. Bevor Jocelyn in mein Leben trat, war ich davon überzeugt gewesen, daß Leigh der einzig richtige Mann für mich war.

Doch jetzt war ich kein naives, unschuldiges Mädchen mehr.

Ich hatte mich in Jocelyn verliebt ... und jetzt gab es auch noch Beaumont Granville in meinem Leben. Ich würde ihn nie vergessen können, und die Nacht mit ihm hatte mir die Lust auf eine Ehe vergällt.

Und dennoch liebte ich Leigh. Ich vertraute ihm, er war mein

Beschützer. Er hatte Granville verprügelt, der versucht hatte, mich zu entführen.

Ich schwieg einige Minuten und merkte, daß Leigh unruhig wurde.

Schließlich sprach er wieder. »Ich habe darauf gewartet, daß du erwachsen wirst, Priscilla — aber ich war lange Zeit fort. Du liebst mich doch, nicht wahr?«

»Natürlich liebe ich dich. Ich habe dich immer geliebt.«

Er blieb glücklich stehen, ergriff meine Hände und sah mir ins Gesicht. »Was steht unserer Hochzeit dann im Weg?«

»Ich bin meiner nicht sicher.«

»Nicht sicher! Und dabei hast du gerade behauptet, daß du mich liebst. Als du klein warst, kamst du mit allem, was dich bedrückte, zuerst zu mir. Du wolltest immer nur mit mir zusammen sein.«

»Ja, ich weiß. Du warst wie ein Bruder für mich.«

»Dein Bruder. Das stimmt, aber es war doch mehr. Du empfandest für Edwin nicht das gleiche.«

»Du hast recht; du warst der Held, der mich rettete, wenn ich in Schwierigkeiten geriet — der strahlende Held.«

»Jetzt wirst du auch noch poetisch. Warum zögerst du, Priscilla? Es gibt doch keinen anderen in deinem Leben, oder?«

Ich schüttelte den Kopf.

Es wäre besser gewesen, wenn wir nicht an den Strand geritten wären. Ich erinnerte mich an so vieles, das mit Jocelyn zusammenhing.

»Was ist es dann?« fragte Leigh.

»Es gibt einige Tatsachen, die du zuerst erfahren müßtest, Leigh.«

»Dann erzähle sie mir.«

»Ich fürchte, es wird dir einen Schock versetzen. Carlotta ist meine Tochter.«

Er starrte mich an.

»Siehst du, Leigh, wenn du erst alles weißt, wirst du mich vielleicht gar nicht mehr heiraten wollen.«

»Es war Jocelyn — und ich hatte angenommen, daß es nur kindliche Schwärmerei für einen gutaussehenden Helden war.«

»Du hast immer behauptet, daß ich noch ein Kind bin, auch als ich keines mehr war. Ich war jung, aber ich verliebte mich in ihn, und als wir auf Eyot festsaßen, wurde ich die Seine. Er wurde am nächsten Tag gefangengenommen und dann hingerichtet. Carlotta ist meine einzige Erinnerung an ihn.«

»Aber Carlotta ist doch die Tochter meiner Mutter.«

Ich schüttelte den Kopf. »Harriet hat mir geholfen, alles zu vertuschen. Ich weiß nicht, was ich ohne sie getan hätte.«

»Deshalb fuhrt ihr also nach Venedig, damit du dort das Kind zur Welt bringen konntes.«

»Für Harriet war es eine neue Rolle, die sie großartig spielte. Sie hat sich mir gegenüber wunderbar verhalten, ich werde es ihr nie vergessen.«

»Ich kann es noch nicht fassen — Carlotta dein Kind. Es ist grotesk.«

»Ohne Harriet wäre es nicht möglich gewesen. Sie war entschlossen, die Komödie durchzustehen, und es gelang ihr auch.«

»Willst du mich deshalb nicht heiraten? Liebst du den Toten immer noch?«

»Ich liebe dich, Leigh, daran hat sich nichts geändert. Du bist der einzige Mensch, den ich heiraten möchte. Aber das Geschehene verändert alles.«

»Es verändert nicht meine Gefühle für dich.«

»O Leigh.« Ich lehnte den Kopf an seine Brust, und er drückte mich an sich. Tiefer Friede überkam mich. Ich lauschte dem Geräusch der Brandung und dem melancholischen Kreischen der Möwen. Diese Geräusche hatten auch meine Zusammenkünfte mit Jocelyn begleitet. Doch jetzt war es anders, denn Leigh war der starke Mann, der Beschützer. Mir wurde in diesem Augenblick klar, daß ich Jocelyn geliebt hatte, weil ich das Bedürfnis empfand, ihn zu beschützen. Wenn jedoch Leigh an meiner Seite stand, würde seine Kraft mir helfen, die Vergangenheit auszulöschen.

Ich liebte Leigh und vertraute ihm, und diese Gefühle wären eine gute Grundlage für unsere Verbindung. In mir erwachte ein neues Glücksgefühl, und ich empfand das Bedürfnis, ihm alles zu gestehen. Ich wollte ihm erklären, daß ich mich Granville nur deshalb hingegeben hatte, weil mir nichts anderes übrigblieb, wenn ich meinen Vater retten wollte. Und wenn ich mir alles von der Seele geredet hatte, würden die Erinnerungen langsam verblassen, und ich konnte wieder uneingeschränkt glücklich sein.

Doch ich durfte es ihm nicht erzählen. Ich wußte genau, wie zornig er werden würde. Wenn er alles erfuhr, würde er Granville töten. Deshalb mußte ich das schreckliche Geheimnis für mich bewahren.

»Du hättest es mir früher erzählen sollen«, warf er mir vor. »Es war ein romantisches Abenteuer. Er war in Gefahr, und wir alle halfen ihm. Und das Ergebnis war Carlotta. Natürlich ändert sich dadurch viel. Wir müssen etwas unternehmen.«

»Was meinst du damit?«

»Ich kann mir vorstellen, daß du das Kind bei dir haben willst. Vielleicht können wir sie zu uns nehmen, sie braucht einen Vater.«

»Den hat sie in Gregory. Er ist ganz vernarrt in sie.«

»Sie braucht auch eine Mutter. Harriet liegt die Mutterrolle nicht sehr.«

»Dennoch liebt Carlotta sie. Doch ich wäre sehr glücklich, wenn ich sie ganz für mich haben könnte.«

»Ich werde sehen, was sich tun läßt.«

»O Leigh, ich bin ja so glücklich.«

Er nahm mich in die Arme. »Es mußte so kommen, Priscilla, du und ich, wir gehören zusammen.«

Und er besiegelte unser Verlöbnis mit einem Kuß.

Dann gingen wir zu den Pferden zurück.

Meine Mutter freute sich von Herzen.

Sie küßte zuerst mich, dann Leigh. »Ihr habt mir meinen größten Wunsch erfüllt. Du hast dich immer Priscillas angenommen, Leigh. Als du noch ein Junge warst, hast du die Mädchen verachtet, wie es in diesem Alter üblich ist, aber bei Priscilla hast du eine Ausnahme gemacht.«

»Natürlich«, gab Leigh zu. »Priscilla war ja auch kein gewöhnliches Mädchen.«

Mein Vater nahm die Neuigkeit gelassen auf. Er mochte Leigh, weil er ganz anders war als Edwin, von dem mein Vater keine gute Meinung hatte. Anscheinend war mein Vater froh darüber, daß seine Tochter unter die Haube kam.

»Ihr solltet nicht zu lange mit der Hochzeit warten«, meinte meine Mutter. »Wahrscheinlich wirst du nur allzu bald zu deinem Regiment zurückgerufen werden, Leigh.«

Leigh stimmte ihr bei, und wir stürzten uns in die Hochzeitsvorbereitungen.

Christabel kam von Grassland Manor herüber, um mir zu gratulieren. Sie hatte den kleinen Thomas in der Obhut der Nurse zurückgelassen, und wir zogen uns zu einem Plauderstündchen in mein Zimmer zurück.

Natürlich wollte Christabel sofort wissen, ob ich Leigh bezüglich Carlotta reinen Wein eingeschenkt hatte.

»Er weiß alles, Christabel. Ich mußte es ihm erzählen, bevor ich seine Frau wurde.«

»Und er versteht dich?«

»Ja. Er hat gesagt — ich bin so froh darüber —, daß wir uns etwas einfallen lassen müssen, um Carlotta ganz zu uns zu nehmen. Er weiß genau, was ich möchte.«

»Er wird dir ein guter Mann sein, Priscilla, und ihr werdet eine glückliche Ehe führen.«

»Genau wie ihr beide. Ihr gehört zu den wenigen Menschen, die das zuwege gebracht haben.«

»Und dabei verdiene ich es gar nicht.«

»Unsinn. Frag doch Thomas, wie er darüber denkt. Du hast ihn sehr glücklich gemacht.«

»Ja, das stimmt, und das ist wenigstens etwas. Also habe ich auch etwas Gutes gewirkt.«

»Du mußt aufhören, dir Vorwürfe zu machen, Christabel.«

»Ich war so neidisch, und Neid ist eine Todsünde.«

»Du hast dieses Gefühl jetzt endgültig überwunden. Wünsche mir, daß ich so glücklich werde wie du.«

»Das tue ich von ganzem Herzen.«

Harriet, Gregory, Benjie und Carlotta kamen ein paar Tage vor der Hochzeit herüber.

Natürlich war Harriet hoch erfreut.

»Ich habe mir immer gewünscht, daß ihr zueinander findet«, erklärte sie mir. »Ich kann dir gar nicht sagen, wie froh es mich macht. Ich war auch einmal eine Eversleigh — als ich Toby heiratete — und war stolz darauf. Jetzt wird eine Eversleigh meine Schwiegertochter, und ich wüßte niemanden, den ich lieber hätte.«

»Du warst immer so gut zu mir, Harriet. Ich habe Leigh von Carlotta erzählt.«

Sie nickte.

»Es macht ihm nichts aus, er heiratet mich trotzdem.«

»Das hätte ich ihm auch geraten.«

»Er will versuchen, Carlotta für immer zu uns zu holen.«

Sie drückte mir die Hand. »Er hat recht. Ach, unser kleines Drama geht wirklich gut aus. Hochzeitsglocken — ein sehr beliebtes Finale in einem Theaterstück.«

»Ein Ende wie im Märchen. Aber das Leben ist kein Märchen.«

Sie sah mich scharf an, und ich geriet wieder in Versuchung, ihr von Granville zu erzählen. Doch ich beherrschte mich. Niemand durfte etwas davon erfahren.

Leigh wollte nach London fahren und die Kaffeehäuser besuchen, denn in ihnen erfuhr man immer die neuesten Nachrichten. Höflinge, Soldaten, Politiker, Salonlöwen und Literaten kamen dort zusammen und unterhielten sich vollkommen offen miteinander.

Ich wollte nicht, daß er fuhr, den ich hatte Angst, daß ihm etwas zustoßen würde. Mir wurde von Tag zu Tag klarer, wie wichtig er für mich war. Ich begriff sogar, daß meine Beziehung zu Jocelyn nicht die ganz große Liebe gewesen war, das hatte ich mir nur eingebildet. Jocelyn war ein gut aussehender junger Mann gewesen, der sich in Gefahr befand. Und als sich uns auf der Insel die Gelegenheit bot, unseren Gefühlen freien Lauf zu lassen, hatten wir sie genützt. Jetzt fragte ich mich, wie sich die Dinge entwickelt hätten, wenn er am Leben geblieben wäre und wir geheiratet hätten. Es wäre ganz anders gewesen als mit Leigh, denn mein Gefühl für Leigh war stark und beständig, die gleiche Zuneigung, die meine Eltern verband. Das war die wahre Liebe, die nie aufhört ... keine flüchtige, romantische Leidenschaft.

Leigh war der einzige Mensch, den ich je wirklich geliebt hatte. Deshalb zitterte ich um ihn, als er nach London fuhr, deshalb wollte ich erfahren, was es Neues gab, deshalb fürchtete ich mich vor einem neuen Bürgerkrieg, einer neuen Revolution ... genau wie meine Mutter. Es handelte sich bei uns nicht um die Sorge eines Patrioten um sein Vaterland, sondern wir waren Frauen, die ihre Männer in Sicherheit wissen wollten.

Für mich war das Wichtigste, daß Leigh von Carlotta wußte, mich verstand und mir helfen wollte. Er würde ihr ein guter Vater sein. Ich genoß dieses Bewußtsein, doch bald verfolgte mich die Erinnerung an Granville wieder heftiger denn je zuvor. Ich träumte von Leigh, der sich im Traum plötzlich in Granville verwandelte und auf mich zukam. Ich begann, Angst zu haben.

Der Hochzeitstag stand kurz bevor, im Haus herrschte geschäftiges Treiben, aus der Küche drang der Duft von Bäckereien. Meine Mutter schwebte im siebenten Himmel, denn ihre Wünsche waren allesamt in Erfüllung gegangen. Edwin hatte das Mädchen geheiratet, das sie für ihn ausgesucht hatte, und jetzt heiratete ich Leigh, den sie sich immer als Schwiegersohn gewünscht hatte.

»Leigh ist ein richtiger Mann, genau wie dein Vater, und du wirst mit ihm glücklich sein. Er wird dich behüten, und du mußt ihm eine gute Frau sein. Ich bin so froh, daß aus euch ein Paar wird.«

Carlotta schlief in meinem Zimmer. Sie interessierte sich für alle Vorbereitungen und verbrachte viel Zeit in der Küche, wo sie beim Backen zusah und gelegentlich vom Teig naschte.

Dort unten wurde sie von allen verwöhnt; Ellen setzte sie oft an den Tisch und zeigte ihr, wie man Rosinen entkernt.

Der alte Jasper verfiel natürlich nicht ihrem Zauber. Er hielt sie wahrscheinlich für einen Teufelsbraten, denn ihre offensichtliche Schönheit war ihm ein Dorn im Auge. Sie mochte Jasper nicht und zeigte es ihm auch ganz deutlich. Sie erklärte ihm sogar, daß Gott ihn ihrer Meinung nach auch nicht mochte, und das erschütterte ihn zutiefst.

Nachts kletterte sie in mein Bett und plauderte mit mir. Ich erklärte ihr, daß das nach meiner Heirat nicht mehr möglich sein würde, denn dann würde ich im Brautgemach schlafen, wie schon unzählige Bräute vor mir.

Sie hörte mir gebannt zu.

»Wann werde ich heiraten?« erkundigte sie sich.

»Das dauert noch Jahre.«

»Wirst du ein Kind bekommen?«

»Das weiß ich nicht.«

»Versprich es mir.«

»Was soll ich dir versprechen?«

»Auch wenn du ein Baby bekommst, wirst du mich am liebsten haben.«

»Ich werde dich immer liebhaben, Carlotta.«

»Aber du sollst mich am liebsten haben.«

»Solche Versprechen kann man nicht geben.«

Während sie noch über meine Erklärung nachdachte, schlief sie ein.

Ich erhielt viele Geschenke. Von Christabel stammten kunstvoll bestickte Kissenbezüge, und auch Emily Philpots brachte mir bestickte Bettwäsche. Von meiner Mutter bekam ich schöne Seidenstoffe, die sich ebenso gut für Morgenröcke wie für Kleider eigneten.

Sie behauptete zwar, daß Vater und sie die Stoffe ausgesucht hätten, doch ich wußte, daß er sich bestimmt nicht daran beteiligt hatte.

Dann brachte ein Bote ein Paket und ging sofort wieder, ohne auf eine Antwort zu warten. Er bestellte nur, daß es für mich bestimmt war, und wollte nicht verraten, von wem es kam. Es war ein flaches, quadratisches Päckchen. Ich nahm es neugierig auf mein Zimmer und öffnete es dort.

Es war ein in zarten Farben gehaltenes Bild des Markusplatzes, und das Geschäft, in dem ich die Pantoffel gekauft hatte, war deutlich darauf zu erkennen.

Ich wußte, wer der Spender war, und falls ich noch Zweifel gehabt hätte, so wurden sie durch die Initialen in der Ecke beseitigt: B. G.

Mir war übel vor Angst. Was hatte das wieder zu bedeuten?

Offensichtlich wollte er mich daran erinnern, daß es ihn noch immer gab und daß ich ihn noch lange nicht los war.

Ich legte das Bild auf das Bett und wandte mich ab, weil ich es nicht über mich brachte, es anzusehen. Meine Angst wuchs von Minute zu Minute.

Was konnte er mir noch antun?

Ich konnte mir vorstellen, wie Leigh darauf reagieren würde. Er würde Granville töten. Deshalb durfte er es nie erfahren.

Ich fragte mich, ob eines der Familienmitglieder den Boten bemerkt hatte. Dann würde sich meine Mutter nämlich danach erkundigen, was er gebracht hatte. Durfte ich ihr das Bild zeigen? Ich konnte ja behaupten, daß es von jemandem kam, den wir in Venedig kennengelernt hatten.

Aber dann würde auch Leigh es zu Gesicht bekommen und sicherlich die Initialen in der Ecke bemerken.

Mein erster Impuls war, das Bild einfach zu vernichten, doch dann überlegte ich es mir. Ich legte es in eine Schublade und breitete einige Schals darüber. Wenn innerhalb der nächsten Tage niemand danach fragte, dann würde ich es zerstören.

Ich mußte mich zusammenreißen, bevor ich hinunterging.

Ich schaffte es, aber ein schrecklicher Schatten hing über mir.

Niemand hatte den Boten gesehen, und da niemand von dem Geschenk sprach, zerriß ich das Bild nach einigen Tagen und verbrannte es im Kamin. Danach fühlte ich mich wieder besser.

Ich redete mir ein, daß es nur ein boshafter Streich war.

Doch es beunruhigte mich, daß er von meiner Hochzeit erfahren hatte. Leigh war in London gewesen und hatte natürlich kein Geheimnis aus unserer Heirat gemacht. Er hatte viele Bekannte, die alle wissen wollten, wen er zur Frau nahm. Ich war die Enkelin von General Tolworthy, der tapfer für die royalistische Sache gekämpft hatte. Mein Vater, Carleton Eversleigh, war ein guter Freund des verstorbenen Königs gewesen. Hoffentlich war die Monmouth-Rebellion nicht zur Sprache gekommen; doch offensichtlich waren so viele Menschen vom jetzigen König enttäuscht, daß kaum jemand meinen Vater deshalb hassen würde.

Ich fühlte mich jedenfalls wohler, als das Bild nicht mehr existierte.

Wir wurden also in der Kapelle von Eversleigh getraut. Sogar in dem Augenblick, in dem Leigh und ich Arm in Arm die Kirche verließen, fiel mir das Geheimnis ein, das zwischen uns lag, und ich sehnte mich danach, ihm von der schrecklichen Nacht zu erzählen, doch ich wußte, daß er dann nicht ruhen würde, bis er sich an Granville gerächt hatte.

Ich konnte die Gedanken an Granville nicht vertreiben. Ich liebte Leigh leidenschaftlich, doch Granvilles Schatten ließ sich nicht aus meinem Geist vertreiben. Leigh bemerkte natürlich, daß etwas mit mir nicht in Ordnung war, und zeigte sich erstaunt und gekränkt. Wahrscheinlich nahm er an, daß ich immer noch an Jocelyn hing.

Obwohl ich ein Kind hatte, hielt mich Leigh noch immer nicht für voll erwachsen. Er war sich über mich nicht ganz im klaren und auch ein wenig enttäuscht. Er sprach viel von der Zukunft und hielt es nicht für günstig, wenn Eheleute häufig getrennt waren, was natürlich unweigerlich der Fall war, wenn der Mann in der Armee diente. Sobald sich die Lage beruhigt hatte, wollte er Eversleigh verlassen. Wir konnten nicht unser Leben lang in

Eversleigh Court wohnen, denn es war der Wohnsitz von Edwin, seiner Frau und den Kindern, die sie einmal bekommen würden, wie auch von meinen Eltern und Carl. Doch es gab noch das alte Dower House. Es war ein großes elisabethanisches Haus — Eversleigh Court in Miniatur.

Leigh wollte es den Besitzern von Eversleigh abkaufen und dann mit mir dort wohnen. Er schmiedete schon Pläne, wie er das Haus ausbauen und einen Teil des Grundbesitzes bewirtschaften würde. Er konnte nämlich mit dem Haus auch ein großes Stück Land erwerben.

»Dann würde ich zu Hause bleiben und immer bei dir sein«, versprach er, und ich spürte, wie enttäuscht er über unsere Ehe war.

Ich sehnte mich so sehr danach, ihm von der schrecklichen Nacht zu erzählen, die meiner Seele unheilbare Wunden zugefügt hatte, aber wenn ich an die Folgen dachte, schwieg ich.

Harriet blieb mit Carlotta, Benjie und Gregory länger bei uns. Sie erklärte, daß sie möglichst lange mit ihrem Sohn beisammen sein wollte, und ich freute mich natürlich. Nicht nur, daß Harriet eine sehr angenehme Gesellschafterin war, sondern ich hatte Carlotta länger in meiner Obhut.

Carl war jetzt sechzehn, Benjie knapp ein Jahr älter, und sie sollten im Herbst miteinander auf die Universität gehen.

Leigh sprach wieder einmal über sein Lieblingsthema, Dower House, und mein Vater wies darauf hin, daß der Boden viel Pflege brauchen würde, bevor er gute Ernten hervorbrachte.

Plötzlich mischte sich Carl ein. »Warum nimmst du nicht Enderby Hall, Leigh? Es ist ein großes Haus — oder war es jedenfalls.«

»Enderby Hall«, wiederholte Leigh, »hat es denn noch keinen neuen Besitzer?«

»Nein«, erwiderte meine Mutter, »und es wird sich auch nicht so bald einer finden. Dort spukt es angeblich.«

»Was für ein Unsinn«, rief Leigh. »Es war nie davon die Rede, als die Enderbys dort wohnten.«

»Ja, aber in dem Haus hat sich dann eine große Tragödie abgespielt«, wandte meine Mutter ein.

»Enderby und Gervaise Hilton von Grassland Manor waren in die Rye House-Verschwörung verwickelt«, fügte mein Vater hinzu. »Ihre Häuser wurden damals beschlagnahmt.«

»Doch zuerst wurden die Männer verhaftet«, fuhr meine Mutter fort. »Der armen Grace Enderby brach das Herz. Sie versuchte, sich in der großen Halle am Geländer der Galerie zu erhängen. Der Strick war aber zu lang, und sie fiel auf den Boden, statt am Seil zu baumeln. Sie starb nicht sofort. Die Diener behaupteten, daß sie das Haus verflucht hat und daß man nachts ihre Schreie hören kann.«

»Daher stammt also das Märchen von den Gespenstern«, stellte Leigh fest.

»Niemand hat jemals Schreie gehört«, warf mein Vater ein. »Wenn jemand davon erzählt hat, dann hat er es von einem Bekannten.«

»Das dürfte bei den meisten Spukhäusern der Fall sein«, bestätigte Leigh.

»Dennoch fanden wir immer, daß es ein seltsames altes Gebäude ist«, sagte meine Mutter. »Die Familienmitglieder waren gläubige Katholiken, und es gibt angeblich im Haus geheime Räume, in denen sie verfolgte Priester verstecken konnten.«

»Was für eine traurige Geschichte«, meinte Jane. »Ich werde lieber nicht nach Einbruch der Dunkelheit hinübergehen.«

»Du läßt dich doch nicht durch solchen Unsinn ins Bockshorn jagen?« neckte sie mein Vater.

»Bei Tageslicht kann man leicht tapfer sein«, widersprach meine Mutter. »Jetzt wirkt das Haus düster, und der Garten ist verwildert. Es steht schon seit längerer Zeit zum Verkauf, aber wer will ein Haus haben, in dem es spukt?«

»Soviel ich weiß, ist es einem enfernten Vetter der Enderbys zugefallen und er möchte es so rasch wie möglich loswerden. Doch er müßte zuerst den Garten in Ordnung bringen lassen, so daß das Haus nicht mehr so düster wirkt und das Gerede von den Gespenstern endlich aufhört«, ergänzte mein Vater.

»Ich würde es mir gern einmal ansehen«, meldete sich Benjie.

»Du würdest dich nie trauen«, forderte ihn Carl heraus.

»Sei doch nicht so dumm«, schimpfte Benjie, »natürlich würde ich es tun.«

»Es ist einfach zu lange leer gestanden«, bemerkte ich. »Wenn es jemand kauft und den Sonnenschein hineinläßt, würde es bald ein ganz normales Haus sein.«

Das Gespräch wandte sich den Staatsaffären zu, die uns stets beschäftigten, und wir vergaßen das Spukhaus und die Enderbys.

Spät am Nachmittag des darauffolgenden Tages kam Sally Nullens jammernd in den Garten gelaufen, in dem wir alle den Sonnenschein genossen, weil sie Carlotta nirgends finden konnte.

Erschrocken rief ich: »Wo kann sie nur sein?«

»Eigentlich sollte sie im Bett liegen und schlafen. Doch als ich sie aufwecken wollte, war sie verschwunden«, berichtete Sally.

»Wahrscheinlich hält sie sich irgendwo im Garten auf«, meinte meine Mutter.

»Dann werde ich sie suchen«, sagte ich.

»Und ich begleite dich«, erklärte Leigh.

Wir durchsuchten den Garten, fanden jedoch keine Spur von Carlotta. Dann durchstöberten wir das Haus — mit dem gleichen negativen Erfolg.

Jetzt bekam ich es wirklich mit der Angst zu tun.

»Wo kann sie nur sein?« rief ich verzweifelt.

»Dieser kleine Kobold«, murmelte Sally. »Sie wollte nicht schlafengehen, und ich hatte die größte Mühe, sie ins Bett zu bringen. Sie wollte Carl und Benjie begleiten. Als ob junge Männer ein Kind mit sich herumschleppen wollten.«

»Wo sind Carl und Benjie?« fragte ich.

»Das weiß ich nicht. Sie sind gegen zwei Uhr gemeinsam fortgegangen und noch nicht wiedergekommen.«

Ich war erleichtert. »Sie ist bestimmt bei ihnen.«

»Sie gab keine Ruhe, und die beiden erklärten ihr, daß sie sie nicht dabei haben wollten. Dann steckte ich sie ins Bett.«

»Wahrscheinlich haben sich Carl und Benjie doch breitschlagen lassen, Sally«, widersprach ich besorgt.

»Ich weiß es wirklich nicht. Aber Carlotta kann sich auf allerhand gefaßt machen, wenn sie zurückkommt.«

Sally war sichtlich beunruhigt.

Wir kehrten zur Gruppe im Garten zurück.

»Habt ihr den kleinen Übermut gefunden?« erkundigte sich Harriet.

»Nein. Sally meint, daß sie vielleicht mit Carl und Benjie unterwegs ist.«

»Damit könnte sie recht haben. Carlotta will immer mit den Jungen beisammen sein.«

»Sie ist wie du, Priscilla«, meinte meine Mutter, »auch du wolltest alles mitmachen, was Edwin und Leigh unternahmen.«

»Aber Sally regt sich auf, denn Carlotta sollte jetzt schlafen.«

»Sie ist ein sehr unternehmungslustiges Kind«, warf Harriet ein. »Sie wird überall, wo sie hinkommt, für Aufregung sorgen.«

»Sie ist ein verwöhntes Kind«, brummte mein Vater, aber seine Stimme klang nachsichtig. Es war wirklich ein Wunder, wie sehr sie ihn für sich eingenommen hatte.

Wir sprachen dann über andere Dinge: was bei Hof vorging, Ereignisse auf dem Kontinent. Der Name Wilhelm von Oranien fiel öfter.

Ungefähr eine Stunde später kehrten Carl und Benjie zurück.

Ich lief ihnen entgegen.

»Wo ist Carlotta?«

Sie sahen mich erstaunt an.

»Hat sie euch denn nicht begleitet?«

Sie schüttelten den Kopf.

»Wir müssen sie sofort suchen«, bestimmte Leigh.

»Sie kann nicht sehr weit gekommen sein«, beruhigte uns Harriet.

Ich stellte mir vor, wie Carlotta im Wald herumirrte und was ihr dabei alles zustoßen konnte. Gelegentlich lagerten Zigeuner im Wald, die angeblich Kinder stehlen.

»Wir werden sie bald gefunden haben«, versprach mein Vater. »Wir werden die Umgebung von zwei Trupps durchsuchen lassen.«

Ich machte mich mit Leigh, Carl und Benjie auf den Weg; mein Vater führte die zweite Gruppe an.

»Wahrscheinlich ist sie so lange gewandert, bis sie vor Müdigkeit eingeschlafen ist«, meinte Leigh.

»Oder sie hat sich verirrt.« Wenn Zigeuner Carlotta fanden, würden sie ihr ihre Kleider wegnehmen. Die Goldkette, die Gregory ihr geschenkt hatte und die sie immer um den Hals trug, war recht wertvoll. Und Carlottas Schönheit würde die Zigeuner sicherlich reizen. Ich stellte mir vor, wie sie schmutzig und ungekämmt Wäscheklammern verkaufte und aus den Handlinien weissagte.

Leigh tröstete mich. »Wir werden sie sehr bald finden. Sie kann noch nicht weit gekommen sein.«

Wir durchsuchten die nähere Umgebung des Hauses, und ich fragte mich, ob sie vielleicht zum Meer gelaufen war. Sie hatte am Vortag davon gesprochen.

»Sie wollte uns begleiten«, erzählte Carl.

»Wann seid ihr aufgebrochen?«

»Kurz nach zwei Uhr. Sie wollte unbedingt mitkommen, und ich sagte ihr, daß wir zum Spukhaus gingen und daß sie hierbleiben müsse. Sie ließ nicht locker, also machten wir einfach kehrt und ließen sie stehen.«

»Du glaubst doch nicht . . .« begann ich.

»Bis zum Haus ist es fast eine Meile«, sagte Leigh.

»Aber sie kennt den Weg«, bemerkte Carl, »wir sind vor ein paar Tagen an Enderby vorbeigeritten. Sie hat damals schon gesagt, daß sie ein Gespenst sehen möchte.«

»Sie hat gehört, wie wir darüber sprachen«, bestätigte ich. »Ich bin davon überzeugt, daß sie in Enderby ist. Gehen wir hinüber.«

Leigh schlug vor zu reiten, weil wir dann viel schneller vorankommen würden, also liefen wir zum Stall und waren nach kurzer Zeit nach Enderby unterwegs.

Vor dem Haus stiegen wir ab und banden die Pferde an den Zaun. Die Auffahrt war so verwachsen, daß wir uns mühsam einen Weg bahnen mußten. Ich muß gestehen, daß mich ein leichter Schauder überlief, als wir durch das Tor schritten. Das Gebäude hatte etwas Unheimliches an sich. Es war ein Backsteinhaus mit einer Halle, an die sich ein Ost- und ein Westflügel anschlossen; die Mauern waren von Efeu überwuchert.

Es war nicht schwer zu erraten, warum die Leute behaupteten, daß es dort spukte.

Obwohl ich darauf brannte, das Haus zu durchsuchen, widerstrebte es mir, es zu betreten.

»Unheimlich«, bemerkte Benjie.

»Man kommt ohne weiteres hinein«, meldete sich Carl, »man muß nur die Tür öffnen. Gespenster haben wir keine gesehen.«

»Nein«, gab Benjie zu, »aber man hatte das Gefühl, daß sie da sind und einen beobachten.«

Dann erstarrte ich, denn in einem Fenster flackerte ein Lichtschein auf und verschwand dann.

»Es ist jemand drinnen«, keuchte ich.

»Ich gehe hinein«, beschloß Leigh.

Wir öffneten die Tür und betraten die Halle. Die Tür fiel dröhnend hinter uns ins Schloß. Durch die schmutzigen Fensterscheiben drang nur wenig Licht herein. Ich blickte zur hohen, gewölbten Decke hinauf. Die Steinwände waren feucht, doch die Treppe war offensichtlich einmal schön gewesen.

Ja, es war ein Spukhaus, es stieß mich ab. Die Atmosphäre wirkte eigentümlich feindselig, als warnte mich etwas davor, weiterzugehen.

Dann hörten wir oben ein Geräusch. Jemand öffnete und schloß eine Tür.

»Carlotta!« rief Leigh laut, »bist du oben? Komm zu uns, wir holen dich.«

Seine Stimme hallte im leeren Haus wider.

»Carlotta! Carlotta!« rief ich verzweifelt.

War sie wirklich hier? Böse Vorahnungen überfielen mich.

»Horch«, sagte Leigh.

Wir hörten Schritte, die ganz bestimmt nicht von einem Kind herrührten.

»Wer ist dort?« rief Leigh.

Jemand trat auf die Galerie und blickte zu uns herunter — ein Fremder.

»Wollen Sie ebenfalls das Haus besichtigen?« erkundigte er sich.

Dann kam er die Treppe herab. Er hatte überhaupt nichts Gespenstisches an sich, war schon älter und trug einen tressenbesetzten Rock und graue Samthosen; seine Kleidung war nicht auffallend, aber von guter Qualität.

»Wir suchen ein Kind«, erklärte Leigh. »Wir haben angenommen, daß sie hierher gelaufen ist.«

»Ich habe kein Kind gesehen.«

Mir drehte sich vor Angst und Enttäuschung alles vor den Augen.

Carl wandte sich Benjie zu. »Erinnerst du dich, daß wir ein Geräusch gehört haben? Du hast mich noch damit aufgezogen, daß es das Hausgespenst sein könnte.«

Benjie nickte bedächtig.

»Machen wir uns doch wieder auf die Suche«, forderte ich aufgeregt. »Wir dürfen keine Zeit verlieren, sicherlich hat sie Angst.«

»Ich bin im ganzen Haus herumgegangen«, meinte der Mann. »Es ist stellenweise sehr dunkel. Aber ich habe eine Laterne mit, die ich oben stehengelassen habe. Ich habe zwar kein Kind gesehen, aber es sind natürlich sehr viele Zimmer, und ich habe nicht in jedes hineingeschaut.«

»Wir werden jeden Winkel durchsuchen«, sagte Leigh.

»Ich helfe Ihnen«, machte sich der Fremde erbötig.

»Dann machen wir uns gleich an die Arbeit«, schlug Leigh vor.

Wir durchsuchten die Halle und die Küche, gingen in die Wirtschaftsgebäude, und in der Waschküche fand ich auf dem Boden einen Knopf, der von Carlottas Mantel stammte.

Ich stürzte mich auf ihn. Jetzt war ich überzeugt, daß Carlotta sich im Haus befand, und war fest entschlossen, es erst zu verlassen, wenn ich sie gefunden hatte.

Wir stiegen die Treppe hinauf, die unter unseren Schritten knarrte. Sie führte auf die Galerie, auf der einst Musikanten gespielt hatten, als das Haus von glücklichen Menschen bewohnt war.

An beiden Enden der Galerie befanden sich Alkoven, in denen man früher die Musikinstrumente aufbewahrt hatte und deren Vorhänge zugezogen waren. In einem von ihnen lag die friedlich schlummernde Carlotta.

Ich riß sie in meine Arme.

Sie schlug die Augen auf. »Hallo, Cilla.«

Mit meiner Tochter auf den Armen trat ich auf die Galerie hinaus.

Alle Anwesenden jubelten auf, nur Carlotta sah uns erstaunt an.

»Wolltet ihr auch das Spukhaus sehen?« fragte sie. Dann erblickte sie den Fremden. »Wer ist das?«

»Wir haben dich gesucht, Carlotta«, schalt ich. »Du warst schon wieder einmal schlimm, denn du solltest eigentlich im Bett liegen und schlafen.«

Sie lachte. Sie war so bezaubernd, wenn sie lächelte, und ich war so glücklich, sie heil und gesund wiederzuhaben, daß ich in ihr Lachen einstimmte.

»Ich wollte das Spukhaus sehen«, gestand sie. »Carl und Benjie sind hierhergegangen, aber sie wollten mich nicht mitnehmen.«

»Jetzt reiten wir aber schnell nach Hause«, drängte Leigh. »Ist dir klar, daß wir uns alle deinetwegen Sorgen gemacht haben? Mach dich nur darauf gefaßt, was Sally dir alles erzählen wird!«

Carlotta sah einen Augenblick lang ernst drein.

»Ihre Suche war wenigstens erfolgreich«, bemerkte der Fremde.

»Es tut mir leid, daß wir Sie gestört haben«, entschuldigte ich mich. »Und danke für Ihre Hilfe.«

»Es war eine sehr interessante Begegnung, ich werde die reizende junge Dame nie vergessen, die hier oben geschlafen hat. Falls ich das Haus kaufe, werde ich den Raum ›Carlottas Alkoven‹ nennen.«

»Sie müssen das Haus kaufen«, rief Carlotta. »Er soll Carlottas Alkoven heißen. Sie wollen es doch haben, oder?«

»Der Gentleman wird es bestimmt nehmen, nur um dir einen Gefallen zu tun«, bemerkte Leigh.

»Ich heiße Robert Frinton«, stellte sich der Mann vor.

Ich traute meinen Ohren nicht. Frinton! Jocelyn war ein Frinton gewesen. Es war kein ungewöhnlicher, aber auch kein allzu häufiger Name.

»Ich heiße Leigh Main, das sind meine Frau, ihr Bruder und mein Halbbruder. In unserer Familie herrschen komplizierte verwandtschaftliche Verhältnisse. Begleiten Sie uns doch und essen Sie mit uns zu Abend — falls Sie genügend Zeit haben. Wir müssen uns beeilen, um die anderen zu beruhigen, die sich wegen dieses Irrwisches Sorgen gemacht haben.«

»Was ist ein Irrwisch?« wollte Carlotta wissen.

»Das, was du bist.«

»Also etwas Liebes?« stellte sie selbstzufrieden fest.

Robert Frinton nahm unsere Einladung gern an. Er behauptete, daß er jetzt ernstlich daran denke, das Haus zu erwerben, weil er dann so nette Nachbarn bekäme.

Sein Pferd war an der Rückseite des Hauses angebunden, deshalb hatten wir es bei unserem Eintreffen nicht gesehen. Bald saßen wir alle im Sattel. Leigh hatte Carlotta vor sich sitzen, und wir ritten nach Eversleigh zurück.

Sally und Emily warteten bereits besorgt im Hof und waren sehr erleichtert, als sie uns kommen sahen. Sally knöpfte sich Carlotta sofort vor, wollte wissen, wo sie gewesen war, und schalt sie, weil sie ein schlimmes Kind war, das einfach davonlief und uns alle zu Tode erschreckte.

»Und sieh dir einmal dein Kleid an«, stimmte Emily ein. »Es ist ganz schmutzig, und die Stickerei ist aufgetrennt. Ich werde es nie wieder in Ordnung bringen können.«

Harriet lächelte Carlotta wohlwollend an, meine Mutter strahlte vor Freude, und mein Vater versuchte streng dreinzusehen und schaffte es überhaupt nicht. Carlotta erzählte mit strahlendem Lächeln: »Er wird den kleinen Raum, in dem ich geschlafen habe ›Carlottas Alkoven‹ nennen.«

»Leute, die davonlaufen, um den anderen Kummer bereiten, verdienen nicht, daß ein Zimmer nach ihnen benannt wird«, verkündete Sally. Ich begann zu lachen, und anscheinend klang es leicht hysterisch, denn Leigh legte mir den Arm um die Schultern und sagte: »Wir müssen den Gentleman noch vorstellen.« Damit lenkte er mich erfolgreich ab.

Carlotta wurde ins Bett gesteckt, nachdem Sally und Emily ihr eine Strafpredigt gehalten hatten. Ich zog mich fürs Abendessen um, und dann ging ich zu meiner Tochter, die schon im Bett lag. Der Marsch nach Enderby hatte sie sichtlich sehr ermüdet, denn sie schlief beinahe schon.

Sie hatte jedenfalls durch das Abenteuer keinen Schaden erlitten, doch mir wurde klar, daß sie ein sehr frühreifes Kind war und wir noch einige Probleme mit ihr haben würden. Ich wollte am nächsten Tag mit Sally darüber sprechen.

Als ich sie küßte, lächelte sie friedlich; sie hatte die Augen zwar geschlossen, aber sie wußte, daß ich es war. Ich liebte sie so sehr und fragte mich, was ich für Leighs Kind empfinden würde — denn ich hoffte, daß es bald so weit sein würde. Ich konnte mir nicht vorstellen, daß ich je ein Kind so lieben konnte wie dieses.

Beim Abendessen erfuhren wir, daß Robert Frinton wirklich zur gleichen Familie gehörte wie Jocelyn.

»Meine Familie hat eine schwere Tragödie erlebt«, erzählte er. »Mein Bruder und mein Neffe waren Opfer von Titus Oates«.

»Ich kann mich genau daran erinnern«, bestätigte mein Vater.

»Ein Großteil des Besitzes wurde konfisziert. Mein Bruder war älter als ich und besaß das Erbgut. Wir haben alles verloren.

Ich habe jetzt Schadenersatz bekommen, werde aber nie mehr in das alte Haus zurückkehren. Enderby Hall würde mich sehr reizen«.

»Es ist ein ganz entzückendes Haus gewesen«, bemerkte meine Mutter. »Man muß nur den Garten wieder in Ordnung bringen und das Haus säubern, dann müßte es ein sehr angenehmer Wohnsitz sein«.

»Das glaube ich auch«, bestätigte Frinton. »Mir gefällt dieser Winkel«. Er sah uns verlegen an. »Es war Zufall, daß wir einander heute Nachmittag kennenlernten, aber ich wollte Sie ohnehin aufsuchen. Ich möchte Ihnen für alles danken, was Sie für meinen Neffen getan haben«.

Er sah dabei meinen Vater an, der abwehrte. »Bedanken Sie sich nicht bei mir. Ich habe erst davon erfahren, als alles vorbei war«.

»Ihres Neffen haben sich vor allem Leigh und mein Bruder Edwin angenommen«, mischte ich mich ein, »natürlich auch Lady Stevens. Mit ein bißchen Glück hätten wir ihn retten können ... aber das Schicksal hat es anders bestimmt«.

»Ja, er wurde gefangengenommen und ermordet. Denn es war Mord. Dieser Schurke Oates hat seine Strafe verdient, denn er hat während der kurzen Zeit, in der er nach Belieben schalten und walten konnte, unendlich viel Leid und Kummer verursacht. Dennoch möchte ich Ihnen für alles danken, was Sie getan haben; ich werde es Ihnen nie vergessen«.

Harriet mischte sich ein. »Er war ein reizender junger Mann, wir mochten ihn alle. Leider konnten wir nur sehr wenig für ihn tun«.

»Sie können meiner ewigen Dankbarkeit gewiß sein«.

»Dann müssen Sie Enderby Hall kaufen und unser lieber Nachbar werden«, lächelte Harriet.

»Ich habe wirklich Lust dazu«.

»Darauf wollen wir trinken«, schlug mein Vater vor.

So geschah es, und kurz darauf kaufte Jocelyns Onkel Enderby Hall.

Die darauffolgenden beiden Jahre waren wohl die ereignisreichsten in der Geschichte Englands, und ich wundere mich noch heute darüber, wie ruhig sie für uns verliefen. Leigh diente immer noch in der Armee unter dem Herzog von Marlborough, den mein Vater noch als John Churchill gekannt hatte und der seinerzeit dem König die Gunst Barbara Castlemains streitig gemacht hatte. Leigh bewunderte den Herzog als Heerführer, und angesichts der politischen Lage kam es für ihn nicht in Frage, daß er seinen Abschied nahm.

Es war sehr bald klar, daß es zu Schwierigkeiten kommen mußte, weil der König zu so vielen seiner Untertanen in Opposition stand.

Jakob war felsenfest davon überzeugt, daß er König von Gottes Gnaden war, genau wie sein Vater, den dieser Glaube aufs Schafott gebracht hatte, und mein Vater sah das Unheil immer näher rücken. Jakob konnte einfach nicht glauben, daß man ihn vom Thron vertreiben würde, obwohl ihm das Schicksal seines Vaters eigentlich als Lehre hätte dienen sollen. Der arme Jakob! Ihm fehlten nicht nur der Witz und der Charme seines Bruders, sondern auch dessen gesunder Menschenverstand.

Große Empörung herrschte darüber, daß er viele wichtige Ämter mit Katholiken besetzte, und als er die Erklärung über die Gewissensfreiheit herausgab, wurde allgemein angenommen, daß er damit das Pontifikat wieder in England einführen wollte.

Bei den Mahlzeiten besprachen mein Vater, Thomas Willerby und Gregory diese Probleme und stellten Vermutungen über den weiteren Verlauf der Ereignisse an. Gelegentlich gesellte sich auch Robert Frinton zu ihnen, und obwohl er einer katholischen Familie entstammte und Glaubensfreiheit für alle Konfessionen anstrebte, sah er ein, daß England nie den Katholizismus akzeptieren würde, denn die Menschen wollten seit der Herrschaft der Bloody Mary nichts mehr von dieser Religion wissen. Sie erinnerten sich noch an die Feuer von Smithfield, als so viele Protestanten auf dem Scheiterhaufen verbrannt worden waren, obwohl diese Ereignisse bereits über hundert Jahre zurücklagen.

Der König hätte die drohende Katastrophe bemerken müssen, doch er blieb bei seiner Politik und kümmerte sich nicht um den Willen des Volkes. Als die sieben Bischöfe, die sich weigerten, die Erklärung zur Kenntnis zu nehmen, verhaftet und in den Tower gebracht wurden, ging eine Welle des Unmuts durch das Land.

Am Tag des Prozesses flehte meine Mutter meinen Vater an, nicht nach London zu reiten, und ihr zuliebe blieb er zu Hause; doch es ging ihm gegen die Natur. Er war dazu geboren, unbekümmert für eine Sache einzutreten. Man hätte annehmen sollen, daß ihm seine Erlebnisse bei der Monmouth-Rebellion eine Lehre gewesen waren; doch er lernte nie aus seinen Erfahrungen. Wenn er sich für etwas einsetzte, dann geschah es mit Leib und Seele.

Der Ausgang des Prozesses ist bekannt: die Angeklagten wurden freigesprochen, die Zuschauer jubelten, bis sie heiser waren, die Bevölkerung wartete auf den Straßen, um die sieben Bischöfe zu empfangen, ganz London feierte das Ereignis.

Der uneinsichtige Jakob hätte daraus die richtigen Schlüsse ziehen müssen, doch er glaubte so fest daran, daß er ein Recht auf den Thron habe, daß er gar nicht auf die Idee kam, man könnte ihn absetzen. Die Königin hatte ihm kurz zuvor einen Sohn geschenkt, und das Land freute sich über den männlichen Thronerben, doch auch ein Kind konnte Jakob nicht mehr retten, denn im ganzen Land gab es keinen unbeliebteren Mann als den König.

»Die Schwierigkeit besteht darin, behauptete mein Vater, »daß er sich nicht damit begnügt, selbst Katholik zu sein — was die Bevölkerung vielleicht hingenommen hätte. Er will auch über ein katholisches Land herrschen. Ich weiß, daß sich einige Minister mit Wilhelm von Oranien in Verbindung gesetzt und ihm den Thron angeboten haben.«

»Solange nicht gekämpft wird«, bemerkte meine Mutter, »ist es mir gleichgültig, was für einen König wir haben«.

»Es sollte dir aber nicht gleichgültig sein«, wies sie mein Vater zurecht. »Jakob wird versuchen, uns alle katholisch zu machen ... zuerst mit sanfter Überredungskunst, die dann immer drastischer wird. Ich kenne diese Taktik, und die Engländer werden sie nicht hinnehmen. Jakob hatte die Möglichkeit, in Frieden zu regieren, aber er ist von seiner Religion so besessen, daß er sie dem ganzen Land aufzwingen will«.

Im Sommer 1688 forderte eine Gruppe von Männern, zu der der Bischof von London gehörte, und an deren Spitze die Lords Danby, Shrewsbury und Devonshire standen, Wilhelm auf, nach England zu kommen. Wilhelm landete in Torbay, wohin ihn ein Sturm abgetrieben hatte, und sein Schiff hatte eine Fahne gehißt, auf der die Worte »Die protestantische Religion und die Freiheiten Englands« standen; darunter befand sich der Wahlspruch des Hauses Oranien: »Ich halte stand«.

Im September des Jahres 1689 brachte ich eine Tochter zur Welt. Ich nannte sie Damaris, weil mir dieser Name gefiel.

Edwins Frau Jane bekam ebenfalls ein Kind — einen Jungen, den sie nach meinem Vater Carleton nannte. Mein Vater schloß den Jungen ins Herz und kümmerte sich viel mehr um ihn als um meine Damaris.

Sally Nullens war wegen der Babys sehr aufgeregt, weil sie nicht damit einverstanden war, daß neue Nurses ins Haus kamen, obwohl sie jetzt mit Carlotta in Eyot Abbas lebte. Sie fand, daß der kleine Carleton und Damaris eigentlich unter ihre Obhut gehörten.

»Was soll ich nur anfangen?« jammerte sie. »Ich kann mich ja nicht in Stücke reißen.«

Harriet brachte daraufhin Carlotta zu uns, und Sally herrschte über das Kinderzimmer — für einige Zeit, wie meine Mutter bemerkte.

Emily Philpots war damit beschäftigt, Carlotta zu unterrichten und die Sachen der Babys zu besticken.

Harriet amüsierte sich königlich. Sie lauerte mir eines Tages im Garten auf und erklärte lachend: »Jetzt ist meiner Meinung nach der Augenblick gekommen, in dem wir unseren Plan in die Tat umsetzen können.«

»Und wie?« fagte ich.

Sie stützte die Hände in die Hüften und ahmte Sally nach. »›Ich kann mich nicht in Stücke reißen.‹ Traurig, aber wahr. Da dies wirklich unmöglich ist und Sally nicht gleichzeitig an zwei Stellen sein kann, müssen eben die Kinder an einer Stelle sein.«

Ich lachte mit ihr. »Du meinst, daß Carlotta hierbleiben soll?«

»Genau.«

»Eine ausgezeichnete Idee.«

»Natürlich wird sie ihre angebliche Mutter oft besuchen müssen. Und sie würde mir sogar fehlen, wenn sie es nicht täte.«

»Ach Harriet, ist sie nicht das entzückendste Kind, das du je gesehen hast?«

»Sie ist das raffinierteste, selbstsüchtigste Biest, das ich je gesehen habe. Sie ist durchtrieben und versteht heute schon, ihre Reize einzusetzen, die zugegebenermaßen recht einnehmend sind. Sie beherrscht jetzt schon die Kunst, dem anderen Geschlecht auf der Nase herumzutanzen. Du siehst doch, wie sie Robert Frinton umgarnt, der vollkommen in sie vernarrt ist. Eine Kammer nach ihr benennen! Natürlich steigt ihr das zu Kopf.«

»Aber du mußt zugeben, daß sie ein ungewöhnliches Kind ist.«

»Wir müssen sie gut beaufsichtigen, sonst bekommen wir Schwierigkeiten mit ihr. Sie ist frühreif. Sie ähnelt mir erstaunlich. Manchmal halte ich es für einen Scherz des Schicksals — sie ist viel mehr meine Tochter als deine.«

»Das kommt wahrscheinlich daher, weil sie so viel mit dir beisammen ist.«

»Sie steckt mit Sally noch viel mehr beisammen, aber ich sehe Gott sei Dank keine Ähnlichkeit zwischen ihnen. Doch ist das nicht ein Geschenk des Himmels?«

»Das heißt, daß Carlotta in unserem Kinderzimmer aufwachsen und von Sally betreut werden soll, die zusammen mit Emily zu uns zurückkehren wird?«

»Eine sehr vernünftige Lösung. Dann kannst du voller Stolz die Entwicklung deines Lieblings verfolgen, Priscilla.«

»Du hast ein gutes Herz, Harriet.«

»Um Himmels willen, Kind, bist du denn blind? Ich bin nur

dann gut, wenn es mir keine Mühe macht. Ich habe von der Mutterrolle genug, sie hat mir nie sonderlich gelegen. Obwohl ich als werdende Mutter sehr gut war. Aber die Schwangerschaft ist immer interessant. Erst nachher wird es langweilig. Ich werde mit deiner Mutter darüber sprechen und es dann Sally beibringen. Sie wird überglücklich sein, die gierige alte Schachtel. Sie will nicht einmal eines ihrer Babys einer armen, verdienstvollen Nurse überlassen. Und Emily ist nicht besser.«

Harriet hielt Wort und sprach mit meiner Mutter. Meine Mutter kam daraufhin zu mir und erzählte mir ernst, was sie vereinbart hatten.

»Das ist eine ausgezeichnete Idee«, sagte ich. »Sally und Emily werden selig sein.«

»Ein Kinderzimmer für die Kleinen genügt wirklich. Und Sally wäre sicherlich jeder neuen Nurse gegenüber überaus kritisch gewesen. Ich merke, daß du dich darüber freust, Carlotta immer bei dir zu haben.«

Ich lachte. »Sie ist ein so bezauberndes Kind.«

»Sie ist hübsch, aber sehr verwöhnt. Man muß strenger mit ihr sein. Ich werde mich mit Sally darüber beraten. Sie ist allerdings Carlotta gegenüber genauso nachsichtig wie alle anderen.«

»Sally liebt sie.«

»Sally liebt alle Kinder. Aber ich halte Harriet wirklich für eine unnatürliche Mutter, sie war schon immer so. Wenn ich daran denke, daß sie mir Leigh überlassen hat, als er nur wenige Monate alt war ...«

»Dennoch ist Harriet eine gute Freundin.«

Meine Mutter zuckte die Schultern. Obwohl sie zugab, daß es eine gute Idee war, alle Kinder unter einem Dach zu vereinen, mißbilligte sie Harriets Handlungsweise.

Dieses Jahr war eines der glücklichsten in meinem Leben. Meine Wünsche hatten sich beinahe von selbst erfüllt. Ich hatte mein kleines Baby und meine Carlotta und war immer mit ihnen beisammen. Leigh war oft fort, und ich hatte Angst um ihn, aber meine Kinder waren mir ein Trost.

Doch dann kam es in unserem Haus zu einer großen Veränderung. Meine Mutter wußte, daß sie im Fall eines Krieges nicht imstande sein würde, meinen Vater zu Hause festzuhalten. Eines Tages war er verschwunden und hatte ihr nur einen Brief hinterlassen.

Als ich in ihr Zimmer kam, saß sie am Fenster, hielt den Brief in der Hand und starrte verzweifelt ins Leere.

»Er ist fort«, sagte sie. »Ich wußte, daß er den Plan mit sich herumtrug, da ich ihn gegen seinen Willen zu Hause festhielt.«

Ich nahm ihr den Brief aus der Hand und las ihn.

»Meine Liebste,

Ich konnte es dir nicht sagen, ich wußte, daß du mich dazu überreden würdest zu bleiben. Aber ich muß gehen, es steht zu viel auf dem Spiel. Unsere Zukunft hängt davon ab, und die Zukunft unserer Enkel. Du mußt mich verstehen, Bella. Ich werde in Gedanken immer bei dir sein. Gott segne dich.

Carleton«

Sie murmelte: »Es ist wie ein böser Traum, der sich wiederholt. O Gott, wenn er wieder gefangengesetzt werden sollte ...«

»Vielleicht ist es bald vorbei. Es heißt, daß der König keine Chance hat, sich zu behaupten.«

»Er hat Monmouth besiegt.«

»Das war, bevor man erkannte, daß er kein guter König ist.«

Dann fiel mir etwas Schreckliches ein. Leigh würde ebenfalls in den Krieg ziehen, jedoch in der Armee des Königs. Mein Vater und mein Mann würden somit gegeneinander kämpfen. Leigh hatte keine gute Meinung vom König, doch er stand in seinen Diensten, und die erste Pflicht des Soldaten ist die Treue.

Ich ertrug den Gedanken an die möglichen Folgen nicht.

Außerdem befürchtete ich, daß meine Mutter wieder erkranken würde, wie damals in Dorchester.

Als Wilhelm von Oranien in England landete, hatte Jakob begonnen, Gefolgsleute um sich zu sammeln. Doch die Bevölkerung erinnerte sich an den noch nicht lange zurückliegenden Krieg. Sie wollten keinen Bürgerkrieg — einen Kampf Engländer gegen Engländer. So ein Krieg brachte nur wenig Ruhm, dafür viel Leid. »Kein Krieg!« riefen die Leute.

Ich frohlockte, als ich erfuhr, daß der Herzog von Marlborough zu Wilhelm übergegangen war. Das bedeutete, daß Leigh und mein Vater auf der gleichen Seite standen. Der König wurde von einem nach dem anderen verlassen. Er tat mir leid, obwohl ich wußte, daß er seinen Untergang durch seinen Eigensinn und seine Unvernunft selbst herbeigeführt hatte. Seine Tochter war mit dem Mann verheiratet, den er als Usurpator bezeichnete; seine zweite Tochter, Anne, hatte sich gemeinsam mit ihrem Mann, dem Prinzen von Dänemark, gegen ihren Vater gewendet und unterstützte ihre Schwester und ihren Schwager.

Dieser Schlag mußte Jakob schwer getroffen haben.

Als er dann vernichtend geschlagen wurde, waren wir alle sehr erleichtert. Es sah aus, als wäre der Krieg zu Ende. Jakob floh nach Irland, wo sich ihm die Iren aufgrund ihres Glaubens anschlossen. Aber Wilhelm war ein ausgezeichneter Heerführer, und Jakob hatte kaum Chancen gegen ihn.

Sowohl Leigh wie Edwin nahmen an der Schlacht von Boyne teil, die die Entscheidung brachte.

Der Krieg war vorbei, die Revolution hatte gesiegt. Nur wenige Könige waren so mühelos gestürzt worden.

Eine neue Ära begann. Jakob wurde abgesetzt und lebte im Exil. In England herrschten Wilhelm und Maria.

VI

Ein Besuch in London

Jetzt kam unser Leben endlich in geregelte Bahnen. Leigh diente weiterhin in der Armee, und wir freuten uns auf die Zeiten, in denen wir zusammen sein konnten. Die Kinder wuchsen und gediehen. Damaris war sechs, Carlotta dreizehn. Ich war achtundzwanzig.

»Du kannst noch sehr viele Kinder bekommen«, stellte meine Mutter fest.

Sie war zufrieden. Mein Vater war zu Hause, und sie war froh, daß er allmählich alt wurde.

»Zu alt für Abenteuer«, kicherte sie.

Doch mein Vater würde nie von Abenteuern genug haben, genau wie Leigh. Meine Mutter und ich standen einander sehr nahe und wir teilten unsere Ängste.

»Du warst mir immer ein Trost«, sagte meine Mutter, »obwohl ich bei deiner Geburt ein wenig enttäuscht war. Allerdings nur um deines Vaters willen, der sich einen Sohn gewünscht hatte.«

»Ich weiß«, antwortete ich bitter, »das ist nicht zu übersehen.«

»Manche Männer sind eben so. Sie glauben, daß die Welt nur für die Männer erschaffen wurde . . . und in mancher Beziehung haben sie ja auch recht.«

Ich liebte sie zärtlich; neben ihr kam ich mir unendlich welterfahren vor. Sie hatte ihren ersten Mann verloren, als sie sehr jung war, und viele Jahre um ihn getrauert. Sie war davon überzeugt gewesen, daß er der vollkommene Held war, und dabei war er während der ganzen Zeit, die er an ihrer Seite verbrachte, Harriets

Liebhaber gewesen. Doch meine Mutter hatte diese Enttäuschung überwunden und mit meinem Vater die große Liebe ihres Lebens gefunden. Das Leben war nicht so hart mit ihr umgesprungen wie mit mir. Ich hatte geliebt und ein uneheliches Kind zur Welt gebracht; ich war in eine Intrige verwickelt worden und hatte eine Nacht mit einem Mann verbracht, der mir wie ein Ungeheuer vorkam; und jetzt lebte ich friedlich auf dem Land, wie eine Matrone, die nie den Pfad der Tugend verlassen hat. Es gab so vieles, das ich meiner Mutter nicht anvertrauen konnte.

Wenn Leigh nach Hause kam, und wir Pläne für die Zukunft schmiedeten, war ich glücklich, doch obwohl ich mich während seiner Abwesenheit nach ihm sehnte, erlebten wir nie das friedliche, vollkommene Glück, das wir erwartet hatten. Die Erinnerung an Granville quälte mich unablässig. Leigh bemerkte, daß etwas zwischen uns stand, und war dadurch zutiefst verletzt. Ich befürchtete, daß mit der Zeit unsere Beziehung darunter leiden und unsere Ehe zerstört werden könnte.

Damaris war ein ruhiges, nachdenkliches Kind. Sie lernte gut und war Emilys Liebling. Emily war nicht mehr bedingungslos in Carlotta vernarrt, weil ihr deren Benehmen mißfiel.

Carlotta war wild, ungestüm, jähzornig und sprudelte ohne nachzudenken alles heraus, was ihr in den Sinn kam. Damaris war sanft und tat niemandem etwas zuleide. Während eines heißen Sommers kam sie einmal verzweifelt zu mir und erzählte mir, daß die arme Welt zerbrochen sei. Sie hatte Sprünge im trockenen Boden gesehen und war unglücklich, weil sie glaubte, daß die Erde nun Schmerzen leide. Sie liebte Tiere und hatte mir mehrmals einen verwundeten Vogel gebracht, damit ich ihn gesundpflegte. Einmal war es eine Möwe gewesen, die sie auf dem Strand aufgelesen hatte. »Sie hat einen gebrochenen Flügel«, hatte sie erklärt, »und die anderen hacken nach ihr.«

Damaris war ein hübsches Kind, aber neben Carlottas strahlender Schönheit verblaßte jeder.

Carlotta würde bestimmt eine große Schönheit werden, sie hatte nie Zeiten gehabt, in denen sie weniger hübsch war.

Das weiche, dunkle, lockige Haar und die leuchtend blauen Augen machten den wesentlichen Teil ihres Zaubers aus. Ihr Haar war nicht so dunkel wie das von Harriet und ihre Augen waren etwas heller. Dennoch besaß Carlotta die gleiche Art von Schönheit wie Harriet, so daß die Leute oft bemerkten, daß sie ihrer Mutter nachgeriet. Harriet amüsierte sich jedesmal königlich darüber.

Carlotta war mit dreizehn schon voll entwickelt und den Mädchen ihres Alters voraus. Sie hatte von Geburt an die Fähigkeit besessen, Menschen anzuziehen, und ich muß gestehen, daß ich darüber ein wenig beunruhigt war. Sie ähnelte ein bißchen meiner Großmutter Bersaba Tolworthy. Beide verfügten nicht nur über blendendes Aussehen, sondern auch über das gewisse Etwas, das Männer anzieht. Harriet, die allmählich rundlich wurde, besaß es heute noch, und meine Großmutter hatte es bis an ihr Lebensende behalten.

Carlotta besuchte Eyot Abbas oft. Sie mochte Harriet und hielt sie immer noch für ihre Mutter. Doch eigentlich verband sie nicht so sehr diese angebliche Verwandtschaft als die Tatsache, daß sie von der gleichen Wesensart waren. Harriet veranstaltete Gesellschaften und führte dabei oft Theaterstücke auf. Carlotta beanspruchte immer die Hauptrolle für sich, und Harriet gab sie ihr gern.

»Um des Stückes willen«, pflegte sie zu sagen. »Carlotta hätte zur Bühne gehen sollen, sie sieht fabelhaft aus. Sie hätte das Publikum im Handumdrehen erobert. Wenn König Karl noch lebte, würde er Himmel und Erde in Bewegung setzen, um das Mädchen in sein Bett zu bekommen.« Sie lachte. »Jetzt siehst du wieder wie die spröde Priscilla aus. Deine Tochter wird viele Liebhaber haben, glaube mir. Wir müssen nur darauf achten, daß sie nicht zu früh damit anfängt und nicht mit dem Falschen.«

Carlotta war Emilys Erziehungskünsten entwachsen, und wir hatten eine Gouvernante für sie engagiert, eine nette junge Frau, die wie Christabel aus einem Pfarrhaus stammte. »Das ist immer die beste Empfehlung«, stellte meine Mutter fest.

Daher wurde Amelia Garston in unseren Haushalt aufgenommen, und Carlotta verbrachte widerwillig einige Stunden täglich im Schulzimmer. Emily hatte nichts dagegen, denn ihr war längst klar, daß sie mit Carlotta nicht zurechtkam, und außerdem blieb ihr meine liebe, sanfte Damaris, die so eifrig lernte und überdies ein braves Kind war.

Carlotta hielt es nie lange an einem Ort, daher besuchte sie Christabel gern. Der kleine Thomas war ganz begeistert von ihr, genau wie seine übrigen Geschlechtsgenossen. Auch ich kam öfter nach Grassland Manor, es war ein so glückliches Haus. Christabel hatte sich unglaublich verändert, und ich war jedesmal froh darüber, wenn ich sie sah. Der Neid hatte vorher ihr Leben verdüstert und war jetzt beinahe ganz verschwunden.

Einmal gestand sie mir, daß sie alles erreicht hatte, was sie sich wünschte, schwächte diese Feststellung aber sofort ab. »Doch, es gibt etwas — ich würde gern noch ein Kind bekommen, und auch Thomas sehnt sich danach. Natürlich sind wir mit dem kleinen Thomas glücklich, und er ist das wunderbarste Kind auf der Welt, aber ich hätte meinem Mann gern noch mehr Kinder geschenkt.«

»Dazu ist es ja noch nicht zu spät.«

»Nein.« Sie schüttelte den Kopf. »Mich hätte Thomas' Geburt beinahe das Leben gekostet. Der Arzt findet, daß es für mich zu gefährlich ist, noch ein Kind zu bekommen. Und mein Mann möchte natürlich, wenn er die Wahl hat, lieber mich als ein zweites Kind haben.«

»Davon bin ich überzeugt.«

»Ich bin so froh, daß sich alles so gefügt hat, obwohl ich es wirklich nicht verdiene.«

»Das ist blanker Unsinn«, widersprach ich, aber sie lächelte mich an und schüttelte den Kopf.

Carlotta stattete auch Enderby Hall häufig Besuche ab. Robert Frinton hatte sie ins Herz geschlossen, und ich freute mich, daß sie ihn aufsuchte, denn er war ein einsamer alter Mann. Ich fragte mich oft, was er sagen würde, wenn er erführe, daß sie mit ihm verwandt war. Bestimmt würde er sich darüber freuen.

Er hatte Enderby Hall in ein wohnliches Haus verwandelt, doch es war ihm nicht gelungen, die düstere Stimmung völlig zu vertreiben. Jedesmal, wenn ich die Halle betrat, empfand ich leises Unbehagen, und bei den seltenen Gelegenheiten, wenn ich mich allein in ihr befand, sah ich mich immer wieder verstohlen um, weil ich das Gefühl hatte, beobachtet zu werden.

Frinton hatte nur wenige Bedienstete und führte ein sehr einfaches Leben. Er besuchte uns oft, weil meine Mutter ihn ständig einlud. Wenn er kam, sah er sich sofort nach Carlotta um, und wenn sie nicht anwesend war — denn sie beschloß oft unvermittelt, auf einige Zeit zu Harriet zu übersiedeln —, konnte er seine Enttäuschung nicht verbergen.

Natürlich war Carlotta launisch und eigensinnig, doch sie mußte uns nur anlächeln, und unser Ärger über sie verflog. Harriet war da eine Ausnahme,denn sie versuchte überhaupt nicht, Carlotta für sich einzunehmen, und wurde vielleicht gerade deshalb von ihr respektiert.

An einem sonnigen Junitag des Jahres 1695 saßen Harriet und ich in dem Garten von Eyot Abbas und sahen auf das Meer hinaus. Wie immer, wenn ich die Insel im Dunst erblickte, dachte ich an die Nacht, die ich mit Carlottas Vater dort verbracht hatte und an alles, was sich daraus ergeben hatte, einschließlich der schrecklichen Nacht, die mir immer noch Alpträume verursachte. Sie war wie eine dunkle, stets über mir hängende Wolke, die mein Glück bedrohte.

Natürlich waren Leigh und ich glücklich, aber wir hatten noch immer nicht die völlige Vertrautheit erreicht, nach der wir uns beide sehnten. Leigh begriff nicht, was daran schuld war, doch ich wußte genau, was dahintersteckte.

Leigh war Menschen gegenüber, die er liebte, die Sanftmut in Person, aber er konnte in wilden Zorn geraten, wenn jemand Unrecht geschah. Er war ohne Gewissensbisse zu Wilhelm übergegangen, weil er keine Achtung vor Jakob empfand. Er stand bedingungslos hinter seinem Oberbefehlshaber Churchill; und wenn Churchill sich auf Wilhelms Seite schlug, dann war Leigh moralisch berechtigt, seinem Beispiel zu folgen.

»Du bist nachdenklich.« Harriet beobachtete mich genau. »Denkst du an längst vergangene Zeiten? Du solltest nicht über Vergangenes grübeln, Priscilla, sondern dich auf die Zukunft freuen. Ich möchte mit dir über Carlotta sprechen.«

»Ach so?«

»Ich fühle mich genauso verantwortlich für sie wie du. Irgendwie bin ich ja doch ihre Mutter, und ich bin davon überzeugt, daß ich ihr gegenüber Pflichten habe, auch wenn du es nicht glauben solltest.«

»Natürlich glaube ich dir. Du warst immer gut zu ihr, und sie liebt dich.«

»Sie bewundert mich. Carlotta und ich sind einander ein bißchen ähnlich. Doch im Augenblick beschäftigt mich der Gedanken an ihre Zukunft. Sie wird jung heiraten.«

»Sie ist noch ein Kind.«

»Manche Mädchen hören früh auf, ein Kind zu sein.«

»Sie ist dreizehn.«

»Wie alt warst du, meine liebe Priscilla, als du mit deinem Geliebten die Nacht auf der Insel verbrachtest?«

»Das waren damals außergewöhnliche Umstände.«

»Außergewöhnliche Umstände sind manchmal sehr gewöhnlich, was wie ein Widerspruch klingt, aber merkwürdigerweise stimmt. Die außergewöhnlichen Umstände tauchen plötzlich auf und überrumpeln uns. Carlotta wird solche Umstände heraufbeschwören, genau wie sie jedes männliche Wesen anzieht, das in ihre Nähe kommt.«

»Ich gebe zu, daß wir auf sie achtgeben müssen.«

Harriet lachte. »Je mehr wir auf sie achtgeben, desto einfallsreicher wird sie werden. Ich kenne diese Art Menschen.«

»Was sollen wir also deiner Meinung nach tun?«

»Wir werden sie mit unsichtbaren Händen leiten.«

»Was meinst du damit?«

»Ich weiß schon einen Bräutigam für sie.«

»Harriet!«

»Ja, meinen Sohn Benjamin. Er betet sie an, ohne zu merken, wie sehr er ihr verfallen ist. Außerdem hält er sie für seine Schwester. Er muß erst herausbekommen, daß er gar nicht mit ihr verwandt ist. Das Ganze erinnert mich an dich und Leigh — obwohl er in diesem Fall immer schon wußte, daß er nicht dein Bruder ist. Aber ihr seid wie Geschwister aufgewachsen. Wie du siehst, kompliziert so etwas die Lage. Wenn Leigh dich nicht all die Jahre als seine liebe kleine Schwester betrachtet hätte, wärt ihr von Anfang an ein Paar geworden. Du hast immer nur Leigh geliebt. Die Idylle auf Eyot war dein Erwachen.«

»Ich verstehe dich, aber deine Theorie muß nicht unbedingt richtig sein.«

»Sie ist richtig. Du und Leigh, ihr wärt ein Liebespaar gewesen, als du vierzehn warst — er war damals ja schon ein richtiger Mann. Dann wäre es nicht zu all den Komplikationen gekommen. Aber das ist alles vorbei, jetzt geht es um Carlotta. Ich möchte Benjie beibringen, daß sie nicht seine Schwester ist, und bin froh, daß du es Leigh gestanden hast.«

»Ich hätte ihn sonst nicht heiraten können.«

»Das ist klar, und er hat es auch verstanden. Schließlich ist er mein Sohn. Ich bin sehr glücklich, weil du mit Leigh verheiratet bist, Priscilla, dadurch wirst du ein bißchen zu meiner Tochter. Eigentlich wollten wir jedoch über Carlottas Zukunft sprechen.«

»Ich bringe es nicht fertig, meinen Eltern die Wahrheit zu gestehen.«

»Warum nicht? Dein Vater hat nicht gerade wie ein Mönch gelebt.«

»Ich weiß, aber er hat mich immer verachtet. Nein, das ist übertrieben. Ich war ihm gleichgültig.«

»Und das hat dich natürlich verletzt. Gelegentlich möchte ich deinem Vater wirklich die Leviten lesen. Er ist unglaublich eigensinnig.«

»Ich werde nie vergessen, was du für mich getan hast, Harriet.«

»Trotzdem sprechen wir jetzt über Carlotta. Du hast es nicht eilig, deinen Eltern die Wahrheit zu sagen, das kann ich verstehen, aber es gibt jemanden, der es wissen sollte.«

»Du meinst Benjie?«

»Ja, auch, aber ich habe an Robert Frinton gedacht.«

»Ausgerechnet er. Warum sollte er es erfahren?«

»Weil der Vater des Kindes sein Neffe war.«

»Aber . . .«

»Du enthältst dem Mann seine Familie vor. Er liebt Carlotta und ist alt und einsam. Seine Familie wurde durch eine schreckliche Tragödie ausgerottet. Stell dir vor, was es für ihn bedeuten würde, wenn er erfährt, daß dieses bezaubernde Kind mit ihm verwandt ist.«

»Ich halte es nicht für klug.«

»Warum nicht?«

»Wir haben dieses Geheimnis so lange bewahrt. Du, Leigh, Gregory, Christabel und ich sind die einzigen . . . « Ich unterbrach mich entsetzt. Es gab noch jemanden, der es wußte. Ich sah die lasziven, spöttischen Augen wieder deutlich vor mir. ›Sie haben sich als Jungfrau ausgegeben und waren dabei nur in Venedig, um ihren kleinen Bastard zu Welt zu bringen.‹

Harriet war aufgestanden und legte mir den Arm um die Schultern.

»Das Geheimnis wird dennoch gewahrt bleiben, auch wenn Frinton Bescheid weiß. Überlege dir doch, wie glücklich er wäre. Du bist es ihm schuldig, Priscilla.«

»Nein, je weniger Menschen davon wissen, desto besser.«

Harriet zuckte die Achseln. »Schön, dann muß ich es dir sagen. Er weiß es.«

Ich starrte sie an. »Du hast es ihm erzählt.«

»Ja.«

»Wie konntest du nur, Harriet?«

»Es war nicht nur dein Geheimnis, sondern auch das meine, und ich hielt es für richtig, ihm reinen Wein einzuschenken. Außerdem ist es für uns alle das Beste. Er wird bald hier sein, denn er will mit dir reden.«

Ich war sprachlos. Es hatte keinen Sinn, Harriet Vorwürfe zu machen. Das war typisch für sie: sie tat, was sie wollte, und informierte die anderen nachher darüber. Am liebsten hätte ich ihr ins Gesicht geschrien, daß das ganz und gar meine Angelegenheit war. Aber das traf nicht zu, denn sie war tief in die Sache verstrickt.

Etwa eine Stunde später traf Frinton ein. Harriet und ich gingen ihm entgegen.

Als er mich sah, streckte er die Arme aus, und wir waren beide so gerührt, daß ich mich ihm an die Brust warf.

Dann ließ er mich los und sah mir ins Gesicht. »Sie haben mich so unsagbar glücklich gemacht. Für mich ist es wie ein Wunder, das ich nie für möglich gehalten hätte. Ich liebte das Kind vom ersten Augenblick an.«

Sein Glück versöhnte mich mit Harriets Voreiligkeit.

Während dieses Besuchs sprach er ununterbrochen über Carlotta. Er hatte eine goldene Kette mit einem Diamant-Anhänger für sie mitgebracht. Es war genau das richtige Geschenk, denn Carlotta entwickelte eine Leidenschaft für Schmuck.

Robert Frinton und ich fuhren zusammen nach Eversleigh zurück. Er sprach die ganze Zeit darüber, wie glücklich es ihn machte, daß Carlotta Jocelyns Tochter war.

»Daß er der Vater eines solchen Kindes war, läßt mich seinen Verlust leichter ertragen. Es tut mir leid, daß er unter solchen Umständen ums Leben kam. Sie sind die Frau, die ich ihm von Herzen gewünscht hätte. Und Carlotta ist mein Augenstern. Ich möchte sie immerzu beobachten, ihr zuhören. Sie ist das entzükkendste Kind, das es je gegeben hat. Es war wirklich ein Glückstag, an dem ich beschloß, Enderby Hall zu kaufen. Das Schicksal hat es so gewollt. Sie müssen nichts befürchten. Ich werde das Geheimnis für mich bewahren, bis Sie beschließen, es preiszugeben. Ich verdanke Ihnen solches Glück, daß ich Ihnen auch nicht einen Augenblick lang Kummer bereiten möchte.«

Während ich ihm zuhörte, erkannte ich, daß Harriet recht gehabt hatte.

Ich war ihm die Enthüllung schuldig gewesen. Aber als ich ihn bald darauf in Enderby Hall besuchte, empfand ich die düsteren Ahnungen, die das Haus immer in mir weckte, stärker denn je. Es war ein Haus der Schatten, und daran konnte auch die freundliche Einrichtung nichts ändern.

Wenn Robert erschien, verschwand diese düstere Stimmung, aber wenn ich allein in der Halle stand, fühlte ich etwas Böses, eine Art Warnung. Ich fragte mich, ob es der Schatten früherer Tragödien war, doch ich wurde den Eindruck nicht los, daß es sich um eine Warnung vor einer bevorstehenden Katastrophe handelte.

Robert und ich kamen jetzt öfter zusammen, sowohl in Eversleigh als auch in Enderby. Er freute sich so rührend, wenn ich ihn besuchte, und Carlotta begleitete mich häufig.

Carlotta mochte ihn und bemühte sich, ihm zu gefallen. Es entsprach ihrem Wesen, daß sie umso freundlicher zu ihm wurde, je entzückter er über ihre Gesellschaft war. Er weckte eine gewisse Sanftmut in ihr, die ich vorher nie bemerkt hatte. Sie liebte es, uns Kaffee oder Schokolade zu servieren, die beide in den Londoner Kaffeehäusern in Mode kamen.

»Mein Vater und meine Mutter tranken Tee, als sie in London waren«, erzählte sie uns. »Es ist angeblich ein seltenes ausländisches Kraut. Er schmeckte ihnen nicht besonders, aber alle Leute von Stand in London trinken ihn.«

Ihre Augen funkelten. Sie sehnte sich offensichtlich danach, nach London zu fahren und sich unter die angesehenen Leute zu mischen.

»Meine Mutter hat mir versprochen, daß sie mich in einem Jahr, wenn ich vierzehn bin, nach London mitnehmen wird.«

Ich hatte mich noch immer nicht daran gewöhnt, daß sie Harriet als ihre Mutter bezeichnete.

»Was möchtest du denn in London tun?« erkundigte sich Robert.

»Ich möchte auf Bälle gehen und dem König vorgestellt werden. Es ist ein Jammer, daß die arme Königin gestorben ist. Das bedeutet, daß es bei Hof sehr langweilig ist. Außerdem gibt es einen einzigen Thronerben, nämlich Prinzessin Anne. Dennoch müssen die Bälle lustig sein, nicht wahr? Dann möchte ich auch die Stadt sehen. Benjie meint, daß es lustig ist, die Kaffeehäuser aufzususchen. Dort kommen wichtige Leute zusammen und unterhalten sich miteinander. Und dann gibt es die Geschäfte. Ich würde London so gern sehen.«

»Und was würdest du in den Geschäften kaufen?« erkundigte sich Robert.

»Schöne Stoffe für Ballkleider. Ein perlgraues Reitkostüm, dazu einen grauen Hut mit einer blaugrauen Feder. Und eine Diamantbrosche.«

»Offensichtlich würdest du innerhalb weniger Stunden ein kleines Vermögen ausgeben«, unterbrach ich sie. »Es würde genügen, wenn du zunächst eines dieser Dinge kauftest.«

Robert rechnete sichtlich im Kopf, und ich wußte, was dabei herauskommen würde. Demnächst würde Carlotta ein graues Reitkostüm tragen; Seidenstoffe würden in unserem Haus eintreffen; und es würde nicht lange dauern, bis Robert auch mit einer Diamantbrosche anrückte.

Ich machte ihm Vorwürfe. »Sie machen ihr zu viele Geschenke. Sie wird sich fragen, warum Sie das tun.«

»Carlotta wird sich nie fragen müssen, warum die Menschen sich um sie bemühen. Ich habe noch nie ein so entzückendes Mädchen kennengelernt.«

Es war ihr vierzehnter Geburtstag, ein grauer Oktobertag.

Meine Mutter veranstaltete gern Geburtstagsfeiern. Sie war sentimental und immer bemüht, das Familiengefühl zu stärken. Carlottas Geburtstag sollte in Abbas gefeiert werden, denn es galt offiziell immer noch als ihr Zuhause, obwohl sie einen Großteil ihres Lebens bei uns verbracht hatte. Ihre Gouvernante Amelia Garston gehörte ebenfalls zu ihren Bewunderern, und zwischen den beiden hatte sich eine Freundschaft entwickelt, so wie seinerzeit zwischen Christabel und mir. Harriet hielt es für günstig, daß Carlotta eine Freundin hatte, die ihr im Alter näherstand.

Die große Halle in Abbas war mit so vielen Pflanzen geschmückt, wie Harriet zu dieser Jahreszeit nur auftreiben konnte. Ich kam mit Damaris, meinen Eltern, Jane und ihrem Sohn sowie mit Sally Nullens, die sich für unentbehrlich hielt.

Natürlich war auch Robert Frinton anwesend. Er hatte sich seit Wochen auf dieses Ereignis gefreut. Bestimmt hatte er eine Menge Geschenke für Carlotta. Zum Glück bedankte sie sich immer herzlich bei ihm und bestand darauf, »sich um ihn zu kümmern«, wie sie es nannte. Das überraschte mich, denn für gewöhnlich war sie völlig mit ihren eigenen Angelegenheiten beschäftigt.

Carlotta sah entzückend aus und stand natürlich im Mittelpunkt der Aufmerksamkeit. Schließlich war es ihr großer Tag. Sie schnitt den riesigen Geburtstagskuchen überaus feierlich an. Sie trug ein dunkelblaues Kleid — die Seide hatte Robert ihr geschickt — und an ihrem Hals blitzte die Diamantbrosche — sein Geschenk. In ihre Haare war eine Perlenkette geflochten — das Geschenk von Gregory und Harriet — und am Finger trug sie den Saphirring, den ihr Leigh und ich geschenkt hatten. Eigentlich zuviel Schmuck für ein so junges Mädchen, aber sie konnte keinen Spender verletzen, indem sie sein Geschenk nicht trug.

Sie tanzte viel mit Benjie, der schon über zwanzig war. Harriet und ich waren uns darüber einig, daß er einen guten Ehemann für sie abgeben würde, auch wenn sie wesentlich jünger war als er. Benjie sah immer leicht verwirrt aus, wenn er mit ihr beisammen war, und ich wunderte mich über ihn. War er wirklich in das Mädchen verliebt, das er für seine Schwester hielt?

Was für Komplikationen sich dadurch ergaben, daß ich die gesellschaftlichen Konventionen nicht beachtet hatte. Wie würde Benjie wohl reagieren, wenn er plötzlich erfuhr, daß Carlotta nicht seine Schwester war?

Mir wurde immer klarer, daß ich früher oder später die Wahrheit gestehen mußte. Meiner Mutter konnte ich es ohne weiteres anvertrauen, sie würde mich bestimmt verstehen. Aber unerklärlicherweise wollte ich nicht, daß mein Vater es erfuhr. Natürlich war der Gedanke absurd. Er hatte nie viel von mir gehalten, warum sollte er also plötzlich seine Meinung ändern? Er hatte ohne zu überlegen zahlreiche Liebesbeziehungen angeknüpft. Und etliche hatten Folgen gehabt, wie zum Beispiel meine Halbschwester Christabel. Er hatte also nicht das Recht, mich zu verurteilen. Dennoch konnte ich es nicht ertragen, daß er es erfuhr. Er dominierte mich, wie er es immer getan hatte. Daß ich ihm das Leben gerettet hatte, würde zwar einiges an seiner Einstellung mir gegenüber ändern — aber er wußte es ja nicht. Manchmal spielte ich mit dem Gedanken, ihm alles zu beichten. ›Carlotta ist meine Tochter. Ja, ich habe eine uneheliche Tochter, genau wie du. Aber ich hätte ihren Vater geheiratet, wenn er am Leben geblieben wäre. Deine Beziehungen waren anderer Art, sie entsprangen nur deiner Begierde. Kannst du mich daraufhin tadeln? Und noch etwas: du wolltest nie eine Tochter und hast nie viel von mir gehalten, aber wenn es mich nicht gäbe, wärst du heute ein toter Mann . . . und du wärst noch dazu eines schrecklichen Todes gestorben. Ich habe einen hohen Preis für dein Leben bezahlt, und was ich damals durchgemacht habe, hat mich für mein ganzes Leben gezeichnet.‹

Ich fragte mich oft, was er tun würde, wenn er es erfuhr. Doch ich war sicher, daß er es nie erfahren würde.

Aber jetzt mußte ich mich mit Benjie und Carlotta befassen. Harriet beobachtete die beiden und sah dann mich an. Sie würde Benjie die Wahrheit sagen, genau wie sie es bei Robert getan hatte.

Vielleicht hatte sie recht damit. Wenn man einen Fehltritt begeht, sollten die anderen nicht darunter leiden.

Der Tanz war zu Ende, Carlotta brachte Robert ein Glas Wein und setzte sich zu ihm. Er lächelte zufrieden, als sie die Brosche an ihrem Hals betastete; dann beugte sie sich vor und küßte ihn.

Er ergriff ihre Hand und hielt sie fest, und Carlotta entzog sie ihm nicht. Sie schien ihn wirklich gern zu haben.

Die Musik setzte wieder ein, sie nahm ihm das Glas ab und

stellte es hin. Dann zog sie ihn auf die Füße und führte ihn auf die Tanzfläche.

Er war kein sehr geschickter Tänzer, und mir fiel auf, wie alt er aussah, aber das war vielleicht auch nur der Gegensatz zu Carlottas blühender Jugend.

Plötzlich drehte sich Robert um, schwankte und brach zusammen. Die Musik verstummte, und einige Sekunden lang herrschte tiefe Stille. Carlotta kniete neben ihm nieder und zerrte an seiner Krawatte. Mein Vater lief zu ihnen.

»Hol den Arzt«, befahl Harriet.

Das war das Ende von Carlottas Geburtstagsparty. Robert wurde zu Bett gebracht und starb noch in der gleichen Nacht. Er war nur halb bei Bewußtsein und erkannte mit Mühe Carlotta, die an seinem Bett saß. Er legte seine Hand auf ihre, und ihr liefen die Tränen über die Wangen.

Er murmelte: »Du schönes Kind, du hast mich so glücklich gemacht.«

Wir ließen seine Leiche nach Enderby Hall bringen und begruben ihn auf dem Friedhof von Eversleigh.

Dann erfuhren wir, daß er ein sehr reicher Mann gewesen war und seinen gesamten Besitz Carlotta vermacht hatte.

Sie sollte ihn an ihrem achtzehnten Geburtstag bekommen oder an ihrem Hochzeitstag, falls sie vorher heiratete. Sie würde dann eine der reichsten Frauen des Landes sein.

Am Tag nach dem Begräbnis — Harriet und Gregory waren nach Eversleigh gekommen, um ihm beizuwohnen — legten Harriet und ich einen Blumenstrauß auf dem Grab nieder.

»Der liebe Robert«, sagte sie »er hatte Carlotta so gern. Sie war für ihn der Garant dafür, daß seine Familie weiterbesteht. Jetzt siehst du doch ein, daß ich richtig gehandelt habe.«

»Wußtest du eigentlich, Harriet, daß er so reich war?«

»Na ja, nur so ungefähr.«

»Aber du hattest eine Ahnung.«

»Es war klar, daß er nicht arm war. Ich wußte, daß er für den Besitz, der seiner Familie weggenommen worden war, eine Entschädigung erhalten hatte, aber er war offensichtlich von Haus aus reich.«

»Und du hast angenommen, daß er sein Vermögen Carlotta hinterlassen könnte?«

»Es kam mir nur natürlich vor.«

»Also wieder eine deiner berühmten Intrigen.«

»Ich war meiner Sache natürlich nicht sicher.«

»Natürlich nicht. Aber du hieltest es für wahrscheinlich.«

»Meine Priscilla, spiel dich nur nicht als Moralprediger auf. Wenn ein Vermögen in Reichweite ist und eine Familie einen gewissen Anspruch darauf hat, wäre es dumm, nichts zu unternehmen.«

»Von dem Augenblick an, Harriet, als du das Château betratest, in dem meine Mutter im Exil lebte, hast du unser Leben beeinflußt und bis heute nicht damit aufgehört.«

Sie wurde nachdenklich. »Du kannst schon recht haben. Doch dieser Einfluß hat sich für alle Betroffenen sehr günstig ausgewirkt. Die schöne Carlotta, die ohne das Vermächtnis Roberts nie ein großes Vermögen besessen hätte, ist jetzt eine reiche Erbin. Was ist daran schlecht?«

»Das weiß ich nicht. Wir müssen abwarten.«

Der liebe Robert! Wenn er geahnt hätte, welche Folgen seine Handlungsweise haben würde, hätte er sich vielleicht anders entschlossen.

Als Carlotta die Neuigkeit erfuhr, sah sie vollkommen verblüfft aus. »Er muß mich sehr geliebt haben«, war alles, was sie herausbrachte.

Einige Augenblicke lang war ihr Gesicht von Zärtlichkeit verklärt, als sie darüber nachdachte, wie sehr der alte Mann sie geliebt hatte. Dann begriff sie plötzlich, was es bedeutete. Sie war reich. Die ganze Welt stand ihr offen. Sie mußte nur vier Jahre warten, dann gehörte das ganze große Vermögen ihr.

Ich sah ihr an, wie sich in ihrem Kopf die Pläne überstürzten. Sie würde nach London reisen, sich die Welt ansehen, ein eigenes

Haus besitzen, keinerlei Einschränkungen mehr unterworfen sein.

»Vergiß nicht, daß du warten mußt, bis du achtzehn bist«, hielt ich ihr vor Augen. »Bis dahin wird alles so bleiben, wie es war, und du hast Zeit, dir zu überlegen, was du dann unternehmen wirst.«

»Vier Jahre!« rief sie.

»Eine wirklich kurze Zeit«, tröstete sie Harriet.

Harriet war genauso aufgeregt wie Carlotta. Sie war eine geborene Intrigantin und ihre Intrigen zielten beinahe immer auf ihren eigenen Vorteil ab. Sie hatte Carlotta Roberts Vermögen zugeschanzt, weil sie es ihrem Sohn Benjie zugedacht hatte.

Ich hätte es mir denken können. Harriet hatte ihr Leben lang feine Fäden gesponnen und würde diese Gewohnheit nicht mehr aufgeben.

Plötzlich hatte ich Angst vor dem Geld — ich hatte das Gefühl, daß es uns nichts Gutes bringen würde.

Carlotta wollte London sehen.

»Es ist hier so traurig, seit er tot ist«, drängte sie. »Er wäre sicherlich dafür, daß wir hinfahren.«

Harriet hielt es für eine gute Idee, und sie, Gregory, ich und Carlotta beschlossen, London einen kurzen Besuch abzustatten.

»Bei Hof ist es jetzt langweilig«, warnte uns Harriet. »Ganz anders als zu Karls Zeiten. Damals war es dort lustig, und Karl war ein charmanter Mensch. Unter uns ... Wilhelm ist ein Bauer, ein holländischer Bauer. Angeblich spricht er kaum mit seiner Umgebung.«

»Das Volk liebt ihn aber, weil er ein guter König ist«, erwiderte Gregory. »Er ist genau der Herrscher, den wir brauchen.«

»Wenn die Königin am Leben geblieben wäre ... oder wenn er wieder geheiratet hätte ...«

Gregory schüttelte den Kopf. »Er will nicht wieder heiraten, und deshalb wird ihm Anna auf den Thron folgen ... oder vielleicht ihr Sohn Wilhelm, obwohl er sehr zart ist.«

»Wir können nur hoffen, daß während ihrer Herrschaft das Leben bei Hof lustiger werden wird«, stellte Harriet fest. »Ich mag keine sauertöpfischen Herrscher. Karl war da ganz anders. Ich werde immer um ihn trauern.«

Er war Mitte Dezember, als wir uns auf den Weg machten. Harriet wollte die Reise unternehmen, bevor es wirklich kalt wurde, was für gewöhnlich nach Weihnachten der Fall war. Carlotta war sehr aufgeregt, obwohl sie immer wieder an Robert dachte und dann traurig wurde. Sie war offensichtlich schuldbewußt, weil sie trotz seines Todes so fröhlich war.

Ich freute mich über ihr Zartgefühl. Sie war nicht selbstsüchtig, nur jung, voller Vitalität, unternehmungslustig, und wenn sie die Bewunderung ihrer Person als ihr gutes Recht ansah, so war es nur deshalb der Fall, weil sie überall Aufsehen erregte.

Wir wohnten im Stadthaus der Eversleigh, das sich in der Nähe von Whitehall befand. Carlotta war nicht zum ersten Mal in London, aber sie sah es jetzt mit anderen Augen. Sie war eine reiche Erbin. Ihre Augen funkelten vor Vergnügen, und sie überlegte sichtlich, was sie alles tun würde, sobald sie das magische Alter von achtzehn Jahren erreicht hatte.

Es war schwierig, von dem lebhaften Leben und Treiben in London nicht mitgerissen zu werden. Wir führten am Land ein beschauliches Leben und staunten über die Vitalität, die Betriebsamkeit, die Lebensfreude, die wir in den Straßen vorfanden.

Harriet bemerkte, daß die Straßen sauberer waren als vor dem großen Feuer, und einige der neuen Gebäude, die Christopher Wren entworfen hatte, waren sehr eindrucksvoll. London war genauso lärmend und farbenfroh wie vor der Katastrophe.

»Wie schön ist das alles!« rief Carlotta, als wir am Strand an den großen Häusern vorbeifuhren, deren Gärten bis zum Fluß hinunterreichten. Kleine Boote wiegten sich an privaten Landungsstegen, und auf dem Strom waren Schiffe aller Art unterwegs. Die Lieder der Schiffer klangen zu uns herüber, auch wenn der Straßenlärm sie gelegentlich übertönte.

Harriet zeigte uns einige der neuen Kaffeehäuser, die wie Pilze aus dem Boden schossen und die Londoner im Sturm eroberten. »Natürlich kann man dort auch stärkere Getränke als Kaffee konsumieren«, klärte sie mich auf. »In den späten Abendstunden können die Gäste etwas unberechenbar werden.«

»Wollen wir ein Kaffeehaus aufsuchen?« fragte Carlotta.

»Ich glaube kaum, daß es der richtige Ort für uns ist«, widersprach ich.

Carlotta schnitt eine Grimasse. »In meiner Gesellschaft würdest du dich in vollkommener Sicherheit befinden, Priscilla.« Sie warf Gregory einen Blick zu. »Du würdest mit mir dorthin gehen, nicht wahr?«

Gregory lachte und murmelte: »Wir werden sehen.« Es fiel ihm immer schwer, Carlotta einen Wunsch abzuschlagen.

Wir waren zum Mall gekommen, und Harriet schwärmte wieder von der Zeit, als Karl geherrscht und zur Bewunderung der Zuschauer hier das Spiel betrieben hatte, dem der Platz seinen Namen verdankte.

»Ihr hättet ihn sehen sollen«, erzählte Harriet. »Keiner konnte es ihm gleichtun. Er schlug die Bälle über den halben Platz. Eine Leistung, die unsere jetzige Majestät bestimmt nicht fertigbringen würde.«

»Es hat keinen Sinn, den alten Zeiten nachzutrauern«, wandte ich ein. »Seien wir froh, daß wir einen König haben, der weiß, wie man regiert.«

»Auch wenn sein Hof der langweiligste von ganz Europa ist.«

»Die Parks sind schön«, seufzte Carlotta.

»Ja«, pflichtete ihr Gregory bei. »Mir haben die Parks immer gefallen, und sie stehen jedermann offen. Wahrscheinlich würde es zu einem Aufruhr kommen, wollte uns jemand die Parks wegnehmen. Außer dem schönen St. James-Park gibt es noch den Hyde Park, die Spring Gardens und die Mulberry Gardens.«

»Doch es ist besser, wenn man sie nach Einbruch der Dunkelheit nicht mehr aufsucht«, warnte Harriet. »Selbst wenn man maskiert hingeht, würden die Männer annehmen — aber genug davon.«

Blumenmädchen und Obstverkäuferinnen drängten sich durch die Menge, und es gab auch Milchmädchen, die ihre Waren feilboten. Vornehme Kutschen fuhren an uns vorbei, in denen geschminkte Damen mit Schönheitspflästerchen saßen; gelegentlich schob ein Dandy sein Fenster hinunter und plauderte mit einer Dame in einer anderen Kutsche.

Wir waren kurz nach Mittag in der Stadt angelangt, also zu der verkehrsreichsten Zeit. Um zwei Uhr lagen die Straßen ruhig da, denn die meisten Leute aßen dann; um vier Uhr füllten sich die Straßen wieder, und die Menschen waren zu den Spielhäusern unterwegs.

Carlotta konnte sich nicht an den Bändern, Spitzen und sonstigem Zubehör sattsehen, die auf Regalen und in den Auslagen ausgestellt waren. Harriet versprach ihr, sie auf einen Einkaufsbummel mitzunehmen.

Wir erreichten unser Haus, in dem alles für unseren Besuch vorbereitet war. Das Abendessen wurde aufgetragen, und sofort danach wollte Carlotta ausgehen. Ich erinnerte sie daran, daß es bald dunkel sein würde, und daß es besser war, wenn wir bis zum nächsten Tag warteten. Sie war enttäuscht, setzte sich nach dem Essen ans Fenster und blickte auf die Stadt hinaus.

Am nächsten Tag machten wir in dem New Exchange am Strand Einkäufe. Es war beinahe ein Basar und im ersten Stock befanden sich Läden, in denen die aufregendsten Waren feilgeboten wurden. Carlotta war außer sich vor Begeisterung, als sie in den Seiden, Bändern und Spitzen wühlte, und wir kauften Stoff für neue Kleider.

Einige Damen, deren Beruf unschwer zu erraten war, schlenderten durch den Exchange. Sie sahen sich um und waren sichtlich auf der Suche nach Freiern. Die Männer sahen mit ihren Samtmänteln, Seidenhosen und federgeschmückten Hüten prächtig aus und trugen oft Damaszenerklingen an der Seite. Vielen folgten ihre Pagen, was besonders großartig wirkte. Mehrere von ihnen warfen Carlotta Blicke zu, und ich war froh, daß sie mit ihren Einkäufen viel zu sehr beschäftigt war, um es zu bemerken.

Wir blieben vor einem Laden stehen, der Fächer ausgestellt hatte, denn Carlotta wollte einen kaufen. Sie fand bald einen, der ihr zusagte. Sie öffnete ihn und fächelte sich Luft zu. »Ich muß ihn einfach haben«, erklärte sie, »er paßt genau zu der Seide, die ich heute gekauft habe.«

Dann wurde mir plötzlich kalt, als hätte jemand einen Eimer Eiswasser über mich geleert. Am nächsten Ladentisch stand ein Mann, dessen Gesicht ich nie vergessen würde, auch wenn ich hundert Jahre alt werden sollte.

Beaumont Granville kaufte am Nachbarstand Halsbinden.

»Was hältst du davon?« Carlottas Stimme drang aus weiter Ferne zu mir. Die Zeit stand still, und alle Bewegungen ringsum liefen ganz langsam ab, denn Granville hatte sich zu Carlotta umgedreht und mich gesehen.

Sein Mund verzog sich zu einem Lächeln, als er mich erkannte. Sein Blick wanderte von Harriet zu Carlotta und blieb kurz auf letzterer ruhen. Sie hielt sich den Fächer vors Gesicht und blickte mich über seinen Rand hinweg an.

»Ich möchte nach Hause«, murmelte ich. »Ich fühle mich . . .«

Alle sahen mich an, Harriet neugierig, Carlotta ängstlich.

Ich drehte mich abrupt um. Ich mußte dem amüsierten Blick, den Augen entgehen, die für mich das Grausamste auf der Welt waren.

Mein Fuß blieb an einem Pflasterstein hängen, und ich wäre beinahe gefallen, wenn mich Harriet nicht aufgefangen hätte. Scharfer Schmerz durchzuckte meinen Knöchel.

»Was ist los?« fragte Harriet.

Ich antwortete nicht, sondern bückte mich zu meinem Knöchel hinunter und betastste ihn.

Dann hörte ich seine Stimme, an die ich mich so gut erinnerte — klangvoll, sanft, einschmeichelnd, und ich hatte das Gefühl, wieder einen meiner Alpträume zu erleben. »Wenn ich Ihnen vielleicht behilflich sein kann . . .«

Er verbeugte sich vor Harriet, Carlotta und mir.

Ich wehrte rasch ab. »Danke. Es ist alles in Ordnung.«

»Wie freundlich von Ihnen.« Harriets Stimme klang überaus höflich, denn er sah noch immer so gut aus wie vor Jahren. Harriets Benehmen veränderte sich immer ein wenig, wenn sie mit einem Mann zu tun hatte.

»Mir fehlt nichts«, wiederholte ich.

»Du hast dir aber weh getan«, wandte Carlotta ein.

»Es ist überhaupt nichts, ich spüre nichts.«

»Ich kenne einen Apotheker hier in der Nähe«, sagte Granville. »Er könnte sich ja den Knöchel einmal ansehen und feststellen, ob er verletzt ist. Denn wenn ein Knochen gebrochen ist, wäre es gefährlich weiterzugehen.«

»Ich spüre überhaupt nichts.«

»Du bist blaß geworden«, meinte Carlotta.

Sie war um mich besorgt, und ich war so verwirrt, daß ich nicht klar denken konnte. Ich sagte mir vor, daß ich um keinen Preis meine Aufregung zeigen dürfe, aber wie konnte ich ruhig bleiben, wenn ich solche Angst vor ihm empfand?

»Sie müssen mir erlauben, Ihnen zu helfen«, fuhr er fort, »mein Apotheker befindet sich ganz in der Nähe.« Er hatte Harriet ein Paket abgenommen. »Gestatten Sie.« Er bot mir seinen Arm an, und seine Augen blickten spöttisch in die meinen. »Sie sollten diesen Mann wirklich aufsuchen. Auch wenn es nur eine Verstauchung ist, könnte ein Verband notwendig sein.«

»Sie sind sehr freundlich, Sir«, bedankte sich Carlotta.

»Ich stehe gern zu Diensten.«

»Es wäre ungezogen von uns, Ihre Dienste zurückzuweisen«, fügte Harriet hinzu.

»Ja, Priscilla«, erklärte Carlotta, »du mußt den Apotheker aufsuchen. Du hast sichtlich Schmerzen.«

»Dann wären wir uns einig«, schloß Granville. »Darf ich vorausgehen?«

Ich hinkte stark. Ich hatte mir den Knöchel verstaucht, fühlte jedoch keinen Schmerz. Ich fragte mich ununterbrochen, wieso das Schicksal so grausam war und ihn wieder meinen Weg kreuzen ließ.

Ich traute ihm keinen Augenblick. Am liebsten hätte ich ihn aufgefordert, uns in Ruhe zu lassen, und den anderen erklärt, ich wisse aus bitterer Erfahrung, daß dieser Mann nicht der richtige Umgang für anständige Menschen war.

Carlotta hatte mich am Arm gefaßt.

»Tut es weh, Priscilla?«

»Nein, gar nicht. Das alles ist Unsinn. Ich möchte unverzüglich nach Hause.«

Granville stand an meiner anderen Seite.

»Darf ich Ihnen meinen Arm anbieten, damit Sie sich darauf stützen?« fragte er besorgt.

»Danke, das ist nicht nötig.«

»Schön, es sind ohnehin nur ein paar Schritte«, meinte er und ging uns voran.

Im Laden des Apothekers roch es nach Gewürzen und Salben. Wir betraten den dunklen Raum, und ein Mann mit einem gelben Rock eilte uns entgegen. Er verbeugte sich tief, als er Granville erblickte, und war von diesem Augenblick an überaus diensteifrig. Offensichtlich war Granville ein sehr geschätzter Kunde.

»Mylord«, fragte der Apotheker, »was kann ich für Sie tun?«

Granville erklärte, daß ich mir den Knöchel verletzt hatte, und forderte den Apotheker auf, sich meinen Fuß anzusehen und mir vielleicht eine Salbe oder einen Verband oder was sonst immer notwendig war, zu geben.

Der Apotheker brachte mir einen Schemel, auf den ich mich sofort setzen mußte. Dann kniete er nieder und betastete den Knöchel. Ich hielt vor Schmerz den Atem an.

Dann sah er zu Granville auf, der mich scharf beobachtet hatte.

»Es ist kein Knochen gebrochen, nur eine leichte Verstauchung, die bald heilen wird.«

»Haben Sie eine Salbe, mit der wir den Knöchel einreiben können?« fragte Harriet.

»O ja, ich habe genau das Richtige für Sie. Ich werde einen Verband anlegen, dann sollte die Dame ein paar Tage ruhen, und dann wird alles wieder in Ordnung sein.«

»Schön, dann fangen Sie an«, befahl Granville. Er wandte sich an Harriet. »Sie wollten Einkäufe tätigen. Lassen wir doch die

Patientin hier, damit der Apotheker sie behandeln kann, und erledigen wir, was wir vorhatten. Wir können hierher zurückkommen, sobald sie fertig ist. Haben Sie eine Kutsche? Die Dame kann unmöglich gehen.«

»Wir könnten nach Hause zurückkehren und die Kutsche holen«, erklärte Harriet. »Da wir in der Nähe von Whitehall wohnen, sind wir zu Fuß hergegangen.«

»Sie darf nicht weit gehen. Überlassen Sie nur alles mir. Ich werde Sie mit meinem Wagen nach Hause bringen.«

»Sie sind wirklich zu gütig, Sir.«

»Es ist mir ein Vergnügen, Ihnen zu Diensten zu sein.«

»Sein Vorschlag ist wirklich gut, Priscilla«, meinte Harriet.

Ich antwortete ihr nicht, ich war krank vor Angst.

Der Apotheker schüttelte eine Flasche. Ich überlegte: im Augenblick kann mir Granville nicht gefährlich werden. Aber was hat er vor?

»Wir kommen bald zurück«, versprach Harriet.

»Vielleicht in einer halben Stunde?« schlug Granville vor.

Der Apotheker versprach, daß ich bis dahin das Geschäft auf eigenen Füßen verlassen konnte.

»Es ist die beste Lösung«, stimmte auch Carlotta zu.

Ich sah ihnen nach. In der Tür drehte er sich um und blickte mich an. Ich konnte seinen Ausdruck nicht deuten, aber der belustigte Spott in seinen Augen war nicht zu übersehen.

Die Gerüche der Apotheke verursachten mir Übelkeit. Ich zog den Strumpf aus und sah, daß mein Knöchel stark geschwollen war.

Der Apotheker kniete vor mir nieder und strich eine kühlende Salbe auf meinen Fuß. Sie tat meinem Knöchel gut, aber ich konnte mich dennoch nicht beruhigen.

Was bedeutete das alles? Warum war ich genau in diesem Augenblick gestolpert? Ich war ungeschickt gewesen, weil mich sein Anblick mit Entsetzen erfüllt hatte.

Er würde uns in seinem Wagen nach Hause bringen. Ich hätte dagegen protestieren sollen. Harriet war von ihm beeindruckt und würde ihn sicherlich ins Haus bitten und ihm Erfrischungen servieren lassen.

Ich mußte sie darauf hinweisen, wer er war. Vielleicht würde sie sich erinnern, wenn sie seinen Namen hörte. Die Prügel, die Leigh ihm verabreicht hatte, waren damals das Tagesgespräch von Venedig gewesen. Aber das lag fünfzehn Jahre zurück. Dennoch mußte ich so bald wie möglich darauf hinweisen, daß sie auf eine solche Bekanntschaft lieber verzichten sollte.

Der Apotheker redete über seine Salben und Tinkturen und versuchte, mir ein paar von seinen Schönheitsmitteln zu verkaufen. Er hatte eine Seife, die die Haut blütenzart machte. Er hatte Lotionen, mit denen man graue Haare überdecken und köstliche Parfums, mit denen man die Kavaliere betören konnte. Sein Laden war die reine Zauberhöhle.

Ich lehnte mich zurück und schloß die Augen. Meine Gedanken weilten fern von der Apotheke.

Eine halbe Stunde später kehrten sie zurück, Carlotta war sehr aufgeregt. Ihr neuer Freund kannte die besten Geschäfte im Exchange, hatte sie herumgeführt und dafür gesorgt, daß man ihnen Vorzugspreise machte.

»Fühlen Sie sich so wohl, daß Sie gehen können?« Seine Stimme klang sanft, aber seine Augen blitzten immer noch spöttisch.

»Ich möchte nach Hause.«

»Mein Wagen wartet vor der Tür. Sie müssen nur die Apotheke verlassen.«

»Zuerst muß ich noch den Apotheker bezahlen.«

Er winkte ab. »Ich habe ein ständiges Konto bei ihm. Überlassen Sie die Bezahlung dieser Kleinigkeit nur mir.«

»Davon will ich nichts wissen.«

»Ach, lassen Sie, es ist doch nur eine Bagatelle.«

»Bitte sagen Sie mir, was Sie zu bekommen haben«, wandte ich mich an den Apotheker.

»Ich verbiete es Ihnen«, befahl Granville.

Der Apotheker sah mich an und zuckte die Schultern.

»Das kann und werde ich nicht zulassen«, erklärte ich entschieden.

»Sie wollen mich wirklich dieses unschuldigen Vergnügens berauben?«

Als Antwort entnahm ich meiner Börse Geld und legte es auf den Ladentisch. Der Apotheker betrachtete es hilflos. Offensichtlich hatte er großen Respekt vor Granville.

»Sie werden mir doch wenigstens gestatten, Sie in meinem Wagen heimzubringen?«

»Das ist nicht notwendig. Wir können hier auf unsere eigene Kutsche warten.«

»Was fällt dir ein?« lachte Harriet. »Es ist unhöflich von dir, die Freundlichkeit dieses Herrn zurückzuweisen.«

Er half mir in seinen Wagen. Wir saßen einander gegenüber — Harriet neben ihm, Carlotta neben mir.

Carlotta rief: »Das ist ein richtiges Abenteuer! Wie geht es deinem Knöchel, Priscilla?«

»Viel besser, danke.«

»Es war ein wirklich aufregender Vormittag. Zuerst die schönen Seidenstoffe und jetzt das ... Ach, ich habe den Fächer vergessen!«

»Das macht nichts«, tröstete Harriet, »dafür hast du einen interessanten Vormittag erlebt. Aber was ist mit der armen Priscilla? Ich hoffe, daß du nicht zu arge Schmerzen hast, mein Liebes.«

»Die Salbe des Apothekers hilft wirklich, es ist schon besser.«

»Es tut mir leid«, rief Carlotta in diesem Augenblick. »Ich wollte nicht sagen, daß ein verstauchter Knöchel lustig ist.«

»Ich verstehe dich schon richtig«, beruhigte ich sie, und sie schenkte mir ein strahlendes Lächeln.

Wir langten vor dem Haus an, und Granville sprang heraus und half uns beim Aussteigen.

»Sie müssen hereinkommen und ein Glas Wein mit uns trinken«, forderte ihn Harriet auf.

Er zögerte und sah mich an. Ich schwieg.

»Ja, bitte«, schloß sich Carlotta an. »Sie müssen hereinkommen.«

Er sah sie an. »Ich möchte nicht aufdringlich erscheinen.«

»Aufdringlich! Nach allem, was Sie für uns getan haben. Wir stehen tief in Ihrer Schuld.«

So trat Beaumont Granville wieder in mein Leben, und der Alptraum begann von neuem.

»Du weißt doch, wer dieser Mann ist«, warf ich Harriet vor. »Es ist Beaumont Granville.«

»Ja, so heißt er.«

»Hast du den Vorfall in Venedig vergessen?«

Sie runzelte die Stirn.

»Erinnerst du dich nicht? Er versuchte, mich auf dem Ball zu entführen, und am nächsten Tag ist Leigh in seine Wohnung gegangen und hat ihn beinahe erschlagen.«

Jetzt erinnerte sie sich und begann zu lachen.

»Es war keineswegs lustig, Harriet, sondern eine sehr ernste Angelegenheit.«

»Es liegt schon fünfzehn Jahre zurück.«

»Ich werde es nie vergessen.«

»Du bist wirklich altmodisch, Priscilla. Die Männer tragen heute ein Duell aus und haben es innerhalb einer Woche wieder vergessen. Er war damals jung und übermütig.«

»Es wäre ihm beinahe geglückt, mich zu entführen. Wenn er ...«

»Aber Leigh rettete dich, und das war sehr romantisch. Und am nächsten Tag verpaßte er Granville die Prügel. O ja, ich erinnere mich genau, ganz Venedig sprach davon.«

»Ich will nichts mit ihm zu tun haben.«

»Deshalb warst du also so abweisend und so unhöflich. Schließlich wollte er dir nur helfen.«

»Harriet, ich mag den Mann nicht und ich will nicht, daß er in dieses Haus kommt.«

»Wir mußten ihn hereinbitten, nachdem er sich uns gegenüber so gefällig erwiesen hat.«

»Damit ist die Sache hoffentlich erledigt; wir haben keinen Grund, ihn wiederzusehen.«

»Er war wirklich rührend um uns bemüht, und du mußt zugeben, daß sein Rat mit dem Apotheker gut war.«

»Wir wären auch ohne ihn zurechtgekommen.«

»Ach, Priscilla, du bist wirklich zu nachtragend, findest du nicht?«

Am liebsten hätte ich sie angeschrien: Wenn du alles wüßtest, würdest du mich verstehen.

Beinahe hätte ich ihr alles erzählt, doch ich brachte das Geständnis nicht über meine Lippen.

In diesem Augenblick platzte Carlotta ins Zimmer. Sie trug den Fächer in der Hand, den sie im Exchange gesehen hatte, und schwenkte ihn vor unseren Gesichtern.

»Du bist zurückgegangen und hast ihn gekauft«, rief ich. »Du weißt doch, daß du nicht allein ausgehen darfst.«

Sie schüttelte den Kopf. »Du darfst dreimal raten, wie ich zu diesem schönen Fächer gekommen bin.«

»Gregory hat ihn dir gekauft«, rief Harriet. »Der Mann verwöhnt dich nach Strich und Faden.«

»Falsch«, jubelte Carlotta. »Versuch es noch einmal. Nicht Gregory, sondern . . .«

Sie hielt ein Briefchen in der Hand; Harriet entriß es ihr.

»Ich möchte nicht, daß Sie auf den Fächer verzichten müssen, deshalb habe ich ihn für Sie gekauft. Bitte nehmen Sie ihn von mir an. B. G.«

Ich hatte Lust, die beiden anzuschreien, zu befehlen: Schick ihn sofort zurück. Wir brauchen nichts von diesem Mann, auch nicht diese Kleinigkeit.

»Eine reizende Geste«, meinte Harriet.

»Es war sehr aufmerksam von ihm«, fügte Carlotta hinzu.

»Ich halte ihn für einen sehr charmanten Mann.« Harriet sah mich herausfordernd an.

Ich war von bösen Ahnungen erfüllt.

VII

Die Entführung

Ich konnte wegen des verstauchten Fußes einige Tage lang nicht ausgehen. Am Tag nach dem Einkaufsbummel im Exchange war mein Knöchel sehr geschwollen, und Gregory bestand darauf, daß ich einen Arzt konsultierte. Er ließ einen kommen, und dieser stellte das gleiche fest wie der Apotheker. Ich müßte ein paar Tage liegen, dann würde ich wieder gehen können.

Ich war unglücklich. Warum waren wir nach London gefahren? Gregory und Harriet gingen an einem Nachmittag mit Carlotta in die Mulberry Gardens, auf die sie sich so gefreut hatte. Am nächsten Abend führten sie sie in die Spring Gardens und nahmen dort ein Souper ein. Carlotta erzählte mir nachher mit leuchtenden Augen davon. Sie waren durch die Gärten spaziert, hatten Fisch und Wildpastete und hinterher noch Torte gegessen und dazu köstlichen Muskatellerwein getrunken.

Sie hatten die maskierten Damen beobachtet, die über die Wege stolzierten, und die Kavaliere, die ihnen folgten. Harriet fand allerdings, daß das alles nichts im Vergleich mit dem Treiben während Karls Herrschaft war, als die Menschen noch verstanden hatten, das Leben zu genießen. Übrigens waren auch ein paar Schauspieler unter den Spaziergängern gewesen, was Carlotta sehr interessiert hatte.

Ich wartete gespannt darauf, ob sie Granville erwähnen würden, denn ich konnte mir nicht vorstellen, daß er die Bekanntschaft nicht fortsetzen wollte. Ich war davon überzeugt, daß er etwas im Schilde führte, und die Tage, in denen ich das Bett hüten mußte, oder am Fenster saß und die Vorübergehenden beobachtete, waren von Angst und Unruhe erfüllt.

Doch als die Zeit verging, beruhigte ich mich wieder; wahrscheinlich hatte ich dem Ganzen doch zuviel Bedeutung beigemessen. Schließlich gereichte ihm sein seinerzeitiges Benehmen keineswegs zur Ehre; vielleicht wollte auch er alles Vergangene vergessen.

Aber er hatte mich so spöttisch angesehen — das mußte etwas bedeuten.

Endlich konnte ich wieder herumhumpeln, doch ich mußte immer noch vorsichtig sein. Harriet schlug einen Theaterbesuch vor, der bestimmt nicht zu anstrengend sein würde, und wir trafen die entsprechenden Vorbereitungen.

»Du mußt ja nur bis zum Wagen und von ihm ins Theater gehen«, erklärte Harriet.

Ich war froh, daß ich wieder ausgehen konnte, und freute mich auf den Abend. Niemand hatte in dieser Zeit Granville erwähnt — anscheinend hatten alle den Zwischenfall vergessen.

Für mich war es immer aufregend, im Theater zu sitzen, vor allem mit Harriet, die so gut darüber Bescheid wußte. Man gab an diesem Abend William Wycherleys »Die Landfrau«; nicht einmal Harriet kannte das Stück.

Wir saßen in einer Loge in Bühnennähe, und Carlotta fragte Harriet unaufhörlich nach einzelnen Theaterbesuchern. Harriet gab bereitwillig Auskunft, stellte aber fest, daß sie sich viel zu lang auf dem Land vergraben hatte.

»Wir müssen wirklich öfter in die Stadt kommen, Gregory«, erklärte sie.

»Ach, ja bitte«, rief Carlotta.

In der Luft lag der Geruch von Orangenschalen und vermischte sich mit der Ausdünstung der vielen Menschen. Das alles gehörte zu der unwirklichen, fesselnden Atmosphäre des Theaters. Die Orangenverkäuferinnen boten ihre Früchte den jungen Männern im Parterre an, die offensichtlich, aber nicht sehr erfolgreich, den Adel kopierten und Stelldicheins ausmachten. Es wurde viel gekichert und geschwatzt, und der Lärm verstummte nur, wenn eine elegante, maskierte Dame in Begleitung eines Dandy eine der Logen betrat, denn dann musterte alles die Neuankömmlinge. Das Stück begann. Es war sehr unterhaltsam, und ich fühlte mich zum ersten Mal, seit ich Granville wiedergesehen hatte, wieder befreiter. Vielleicht hatte ich zu schwarz gesehen und es war nur ein zufälliges Zusammentreffen gewesen. Was konnte er jetzt noch von mir wollen? Ich war nicht mehr das junge Mädchen von einst, das ihn angezogen hatte. Er hatte auch gar keinen Versuch gemacht, die Bekanntschaft zu erneuern. Der erste Schreck hatte mich aus der Fassung gebracht, und ich hatte überall Unheil gewittert.

Dann bemerkte ich plötzlich, daß Carlottas Aufmerksamkeit sich nicht auf die Bühne richtete. Sie blickte zu der gegenüberliegenden Loge hin, die noch vor kurzer Zeit leer gewesen war.

Jetzt war sie besetzt. Zuerst glaubte ich, daß ich es mir nur einbildete, weil ich soviel an ihn gedacht hatte. Aber natürlich war es Granville. Er lächelte Carlotta zu. Meine Angst wuchs. Er sah sehr gut aus und war nach der neuesten Mode gekleidet. Sein gerade geschnittener Rock aus schwerer Seide war mit Goldtressen verschnürt, und die Knöpfe bestanden aus Rubinen, dazu trug er eine der eleganten, in Mode gekommenen Perücken. Die Locken fielen ihm auf die Schultern und verbargen beinahe die wunderbare weiße Seidenkrawatte. Er war zweifellos ein Mann von Welt, und seine klassisch schönen Züge trugen dazu bei, daß er unwiderstehlich wirkte.

Es wäre mir allerdings lieber gewesen, wenn der häßlichste Mann der Welt in der Loge gesessen hätte.

Ich warf Harriet einen Blick zu. Sie hatte ihn ebenfalls gesehen und lächelte unmerklich.

Plötzlich begriff ich. Sie hatten ihm erzählt, daß wir alle ins Theater gehen würden, und er hatte die Gelegenheit wahrgenommen, um mich zu quälen und um sich über die pikante Situation zu amüsieren.

Ich konzentrierte mich nicht mehr auf das Stück, sondern

beobachtete die Blicke, die er und meine Begleiter verstohlen wechselten.

Ich tat so, als habe ich ihn nicht gesehen, weil ich von der Handlung auf der Bühne zu sehr gefesselt war; doch wenn man mich gefragt hätte, hätte ich keine Ahnung gehabt, worum es in dem Stück ging.

Nach dem ersten Akt kam er zu unserer Loge.

»Welch reizende Überraschung!« Er beugte sich über unsere Hände, denn sein Benehmen war genauso formvollendet wie seine Erscheinung.

Er sah Carlotta vielsagend an, und mir wurde klar, daß es sich um keine Überraschung handelte, sondern daß sie dieses Zusammentreffen vereinbart hatten.

O Gott, was hatte das wieder zu bedeuten?

»Ich hoffe, daß Sie nach dem Theater mit mir soupieren werden«, schlug er ohne Umschweife vor.

»Eine glänzende Idee!« rief Carlotta.

»Das ist reizend«, stimmte Harriet zu. »Sie sind wirklich zu freundlich. Ein kleines Souper in angenehmer Gesellschaft nach dem Theater ist genau das Richtige, dann kann man das Stück in Ruhe zerpflücken. Finden Sie nicht auch?«

»Ich bin ganz Ihrer Meinung«, antwortete er. »Wollen wir bei mir speisen, oder ziehen Sie ein Lokal vor?«

»Ich finde wirklich, daß wir diese Einladung ablehnen sollten«, sagte ich.

Alle sahen mich an. Er bemühte sich, ein besorgtes Gesicht zu machen, obwohl er sich in Wirklichkeit amüsierte.

»Es ist mein erster Ausgang«, stammelte ich, »ich fühle mich nicht ...«

Es klang natürlich entsetzlich selbstsüchtig. Weil ich nach Hause wollte, brachte ich sie um ihr Vergnügen.

Gregory erklärte, freundlich wie immer: »Wenn du willst, Priscilla, fahre ich mit dir zurück.«

Doch ich hatte mich bereits entschieden. Wenn sie seine Einladung annahmen, mußte ich dabei sein und sehen, was geschah.

Die Situation wurde meiner Meinung nach immer unhaltbarer und gefährlicher.

»Wir werden Sie aufheitern.« Granville sah mich bittend an. »Ich möchte, daß Sie meinen ausgezeichneten Malvasierwein kosten. Bitte, kommen Sie mit, ohne Sie wäre die Gesellschaft unvollständig.«

»Du wirst doch eine so reizende Einladung nicht ausschlagen«, redete mir Harriet zu.

»Du darfst es einfach nicht«, mengte sich Carlotta leidenschaftlich ein.

»Ich glaube, sie überlegt es sich«, sagte Granville.

»Es ist wirklich lieb von euch, daß ihr euch meinetwegen solche Gedanken macht.«

»Dann ist es also abgemacht«, schloß Granville. Er setzte sich zu uns, und wir sprachen über das Stück. Nach der Pause kehrte er in seine Loge zurück, beobachtete uns jedoch weiterhin.

Er schmiedete augenscheinlich einen teuflischen Plan.

Nach Schluß der Vorstellung bahnte er uns einen Weg durch die Menge zu unserer Kutsche. Er hatte die seine nach Hause geschickt, damit er mit uns fahren konnte. Die Leute machten ihm bereitwillig Platz, etliche grüßten ihn. Anscheinend war er sehr bekannt und wurde allgemein mit Respekt behandelt, und diese Tatsache hatte Carlottas Bewunderung geweckt. Mir fiel allmählich auf, daß Carlotta sehr von ihm eingenommen war und daß er diesen Zustand genoß.

Sein Haus war nicht weit von dem unseren entfernt.

»Wir sind beinahe Nachbarn«, stellte er fest. »Man muß ja unbedingt ein Stadthaus haben. Ich besitze ein Gut in der Nähe von Dorchester, aber ich muß gestehen, daß ich mehr Zeit in London als auf dem Land verbringe.«

»Ich war noch nie in Dorchester«, sagte Carlotta.

»Vielleicht kann ich diesen unhaltbaren Zustand eines Tages ändern«, antwortete er.

Die Einrichtung des Hauses entsprach der eleganten Erscheinung des Besitzers, und er war sichtlich stolz darauf.

Das Souper stand bereit, das heißt, er war davon überzeugt gewesen, daß wir die Einladung annehmen würden. Das Personal war gut geschult. Der Malvasier war wirklich ausgezeichnet, und es bereitete ihm sichtlich Freude, den Gastgeber zu spielen.

Er sprach sachkundig über das Stück und die Schauspieler, und Harriet und er waren bald in ein angeregtes Gespräch vertieft.

Carlotta hörte ihnen zu, ohne den Blick von ihm zu wenden. Gelegentlich sah er zu ihr hinüber und lächelte zärtlich. Ich war entsetzt. Das war schlimmer als jeder Alptraum. Ich traute meinen Augen nicht. Sie verehrte ihn, wie es oft junge Mädchen älteren Männern gegenüber tun.

Es durfte nicht wahr sein. Er war mehr als dreißig Jahre älter als sie. Meine Phantasie ging mit mir durch; ich hatte bestimmt Halluzinationen.

»Sie besitzen ein sehr schönes Haus, Sir«, wandte ich mich an ihn. »Hält sich Ihre Frau auf dem Land auf?«

Er lächelte mich an. »Ich habe keine Frau, ich war nie verheiratet. Dazu bin ich zu romantisch veranlagt.«

»Wirklich? Ich hätte angenommen, daß romantische Ideale unweigerlich zu einer Ehe führen.«

»Wahrscheinlich habe ich immer die vollkommene Frau gesucht. Mit weniger hatte ich mich nicht zufriedengegeben.«

»Dann ist es kein Wunder, daß Ihre Suche erfolglos war«, bemerkte Harriet.

»Es stört mich nicht, daß das Leben an mir vorübergegangen ist.« Er sah Carlotta an. »Jetzt weiß ich, daß mein Schutzengel mich behütet hat. Wenn man etwas wirklich haben will, fest entschlossen ist, es zu bekommen und sich von seinem Ziel nicht ablenken läßt, dann erreicht man es schließlich, davon bin ich überzeugt. Ich bin noch nicht alt, im Gegenteil, ich fühle mich frischer und kräftiger als in meiner Jugend. Nein, meine Damen, ich verzweifle nicht.«

»Sie sind viel gereist?« erkundigte ich mich.

»Ich habe viel von der Welt gesehen. Doch jetzt habe ich genug davon und möchte mich endgültig in England niederlassen ... und meine Zeit zwischen meinem Landhaus und dieser Stadt aufteilen. Ein bißchen Landleben tut von Zeit zu Zeit ganz gut. Dann schätzt man erst die Abwechslungen, die einem die Stadt bietet.«

»Ich bin ganz Ihrer Meinung«, stimmte Carlotta zu. »Es wäre schön, wenn wir öfter nach London kämen.«

»Vielleicht geht Ihr Wunsch in Erfüllung ... Sie sind ja schon eine elegante junge Dame.«

Sie lachte. »Glauben Sie das wirklich?«

»Selbstverständlich. Ich bedaure alle Menschen, die jede neue Mode sklavisch mitmachen, auch wenn sie lächerlich ist und ihnen nicht steht.« Er sah Carlotta bewundernd an. »Sie sind zu jung, um sich daran zu erinnern, was für schreckliche Frisuren die Damen zur Zeit von König Karl trugen. Wie sie bei den bis zu den Augenbrauen herunterhängenden Locken überhaupt noch sehen konnten, ist mir ein Rätsel. Sie nannten sie ›Herzensbrecher.‹ Ich bin davon überzeugt, daß kein einziges Männerherz ihretwegen gebrochen ist. Es gefällt mir, wenn Damen einen eigenen Stil entwickeln, wie es bei Ihnen allen so bewundernswert der Fall ist, und nicht Sklavinnen der Tagesmode werden.«

»Können Sie sich an die Dame erinnern, die wir in den Mulberry Gardens gesehen haben?« fragte Carlotta lächelnd. »Sie wirkte sehr komisch.«

»Sie hatte so viele Schönheitspflästerchen aufgelegt, daß sie wie ein Sternenbild aussah«, antwortete er.

In den Mulberry Gardens! Carlotta hatte sich verraten. Während der Zeit, als ich mein Zimmer nicht verlassen konnte, hatten sie einander getroffen.

Ich weiß nicht, wie ich diesen Abend durchstand. Ich versuchte, meine Ängste zu verbergen, genauso fröhlich zu sein wie die anderen, und bemühte mich dabei die ganze Zeit herauszufinden, wie oft sie einander getroffen hatten, wie weit die Bekanntschaft gediehen war.

Wenn wir nur nicht nach London gefahren wären!

Es war spät, als wir heimfuhren. Er begleitete uns zum Wagen, küßte uns charmant die Hände, und während der kurzen Fahrt von seinem Haus zu dem unseren waren meine Gedanken in hellem Aufruhr.

Als wir aus dem Wagen stiegen und ins Haus gingen, hängte Carlotta sich bei mir ein.

»Wie geht es deinem Knöchel?«

Ich hatte ihn ganz vergessen, denn ich konnte nur an die schreckliche Bedrohung denken, die über mir hing.

»Ich spüre ihn kaum noch», antwortete ich.

»Ich hatte geglaubt, daß du Schmerzen hast, weil du heute abend so ruhig warst.«

»Ich hatte ein bißchen das Gefühl, nicht dazu zu gehören.«

»Was willst du damit sagen?«

»Du hast diesen Mann anscheinend öfter getroffen, während ich bettlägerig war.«

»Ach, wir haben einander ein- oder zweimal gesehen. Er tauchte immer dort auf, wo wir uns befanden.«

»Zufällig?«

Sie wurde rot.

»Er wußte also, daß wir heute abend im Theater sein würden.«

»Ja, ich habe es ihm erzählt. Warum auch nicht? Es war ja kein Geheimnis.«

»Du scheinst dich sehr gut mit ihm zu verstehen.«

»Na und? Er ist sehr freundlich. Und ist er nicht amüsant und unterhaltsam? Außerdem ist er der bestaussehende Mann, den ich kenne.«

»Du meinst, unter den alten Herren, die du kennst.«

»Alt? Ach, bei Beau denkt man nie an sein Alter.«

Hilf mir, lieber Gott, betete ich, diese Neigung geht tiefer, als ich angenommen habe.

»Er ist viel interessanter als junge Männer«, plauderte Carlotta munter weiter. »Er hat die Erfahrung, die ihnen fehlt.«

»Hat er dir das gesagt?«

»Was hast du denn gegen ihn? Er war im Exchange so freundlich zu dir. Ich finde, daß du undankbar bist.«

»Du hast ihn also öfter als ein- oder zweimal getroffen, wenn du mit Harriet fort warst?«

»Ja, ein paar Mal.«

»Und hast du ihn auch getroffen, wenn du allein warst?«

Sie reagierte beinahe zornig. »Wann durfte ich schon allein ausgehen? Ihr alle haltet mich für ein Kind. Aber ich bin keines mehr und möchte auch nicht wie eines behandelt werden.«

Ich war tief beunruhigt, denn es war ärger, als ich gedacht hatte.

Ich mußte unter vier Augen mit ihm sprechen und herausbekommen, was er plante, denn daß er etwas vorhatte, war nicht zu übersehen.

War es möglich, daß er Carlotta verführen wollte? Er hatte einmal erwähnt, daß er eine Leidenschaft für junge, unberührte Mädchen hätte. Er war durch und durch ein Zyniker. Wenn er mich ansah, grinste er immer triumphierend. Wahrscheinlich dachte er dann an die Nacht, in der er mich unerträglich gedemütigt hatte.

In seinem Leben mußte es unzählige Abenteuer gegeben haben, und er hatte sie bestimmt alle genossen. Er wollte sich die Menschen geistig und körperlich unterwerfen, denn er war stolz, arrogant, eitel und grausam und nahm nur seine eigene Person wichtig. Es gab keinen Wunsch, den er sich nicht erfüllte, und wenn er zu diesem Zweck Intrigen spinnen mußte, bedeutete es für ihn ein zusätzliches Vergnügen. Intrigen waren für ihn genauso wichtig wie die Luft, die er atmete.

Hilf mir, lieber Gott, betete ich wieder. Wenn er versucht, Carlottas Leben zu zerstören, werde ich alles unternehmen, was in meiner Macht steht, bevor ich es zulasse.

Zuerst wollte ich jedoch mit Harriet reden und ihre Meinung einholen. Sie war eine erfahrene Frau und mußte sich Gedanken über ihn machen.

Es war gegen zehn Uhr vormittags. Harriet war noch nicht aufgestanden, sondern saß im Bett und trank eine Tasse Schokolade, die ihr eines der Mädchen gebracht hatte.

»Priscilla!« rief sie. »So früh am Morgen und so munter. Das ist ein gutes Zeichen. Ich könnte wetten, daß der Knöchel sich wieder so aufführt, wie es sich für einen braven Knöchel gehört.«

Sie war offensichtlich gut aufgelegt und wollte gerade beginnen, über das Stück zu sprechen, als ich sie unterbrach. »Ich mache mir Carlottas wegen Sorgen.«

»Aber warum denn, das Kind amüsiert sich doch großartig. Sie ist eine kleine Schönheit, was?«

»Es geht um diesen Mann . . . Beaumont Granville.«

»Er ist ein Zauberer; er hat Sonne in unsere Tage gebracht.«

»Wie oft hat er Carlotta getroffen?«

»Ach, jetzt geht es um Carlotta?«

»Du scheinst nicht zu verstehen, Harriet, mit was für einem Mann du es da zu tun hast, obwohl du weißt, was in Venedig vorgefallen ist.«

»Ich habe schon einmal festgestellt, meine liebe Priscilla, daß sich das alles vor vielen Jahren ereignet hat. Die meisten von uns erleben in ihrer Jugend Abenteuer, die jeden Älteren schockieren würden. Wir wachsen über dieses Stadium hinaus und tun gut daran, es zu vergessen.«

»Carlotta ist noch ein Schulmädchen. Ich will nicht, daß sie mit diesem Mann zusammenkommt. Er ist alt an Jahren und erfahren in Niedertracht.«

»Sie betet ihn an. Es ist lustig, wie ihre Augen aufleuchten, wenn sie ihn sieht.«

»Ich finde es überhaupt nicht lustig.«

»In letzter Zeit wird es immer schwerer, dich zu unterhalten. Werde nicht vorzeitig alt, Priscilla.«

»Ich mache mir wegen Carlotta und ihrer Beziehung zu diesem Mann Sorgen. Ich möchte heimfahren. Sie ist meine Tochter, und ich bitte dich, mir zu helfen, so wie schon einmal.«

»Natürlich werde ich dir helfen. Aber wirklich, Priscilla, du bist schon genau wie diese gräßlichen Puritaner. Es tut Carlotta gut, ein bißchen zu flirten. Es ist eine gute Vorbereitung auf das Leben.«

»Ich will nicht, daß dieser Mann an diesen Vorbereitungen beteiligt ist. Er ist gefährlich, und ich mag ihn nicht.«

»Das war nicht zu übersehen.«

»Ich habe geglaubt, daß du Benjie für sie bestimmt hast.«

»Natürlich wird sie Benjie heiraten, aber erst muß sie noch etwas erwachsener werden. Hör auf, dir Sorgen zu machen, Priscilla, alles wird sich zum Guten wenden.«

Von Harriet hatte ich also keine Hilfe zu erwarten, aber etwas mußte geschehen — nur was?

Dann fiel mir etwas ein. Ich wollte wissen, was für Pläne er in bezug auf Carlotta hatte, und hielt es für möglich, daß er es mir aus Angeberei verraten würde. Er war seiner so sicher und zog Carlotta schon in seinen Bann. Ich war immer impulsiv gewesen, und kaum war ich auf diese Idee verfallen, traf ich auch schon meine Vorbereitungen.

Ich verließ Harriet und legte eine knappe Stunde später in Mantel und Kapuze die kurze Entfernung zwischen unseren Häusern zurück.

Einer der Diener, die ich am vorhergehenden Abend gesehen hatte, ließ mich ein. Er wirkte bei meinem Anblick keineswegs erstaunt; anscheinend war er daran gewöhnt, daß sein Herr Damenbesuch empfing.

Er führte mich in ein kleines Zimmer und bat mich zu warten.

Granville erschien beinahe sofort; er war, wie immer, erlesen gekleidet. Sein gerade geschnittener, maulbeerfarbener Samtrock stand offen, damit man die schöne Weste darunter sah; seine Kniehosen waren ebenfalls maulbeerfarben; seine Schuhe hatten hohe, rote Absätze, wodurch er größer wirkte; und er hielt eine edelsteinbesetzte Schnupftabaksdose in der Hand. Eigentlich interessierte mich seine Kleidung in diesem Augenblick überhaupt nicht, aber sie war so auffallend, daß man sie nicht übersehen konnte. In seinen Kreisen war er in Modefragen tonangebend.

Er verbeugte sich, ergriff meine Hand und küßte sie. Ich wich zurück.

»Welche Freude«, murmelte er. »Einst haben Sie mich in Dorchester besucht. Jetzt besuchen Sie mich in London — aus freien Stücken.«

»Ich muß mit Ihnen sprechen.«

»Ich habe mir wirklich nicht eingebildet, daß Sie aus einem anderen Grund gekommen sind.«

»Warum sind Sie meiner Familie gegenüber so aufmerksam?«

»Ich bin immer gefällig, denn ich versuche, dem Leben so viele Freuden wie möglich abzugewinnen.«

»Und worin besteht diese besondere Freude?«

»Bitte nehmen Sie Platz.« Er legte die Tabaksdose auf den Tisch und zog einen vergoldeten Stuhl für mich heran. Dann setzte er sich an der Tisch. »Es ist eine sehr interessante Situation. Die entzückende Carlotta ist das Ergebnis Ihres kleinen Sündenfalls. Und ihr Vater was Jocelyn Frinton. Der arme Kerl hat infolge des Ungeheuers Titus Oates ein frühes Ende gefunden. Doch er hatte noch Zeit, uns dieses reizende Geschöpf zu schenken.«

»Uns?«

Erst jetzt erkannte ich, wie unsagbar grausam er war. Er genoß es, mich wieder zu quälen und zu demütigen, genau wie damals.

»Ich werde nicht zulassen, meine liebe Dame, daß Sie in Ihrer Besitzgier dieses süße Wesen ausschließlich für sich behalten.«

»Erklären Sie sich deutlicher.«

»Ich finde sie bezaubernd.«

»Sie ist ein Kind.«

»Manche von uns lieben Kinder.«

»Sie meinen, verderbte Menschen wie Sie.«

»So könnte man es auch ausdrücken.«

»Dann müssen Sie sich schon nach einem anderen Opfer umsehen.«

»Meine liebe Priscilla ... mir hat der Name immer gefallen, er klingt so spröde. Ich habe es Ihnen schon während unserer leidenschaftlichen Nacht gestanden, Sie erinnern sich doch noch. Sie sind jedenfalls kaum in der Lage, mir Vorschriften in bezug auf mein Verhältnis zu Ihrer Tochter zu machen. Ich besitze ein entzückendes Bild von Ihnen. Sie haben es noch gar nicht nach seiner Fertigstellung gesehen. Nur der Geliebte einer Frau kann ein solches Bild von ihr malen. Und jetzt hören Sie mir gut zu. Ich empfinde tiefe Zuneigung für Ihre Tochter, und meine Absichten sind durchaus ehrbar.«

»Um Himmels willen! Sie wollen Sie heiraten? Das ist doch absolut unsinnig.«

»Keineswegs, es ist sehr vernünftig. Ganz London spricht von dem Frinton-Vermögen. Unsere wunderbare, schöne, begehrenswerte Carlotta ist nicht nur eine Schönheit, sondern auch eine reiche Erbin.«

»Sie sind ein Ungeheuer.«

»Ich spreche genauso offen mit Ihnen wie in jener denkwürdigen Nacht. Ich habe damals mein Wort gehalten, und Sie sollten mir heute noch dafür dankbar sein. Ohne mich wäre Ihr Vater längst nicht mehr am Leben. Eine Frau zu verführen ist eine läßliche Sünde, aber ein Leben zu retten ist eine gute Tat. Ich habe mir damals bestimmt einen Platz im Himmel gesichert.«

»Ich könnte jede Wette darauf eingehen, daß Sie in der Hölle landen.«

»Wo alle interessanten Leute versammelt sein werden. Aber wir schweifen ab. Ihnen bereitet nicht die Zeit nach dem Tod, sondern die Gegenwart Sorgen.«

»Werden Sie meine Tochter in Ruhe lassen?«

»Nein, ich liebe sie. Sie haben selbst gemeint, daß ich heiraten sollte, und ich bin ebenfalls dieser Ansicht; ich habe nur gewartet, bis ich die Richtige gefunden habe.«

»Und dank ihrem Vermögen ist Carlotta die Richtige.«

»Genau. Sie haben den Eindruck, daß ich reich bin, in gewissem Sinn bin ich es tatsächlich. Ganz Londoon gibt mir Kredit, doch Rechnungen müssen fristgerecht bezahlt werden. Und es gibt sehr viele Rechnungen, weil mein Lebensstil aufwendig ist. Alle erwarten von mir, daß ich in der Mode tonangebend bin. Die Rechnungen meines Schneiders sind so lang, daß ich einen halben

Tag brauche, um sie nur zu lesen. Ich brauche Geld, und deshalb brauche ich Carlottas Vermögen. Zum Glück zeigt mir das Schicksal eine Möglichkeit, auf angenehme Art zu Geld zu kommen.«

»Sie ist noch nicht fünfzehn.«

»Ein reizvolles Alter. Außerdem ist sie für ihr Alter sehr reif. Sie ist ein warmherziges Kind, das sich nach liebevoller Zuwendung sehnt.«

»Was glauben Sie, wie sie reagieren wird, wenn ich ihr von Ihren zynischen Bemerkungen erzähle?«

»Sie wird Ihnen nie glauben, sondern annehmen, daß Sie eifersüchtig sind.«

»So dumm ist sie nicht. Was wird wohl geschehen, wenn ich ihr gewisse Dinge von Ihnen erzähle?«

»Sie wird finden, daß ich ein Mann mit Erfahrung bin. Das bewundert sie nämlich an mir. Ein Mann, der viele Frauen geliebt hat und jetzt Carlotta zur Frau erwählt. Ich könnte ihr kein größeres Kompliment machen.«

»Das Kompliment würde aber an Wirkung verlieren, wenn sie erfährt, daß es ihr Vermögen ist, das Sie so begehrenswert finden.«

»Ich werde Sie davon überzeugen, daß ich kein Vermögen benötige und daß die schmutzigen Verdächtigungen von Leuten stammen, die mir Jugend und Glück neiden.«

Er nahm eine Prise aus der Tabaksdose, die er geschickt in der linken Hand hielt, und lächelte mir zu.

Ich stand auf.

Er folgte meinem Beispiel. »Unser kleines Tête-à-tête ist also zu Ende?«

»Ich werde diese Verbindung nie zulassen, sondern alles unternehmen — alles, verstehen Sie, — um sie zu verhindern.«

»Sie sind überaus weltfremd, meine liebe Priscilla. Gönnen Sie dem Kind doch sein Glück. Wie alt waren Sie denn, als Sie die Liebe zum ersten Mal kosteten?«

»Wie können Sie wagen ... «

»Ich wage immer viel, meine liebe, zukünftige Schwiegermutter. Ist das nicht erstaunlich? Sie werden meine Schwiegermutter. Sie sind mit fünfzehn — Sie waren damals so alt wie Carlotta heute — heimlich nach Venedig gefahren, um dort Ihr uneheliches Kind zur Welt zu bringen, und ich bitte Sie nur eines: weisen Sie nicht entsetzt den Mann zurück, der ein paar Abenteuer erlebt hat, die die aufgeklärte Gesellschaft als durchaus normal bezeichnen würde.«

»Ich bitte Sie zum letzten Mal: verschwinden Sie, versprechen Sie mir, daß Sie meine Tochter nie wiedersehen.«

»Ich verspreche Ihnen zweierlei: ich werde nicht verschwinden und ich werde Ihre Tochter wiedersehen.«

»Wenn Sie wirklich darauf beharren, werde ich vor nichts zurückschrecken, um Sie daran zu hindern — selbst wenn ich Sie töten müßte.«

Er lächelte.

»Was für eine interessante Situation.«

Ich drehte mich um und verließ das Haus.

Ich ging durch die Straßen, ohne etwas wahrzunehmen. Zu Hause begab ich mich direkt auf mein Zimmer und fragte mich die ganze Zeit, was ich tun solle.

Wen konnte ich um Rat fragen? Harriet begriff nicht, wie entsetzlich die Situation für mich war. Wie sollte sie auch. Sie wußte ja nicht, was sich in jener Nacht in Dorchester abgespielt hatte. Die Eskapade in Venedig tat sie als jugendlichen Übermut ab. Gregory war immer freundlich zu mir und würde alles tun, um mir zu helfen, aber er war nicht sehr einfallsreich und würde diese schwierige Situation nicht meistern.

Carlotta? Was war, wenn ich mit ihr sprach? Ich dachte an Benjie — den lieben Benjie, der seinem Vater so ähnlich war. Ich war der gleichen Meinung wie Harriet — er war genau der Mann, der Carlotta glücklich machen konnte. Er war beständig und ehrlich und würde sie treu und ergeben lieben. Sie sollte ihre Jugend genießen, noch eine Zeitlang von Amelia Garston unterrichtet werden, langsam für die Liebe und die Ehe reifen. Wenn Granville seinen Plan in die Tat umsetzte, würde er sie nur unglücklich machen. Ich ertrug es nicht, daß er seine Gelüste an ihr ebenso ausließ wie an mir.

Ich ging zu ihrem Zimmer; sie war im Begriff auszugehen.

»Was ist denn geschehen?« fragte sie. »Du bist ja ganz blaß und deine Augen blicken verstört, als hättest du ein Gespenst gesehen.«

»Ich muß mit dir sprechen, Carlotta.«

Sie gab mir einen Kuß, brachte mir einen Stuhl, zog einen Schemel heran, setzte sich mir zu Füßen und legte den Kopf auf meine Knie. Trotz ihres jugendlichen Übermuts war sie ein liebenswertes Kind.

»Ich habe schon seit einiger Zeit den Eindruck, daß du mir etwas sagen willst«, bemerkte sie. »Gelegentlich warst du nahe daran, es zu tun. Ist es sehr wichtig?«

»Ich bin deine Mutter, Carlotta.«

Sie starrte mich an. »Was soll das heißen?«

»Ich bin deine Mutter, nicht Harriet.«

»Meine Mutter! Aber ...«

»Einmal mußtest du es ja erfahren. Dein Vater war Jocelyn Frinton.«

Sie starrte mich weiterhin entgeistert an, dann begriff sie langsam.

»Deshalb also ...«

»Robert hatte es von Harriet erfahren.«

»Das ist alles so verwirrend. Bitte erzähl' mir alles von Anfang an.«

Ich erzählte ihr also, wie Jocelyn zu uns gekommen war, wie wir ihm Obdach gewährt hatten und wie er mein Geliebter geworden war.

»Wir wollten heiraten, aber er wurde gefangengenommen, als wir von der Insel zurückkehrten.«

»Ach, du arme Priscilla! Das heißt — ich werde dich wohl von nun an Mutter nennen. Das ist komisch. Harriet habe ich nie Mutter genannt, sie hat immer darauf bestanden, daß ich sie Harriet rufe.«

»Sie war gut zu mir, und alles war ihre Idee. Zuerst erschien es mir verrückt, aber es hat geklappt.«

»Harriet hat nun einmal eine Leidenschaft für Intrigen. — Du bist also meine Mutter. Ich habe dich ohnehin immer schon lieb gehabt.«

»Ach, mein geliebtes Kind, wie sehr habe ich mich nach dir gesehnt, wenn du nicht bei mir warst.«

Sie schloß mich in die Arme. »Ich freue mich. Ich bin also ein Kind der Liebe, nichtwahr? Das ist ein sehr schöner Ausdruck. In Liebe empfangen . . . in leidenschaftlicher Liebe, die nicht an die Folgen denkt.« Sie machte eine Pause, dann sagte sie plötzlich: »Benjie ist nicht mein Bruder.«

»Nein«, bestätigte ich glücklich.

»Er darf also nicht mehr mit mit herumkommandieren.«

»Er hat dich doch sehr gern.«

»Was wird jetzt geschehen? Werden es alle erfahren?«

»Ich werde es meiner Mutter gestehen und sie wird wahrscheinlich meinem Vater die Zusammenhänge schonend beibringen. Gregory weiß es natürlich schon.«

»Der liebe Gregory, er war mir immer ein guter Vater.«

»Er ist ein guter Mensch. Auch Christabel weiß es. Sie war mit uns in Venedig.«

»Ach, Christabel. Ich denke nicht oft an sie, und sie hat immer nur ihren Sohn im Kopf.«

»Sie hat sich in Venedig meiner angenommen.«

»Ich habe es immer romantisch gefunden, daß ich in Venedig zur Welt gekommen bin. Meine Geburt hat viel Aufregung verursacht, nicht wahr?«

»Du magst ja Aufregungen.«

»Kein Wunder, bei dieser Geburt.«

Sie küßte mich wieder; die Neuigkeit hatte sie aus der Fassung gebracht. Sie war keineswegs darüber entsetzt, daß sie ein uneheliches Kind war, sondern fand es romantisch und aufregend und freute sich sichtlich darüber, daß ich ihre Mutter war. Ich machte eine entsprechende Bemerkung.

»Ja, ich freue mich«, gab sie zu. »Du bist genau die Mutter, die ich mir gewünscht habe. Das ist zwar Harriet gegenüber undankbar, denn sie ist zwar eine sehr aufregende ... aber keine wirkliche Mutter. Eine Mutter soll sich Sorgen um ihr Kind machen, ihm das Gefühl geben, daß sie immer da sein wird, ganz gleich, was es tut, bereit sein, für ihr Kind zu sterben.«

»Ich würde jederzeit mein Leben für dich und Damaris hingeben.«

»Richtig, Damaris ist meine Halbschwester, und Leigh ist mein Stiefvater. Weiß er es?«

»Ja.«

»Hast du es ihm erzählt?«

»Ja, bevor wir heirateten.«

»Du warst sozusagen dazu verpflichtet.«

»Sozusagen.«

»Wer weiß es sonst noch?«

Ich zögerte. »Beaumont Granville.«

Sie schaute mich erstaunt an. »Beau weiß es?«

»Eigentlich ist er der Grund, eigentlich habe ich dir seinetwegen heute die Wahrheit gesagt. Mir gefällt deine Freundschaft mit diesem Mann nicht.«

»Was soll das heißen?«

»Er ist kein guter Mensch, er ist sehr böse.«

Ihr Gesicht wurde hart, und die Zärtlichkeit verschwand rasch daraus.

»Du hast ihn von dem Augenblick an gehaßt, als wir ihn im Exchange kennenlernten.«

»Ich habe ihn schon vorher gehaßt, denn ich kannte ihn.«

»Das hast du aber nie erwähnt.«

»Hat er es getan?«

»Nein.«

»Er war gleichzeitig mit mir in Venedig.«

»Warum?«

»Vermutlich auf der Suche nach Abenteuern. Er hat während seines ganzen sinnlosen Lebens nichts anderes getan.«

»Wie kannst du behaupten, daß sein Leben sinnlos ist? Er hat sogar einmal in der Armee gedient.«

»In Uniform muß er besonders gut ausgesehen haben.«

»Bitte mach dich nicht über ihn lustig.«

»Er ist böse. In Venedig versuchte er, mich zu entführen, und Leigh verprügelte ihn deshalb. Die Narben sind heute noch an ihm zu sehen. Er verführt Mädchen, wann und wo er nur kann ... vor allem, wenn sie jung und unschuldig sind.«

»Du bist fürchterlich rückständig, Priscilla, du hast zu lang auf dem Land gelebt.«

»Bei dir ist das ganz anders, du bist ja schon seit vierzehn Tagen in London.«

»Ich verstehe ihn, er hat mir soviel über sein Leben erzählt. O ja, er hat Abenteuer erlebt, viele Frauen gehabt. Sie sind ihm nachgelaufen und er wollte sie nicht kränken, wenn sie zu hartnäckig waren. Aber das ist alles vorbei.«

»Seit wann?«

»Seit er mich kennt.«

»Willst du damit sagen ...«

Sie unterbrach mich. »Ich liebe ihn, und er liebt mich.«

»Er liebt dein Vermögen. Bist du denn nicht selbst auf diese Idee gekommen?«

»Er hat mein Vermögen nie erwähnt.«

»Er hat es mir gegenüber erwähnt.«

Sie sah mich verdutzt an. »Er hat mit dir gesprochen?«

»Ja, er braucht dein Vermögen. Er ist nur scheinbar reich, und für seinen aufwendigen Lebensstil braucht er viel Geld. Deines kommt ihm gerade gelegen.«

»Das ist doch albern.«

»Von dir, ja. Er ist sehr gerissen.«

»Du haßt ihn so sehr. Weil ich ihn liebe?«

»Nein, mein Haß ist älter.«

»Weil er dich einmal geliebt hat?«

»Er liebt niemanden außer sich selbst, Carlotta. Und er ist so in sich verliebt, daß nichts anderes daneben Platz hat.«

»Du hast also mit ihm gesprochen, und hast mir nur deshalb die Wahrheit gesagt, um ihm zuvorzukommen.«

»So könnte man es auch sehen.«

»Als ihr in Venedig wart, hast du ihm erzählt, daß du ein Kind erwartest.«

»Nein. In Venedig habe ich mich nicht mit ihm unterhalten. Er versuchte, mich auf einem Maskenball zu entführen. Zum Glück rettete mich Leigh.«

»Woher weiß er es dann?«

»Er hat es irgendwie herausbekommen. Vielleicht gibt es Leute, die für ihn herumspionieren.«

»Und du haßt ihn, weil er es weiß?«

»Nicht deshalb, aus ganz anderen Gründen.«

»Trotzdem solltest du deine Einstellung ihm gegenüber ändern, denn ich werde ihn heiraten.«

»Das ist unmöglich, Carlotta. Du bist zu jung für eine Ehe. Du bist noch nicht einmal fünfzehn.«

»Viele Leute heiraten mit fünfzehn, vor allem Prinzessinnen und Königinnen. Du hast zwar in diesem Alter nicht geheiratet, aber du hast geliebt.«

»Das ist etwas anderes.«

»Wieso? Du hast meinen Vater geliebt, ich liebe Beau.«

»Er ist zu alt für dich.«

»Ich soll also irgend so einen dummen Jungen heiraten, der meist selber erst ins reine kommen muß?«

»Er muß um mindestens dreißig Jahre älter sein als du.«

»Von mir aus könnte er um fünfzig Jahre älter sein. Er ist der aufregendste Mensch, den ich je kennengelernt habe, und ich werde ihn heiraten.«

»Das wirst du nicht. Du kannst nicht ohne Zustimmung deiner Eltern heiraten.«

»Da ich erst vor wenigen Augenblicken erfahren habe, wer meine Eltern sind, solltest du lieber nicht mit diesem Argument kommen. Du hast mir unsere Verwandtschaft erst heute enthüllt.«

Das tat weh! Ich hatte all die Jahre nichts anderes gewollt, als sie offiziell zu mir zu nehmen.

»Versteh doch, Carlotta. Ich tue das alles nur deinetwegen. Du kannst diesen Mann noch nicht heiraten.«

Darauf reagierte sie sofort. »Wie lange sollten wir deiner Meinung nach warten?«

»Bis du sechzehn bist.«

»Das ist zu lang.«

»Also gut, ein Jahr. Oder wenigstens sechs Monate.«

Sie überlegte.

Die Zeit wird für mich arbeiten, dachte ich. Solange sie sich nicht Hals über Kopf in dieses Abenteuer stürzt, besteht Hoffnung.

»Gut«, gab sie in diesem Augenblick nach, »sechs Monate könnten wir warten.«

Ich war erschöpft, verzweifelt und unglücklich.

In dieser Stimmung suchte ich Harriet auf und erzählte ihr, was ich getan hatte.

Sie nickte. »Das war richtig von dir.«

»Und jetzt möchte ich nach Eversleigh zurückfahren, Harriet. Ich mag keinen Tag länger in London bleiben.«

Sie sah mich verständnisvoll an. »Wir fahren morgen.«

Am nächsten Tag machten wir uns auf den Weg. Carlotta sah verdrossen aus und sprach kaum mit mir. Jedenfalls wird sie ihn eine Weile nicht zu Gesicht bekommen, dachte ich. Harriet wird ihn bestimmt nicht nach Abbas einladen, und ich werde dafür sorgen, daß er nicht nach Eversleigh kommt.

Wir setzten Harriet in Abbas ab, und ich war betroffen, als Carlotta beschloß, eine Weile dort zu bleiben und dann erst nach Eversleigh nachzukommen.

Ich fuhr also allein weiter.

Nachdem das Geheimnis gelüftet war, mußte ich meine Mutter

sofort in Kenntnis setzen, damit sie es nicht von jemand anderem erfuhr.

Als sie mich sah, erkundigte sie sich besorgt, ob ich zu oft spät zu Bett gegangen war. Ich erzählte ihr von dem verstauchten Knöchel, und sie bestand darauf, daß Sally Nullens ihn sich ansah.

Sally drückte auf dem Knöchel herum, brummte, daß das nur vom Herumstreunen käme, fand aber, daß er wieder in Ordnung war.

Meine Mutter begleitete mich in mein Schlafzimmer, und dadurch hatte ich Gelegenheit, allein mit ihr zu sprechen.

Die Einleitung war die gleiche wie bei Carlotta. »Ich muß mit dir sprechen, Mutter.«

Sie war sofort besorgt. »Was ist denn, mein Liebling?«

Ihre sanfte Stimme trieb mir die Tränen in die Augen. Ich wischte sie hastig weg. »Ich fürchte, es wird ein Schock für dich sein. Eigentlich hätte ich es dir nicht verschweigen dürfen, aber ich hatte Angst, es dir zu erzählen.«

»Du hast doch nicht wirklich Angst vor mir?«

»Ich hatte Angst, daß ich dir Kummer bereiten würde.«

»Bist du vielleicht krank? Bitte, sprich weiter, ich mache mir solche Sorgen.«

»Nein, ich bin nicht krank. Es handelt sich um etwas, das vor langer Zeit geschehen ist — ich bekam damals ein Kind.«

Sie starrte mich ungläubig an.

»Carlotta ist meine Tochter«, fügte ich rasch hinzu und erzählte ihr alles — von Jocelyns Auftauchen an bis zu meiner Reise nach Venedig.

»Ach, Kind«, rief sie, »warum bist du damals nicht zu mir gekommen? Ich hätte mich deiner angenommen.«

»Harriet kam auf diese Idee.«

»Harriet!« Ihre Augen blitzten zornig. »Das sieht ihr ähnlich. Ich wäre mit dir in ein kleines englisches Dorf in den Midlands oder in den Norden gefahren, wo uns niemand gekannt hätte. Venedig! Darunter hat es Harriet nicht getan.«

»Ich war ihr sehr dankbar. Sie hat mir wirklich geholfen.«

»Das Ganze war ein verrückter, melodramatischer Einfall.«

»Es war jedenfalls besser, als das Kind einer Pflegemutter zu überlassen, was in solchen Fällen ja oft geschieht.«

»Mir wäre schon etwas eingefallen. Wir hätten sie zum Beispiel adoptieren können, so daß sie unter unserem Dach aufgewachsen wäre.«

»Ich weiß, daß du mir geholfen hättest, aber damals erschien mir Harriets Vorschlag die bessere Lösung. Ich habe Carlotta jetzt in London die Wahrheit gesagt.«

»Und Leigh?«

»Leigh weiß Bescheid. Ich habe es ihm gestanden, bevor wir vor den Traualtar traten.«

»Gott sei Dank. Deinem Vater werde ich es besser selbst mitteilen.«

»Ich bezweifle, daß es ihn interessiert.«

»Natürlich wird es ihn interessieren. Carlotta ist seine Enkelin, und du bist seine Tochter.«

»Er hat sich nie um mich gekümmert.«

»O doch, er hat es nur nicht gezeigt. Das ist eben seine Art.«

»Schön, dann erzähl es ihm. Für mich ist es jedenfalls eine Erleichterung, daß du jetzt eingeweiht bist.«

»Deshalb hat also Carlotta Frintons Vermögen geerbt.«

Ich nickte.

Sie griff nach meiner Hand und hielt sie fest. »Ach, Priscilla, als du klein warst, hattest du dich so sehr an mich angeschlossen und ich war so froh darüber.«

»Weil mein Vater mich nicht mochte.«

»Das stimmt nicht.«

»Vielleicht übersah er mich auch nur. Ich war ein Mädchen, und er wollte einen Sohn haben. Deshalb hielt ich mich so gern bei Harriet auf, weil Gregory sich so oft mit mir beschäftigte, mir Bilder zeigte und mir Geschichten erzählte. Einmal sagte ich ihm: ›Es wäre schön, wenn du mein Vater wärst.‹ ›So etwas darfst du nicht sagen‹, wies er mich zurecht. ›Warum nicht?‹, fragte ich. ›Es stimmt doch, und man soll immer die Wahrheit sagen.‹ Und was glaubst du, wie er darauf reagiert hat? ›Man darf die Wahrheit nur dann sagen, wenn man damit niemandem weh tut.‹«

Sie schloß mich in die Arme. »Ich habe nicht gewußt, daß du so an ihm hängst. Ach, wärst du nur damals mit deinen Schwierigkeiten zu uns gekommen«

»Vielleicht wäre es wirklich richtig gewesen. Aber Harriet hatte immer soviel Verständnis für mich, und sie nahm soviel Anteil an mir, genau wie Gregory.« Dann lachte ich leicht hysterisch. »Anscheinend stört es dich mehr, daß ich mich an Harriet gewandt habe, als daß ich mit fünfzehn ein uneheliches Kind bekommen habe.«

»Ach, das ist so lange her. Ich bin froh, daß du es mir erzählt hast. Ich habe also zwei Enkelinnen. Jetzt ist aber Schluß mit der Geheimniskrämerei. Dieses Versteckenspiel hat dir Sorgen bereitet, und du machst dir jetzt deshalb Gedanken, das kann ich dir an der Nasenspitze ansehen.«

Wie konnte ich ihr gestehen, worüber ich mir in Wirklichkeit Gedanken machte? Ich konnte ihr nie erzählen, was damals in jener schrecklichen Nacht in Dorchester geschehen war, als sie mit Fieber im Bett lag.

Mein Vater erfuhr noch in der gleichen Nacht von ihr, daß Carlotta seine Enkelin war.

Er sprach nicht mit mir darüber. Ein- oder zweimal ertappte ich ihn dabei, daß er mich aufmerksam beobachtete, als sehe er mich plötzlich in neuem Licht. Wahrscheinlich ging ihm jetzt erst auf, daß seine Tochter eine attraktive Frau und ihm in gewisser Weise ähnlich war.

Im übrigen verhielt er sich mir gegenüber genauso kühl und distanziert wie zuvor.

Es war Weihnachten, und Harriet, Gregory, Benjie und Carlotta sollten die Feiertage bei uns verbringen. Ich freute mich auf das Wiedersehen mit Carlotta und war tief verletzt, als sie mich nur kühl begrüßte. Sie war böse auf mich, weil ich kein Verständnis für ihre Liebe zu Granville zeigte.

Das Haus war weihnachtlich geschmückt, wie jedes Jahr – Stechpalmen, Efeu und noch ein paar immergrüne Pflanzen. Die Weihnachtssinger kamen, und Harriet veranstaltete am Christtag eine Theateraufführung.

Granville wurde mit keinem Wort erwähnt, und wenn Carlotta mir gegenüber nicht so zurückhaltend gewesen wäre, hätte ich angenommen, daß sie ihn vergessen hatte.

Mein Vater beobachtete Carlotta amüsiert. Anscheinend war er stolz darauf, daß er eine so attraktive Enkelin hatte.

Ich sehnte mich sehr nach Leigh, der seit Monaten in der Ferne weilte. Er befand sich immer noch auf dem Kontinent, wo der König tief in den Streit um die spanische Thronfolge verwickelt war, da Ludwig XIV. die Krone Spaniens seinem Enkel sichern wollte. Weil diese Frage nicht nur England, sondern ganz Europa betraf, hatte Wilhelm Truppen in Holland stationiert. Leigh und Edwin befehligten je eine Kompanie. Es konnte zwar jederzeit zum Ausbruch der Feindseligkeiten kommen, im Augenblick befanden sie sich jedoch nicht in Gefahr.

Ich dachte viel über meine Ehe mit Leigh nach, in der wir nie zur vollen Erfüllung gelangt waren, obwohl wir einander liebten. Ich wußte, daß die Schuld bei mir lag.

Ich konnte Granville nicht vergessen. Jedesmal, wenn Leigh mich umarmte, sah ich das spöttische Gesicht des anderen vor mir, und der Körper meines Mannes verwandelte sich in den Granvilles. Ich hatte wirklich einen hohen Preis für das Leben meines Vaters bezahlt.

Manchmal empfand ich das Bedürfnis, mit Leigh über unsere Ehe zu sprechen. Ich wollte ihm erklären, daß ich ihn liebte, daß mein Ziel das Aufgehen des einen in dem anderen war. Ich war eine leidenschaftliche Frau, doch die Erinnerung an Granville hemmte mich.

Leigh würde mich bestimmt verstehen und mir helfen, das Hindernis zu überwinden, das zwischen uns lag. Er war ebenfalls ein leidenschaftlicher Liebhaber, und ich fragte mich oft, wie er es während der langen Trennungen mit der Treue hielt.

Im Unterbewußtsein quälte mich die Angst, daß er sich eines Tages von mir abwenden könnte.

Der Dreikönigstag war vorbei. Wir hatten den traditionellen Kuchen gegessen, und Harriet hatte den Ring in ihrem Stück gefunden. Sie war daraufhin für diese Nacht zur Königin ernannt worden und hatte uns natürlich alle möglichen Scharaden aufführen lassen.

Am nächsten Tag war Carlotta verschwunden.

Zum Glück entdeckten wir ihre Abwesenheit sehr bald.

Emily war in ihr Zimmer gekommen, um ihr einen Unterrock zu bringen, den sie bestickt hatte, doch Carlotta war nicht vorhanden. Emily hatte sich auf die Suche gemacht und mich auf der Treppe getroffen.

»Ich war gerade in Miss Carlottas Zimmer«, berichtete sie.

»Schläft sie noch?«

»Nein, sie ist nicht da, und ich habe keine Ahnung, wo sie steckt.«

Carlotta war keine Frühaufsteherin, und es kam mir merkwürdig vor, daß sie ihr Zimmer bereits verlassen hatte. Wir nahmen das Frühstück nicht gemeinsam ein, sondern jeder kam herunter, wann es ihm beliebte und nahm sich etwas von der Anrichte, ausgenommen Harriet, die eine Tasse Schokolade ins Bett serviert bekam. Ich hatte um acht Uhr gefrühstückt, doch Carlotta nicht gesehen.

Besorgt ging ich in ihr Zimmer.

Zu meiner Erleichterung stellte ich fest, daß sie in ihrem Bett geschlafen hatte. Anscheinend hatte sie einen Morgenspaziergang unternommen.

Ich ging in den Garten hinaus, in dem Jasper schon an der Arbeit war.

Ich blieb stehen und plauderte mit ihm. Er meinte, daß das Wetter zu warm wäre. Wir brauchten eine Schneedecke, damit die Pflanzenzwiebel vor Frost geschützt waren.

Dann schüttelte er bekümmert den Kopf. »Die Welt ist böse. Die Menschen werden für ihre Sünden büßen müssen.«

»Das sind sehr düstere Gedanken. Jeder von uns hat einmal gesündigt, du sicherlich auch, Jasper.«

»Ich habe dem Herrn gedient, so gut ich konnte.«

»Ist dir nie aufgefallen, daß viele von uns das ebenfalls tun? Doch vielleicht erwartet Gott etwas anderes von uns, als wir zu geben bereit sind.«

»Sie haben es immer verstanden, die Worte zu drechseln, sogar schon als kleines Mädchen.«

»Wir sind so, wie Gott uns geschaffen hat, Jasper, das weißt du genau, und wenn es ihm nicht gefällt, wie wir sind ... dann hätte er uns anders schaffen müssen.«

»Ich will diese Lästerung nicht gehört haben, denn sie ist eine Sünde. Außerdem muß ich mit meiner Arbeit weitermachen. Die Kutsche hat die Auffahrt vollkommen aufgewühlt. Die Räder haben sich tief in die feuchte Erde gegraben.«

»Wann ist das denn geschehen?«

»Gestern waren die Spuren noch nicht da, aber heute nacht hat es in Strömen geregnet.«

Ich begleitete ihn zur Auffahrt und erblickte die Radfurchen. Es war nicht zu übersehen: heute früh hatte ein Wagen hier gehalten. Für wen? Carlotta?

Ich lief zu Harriet. Sie schlief; die leere Schokoladetasse stand neben ihrem Bett.

»Harriet!« rief ich. »Wach auf!«

Sie schlug die Augen auf und starrte mich an.

»Weißt du, wo Carlotta ist?« fragte ich.

Sie schüttelte den Kopf und gähnte.

»Sie ist verschwunden«, erklärte ich. »Heute früh ist eine Kutsche die Auffahrt heraufgefahren. Hast du mit Carlotta gesprochen? Was hat sie dir gesagt? Was geht hier vor?«

Sie setzte sich auf. »Ich habe keine Ahnung, wo sie steckt. Ich weiß von nichts.«

Ich glaubte ihr und war verzweifelt. Carlotta war durchgebrannt, und ich konnte mir denken, mit wem.

Ich befragte die Dienerschaft. Niemand hatte sie gesehen. Ellen hatte gegen sieben Uhr früh Rädergeratter gehört, war ihrer Sache aber nicht ganz sicher.

Die Wahrheit erfuhr ich jedoch erst von Amelia Garston. Sie versuchte zunächst, mir ausweichende Antworten zu geben, obwohl sie unter Tränen immer wieder beteuerte, sie habe Carlotta ihr Ehrenwort geben müssen, nichts zu verraten.

Carlotta war davongelaufen. Granville hatte sie zeitig am Morgen mit seiner Kutsche abgeholt. Sie fuhren nach London, wo sie heiraten wollten.

Die Männer wollten den Flüchtigen sofort nacheilen. Ich bestand darauf, mitzureiten, und glaubte die ganze Zeit, daß wir zu spät kommen würden. Wir nahmen unsere besten Pferde — mein Vater, Gregory und ich. Ich war froh, daß mein Vater mitkam, denn ich war davon überzeugt, daß er mit Granville fertigwerden würde. Carlotta war zu jung, um zu heiraten, und Gregory, mein Vater und ich würden unseren Willen sicherlich durchsetzen. Mein Vater stand bei Hof wieder in Ansehen, und seine Anwesenheit würde Granville gegenüber Gewicht haben. Ich bezweifelte, daß der König Männer wie Beaumont Granville schätzte.

London kam in Sicht. Es war ein nebliger Tag, und es nieselte. Der Ritt schien doppelt so lange zu dauern als sonst, und ich war schon zutiefst verzweifelt, als sich das Blatt unerwartet zu unseren Gunsten wendete.

Knapp eine Meile vor der Stadt saß Granvilles Kutsche fest. Eines der Räder war in den Graben geglitten, und der Kutscher versuchte unter Aufbietung seiner ganzen Kraft, es wieder herauszuheben.

»Gott sei Dank«, rief ich, »wir kommen rechtzeitig.«

Mein Vater übernahm alles Weitere.

»Guten Morgen, Sir. Wie ich sehe, sitzen Sie im Graben fest. Das nenne ich Gerechtigkeit. Sie haben nicht das Recht, diese junge Dame aus ihrem Heim zu entführen.«

Carlotta erschien am Fenster der Kutsche. Sie war tief errötet und schrie: »Er hat mich nicht entführt, ich bin freiwillig mitgefahren.«

»Du wirst mit uns zurückreiten, auch wenn du es nicht freiwillig tust«, antwortete mein Vater. »Du benimmst dich äußerst ungehörig.«

Sie ballte die Fäuste, antwortete jedoch nicht. Sie hatte immer Respekt vor meinem Vater gehabt, obwohl er ihr gegenüber nachsichtiger gewesen war als mir gegenüber. Sie waren einander sehr ähnlich — sie waren beide wild, leidenschaftlich und starrsinnig.

Granville sah genauso weltmännisch und kühl aus wie immer.

»Ich kann alles erklären . . .« begann er.

»Das ist nicht notwendig«, unterbrach ihn mein Vater. »Mir ist alles klar.«

»Ich hatte vollkommen ehrenhafte Absichten. Ich habe die junge Dame um ihre Hand gebeten, und sie hat sie mir gewährt.«

»Du hast dich bereit erklärt zu warten«, fuhr ich Carlotta an.

»Du behandelst mich, als wäre ich ein Kind«, protestierte sie.

»Du benimmst dich jedenfalls wie eines«, knurrte mein Vater. »Komm, steig auf mein Pferd. Wir werden beim nächsten Gasthaus versuchen, ein Reittier für dich zu bekommen.«

»Aber die junge Dame wünscht . . .« versuchte Granville noch einmal.

»Sie wissen, welche Strafen auf Verführung von Unmündigen stehen, Sir«, unterbrach ihn mein Vater wieder.

»Ich bin kein Kind mehr«, widersprach Carlotta.

»Du bist noch nicht mündig, und deshalb müssen deine Eltern für dich entscheiden. Also Schluß mit dem Unsinn. Ich könnte Sie vor Gericht bringen, Sir, denn ich habe in höchsten Kreisen einen gewissen Einfluß. Eskapaden dieser Art werden nicht mehr gern gesehen.«

Granville schien sich mit seinem Schicksal abzufinden.

»Ich bleibe bei dir, Beau«, trotzte Carlotta.

»Du kommst mit uns nach Eversleigh zurück«, bestimmte mein Vater, »und zwar sofort.«

Granville sah die Kutsche betrübt an.

»Wir haben Pech gehabt. Wenn uns nicht dieser Unfall dazwischengekommen wäre, wären wir jetzt bereits verheiratet, und deine Verwandten könnten nichts mehr unternehmen«, erklärte er Carlotta.

Sie war den Tränen nahe, doch sie wagte nicht, meinem Vater zu widersprechen. Gregory hatte sich aus dem Ganzen herausgehalten, er war für solche Auseinandersetzungen zu sanftmütig.

Granville zuckte die Schultern und wandte sich an meinen Vater.

»Es tut mir leid, Sir, daß ich Ihnen Unannehmlichkeiten bereitet habe, aber Sie wissen ja, wie es ist, wenn man verliebt ist.«

Dann drehte er sich zu Carlotta um und half ihr aus dem Wagen. Er flüsterte ihr etwas zu, und sie strahlte auf.

Er küßte ihr zum Abschied die Hand; dann ging sie zu meinem Vater, er hob sie vor sich in den Sattel, und wir ritten heimwärts.

Granville stand auf der Straße und sah zu, wie sich sein Kutscher abmühte, die Kutsche aus dem Graben zu schieben.

VIII

Mord in Enderby

Auf dem Heimweg schwieg Carlotta, in Gedanken versunken. Und wenn ich mit ihr sprach, antwortete sie kaum. Für sie war ich der Mensch, der ihr Glück zerstört hatte.

Als wir in Eversleigh eintrafen, wartete Harriet schon auf uns. Carlotta lief zu ihr und warf sich ihr in die Arme. Mich überlief eine Welle der Eifersucht. Carlotta zeigte mir mit dieser Geste, daß Harriet ihre Freundin war, daß Harriet nie so grausam zu ihr gewesen wäre.

Wie gern hätte ich Carlotta erklärt, daß ich sie liebte, daß ich alles nur getan hatte, um sie vor dem Mann zu retten, der mich gedemütigt und ungerührt zugegeben hatte, daß er sie nur wegen ihres Geldes heiraten wollte. Doch dann mußte ich ihr auch von dieser fürchterlichen Nacht erzählen.

Er war kein Ehrenmann. Wenn es nicht um Carlottas Geld gegangen wäre, hätte er sich damit begnügt, sie zu verführen; doch wenn er ihre Erbschaft in die Finger bekommen wollte, mußte er sie heiraten.

Meine arme, naive, betrogene Carlotta, die glaubte, daß sie alles verstand und die so wenig vom Leben wußte.

Sie mied mich, und mir brach das Herz. Ich konnte kaum etwas zu mir nehmen.

Meine Mutter war um mich besorgt. »Du darfst es dir nicht so zu Herzen nehmen, Priscilla. Junge Menschen neigen zu solchen Eskapaden. Natürlich ist er nicht der Richtige für sie. Du wirst sehen, in ein paar Wochen hat sie ihn vergessen.«

Meine Alpträume kehrten wieder. Granville ging mir nicht aus dem Sinn.

»Wenn nur Leigh hier wäre«, meinte meine Mutter. »Er könnte dich trösten. Ich war immer schon gegen diese langen Abwesenheiten; so kann man keine glückliche Ehe führen.«

»Er hat die Absicht, den Dienst zu quittieren. Wir haben vor, Dower House zu übernehmen und Land dazuzukaufen.«

»Das ist eine großartige Idee. Dein Vater muß ihm schreiben, daß er möglichst bald seinen Abschied nehmen soll.«

»Das wird er ohnehin tun, sobald es ihm möglich ist.«

»Doch du mußt jetzt aufhören, dir wegen dieser leidigen Angelegenheit den Kopf zu zerbrechen. Dein Vater behauptet, daß Granville schon in einige Skandale verwickelt war.«

»Das stimmt. Er ist auf keinen Fall der richtige Mann für Carlotta. Aber sie ist so eigensinnig mit dieser Sache so festgefahren, daß ich Angst um sie habe.«

»Nun, du hast sie zurückgebracht, und sie wird schon einsehen, daß sie noch warten muß, bevor sie heiraten kann. Und wenn man jung ist, gilt das Sprichwort ›Aus den Augen, aus dem Sinn.‹«

Sie hat recht, überlegte ich, Carlotta wird Granville vergessen. Außerdem ist ja Benjie da, der jetzt auch weiß, daß sie nicht seine Schwester ist.

Ich gewöhnte mir an, allein auszureiten, denn ich ertrug das müßige Geplauder nicht, solange mir dieses eine Problem so zu schaffen machte. Harriet hatte sich ohnehin schon darüber beschwert, daß ich so geistesabwesend war.

Eines Morgens landete ich unversehens bei Enderby Hall, das seit dem Tod von Robert Frinton leer stand. Es gehörte zwar jetzt Carlotta, doch wir hatten in Erwägung gezogen, es zu verkaufen und das Geld für sie anzulegen.

Ich hatte das Haus nie gemocht, weil es so düster wirkte. Natürlich war es ein Unsinn zu behaupten, daß es ein Unglückshaus war, nur weil sich in ihm einige Tragödien abgespielt hatten.

Ich ritt die Auffahrt hinauf und bemerkte dabei, daß sie allmählich von den Büschen überwuchert wurde. Ich mußte Jasper hierherschicken, damit er den Garten ein bißchen in Ordnung brachte.

Vor dem Haus hielt ich an und blickte zu den Fenstern hinauf. Dann sah ich eine Hand, die einen Vorhang zur Seite schob. Jemand befand sich in dem Haus.

Mein erster Impuls war, davonzureiten, doch ich beherrschte mich. Ich glaubte nicht an Gespenster und war zu unglücklich, um mir wegen meiner Sicherheit Gedanken zu machen. Vielleicht verbarg sich ein flüchtiger Verbrecher im Haus? Es wäre am klügsten gewesen, nach Eversleigh zurückzureiten und Hilfe zu holen.

Doch ich verhielt mich nicht klug; ich stieg ab, band mein Pferd an und ging zur Eingangstür hinauf.

Sie ließ sich ohne weiteres öffnen, was seltsam war, weil sie eigentlich versperrt sein sollte. Ich betrat die Halle und blieb einen Augenblick stehen. Dann hörte ich oben ein Geräusch — Schritte, das Rascheln von Kleidung.

Mein Herz pochte wild, und ich zitterte. Ich wußte nicht, was ich eigentlich erwartete, sondern war nur bereit, davonzulaufen, wenn es sich als notwendig erwies.

Am oberen Ende der Treppe erschien Granville.

»Sie!« rief ich.

»Willkommen«, antwortete er. »Ich habe Sie vom Fenster aus gesehen. Anscheinend ist es mir bestimmt, immer wieder in Ihr Leben zu treten.«

»Ich wäre froh, wenn Sie endgültig aus ihm verschwänden.«

»Das wird sich kaum machen lassen, da ich die Absicht habe, Ihre Tochter zu heiraten.«

»Mein Vater hat Ihnen doch klargemacht, daß Sie sich diesen Gedanken aus dem Kopf schlagen müssen.«

»Haben Sie wirklich geglaubt, daß ich so leicht aufgeben würde?«

»Ihnen bleibt gar nichts anderes übrig, als von hier zu verschwinden.«

»Das werde ich auch tun ... mit Carlotta. Vielleicht fahren wir nach Venedig, das wäre doch von einem gewissen Reiz, finden Sie nicht?«

»Denken Sie an Ihre Narben, die Sie in Venedig davongetragen haben. Es könnten leicht noch einige dazukommen.«

»Das Gesetz wäre auf meiner Seite, wenn jemand mich überfällt, nachdem ich geheiratet habe.«

»Zu dieser Heirat wird es nie kommen.«

»Da irren Sie sich, meine spröde Priscilla. Die Kleine ist verrückt nach mir. Sie sollten aus eigener Erfahrung wissen, daß ich es verstehe, mit Frauen umzugehen. Dennoch sollten Sie sich davor hüten, mich zu erzürnen. Mischen Sie sich nicht in meine Angelegenheiten; Carlotta und ich werden heiraten, und Sie können es nicht verhindern.«

»Was suchen Sie überhaupt in diesem Haus?«

»Ich logiere hier, bis wir abreisen. Es wird bald soweit sein.«

»Carlotta weiß, daß Sie hier wohnen?«

»Ja, in ihrem Haus, das bald unser Haus sein wird.«

»Sie haben es ja nur auf ihr Vermögen abgesehen.«

»Es ist üblich, daß ein Mann das Vermögen seiner Frau verwaltet.«

»Ich bitte Sie, lassen Sie sie in Ruhe. Sie ist jung, und Sie sind alt.«

»Nein, nur erfahren, und das gefällt ihr. Sie mag keine grünen Jungen.«

»Besitzen Sie denn überhaupt kein Schamgefühl?«

»Nein. Alle meine Gefühle beschränken sich auf meine Liebe zu Carlotta.«

»Und zu ihrem Geld.«

»Es macht einen Teil ihres Reizes aus.«

Ich fühlte mich vollkommen hilflos. Was sollte ich tun? Ich ertrug es nicht, ihm noch länger gegenüber zu stehen und Wortgefechte mit ihm auszutragen.

Ich drehte mich um und verließ das Haus.

Als ich zurückritt, war ich wie betäubt. Ich mußte etwas unternehmen. Aber was?

Ganz gleich, wie ich es drehte und wendete, es gab nur einen Ausweg. Nur etwas konnte Carlotta retten: Beaumont Granvilles Tod. Solange er am Leben war, würde er nie aufgeben. Und er hatte sie bezaubert. Er mußte sterben.

Merkwürdigerweise fühlte ich mich besser, nachdem ich zu diesem Entschluß gelangt war. In Eversleigh ging ich sofort in die Waffenkammer. Ich hatte Carl und Benjie gelegentlich zugeschaut, wenn sie Schießübungen veranstalteten und ab und zu mich sogar selbst daran beteiligt.

»Für ein Mädchen triffst du recht gut«, hatte Leigh einmal lobend bemerkt.

Es ist die einzige Möglichkeit, redete ich mir ein und griff nach einer kleinen Pistole, die ich schon früher verwendet hatte. Ich nahm sie in mein Zimmer mit und versteckte sie in einer Schublade.

Würde ich es wirklich fertigbringen? Konnte ich einen Mord begehen? Wahrscheinlich ist jeder unter bestimmten Umständen dazu fähig, wenn es der einzige Ausweg aus einer unerträglichen Lage ist.

Es würde kurz und schmerzlos ablaufen. Ich wollte in das Haus gehen, nach ihm rufen, und wenn er auf der Treppe erschien, auf ihn schießen.

Damit war alles erledigt . . . und es war die einzige Möglichkeit, die mir blieb, um Carlotta vor einem verpfuschten Leben zu bewahren.

Ich war es ihr schuldig. Ich hatte mich nicht zu ihr bekannt, als sie zur Welt kam, sondern sie einer anderen Frau überlassen. Ich mußte sie vor diesem sadistischen Tier retten, denn ich konnte mir sehr gut vorstellen, was er ihr alles antun würde.

Mir war jetzt leichter ums Herz.

Ich mußte noch den Tag überstehen, und er zog sich endlos in die Länge. Am Nachmittag traf ich meinen Vater auf der Treppe. Er sah mich aufmerksam an und stellte fest: »Du siehst nicht gut aus.«

»Es wundert mich, daß du es bemerkst.«

»Wahrscheinlich machst du dir wegen deiner Tochter Sorgen?«

Ich antwortete ihm nicht.

Er nahm mich am Arm und zog mich in das Zimmer, das wir als sein privates Arbeitszimmer bezeichneten, weil er dort die mit dem Gut zusammenhängenden Schreibarbeiten erledigte.

Er sah mich beinahe liebevoll an.

»Sie kann sehr gut auf sich selbst aufpassen und sie weiß, was sie will. Wenn sie diesen Mann heiraten will, wird sie es auch tun, und du kannst nichts dagegen unternehmen.«

»O doch.«

»Und zwar was?«

»Ich kann diese Ehe verhindern, und ich werde es tun.«

»Wir können die beiden eine Zeitlang voneinander fernhalten, aber es wird uns nichts helfen. Sie ist fest dazu entschlossen.«

»Und er ist entschlossen, ihr Geld an sich zu bringen.«

»Es stimmt, er hat einen schlechten Ruf. Aber es könnte auch gut gehen. Manchmal gibt ein Mann seine bisherige Lebensweise auf und wird vernünftig.«

Aber der Tag brachte noch weitere Aufregungen. Am Nachmittag kehrte Leigh heim.

Ich lag in seinen Armen, und er küßte mich.

»Du warst sehr lange fort«, stellte ich fest.

»Ich kam, sobald ich konnte. Ich quittiere den Dienst und bleibe von nun an bei dir zu Hause.«

»Das ist gut, Leigh.«

»Du bist so schmal geworden, Liebste, und so blaß. Bist du krank?«

»Nein, und ich werde mich wieder erholen, wenn du ständig bei mir bist.«

Meine Mutter war aufgeregt. »Das ist herrlich, Leigh, ich habe mich so sehr danach gesehnt, daß du endlich nach Hause kommst. Priscilla spricht oft von euren gemeinsamen Plänen für das Dower House.«

Dann lief sie in die Küche, denn Leigh sollte eine besondere Mahlzeit bekommen. Anscheinend nahm sie an, daß jetzt alles in Ordnung kommen würde, weil Leigh wieder da war.

Ich war verwirrt und dachte immer wieder an die Pistole. Was sollte ich jetzt tun, nachdem ich mein Geheimnis verraten hatte? Mein Vater hatte sofort nach unserem Gespräch das Haus verlassen und war noch nicht zurückgekehrt.

Natürlich bemerkte Leigh, daß etwas nicht stimmte. Ich hörte kaum hin, wenn er sprach, und mußte immerzu an Granville denken. Das Gespräch mit meinem Vater hatte die Vergangenheit wieder wachgerufen.

Als ich mit Leigh allein war und er mich in die Arme schloß und mir erzählte, wie sehr er sich während der langen Trennung nach mir gesehnt hatte, war ich mit meinen Gedanken weit fort.

Ich reagierte auf seine Zärtlichkeit nicht. Granville drängte sich heftiger denn je zwischen uns.

Schließlich sagte Leigh: »Bitte erzähl mir, Priscilla, was mit dir los ist. Hast du jemanden kennengelernt? Liebst du jemand anderen? Es gibt doch einen anderen, nicht wahr?«

»Es gibt jemand anderen«, bestätigte ich, und er sah mich unglücklich an.

»Ich habe es immer gewußt«, murmelte er, »er stand von Anfang an zwischen uns.«

»Es war nicht Liebe, Leigh, sondern Haß.«

Mir war klar, daß ich jetzt sprechen mußte, daß ich schon längst hätte sprechen sollen.

»Ich will dir alles erzählen, Leigh«, begann ich. »Ich habe es all die Jahre verschwiegen, weil ich mich zu sehr geschämt habe.«

»Ich liebe dich doch, Priscilla. Nichts, was geschehen ist, kann etwas an meiner Liebe zu dir ändern. Erzähl es mir, und dann vergessen wir es. Dann wird es endlich nicht mehr zwischen uns stehen.«

Daraufhin erzählte ich es ihm.

Sein Gesicht wurde vor Wut finster.

»Dieser elende Schuft!«

»Er hat Venedig nie vergeben und vergessen. Er trägt heute noch die Narben, die du ihm damals zugefügt hast.«

»Du warst so unendlich tapfer, mein Liebling.«

»Aber es war nicht mit dieser einen Nacht getan, sondern er hat mich die ganze Zeit verfolgt und hat zwischen uns gestanden. Und jetzt macht er sich an Carlotta heran. Ach Leigh, es bringt mich langsam um.«

»Er wird Carlotta nicht heiraten, wir werden es verhindern.«

»Aber wie?«

»Indem wir ihr von deinem Erlebnis erzählen.«

»Das kann ich nicht. Das würde sie nie verstehen.«

Er küßte mich zärtlich.

»Du bist überreizt, mein Liebling, es war zuviel für dich.«

»Wie können wir es denn verhindern? Er wird sie dazu überreden, mit ihm zu fliehen. Sobald sie erst einmal verheiratet sind . . . «

»Soweit wird es nicht kommen. Jetzt bin ich da, um dir beizustehen, du bist nicht mehr allein.«

»Ich bin sehr froh, daß du jetzt alles weißt, denn es lag als schreckliche Last auf meiner Seele.«

»Es ist ausgestanden.«

»Ich hatte Angst, daß du dich mit der Zeit von mir abwenden würdest.«

»Das wird nie geschehen, denn wir zwei gehören für immer zusammen.«

Ich ließ mich gern von ihm trösten, dachte aber immer noch an die Pistole in der Schublade.

Am liebsten hätte ich ihm auch das gebeichtet, aber er hätte sie mir daraufhin bestimmt weggenommen.

Er verhielt sich mir gegenüber besonders liebevoll und zärtlich, doch er plante etwas. Ich hatte immer davor Angst gehabt, wie er auf mein Geständnis reagieren würde. Er durfte nicht auch noch hineingezogen werden.

»Ich bin so müde, Leigh, so erschöpft«, flüsterte ich.

»Du hast einen schweren Tag hinter dir, Liebste, aber jetzt ist alles vorbei. Dein Vater und ich werden beschließen, was wir unternehmen wollen.«

Ich fragte nicht, was er vorhatte.

»Leg dich jetzt hin«, schlug er vor. »Du brauchst Ruhe. Wir werden später darüber sprechen.«

Ich gehorchte ihm, denn ich hatte das Bedürfnis, allein zu sein.

»Wohin gehst du, Leigh?«

»Ich will mit deinem Vater sprechen.«

Ich nickte, und er küßte mich.

»Du bist so müde, schlaf doch ein bißchen. Dann wirst du dich wohler fühlen.«

Ich blieb liegen, nachdem er gegangen war, und sah zu, wie die Schatten langsam in den Raum krochen.

Überall war es ruhig — die Ruhe vor dem Sturm.

Dann richtete ich mich auf. Ich durfte nicht hier liegen bleiben. Mein Vater und Leigh waren gewalttätige Männer, und sie hatten sicherlich das Bedürfnis, mich zu rächen.

Sie würden Granville mit Peitschen überfallen und ihn halbtot schlagen. Und Carlotta würde sie daraufhin hassen und uns nicht glauben, wenn wir ihr die Wahrheit erzählten.

Wenn Beaumont Granville am Leben blieb, dann war Carlotta verloren.

Ich hatte mich entschieden. Daß mein Vater und Leigh jetzt in mein Geheimnis eingeweiht waren, änderte nichts an meinem Entschluß.

Ich stand auf, nahm meinen Mantel um und steckte die Pistole in die Tasche. Dann ging ich in den Stall, sattelte mein Pferd und ritt nach Enderby Hall.

In einem Zimmer brannte Licht. Ich war glücklich, weil er zu Hause war.

Ich stieß die Tür auf und betrat das Haus. Die Halle sah in der Dunkelheit gespenstisch aus, und ich wäre am liebsten gleich davongelaufen.

Mein gesunder Menschenverstand meldete sich: Erzähl ihr die Wahrheit, zeige ihr, was er für ein Mensch ist, und wenn sie nicht auf deine Warnung hört, dann muß sie eben so liegen, wie sie sich bettet.

Reite heim, riet mir der gesunde Menschenverstand.

Doch genau das konnte ich nicht tun.

Ich weiß bis heute nicht, ob ich wirklich geschossen hätte, wenn es dazu gekommen wäre, ob ich imstande gewesen wäre, einen Mord zu begehen. Ich werde es nie erfahren.

In dem Haus war es totenstill. Ich ging die Treppe hinauf, um das Zimmer zu suchen, in dem das Licht brannte.

Er lag auf dem obersten Treppenabsatz, seine gestickte Weste war blutbefleckt. Er rührte sich nicht mehr. Ich sah ihn an und begriff.

Ich war zu spät gekommen. Jemand war vor mir dagewesen.

Ich lief aus dem Haus, sprang auf mein Pferd und galoppierte nach Eversleigh. Es war inzwischen dunkel geworden. Das Wetter hatte umgeschlagen, und in der Luft lag ein Hauch von Frost. Die Sterne am Himmel glitzerten, und die schmale Mondsichel warf ihr schwaches Licht auf die Landschaft.

Ich sagte mir immer wieder vor: Es ist nicht wahr, du bildest es dir nur ein. Ich hatte nur einen Blick auf ihn geworfen und war dann davongerannt. Vielleicht war er gar nicht tot.

In meinem Zimmer setzte ich mich an den Toilettetisch und blickte in den Spiegel. Die Frau mit den verstörten Augen und dem blassen Gesicht, die mich aus dem Spiegel ansah, erschien mir fremd.

Dann wuchs in mir das Bedürfnis, zurückzureiten und mich zu vergewissern, daß ich mir das Ganze nicht eingebildet hatte. Ich hatte mich in einem Zustand äußerster Spannung befunden, ich war entschlossen gewesen, einen Mord zu begehen. Hatte ich ihn wirklich dort liegen gesehen, oder war es nur eine Illusion gewesen, eine schreckliche Halluzination?

Ich mußte nach Enderby zurückreiten und noch einmal das tote Gesicht betrachten. Erst dann würde ich wissen, daß er wirklich nicht mehr am Leben war.

Also ging ich in den Stall, sattelte mein Pferd noch einmal und ritt nach Enderby Hall.

Ich band mein Pferd in der Auffahrt fest und ging zum Haus, das sich drohend vor mir erhob.

Ich stieß die Tür auf und stand wieder in der Halle. Überall herrschte tiefe Stille. Die Atmosphäre war so unheimlich, daß mich ein Schauder überlief. Dann nahm ich meinen ganzen Mut zusammen und ging die Treppe hinauf.

Am obersten Treppenabsatz blieb ich stehen und starrte auf den Boden.

Granville war verschwunden.

Aber ich hatte ihn doch gesehen! Wie lange hatte ich gebraucht, um nach Hause und wieder hierher zu reiten? Er hatte hier gelegen!

Ich hatte wieder das Gefühl, mich in einem Alptraum zu befinden.

Ich beugte mich hinunter. Auf den Holzbrettern entdeckte ich einen Fleck — Blut!

Nein, ich hatte mich nicht geirrt. Er hatte hier gelegen, und jemand hatte die Leiche fortgeschafft.

Ich drehte mich um, lief die Treppe hinunter und in die kalte Nacht hinaus.

Als ich mein Pferd bestieg, sah ich den flackernden Lichtschein zwischen den Bäumen. Dort war jemand.

Wer war es und was tat er?

Ich stieg ab, band mein Pferd wieder fest und ging zu dem Gebüsch, aus dem der Lichtschein drang.

Jemand grub in der Finsternis ein Grab.

Der Mensch, der Granville getötet hatte, schaffte seinen Leichnam beiseite.

Ich hätte mein Geheimnis nie ausplaudern dürfen, ich hatte es so lange für mich behalten, daß ich auch weiterhin hätte schweigen können. Denn ich hatte genau diese schrecklichen Folgen befürchtet.

Natürlich kannte ich den Mann, der dort grub. Der Mond

beschien Leighs Gesicht, und ich empfand das Bedürfnis, zu ihm zu gehen.

Aber etwas hielt mich zurück. Nein, wenn der Leichnam sorgfältig begraben wurde und alle Spuren des Mordes beseitigt wurden, würde vielleicht niemand entdecken, daß Beaumont Granville in Enderby Hall ermordet worden war.

Ich kehrte zu meinem Pferd zurück und ritt davon.

Als ich Eversleigh Court erreichte, war ich vollkommen erschöpft, ging ich in mein Zimmer und fiel auf mein Bett.

Nach einiger Zeit kam meine Mutter herein.

»Du siehst krank aus, Priscilla«, stellte sie besorgt fest. »Fehlt dir etwas?«

»Ich habe schreckliche Kopfschmerzen und möchte nur ganz ruhig im dunklen Zimmer liegen.«

»Wie schade, ich wollte Leighs Heimkehr feiern. Wo ist er? Ich hatte angenommen, daß ihr beisammen seid. Ich werde das Abendessen erst später auftragen lassen.«

»Heute abend kann ich nicht hinunterkommen, ich fühle mich zu elend.«

»Dann werden wir eben morgen feiern, und wenn es dir dann noch immer nicht besser geht, werde ich den Arzt rufen lassen.«

»Es tut mir wirklich leid, Mutter.«

»Es macht doch nichts, Kind.« Sie küßte mich. »Morgen ist alles wieder gut. Ruhe dich jetzt aus.«

Ich blieb noch eine Weile liegen, dann stand ich auf und zog mich aus. Ich mußte mich schlafend stellen, denn ich konnte mit niemandem sprechen.

Erst zwei Stunden später kam Leigh ins Zimmer. Er bewegte sich leise, und ich tat, als schliefe ich. Er trat mit einer Kerze in der Hand ans Bett und blickte auf mich hinunter. Ich rührte mich nicht, und als er sich abwandte, öffnete ich die Augen. Seine Kleidung war mit Erde beschmutzt.

Er brauchte lange, bis er sich gesäubert hatte.

In dieser Nacht lagen wir nebeneinander und taten beide, als schliefen wir.

IX

Die Enthüllung

Wenn ich so zurückblicke, begreife ich nicht, wie ich die darauffolgenden Wochen überstanden habe. Die Erinnerung an Granville beherrschte alle meine Gedanken.

Am nächsten Tag hatte ich die Stelle aufgesucht, an der ich Leigh durch die Bäume erblickt hatte. Es war ohne weiteres festzustellen, daß sich dort eine frische Grube befand.

Ich war vor Kummer und Sorge beinahe von Sinnen. Irgendwie war mir immer bewußt gewesen, daß die Nacht, die ich mit Granville verbracht hatte, nicht das Ende gewesen war, sondern nur der Beginn einer grauenhaften Tragödie.

Leigh war meinetwegen zum Mörder geworden. Ich hatte schon immer gewußt, daß er Granville töten würde, wenn er die Wahrheit erfuhr, und nun war es so gekommen, wie es kommen mußte.

Mord ist etwas Schreckliches; wenn ein Mensch eine solche Tat begangen hat, verfolgt sie ihn ein Leben lang. Beinahe wäre ich selbst zur Mörderin geworden. Aber hätte ich wirklich den tödlichen Schuß abfeuern können? Im Grunde war ich davon überzeugt, daß ich nicht fähig war, einen anderen Menschen zu töten, auch wenn ich noch so zwingende Gründe dafür hätte. Doch jetzt wäre es mir lieber gewesen, wenn ich statt Leigh die Tat begangen hätte.

Es war von Anfang an meine Tragödie gewesen, und deshalb hätte ich auch diejenige sein müssen, die den Schlußpunkt darunter setzte.

Und was würde jetzt folgen? Ich war davon überzeugt, daß es noch nicht zu Ende war.

Eine Woche lang ereignete sich nichts. Leigh und ich benahmen uns, als wären wir Fremde.

Er näherte sich mir nicht, und dennoch war mir bewußt, daß er sich nach mir sehnte. Ich flüchtete mich in eine Krankheit, was mir nicht schwerfiel.

Meine Mutter ließ den Arzt kommen, und dieser stellte fest, daß ich mehr essen mußte, weil ich vollkommen erschöpft war. Ich mußte ruhen und nahrhafte Speisen zu mir nehmen, sonst würden meine Kräfte rettungslos verfallen.

Carlotta besuchte mich. Wahrscheinlich hatte meine Mutter sie dazu überredet, denn sie zeigte sich zurückhaltend und mürrisch.

Auch Harriet tauchte bei mir auf. »Was ist dir um Himmels willen zugestoßen?« erkundigte sie sich. »Du siehst wie ein Gespenst aus, und das schon seit einiger Zeit. Was ist denn mit dir los?«

Ich wiederholte die Diagnose des Arztes.

Harriet erzählte mir, daß Carlotta beunruhigt war, weil sie schon längere Zeit nichts mehr von ihrem Verehrer gehört hatte.

»Wirklich?« fragte ich schwach.

»Tatsächlich. Anscheinend hat er in Enderby gewohnt und ist sang- und klanglos von dort verschwunden.«

»In Enderby!« wiederholte ich.

»Ja, im leerstehenden Haus. Es gehört ja Carlotta, und sie hatte es ihm angeboten, damit sie ihn täglich sehen konnte. Und dann ist er eines schönen Tages weg. Sie nimmt an, daß er rasch nach London mußte und keine Gelegenheit hatte, sie zu verständigen. Deshalb will sie jetzt ebenfalls nach London fahren.«

Ich schwieg.

»Sie ist fest entschlossen, ihn zu heiraten«, fuhr Harriet fort. »Und du kennst sie ja: wenn sie sich etwas in den Kopf gesetzt hat, gibt sie keine Ruhe, bis sie ihr Ziel erreicht hat. Du wirst dich damit abfinden müssen, Priscilla.«

Ich wandte müde den Kopf ab.

»So ist eben das Leben«, seufzte Harriet. »Carlotta wird sich daran gewöhnen müssen, daß er ein kleiner Schurke ist. Junge Menschen müssen ihre eigenen Erfahrungen machen, es hat keinen Sinn, ihnen den richtigen Weg zu zeigen, bevor sie nicht ein paarmal auf Abwege geraten sind.«

Am liebsten hätte ich sie angeschrien: Hör auf, ich ertrage es nicht länger.

Christabels Besuch hingegen beruhigte mich, weil sie nicht über Granville sprach, sondern über sich selbst. Sie wollte noch ein Kind haben, denn sie wußte, daß Thomas sich mehr als alles auf der Welt ein zweites Kind wünschte.

»Die Ärzte haben es dir doch verboten«, wandte ich ein.

»Ja, sie haben behauptet, daß es gefährlich ist. Aber der kleine Thomas braucht einen Bruder oder eine Schwester.«

»Sei doch nicht unvernünftig, er braucht vor allem dich.«

»Das stimmt allerdings. Es ist beinahe ein Wunder, daß ich für die beiden Thomasse so wichtig bin, nicht wahr? Ausgerechnet ich, die vorher für niemanden wichtig und für viele eine unbequeme Last war.«

»Du hast immer schon Unsinn geredet, wenn es um dieses Thema ging, Christabel.«

Einige Wochen danach erzählte sie mir, daß sie schwanger wäre.

»Es wird bestimmt gut gehen«, meinte sie, »ich weiß, daß ich das Richtige tue.«

Meine Mutter hielt es für einen Unsinn, denn Christabel wußte ja, wie krank sie nach Thomas' Geburt gewesen war. Thomas senior sah besorgt drein, aber Christabel erklärte mit unerschütterlicher Gelassenheit immer wieder, daß es das einzig Richtige war, bis wir alle ihr allmählich glaubten.

Ich hörte ihr gern zu, wenn sie über das Kind in ihrem Leib sprach, auf das sie sich so freute, denn sie lenkte mich von der schrecklichen Tragödie ab, die sich in Enderby ereignet hatte und die in meinen Gedanken allgegenwärtig war.

Bei uns hatte sich etwas verändert, denn mein Vater hatte seine Einstellung mir gegenüber geändert. Er beobachtete mich oft verstohlen, und wenn unsere Blicke einander trafen, lächelte er verlegen. Wenn er mit mir sprach, klang seine Stimme beinahe zärtlich. Endlich beachtete er mich.

Doch es war zu spät. Carlotta war zwar gerettet ... aber um welchen Preis!

Das Verhältnis zwischen Leigh und mir war sehr seltsam. Wir waren von Anfang an unsicher gewesen, und dieser Zustand verstärkte sich, weil jetzt nicht nur ich Hemmungen hatte, sondern auch Leigh.

Mein Mann war ein Mörder, denn auch wenn er damit nur der Gerechtigkeit zum Sieg verholfen hatte, blieb es doch Mord. Wir wußten nie, ob nicht eines Tages der Leichnam gefunden werden würde. Die Spannung war unerträglich.

Harriet war unsere hauptsächliche Informationsquelle.

»Es ist sehr seltsam«, berichtete sie, »unser Beau ist wie vom Erdboden verschluckt. Seit Monaten hat ihn niemand in London gesehen.«

»Und wird er gesucht?«

»Man nimmt an, daß er ins Ausland geflüchtet ist, weil er hohe Schulden hat. Seine Gläubiger schäumen vor Wut. Anscheinend hat man ihm aufgrund seiner bevorstehenden Heirat größere Summen kreditiert.«

»Das glaube ich gern.«

»Und dann verschwindet er einfach. Die Leute sind von Tag zu Tag mehr davon überzeugt, daß er sich schon auf dem Kontinent befindet. Es heißt, daß die reiche Erbin ihm den Laufpaß gegeben hat, und daß er daraufhin abreisen mußte, weil er seine Gläubiger nicht zufriedenstellen konnte.«

»Die Erklärung klingt durchaus plausibel.«

»Wir wissen allerdings, daß ihm die Erbin keineswegs den Laufpaß gegeben hat.«

»Es könnte auch eine andere Erklärung geben.«

»Natürlich. Carlotta ist todunglücklich, denn sie kann sein

Verhalten nicht verstehen. Sie wollten gemeinsam nach London reisen und dort heiraten.«

»Trotzdem — er ist fort.«

»Ich habe eine Theorie.«

»Und zwar?« Ich versuchte, keine Angst in meiner Stimme mitschwingen zu lassen.

»Er hat in einem anderen Land eine noch reichere Erbin entdeckt.«

»Das halte ich durchaus für möglich.«

»Ich habe es Carlotta gegenüber erwähnt. Zuerst war sie darüber wütend, aber jetzt beginnt sie einzusehen, daß es wahr sein könnte.«

»Sie besucht mich nur sehr selten.«

»Ach, sie macht hauptsächlich dich dafür verantwortlich, daß Beaumont sie verlassen hat. Ich finde hingegen, daß du sehr klug gehandelt hast.«

»Danke.«

»Er hat sich wirklich abscheulich benommen — verschwindet ohne ein Wort. Er hätte bleiben und sich seinen Gläubigern stellen oder sich wenigstens Carlotta gegenüber eine vernünftige Ausrede einfallen lassen müssen.«

»Glaubst du, daß sie darüber hinwegkommt?«

»Natürlich. Sie grübelt schon wesentlich weniger. Benjie ist dabei sehr hilfreich. Sie waren ja immer schon eng befreundet.«

Ich schloß die Augen.

»Jedenfalls ist sie vor der Katastrophe gerettet worden.«

Manchmal suchte ich die Stelle auf, an der Granville begraben lag. Das Gras war nachgewachsen, und sie war nicht leicht zu finden. Niemand würde auf die Idee kommen, Granville ausgerechnet dort zu suchen.

In unserem Haus wurde nicht mehr über ihn gesprochen. Ich fragte mich, ob in London noch jemand an ihn dachte. Er hatte keine nahen Verwandten; seine Bekannten nahmen offensichtlich an, daß er ins Ausland gefahren war, wie schon oft zuvor.

Vielleicht würde man ihn in einigen Jahren für tot erklären und irgendein entfernter Vetter würde seine Besitztümer übernehmen.

Die Monate vergingen, der Sommer zog ins Land, und ich fragte mich, wie lange Leigh und ich weiter nebeneinander her leben würden.

Vielleicht wäre es besser gewesen, wenn ich ihm gestanden hätte, daß ich seinerzeit sowohl den Toten als auch ihn gesehen hatte.

Ich wußte damals nicht, ob uns völlige Offenheit geholfen hätte; im Augenblick sah es so aus, als würde der tote Granville bis in alle Ewigkeit zwischen uns stehen.

Wir hätten eine so glückliche Ehe führen können, denn wir liebten einander. Doch wir waren wie zwei Menschen im Nebel, die einander suchen und nicht finden können, weil die schwere Last der Schuld sie daran hindert.

Leigh, mein geliebter Mann, war ein Mörder, und ich teilte seine Schuld, weil er den Mord meinetwegen begangen hatte.

Ein einziger Trost war mir geblieben: Carlotta war diese Ehe erspart geblieben.

Wir hatten Dower House übernommen und Land dazugekauft. Granvilles Grab befand sich auf unserem Besitz, so daß wir uns nun in Sicherheit wiegen konnten.

Der November kam heran, und mit ihm Nebel und frühe Dunkelheit. In diesem Monat kam Christabels Kind zur Welt. Es war ein gesundes Mädchen, und wir freuten uns alle sehr. Doch wie beim ersten Kind wurde Christabel sofort nach der Entbindung schwer krank.

Die Ärzte schüttelten die Köpfe und wiesen darauf hin, daß sie sie gewarnt hatten. Sie hätte niemals ein zweites Kind bekommen dürfen.

Ich besuchte sie. Sie sah beinahe strahlend aus und war sehr stolz auf das Neugeborene.

»Jetzt hat Thomas die Tochter, die er sich immer gewünscht

hat«, strahlte sie. »Ich habe ihm zwei reizende Kinder geschenkt und ihn damit glücklich gemacht.«

Am Tag danach kam Thomas zu uns.

»Christabel möchte unbedingt sofort mit euch sprechen«, sagte er. »Bitte, erfüllt ihr diesen Wunsch.«

»Es geht ihr doch besser?« fragte ich.

»O ja, und sie sieht sehr glücklich aus. Aber sie behauptet, daß sie euch etwas Wichtiges mitzuteilen hat.«

Ich holte Leigh, und wir ritten unverzüglich nach Grassland.

Christabel lag, auf Kissen gestützt, im Bett und sah beinahe ätherisch aus.

»Ich bin so froh, daß ihr gekommen seid«, rief sie. »Ich hatte schon befürchtet, daß ihr nicht rechtzeitig eintreffen würdet.«

»Warum ist es denn so dringend?« fragte ich. »Du siehst besser aus, Christabel, strahlend, glücklich.«

»Ich bin es auch, weil ihr da seid. Ich muß euch etwas Wichtiges sagen, erst dann werde ich Ruhe finden. Doch damit ihr mich versteht, muß ich weit ausholen. Du kennst mich, Priscilla, mein Leben war immer vom Neid beherrscht.«

»Das war nur eine Folge deiner unglücklichen Kindheit, und du hast dich verändert, als du geheiratet hast. Du mußt dir deshalb jetzt keine Vorwürfe mehr machen.«

»Als wir nach Venedig fuhren, freute es mich, daß ich über deine Lage Bescheid wußte, Priscilla. Ich mochte dich, war bereit, dir zu helfen, und freute mich dennoch darüber, daß du in Schwierigkeiten stecktest.«

»Das alles ist längst vergeben und vergessen und heute vollkommen ohne Bedeutung.«

»Nein, das stimmt nicht, es ist wichtig. Als wir in Venedig waren, suchte mich Granville auf.« Sie verstummte und war einige Sekunden lang unfähig weiterzusprechen. »Er war bezaubernd und wußte genau, wie er eine Frau wie mich behandeln mußte. Er begriff sehr rasch, wie sehr ich mich nach Zärtlichkeit sehnte. Du kannst dir ja denken, was daraufhin geschah.«

»O nein, Christabel, nicht auch du.«

»Doch, leider. Er konnte alles von mir haben, was er wollte. Er hat mich sogar dazu gebracht, ihm für ein Bild Modell zu stehen.«

Ich senkte den Blick und vermied es, Leigh anzusehen.

»Und er überredete mich dazu, ihm alles über dich, Jocelyn und Carlotta zu erzählen. Er wußte von Anfang an, daß sie dein Kind ist.«

»Jetzt verstehe ich vieles.«

»Dann kam er hierher. Er wußte, daß ich einen reichen Mann geheiratet hatte, und brauchte Geld. Ich gab ihm, was er verlangte, damit er schwieg und Thomas nichts erzählte. Ich hätte es nicht ertragen, wenn Thomas es erfahren hätte. Granville besaß mein Bild und drohte mir. Du verstehst mich doch, nicht wahr? Ich konnte nicht zulassen, daß er mein Lebensglück zerstörte.«

»Ich verstehe dich sehr gut, Christabel«, murmelte ich, »denn ich weiß, wie verderbt er war.«

»Er erzählte mir auch von der Nacht mit dir. Er war so stolz darauf, daß wir beide ihm wehrlos ausgeliefert waren. Ich mußte ihn zum Schweigen bringen, wenn ich mein Glück retten wollte. Deshalb erschoß ich ihn. Ja, Priscilla, ich habe ihn getötet.«

Leigh sah mich verwirrt an. Wir beide begannen, die Zusammenhänge zu begreifen. Ich erfaßte plötzlich, daß Leigh angenommen hatte, ich hätte Granville getötet, und daß er die Leiche begraben hatte, um mich zu schützen.

Christabel berichtete weiter. »Ich verließ das Haus wie in Trance. Ich war eine Mörderin. Mir wurde unvermittelt bewußt, was ich getan hatte. Ich hatte Angst davor, nach Hause zu gehen, und blieb im Garten in der Dunkelheit sitzen. Dann sah ich Leigh mit dem Leichnam aus dem Haus kommen und ihn begraben. Ich habe auch dich gesehen, Priscilla. Daß Leigh die Leiche begrub, war für mich eine ungeheure Erleichterung. Es war mir gelungen. Niemand würde jemals etwas von meinem Verhältnis mit Granville erfahren. Aber es ging nicht so glatt, wie ich hoffte. Du bist meine Schwester, Priscilla, und ich wußte, daß dieser Tote zwischen dir und Leigh stand. Ihr hattet niemals miteinander über diese Nacht gesprochen; jeder von euch nahm an, daß der andere der Täter war. Mir war klar, daß ihr dieses Hindernis nie überwinden konntet.«

»Arme Christabel, du mußt sehr darunter gelitten haben.«

»Schließlich sah ich ein, daß es für mich kein Glück gab, wenn ich dir nicht die volle Wahrheit erzählte — aber ich wollte nicht, daß Thomas es erfuhr. Er liebt mich so sehr und hat mich geradezu auf ein Piedestal gestellt. Dann fiel mir endlich die Lösung ein: ich würde Thomas ein Kind schenken und an den Folgen der Geburt sterben.«

»Du wirst nicht sterben.«

»Ich kann nicht mit einem Mord auf dem Gewissen leben.«

»Er ist tot«, meldete sich Leigh zu Wort, »und er hat dieses Schicksal hundertfach verdient. Niemand wird es jemals erfahren.«

»Dennoch, Mord bleibt Mord«, widersprach sie. »›Du sollst nicht töten.‹ Ich werde sterben, aber mein Kind wird leben und durch meine Kinder meine Liebe zu Thomas. Er wird mein Grab aufsuchen, es mit Blumen schmücken und denken, daß ich ihm eine gute Frau war. Und meine Kinder werden ihn trösten.«

Sie lächelte, und obwohl ihr Gesicht schon vom nahenden Tod gezeichnet war, leuchtete es. Sie war lange im Dunkel gewandelt und hatte endlich Frieden gefunden.

Einige Tage später war sie tot.

Leigh und ich kehrten wortlos ins Dower House zurück. Wir wußten, ohne ein Wort darüber zu verlieren, daß der Anfang eines neuen Lebens vor uns lag, und daß es gut sein würde.

Inhalt

[illegible]